EU, MONA LISA

NATASHA SOLOMONS

Autora best-seller do *The New York Times*

EU, MONA LISA

São Paulo

2022

Grupo Editorial
UNIVERSO DOS LIVROS

Diretor editorial
Luis Matos

Gerente editorial
Marcia Batista

Assistentes editoriais
Letícia Nakamura e Raquel F. Abranches

Tradução
Dante Luiz

Preparação
Monique D'Orazio

Revisão
Nathalia Ferrarezi e
Tássia Carvalho

Diagramação e Capa
Renato Klisman

Dados Internacionais de Catalogação na Publicação (CIP)
Angélica Ilacqua CRB-8/7057

S675e

Solomons, Natasha
    Eu, Mona Lisa / Natasha Solomons ; tradução de Dante Luiz.
    –– São Paulo : Universo dos Livros, 2022.
    352 p.

    ISBN 978-65-5609-194-5
    Título original: I, Mona Lisa

    1. Ficção inglesa I. Título II. Luiz, Dante

21-1173   CDD 823

Universo dos Livros Editora Ltda.
Avenida Ordem e Progresso, 157 — 8º andar — Conj. 803
CEP 01141-030 — Barra Funda — São Paulo/SP
Telefone: (11) 3392-3336
www.universodoslivros.com.br
e-mail: editor@universodoslivros.com.br
Siga-nos no Twitter: @univdoslivros

Para meus pais, Carol e Clive.

GUIA DA GALERIA

SALÃO DA RENASCENÇA

Mona Lisa — o mais famoso quadro de Leonardo da Vinci

Leonardo da Vinci — inventor florentino, polímata e um pintor genial

Salaì — ajudante-chefe de Leonardo na *bottega* e também seu amante

Francesco Melzi, também conhecido como Cecco — outro dos ajudantes de Leonardo, depois seu copista, editor e organizador de seus manuscritos; amargo rival de Salaì

Lisa del Giocondo — renomada beldade florentina e modelo para a Mona Lisa

Francesco del Giocondo — rico comerciante de sedas e marido de Lisa

Nicolau Maquiavel — político, especulador e, ocasionalmente, amigo de Leonardo

Rafael Santi — jovem pintor de Urbino, admirador e confidente de Leonardo

Michelangelo Buonarroti — escultor, pintor, rabugento e adversário de Leonardo

Leda — Rainha de Esparta; a mais bela e magnífica pintura de Leonardo e amiga de Mona

Il Magnifico, ou Giuliano de' Medici — da lendária família Medici de Florença; um poderoso patrono de Leonardo em Roma

Papa Leão X — irmão de Giuliano e apaixonado por música e comida tanto quanto por Deus

Rei Francisco I — rei adolescente da França e, depois, patrono de Leonardo da Vinci na França; comprador da Mona Lisa, de Leda e de outras pinturas

La Cremona — a mais famosa cortesã de Milão, também poeta e modelo para Leda

GALERIAS FRANCESAS

Salão do Rei Sol

Luís XIV — Rei Sol; admirador de Mona Lisa e de Leda, além de monarca absoluto da França

Rainha Maria Teresa — sua devota rainha espanhola

Madame de Montespan — amante oficial de Luís, mãe de ao menos seis de seus filhos

Françoise, Madame de Maintenon — governanta real e, depois, a amante que sucedeu Madame de Montespan

França Revolucionária

Luís XVI — Rei da França

Maria Antonieta — sua esposa extravagante; uma mulher passional e com grande estilo

Cidadão Fragonard — exuberante pintor Rococó adorado por Maria Antonieta, que caiu em desgraça depois da Revolução

SALÃO DO SÉCULO XX

Pablo Picasso — pintor e amigo de Mona Lisa

Sigmund Freud — psicanalista e amante da arte

Vincenzo Peruggia — ladrão e sequestrador de Mona Lisa; nacionalista italiano

Jacques Jaujard — o brilhante curador-chefe do Louvre durante a Segunda Guerra Mundial; nunca visto sem um cigarro em mãos

Jeanne / Agente Mozart — Agente da Resistência francesa, estrela de cinema e amante de Jaujard

PRÓLOGO

Louvre, Paris, hoje

NO COMEÇO, EU OUVIA NA ESCURIDÃO. QUANDO ERA NOVA, eu não tinha olhos e não conseguia distinguir o dia da noite. Mas descobri que gostava da música — da alegria revigorante da *lira da braccio* e da flauta — e da tagarelice estrondosa do ateliê. Das cócegas do carvão. Do calor firme dos dedos dele, incentivando-me a existir, camada por camada. Passei a existir, não de uma vez, mas aos poucos, como o acúmulo de fumaça em um salão, uma nuvem por vez. A respiração dele contra minha bochecha, enquanto seu pincel soprava vida. Mergulhei para ganhar a consciência, como se viesse do oceano mais profundo, frio e escuro. Eu estava ciente das vozes, como o bater das rochas contra as ondas. Mas eu sempre ouvia a voz dele. Ele sussurrava para mim. Ele me fez desejar existir, persuadiu-me a sair do álamo. Até então eu estava feliz com a escuridão. Ainda não sabia que a luz existia.

Meu rosto nasceu primeiro, aparecendo entre camadas rodopiantes de alvaiade. Ele me conjurou adiante com sombras tonais e blocos de sombreados, aguando-me em demãos escuras. Fui revestida uma e outra vez com uma camada de *imprimitura*, translúcida como as asas de uma borboleta. Minha pele era fantasmagórica, não era o rosa da carne, então ele adicionou uma porção pequena de pigmento de laca vermelho e amarelo, sombreando-me com umber queimado. Minhas mãos, vestido, véu e cabelo não eram nada além de pensamentos em carvão, aguardando para existir. As primeiras linhas de tinta do *modello*.

A ponta afiada da agulha perfurando meus novos contornos, pronta para o *spolveri* de carvão. Os dedos dele massagearam os buraquinhos no papel, esfregando o pó. Era delineada, um espelho na madeira. Uma coleção de partes. Queixo. Seios. Dedo. Nariz. E, com meus novos olhos, olhei ao redor. O agitado do dia e a quietude da noite. Fiquei maravilhada. As estrelas reluziam mais além da janela, acesas como velas no ateliê — talvez um pintor celestial trabalhasse, o Leonardo do paraíso, pintando uma nova constelação encomendada pelos deuses.

Enquanto Leonardo me pintava, dando-me ombros e lábios e criando as cascatas do meu cabelo e a translucidez do meu véu, ele falava comigo.

— A arte da pintura é superior à música, já que não sucumbe imediatamente após sua criação. A música do alaúde, embora doce, já desapareceu. Enquanto isso, você continua aqui.

Eu escutava essas intimidades com entusiasmo enquanto algo começava a crescer dentro de mim — as primeiras sementes do amor.

A princípio, eu costumava olhar para Leonardo com absorto silêncio. Então, um dia, ele me confidenciou os segredos dos céus, dizendo: "As pessoas acreditam que há um homem na Lua, mas lá só há oceanos. A superfície da lua é alagada por água do mar".

Escutei uma voz perguntando o que queria perguntar.

— É verdade que não há nenhum homem na Lua? — disse a voz.

Então, para minha surpresa, entendi que aquela era minha voz. Eu podia falar. Eu não sabia que podia.

Leonardo me encarou, atônito. Ele se aproximou até seus olhos estarem paralelos aos meus. Tocou meus lábios com seu pincel.

— Você está realmente aí? — ele me perguntou.

— Sim, estou — respondi.

— Quem é você? — ele indagou, estudando-me com admiração.

Eu o encarei de volta e respondi:

— Sou sua.

Meu Leonardo era muitas coisas — imaginativo, generoso, meticuloso —, mas não era rápido, e, no tempo que demorou para me conjurar, ele me confiou uma porção de coisas. Concebia novos mundos em uma única folha. Só existiu um único Leonardo. E só houve uma única pintura como eu. As outras poderiam ser olhadas, mas nenhuma outra podia ver. Quando eu era nova, e minha pintura era fresca e meu verniz, impecável, fui uma revelação em alvaiade e *imprimitura*. Ninguém pintava do mesmo jeito depois de mim. Ou ninguém que fosse bom o suficiente. As almas medíocres, cinzentas e frágeis, por meio século, produziram, em grandes quantidades, pálidas Madonnas para altares de igrejas provinciais. Mas, depois de colocarem os olhos em mim, até os poetas retornaram ao mundo com uma língua mais afiada.

Por favor, entenda que eu não sou a bela esposa burguesa do comerciante de seda. Eu não sou Lisa del Giocondo. Eu consigo escutá-la agora como era na época, sua voz petulante e ansiosa. O ruído das preocupações dela. *O ateliê está sufocante. Por que as janelas não podem ser abertas?* Lisa. Lisa. Seu nome é como um chiado de vapor. Por que eu precisava começar com ela? Ser feita à imagem de alguém tão comum. No entanto, assim como o brilhante lápis-lazúli que resplandece nas roupas de milhares de Madonnas é extraído do calcário, também fui eu persuadida da inflexível e relutante Lisa.

Por certo momento, como uma mãe e um feto, eu e ela compartilhamos uma alma. Naquele momento, então, eu ainda não era eu mesma. Os suaves cachos do cabelo de Lisa apagados. Desenhados de uma nova maneira. A primeira curva de sua bochecha. O formato do crânio. As intenções e ideias de Leonardo. Eu era mais Lisa e Leonardo do que eu mesma. Mas, pouco a pouco, pincelada por pincelada, eu me tornei eu mesma. Minha alma era minha. Eu olhava com minha própria curiosidade. Via os limoeiros cintilarem em seus vasos na sacada. A poeira de suas folhas. Músicos transpirando enquanto tocavam para manter Lisa sorrindo. Para me fazer sorrir. E, assim mesmo, já não éramos mais a mesma criatura, ela e eu. Abençoe a Madonna e todos os santos do Céu. Meu sorriso não é o dela. Nunca foi. Ela sempre precisava que explicassem todas as piadas. A pobre, boa e diligente Lisa.

Agora, enquanto olho pela minha prisão de vidro no Louvre, faz centenas de anos desde que a vi pela última vez. Ela jaz em sua tumba, e eu, no meu caixão de vidro. A maior parte dos prisioneiros cometeu um crime. Mas eu não. Um palácio folheado a ouro, não importa o tamanho de seu esplendor ou o quanto seja cheio de silenciosos tesouros, continua sendo uma prisão quando não se pode sair. Os visitantes do Louvre se enfileiram por horas e então encaram, boquiabertos, sem conseguir me ver. Agora eu sou uma destinação para guias turísticos e pacotes de viagem da Europa. Tornei-me ranzinza e cheia de bílis negra na minha idade avançada, mas os modos dos turistas são horríveis. Eles reclamam, um para o outro, de como sou pequena e comentam que meu sorriso é mais uma careta. Antes, eu competia com centenas de outras em um dormitório indigno de pinturas parcialmente esquecidas, exceto por aqueles que vinham me procurar. Contudo, hoje em dia eu estou em qualquer lugar, então vocês já não me veem, mesmo quando estou bem em frente. Todos vocês vêm aqui se protelar em minha presença, para homenagear seus segundos atribuídos, antes de serem apressados pelos meus carcereiros. Ainda assim, vocês escolhem registrar pelos celulares o momento de seu não olhar enquanto estão com as costas viradas para mim.

Bom, se vocês não forem me ver, ao menos não procurem pela outra Lisa. Eu sou real. Esse é o segredo. Francamente, ela não vale o transtorno. A obediente e tagarela esposa de um comerciante presunçoso e vaidoso. Ela está morta. Seus ossos perdidos, varridos como poeira num convento. Escutem, em vez disso, a minha história. Minhas aventuras valem ser escutadas. Eu vivi muitas vidas e fui amada por imperadores, reis e ladrões. Sobrevivi a sequestros e agressões. Sobrevivi a uma revolução e duas guerras mundiais. Mas essa também é uma história de amor. E, também, uma história do que nós fazemos por aqueles que amamos.

Desde o início eu fui dele, já que, como Prometeu, ele soprou o fogo da vida em mim. A princípio, nada disso me causava medo, pois eu não sabia o que eu era, e que, como uma pintura de madeira e pigmento, eu era diferente das pessoas feitas de carne, sangue e osso. Eu só sabia que o amava e que, com o tempo, ele também me amaria. Ficamos juntos por muitos anos, e ele me confiou seus muitos segredos. Seus ciúmes. A inquietação de suas ambições.

E, no fim, fizemo-nos imortais, ele e eu. Mas ele está morto, e eu observo, sozinha, em silêncio. O teto da minha cela é feito de vidro, mas é à prova de balas, com grossura de dois centímetros e selada do mundo exterior. Não consigo escutar quase nada além de balbucios abafados. Ninguém mais se importa em falar comigo. Mesmo que eu chame, ninguém me escuta.

Escute-me agora.

Florença, 1504

Inverno

AOS 51 ANOS, LEONARDO AINDA É UM HOMEM BONITO. ELE usa uma túnica curta e rosada, além de um manto de veludo no mais escuro dos verdes, presenteado a ele por Ludovico Sforza, Duque de Milão. Vestindo sua túnica e seu manto, cada centímetro de Leonardo parece ser o artista celebrado de Milão em meio aos conservadores republicanos de Florença, com seus trajes simples e cortes de cabelo comedidos. Seu belo cabelo cacheado está salpicado de fios brancos, cuidadosamente arrumados, e chega agora no meio do peito. O grisalho lhe dá um ar mais sério. Ele visita o barbeiro com frequência, e suas bochechas estão lisas. Seus olhos são como os das aves que ele ama, um *aquilone* ou talvez um milhafre, observando cada detalhe, janelas negras emolduradas por sobrancelhas grossas. Eu observo essas sobrancelhas. Elas são o catavento interno do ateliê. Essa manhã, Zéfiro deve estar trazendo ventos mornos, já que, para o deleite de Leonardo e meu desestímulo, Lisa del Giocondo chega com sua criada. Eu vejo os ajudantes pararem de moer pigmento para observá-la, perplexos por sua beleza. Entre visitas, até esqueço como ela é bonita e me choco, então ela faz uma careta, irritada, e a ilusão de uma deusa imortal se corrói. Ela vistoria com desgosto a magnificência descascada da Sala del papa e as tiras de pele raspada de filhotes de cabra e bezerros jogadas nos azulejos e bancos; são cerosas e translúcidas, prontas para serem curadas e transformadas em velino. É evidente para mim que Leonardo esqueceu que ela está vindo, mas ele é atencioso e esbanja charme, sentando-a na melhor cadeira. Eu estou descansando em meu tripé no outro lado do salão, onde tenho vista privilegiada, mas Lisa está ocupada demais fazendo um rebuliço com seus vários xales e não presta atenção em mim.

— Meu caro Leonardo, trouxe um presente para você — ela diz, entregando a ele um pequeno pacote.

Ele se agacha ao lado dela, aparentemente comovido pelo gesto.

— Bom — ela sorri —, não vai abrir?

Leonardo diligentemente abre o pacote, onde encontra um livro de orações. Ele o ergue em direção à luz, e eu percebo que cada página é decorada com pesadas e grosseiras xilogravuras de pecadores atormentados. Ele a encara, com afetuosa perplexidade, e ela aperta as próprias mãos.

— Me preocupo com sua alma eterna, maestro. Por favor, eu imploro, leia-o.

— Se eu o ler sem crença genuína, não tenho certeza de que terá o efeito desejado, Madonna Lisa.

Os lábios dela tremem.

Eu não tenho estômago, mas sinto um mal-estar mesmo assim. A alma de Leonardo não precisa de salvação. Ele tem sua própria fé. E, se sua alma um dia precisar de salvação, será eu quem o fará, e não Lisa del Giocondo, com toda sua piedade. Sou uma pintura que pode ver e ouvir: fui tocada pelo divino. Mesmo que, uma vez ou outra, eu seja tocada por flechas terrenas de ódio e desdém.

— Salaì. Vin Santo. Biscoitos. — Leonardo se levanta, sinalizando ao seu ajudante-chefe.

Salaì. O que posso dizer? Ele é um ladrão. Um mentiroso. Obstinado. Glutão. Porém, a tudo Leonardo perdoa, pois Salaì é belo e o faz rir. Beleza faz Leonardo ignorar muitas coisas. Isso é verdade tanto para Salaì quanto para Lisa. Salaì significa "diabinho" e é o eterno favorito de Leonardo, com seus cachinhos que mais parecem um cordão de castanhas polidas, e seu sorrisinho travesso. Ele parece um anjo que anseia se despir das asas para comportar-se mal.

Meu querido Leonardo não consegue resistir. É minha incumbência ficar de olho em Salaì e tentar limitar o caos que o desgraçado pode causar e causa em todos nós. Eu advirto Leonardo repetidas vezes, mas ele raramente escuta. É escravo da beleza.

Lisa estremece. É um absurdo. O ateliê está deliciosamente fresquinho. O teto é alto, e as janelas cobertas. A tinta a óleo reage ao calor extremo, e Leonardo precisa de uma luz fixa e uniforme para desenhar. Lisa nunca está contente.

— Podemos acender o fogo?

— É claro, Madonna.

Os servos aparecem em um instante. Todos querem agradar Lisa. É cansativo. Até as chamas rompem em um instante, como se estivessem encantadas por ela, deixando suas bochechas rosadas. Leonardo se aproxima, arrebatado. Ele sinaliza por seus pincéis e sua paleta, determinado a combinar minha bochecha com a dela. Para minha satisfação, o fogo foi aceso em lenha úmida e começa a fazer fumaça, e a pobre Lisa começa a tossir, cobrindo a boca e os dentes perolados com uma mãozinha branca. Os olhos dela lacrimejam. Leonardo escrutina cada parte de seu rosto, imperturbável em sua fascinação, como se Lisa fosse a Madonna ela mesma.

Ela olha de relance para o ateliê, inquieta como um pardal. As conversas se aquietam, todas as risadas se abafam. Até Salaì se comporta. Ela procura alguma coisa. Ela procura por mim.

— Ah — ela diz, finalmente me espiando, seu rosto tenso. — Ainda não está finalizada. — Ela torce seu sofisticado nariz. — E não se parece comigo.

O que ela quer dizer é que não gosta de mim. Não há problema nisso. Também não gosto dela. Leonardo é mais diplomático. Ele coloca a mão reconfortante na dela. Ela se esquiva. Ele não é seu marido, e ela se aflige quando ele a toca.

— Pinturas são como poesias visuais.

Lisa o encara, confusa.

Ele tenta de novo.

— Quando pinto, pinto duas coisas. Pinto um homem ou, aqui, uma mulher. Mas também pinto uma mente; minha mente, minhas ideias. Esse retrato não é só seu, mas também da minha mente e das minhas ideias. A parte da pintura que lhe parece estranha não é você, sou eu.

E eu acredito, mas não é hora de discutir.

Leonardo sinaliza para seus ajudantes colocarem meu tripé em frente a ele e Lisa, e ela me examina com tenso desgosto. Ele olha de relance para mim e para ela.

— Ninguém jamais criou uma pintura como a minha Lisa. Ela é Eva, mas também não é. É a Virgem, mas também é todas as mulheres. A Laura de Petrarca, a Beatrice de Dante e todas as Amadas Damas. Mas ela também é humana, com tons de carne. Se você se aproxima e toca sua bochecha, você espera que a pele afunde. Ela é o esplendor da vida, cálida. Está envolta de luz e sombra. Ela é filha legítima da natureza e familiar de um deus que fala e respira.

Lisa se aproxima mais e mais até que seus cílios quase tocam no meu, tentando ver o que Leonardo vê, como Leonardo me vê. Todos os dias, eu vejo o mundo pelos olhos que ele me deu, enquanto o mundo pisca de volta para mim. Pelos nossos olhos, o universo é maravilhoso.

Ela não enxerga. Não consegue. Lisa está diante de mim e continua me estudando com uma expressão apreensiva no rosto. Eu a encaro de volta, nossos olhos se encontram. Por que deveria evitar seu olhar? Os lábios dela se contorcem em desgosto.

— Assim não vai dar. Preciso que ao menos finja sorrir ou não vou poder pintar — reclama Leonardo, achando um pouco de graça.

— Ah, mas eu prefiro e muito quando ela está assim — rebato. — A carranca combina com ela.

Leonardo se esforça para me ignorar e se concentrar na outra Lisa.

— *Messer* Leonardo, achei que me pintaria de perfil! A pose é insolente…

— De jeito algum. O olhar dela é direto. Íntimo — sugere Leonardo. Há um quê de orgulho em sua voz.

Posso ser mulher, mas, quando me olha, eu ouso olhar de volta, resoluta. Não sou como as outras que vieram antes de mim, que olham para o chão com recato, para as mãos unidas de forma tímida, para o lado. Olhe para mim, e também verei você. Toda a *bottega* de Leonardo sabe que ele pintou algo revolucionário. Que eu sou revolucionária. Sou uma maravilha e mudarei o mundo, mas só para aqueles que desejarem ver. Lisa del Giocondo não é uma dessas pessoas.

Como ela pode acreditar, sinceramente, que nós duas ainda temos algum tipo de conexão? A corrente de papel que nos une se parte.

— O que os outros vão pensar? Estou olhando nos olhos deles. Não é recatado. Não é virtuoso. — A voz dela é suave, preocupada.

— É um retrato íntimo para pendurar em sua *villa*. Ninguém vai vê-lo além de seu marido. Espero que ele fique tão orgulhoso que convide todos os amigos e conhecidos para que o vejam também.

Ela dá um sorrisinho.

Leonardo toca no braço de novo. Dessa vez, ela não se contrai.

— Mas a minha Lisa não está acabada. Olhe para as mãos dela, os braços. O vestido. São só traços do *modello*. Mal comecei a paisagem atrás dela. Não precisa se preocupar. Não ainda. Não por um bom tempo.

Nunca, acredito. Nunca, jamais, vou viver na *villa* Giocondo. Meu lugar é aqui, com Leonardo. Também não estou preocupada. Leonardo diz a verdade. Ele sempre leva muito tempo para terminar qualquer coisa. Quando consegue acabar. Não sei se quero ser terminada e tirada dele.

Leonardo está bravo comigo.

— Por que não pode ser mais gentil com Lisa? — ralha ele. — Você zomba dela sempre que ela se senta conosco.

— Por que isso importa, se ela não pode me ouvir? — respondo. — Só os maiores artistas podem ouvir minha *voce*. Aqueles com verdadeiro *ingegno*. Lisa é ordinária. Comum.

Só o mestre ouve minha voz. No começo, eu não sabia disso e chamava os *garzoni* do ateliê, contando piadas a Tommaso ou gritando insultos contra Salaì. Achava que Salaì me ignorava, e demorou pouco para eu entender que ele não conseguia ouvir. Poder parar de fingir educação foi tanto libertador quanto frustrante. Podia ser tão rude quanto quisesse, mas cada insulto parecia ser levado pelo vento. Leonardo e eu nos perguntávamos se nossa conexão era um fato único entre o criador e a criação. Mas, um dia, Rafael de Santi, o pintor de Urbino, veio visitar o ateliê. Comentei com Leonardo como ele era jovem e como seu desenho era genial e, sem pensar, ele fez uma reverência e agradeceu, murmurando.

Parecia que Rafael também podia me ouvir. Naquela noite, Leonardo e eu decidimos que artistas de verdadeira visão e gênio, abençoados com *ingegno*, podiam ouvir minha voz. Por ora, é uma fonte de orgulho saber que apenas os mais brilhantes podem me ouvir falar. O próprio Leonardo, Rafael. Pergunto-me se haverá outros. Não me importo. Nunca serei solitária enquanto tiver Leonardo.

Leonardo grunhe, ainda incomodado com minha falta de maneiras em relação a Madonna Lisa. Ele nunca é indelicado, é sempre paciente com aqueles menos inteligentes que ele, ou seja, todos nós.

— Pode ser mais esperta do que Lisa, mas seu sorriso não tem a doçura do sorriso dela. O mesmo pode ser dito de seu temperamento.

— Ela é feita apenas de frieza e flegma. Como um sapo.

Leonardo abaixa o pincel. Esta noite, o trabalho dele não está indo bem, e eu não estou ajudando. Ele desenha e redesenha minhas mãos com carvão. O alvaiade preparado em meu painel está cheio dos *pentimenti* dele, os arrependimentos, onde esfregou os pontos de *spolveri* e continua a ajustar o ângulo de meus dedos uma e outra vez. Se não fizermos as pazes, posso acabar sem mão alguma. Sei que devo pedir perdão, mas ele entala na minha garganta. Quero que não faça nada além de mim, mas ele se distrai e se interessa por muitas coisas. Seus esboços e projetos estão espalhados pelo ateliê. Salaì bamboleia por ele, e Leonardo o toma pela mão para beijar a carne tenra de seu pulso. Sou agulhada pelo ciúme, tanto do fato de ele ter mãos quanto de o mestre querer beijá-las. Mas nem Salaì pode aplacá-lo, e ele apaga meus dedos de novo, deixando apenas tocos borrados.

Talvez haja presciência em sua miséria esta noite, já que a porta que leva ao ateliê é tomada pelo vento, uma ventania de janeiro, e por ela entra Nicolau Maquiavel, mestre do infortúnio, vestindo a pretensão da amizade. Devemos o presente ateliê, os aposentos e uma nova encomenda de um enorme mural da Batalha de Anghiari na câmara do conselho a Maquiavel. Todos devemos a ele. Aviso a Leonardo uma e outra vez para ter cuidado com a benevolência farpada de Maquiavel. Sua moeda favorita não são os ducados de ouro nem os florins, mas os favores, e ele se deleita em cobrar o pagamento. Estudo o cabelo preto e molhado, penteado para trás sobre a pele branca de Maquiavel, e seu sorriso malicioso parece rente ao crânio. É hora de pagar.

— Leonardo! Meu grande amigo.

Leonardo se levanta do tripé e o abraça com prazer genuíno, fazendo pouco caso de minhas preocupações. Ele está feliz de ter uma distração, e Maquiavel o diverte. Ele é esperto e sagaz. Sua mente é maravilhosa. Não se preocupa que ele se deleite com prazeres sinistros. Cada parte das sombras da vida dele fascina Leonardo.

Maquiavel manobrou o Conselho Florentino, fazendo com que contratassem Leonardo como pintor, e conseguiu para ele o ateliê e os aposentos no refeitório da Novella Santa Maria. A Sala del papa foi construída para o conforto e prazer de papas em viagem e é apropriadamente suntuosa do lado de fora, com mármore incrustado de listras brancas e verde-escuras, uma harmonia de formas geométricas que reluz como osso. Mas, por dentro, ela é dilapidada e lúgubre, e partes da sala externa estão em mau estado. Talvez seja por causa dos brilhantes afrescos dos antigos governantes florentinos, os exilados Medici, que o Conselho seja tão relutante em arrumar o telhado como Leonardo pediu, e agora a chuva tamborila em inúmeros baldes, inundando o piso tipo espinha de peixe. Nas paredes, os rostos rosados dos garotos Medici encaram a todos, tristes, em meio a florescentes rosetas de umidade, fantasmas da juventude de Leonardo. Várias janelas vazam, e riachos mancham as paredes amarelas como lágrimas.

Maquiavel me vê posta no meu tripé, vê os dedos de Leonardo sujos de pigmento e faz uma cara feia.

— Você está se envolvendo com a esposa de Francesco del Giocondo — ele fala, com tom de desaprovação.

— Os garotos estão trabalhando na encomenda — Leonardo responde, ignorando a insinuação.

Isso é uma verdade parcial. Mas o conselho está pagando especificamente pelo mestre. Maquiavel olha em volta, observando as peles sendo trabalhadas para virar velino e os tonéis borbulhantes de goma arábica, além das gargalhadas da comitiva de ajudantes e aprendizes transbordando do salão ao lado. Uma tigela com figos gordos descansa em uma mesinha baixa ao lado de um grande queijo pecorino e um pernil de presunto, a gordura branca brilhando. Parece posta para uma natureza morta dos aprendizes.

— Você mima esses garotos — Maquiavel reclama.

— Só de vez em quando — eu contesto. — Deixando o charme de lado, Leonardo fica furioso com a incompetência deles e com a bagunça que fazem.

Maquiavel me ignora. Todos me ignoram, exceto Leonardo.

— A alegria deles me regozija — Leonardo diz. Não tem tempo para a arrogante parcimônia de Maquiavel. — O pintor é um cavalheiro. Ele usa roupas bem ajustadas, de tecidos de qualidade. Come boa comida. Só assim ele pode pintar a beleza e capturar a alma humana.

Maquiavel levanta uma sobrancelha, mas não tenta discordar.

— Nesse caso, há algo que você precise? — ele pergunta, solícito como um taverneiro que espera por uma boa gorjeta.

— Salaì? O que está na lista? — chama Leonardo.

Salaì se move com graça até eles, servindo duas taças com vinho.

— Toalhas, guardanapos, castiçais, um colchão de penas, conchas, abajures, tinteiros e tinta.

— Você não consegue essas coisas sozinho? O adiantamento que negociei para você deve ser suficiente para tintas e guardanapos.

Leonardo dá de ombros.

— Você ofereceu. E tenho a suspeita de que, no fim, essa visita me custará alguma coisa. O que você quer? Não veio aqui para fazer minhas compras.

Maquiavel dá um sorriso de crocodilo.

— Preciso da sua ajuda e das suas habilidades. Desviarei o curso do rio Arno. Tirá-lo de Pisa e privar a cidade de seu acesso ao mar. Todos dizem que é um feito impossível.

— E você sabe que gosto de coisas impossíveis. Você pretende me tentar.

— Claro que sim. Jamais mentiria para você, Leonardo.

Agora é a vez de Leonardo rir, mas não é algo bom. Consigo ver que está encantado. Desviar o Arno é um plano de engenharia dos deuses. Eu suspiro. Maquiavel entende como é difícil para Leonardo terminar uma pintura, especialmente algo tão monumental como esse grande mural. Mas Nicolau Maquiavel também consegue escutar os constantes tambores da guerra, farejou uma rota para a vitória contra Pisa, e ele não liga para pinturas ou para Leonardo, exceto quando podem ajudar a realizar sua sempre infinita ambição. Há um frenesi de empolgação a respeito dele.

— Você tem mapas precisos? Qual é o tipo de solo?

Maquiavel puxa um documento dobrado de sua sacola.

— Não são tão bons quanto qualquer coisa que poderia desenhar você mesmo. Você precisa vir e ver por si mesmo. Desenhar novos mapas.

— Imagine, meu amigo. Florença com um canal! Uma cidade triunfante com uma rota para o mar. Enfim poderíamos nos tornar uma república capaz de rivalizar Veneza ou até mesmo Roma. Crie os projetos, e eu juro que vou cuidar para que sejam seguidos.

Leonardo o observa com um olhar desejoso. Ele *quer* acreditar nele. Leonardo já apresentou uma proposta atrás da outra para os Grão-Duques — projetos arquitetônicos para catedrais, projetos de maquinário de guerra —, mas, apesar de suas ideias divertirem os outros e serem muito admirados, ele nunca recebeu uma encomenda de tão vasta escala. Ambição e desejo flamejam dentro dele. Consigo ver bem. Ele brilha como Ícaro, tentando alcançar a orbe do sol.

— Seremos os criadores da nova República Florentina — declara Maquiavel.

A política por trás do esquema não significa nada para Leonardo. Ele se importa apenas com a maravilha da engenharia, a possibilidade de alterar a face da terra. Está encantado com o novo projeto.

— Leonardo! Negocie seus termos — eu o repreendo.

Ele assente com a cabeça e olha de canto para Maquiavel.

— Enviarei a conta das minhas despesas. Para meus desenhos e minhas viagens.

Maquiavel resmunga.

— Mas é claro. Suponho que o adiantamento pela encomenda da pintura já acabou.

Leonardo não responde.

Maquiavel se levanta e me encara, boquiaberto.

— Não gosto do jeito que ela me olha. Pela maneira que o rosto dela só está aí, jogado contra o fundo. Ela precisa de roupas. E mãos. Quando a terminará?

— Nunca — Salaì responde, aparecendo de novo para limpar os vidros. — Se acabar, terá de entregá-la para Francesco del Giocondo.

Salaì não me nota. Até eu aparecer, ele não tinha rivais pelo afeto de Leonardo. Ele pode não ouvir minhas farpas e meus insultos, mas sabe que não sou uma pintura qualquer. Eu o perturbo.

Maquiavel me perscruta de novo.

— Ela é assombrosa. Pode ser só um rosto, mas tem algo a respeito dela que é tão realista.

Ele vira as costas para mim. Não tem um pingo de educação.

— Ah, e aqui está o contrato formal para o mural — Maquiavel acrescenta. — Negociei termos excelentes. Um estipêndio mensal de quinze florins. Eles cobrirão os custos dos materiais, claro.

Ele entrega um pedaço de papel e Leonardo assina sem ler.

— Precisa estar finalizado em fevereiro, sem exceções, sem desculpas. Seria um problema para você? — Maquiavel diz com malícia, cutucando a vaidade de Leonardo.

Leonardo dá de ombros, fazendo pouco das preocupações de Maquiavel. Sempre começa cada trabalho com enorme otimismo, mas este vaza com o tempo, como o vinho de um garrafão rachado.

Salaì ri, incrédulo, e sacode a cabeça. Pela primeira vez, concordo com ele.

O ateliê sem ele é como um dia de verão nublado. Estamos todos irritados e indolentes; não temos propósito nenhum. Leonardo deixou Salaì na chefia, mas os outros ajudantes resistem e refutam suas ordens. Leonardo tomou para si outro pupilo, um garoto esguio de uns treze anos. O rumor é que devemos dinheiro ao pai dele. Segundo as fofocas da *bottega*, o pai dele é um nobre da Lombardia, mas, apesar das nossas dívidas, ainda concorda em pagar a Leonardo cinco liras por mês pela educação de seu filho. Salaì registra a quantia no livro de contas. O menino possui roupas elegantes; suas túnicas são de lã de carneiro tingidas de vermelho brilhante e, no friozinho do entardecer, exibe uma garbosa capa de veludo cinza que até mesmo Leonardo usaria, as dobras refletindo a luz da lareira. Salaì o humilha sem parar. Na noite em que Leonardo parte, Francesco Melzi já não usa mais a capa; é Salaì que se envaidece nela, ao lado do calor. Francesco se senta em silêncio, em fingida indiferença, tentando segurar lágrimas que seriam vergonhosas. Ele entende seu lugar na hierarquia da *bottega*. Nossa criada Alicia, ajudada por outras duas serviçais, chega para fazer a limpeza e providenciar comida, mas está enojada e murmura para si mesma em descontentamento, mostrando sua aversão ao bater nos pratos e varrendo com mais vigor do que seria necessário. Pilhas de pratos descartados. Frutas apodrecidas.

Salaì imediatamente cobre as janelas com um papel grosso e áspero, como fora instruído — a luz precisa ser fria e uniforme. Chegam mais operários e carpinteiros, trazendo cinco *braccias* de madeira de olmo, prontos para construir uma plataforma, uma escada, além de todas as invenções que Leonardo planeja para que possa alcançar as partes mais altas do mural onde ficará o papel para o vasto *modello* da câmara do conselho. O ateliê está rapidamente se transformando em um canteiro de obras. Salaì pavoneia e grita, vaidoso como um galo. As duas serviçais saem chorando. Leonardo jamais permitiria algo assim. As regras do maestro são ditas com charme e ternura, nunca com ameaças. Todos nós ansiamos por agradá-lo. Uma enorme resma de papel chega para o *modello*. Salaì ordena que os meninos comecem a colá-la. O constante e rançoso cheiro de carne de coelho fervendo no caldeirão da lareira é repugnante. Francesco se queima quando Salaì derrama cola em seu pulso. Não tenho certeza se foi um acidente. Alicia vomita com o perpétuo cheiro. Anseio reclamar com Salaì e lançar uma saraivada de maldições que ele não pode ouvir e, quase como se sentisse minha desaprovação, ele me levanta do tripé e me puxa para o quarto de Leonardo. Eu me oponho veementemente. Ele justifica minha remoção para um Leonardo ausente.

— É para o bem dela. O calor, o vapor e a gordura da cola vão arruinar a pintura.

Zelosamente, ele me põe em cima dos lençóis de linho, embora eu tenha impressão de que ele preferiria me arremessar. Ele me olha com atenção por um segundo.

— Será bom ter alguns dias sem esse seu olhar arrogante. Como se você sempre soubesse mais que todo mundo. Beata coroca.

Estou sozinha e estou furiosa. Eu encaro o teto. Uma teia de aranha está armada entre as vigas. Minha raiva resfria e se torna curiosidade. É a primeira vez que estou no quarto principal, e estou emocionada de poder dar uma olhada em um ambiente tão íntimo. O quarto tem a marca de Leonardo e combina com ele como uma luva de pele de carneiro descartada. A confusão de papéis e os conhecidos cadernos costurados. O cheiro de água de rosa, lavanda e aguarrás. O baú de cedro cheio de roupa. O linho da cama é macio e sem manchas. Os travesseiros desamarrotados, com cheiro de guardado depois de semanas sem serem usados. Leonardo possui a melhor cama, entalhada de forma extravagante com cortinas penduradas nas vigas. Os outros dormem em colchões ou repartem o mesmo estrado entre vários. Mas Salaì dorme aqui com frequência. Eu o imagino enroscado nos braços do mestre, Leonardo brincando com seus cachos, a linha nua de suas costas, ungindo os lóbulos de suas orelhas com beijos. Estou verde de inveja.

Ainda assim, quando Leonardo não está aqui, nem mesmo Salaì ousa dormir na cama dele, sonhar seus sonhos. Leonardo não fará objeções se eu colocar minha cabeça em seus travesseiros. O que temos entre nós é diferente. O afeto dele por mim persistirá mais de uma temporada, é um amor que transcende a carne, e, um dia, tenho certeza de que ele prefira a mim; até mesmo em comparação a Salaì.

Várias semanas depois, quando Leonardo retorna de Pisa, exausto e exultante, ele sequer nota o progresso. Mal inspeciona os esboços. Eu o escuto me chamar de uma vez. Fico tonta de prazer.

— Onde está Lisa? Onde está a minha Lisa?

Ele escancara a porta do quarto, e seu rosto se ilumina de felicidade quando me vê. Eu sorrio de volta.

— E, então, como foi? — eu pergunto.

— Úmido. Lamacento. Mas há possibilidades.

O rosto dele está corado, mas, por baixo da empolgação, ele parece exaurido, como se o alvaiade estivesse arranhado, aparecendo sob o pigmento brilhante em sua bochecha. Ele ordena que Francesco, que, desde então, virou nosso pequeno "Cecco", carregue-me de volta ao ateliê. Estou aliviada de estar de volta a *bottega* lotada e não consigo resistir dar um sorrisinho sarcástico para Salaì, que bufa assim que me vê.

— Mestre, o senhor não vai olhar para os esboços preparados para o mural? — ele implora.

Leonardo o beija de leve nos lábios e afaga-lhe os cabelos dourados, mas depois o dispensa com um aceno. Eu me envaideço.

— Uma taça de vinho. Um pouco de queijo. E, Cecco, já estão prontas as cores? Preto, ocre e um pouco de laca. Traga-me as colheres medidoras. Não. Isso é para minha Lisa. Não estou usando têmpera como liga, estou usando óleo. Salaì não anda lhe ensinando direito? — ele resmunga, cansado da viagem e ainda assim ansioso para me pintar.

— Deixe o menino em paz. Ele tomou conta de mim, ao contrário de Salaì — eu reclamo, e Cecco retorna correndo com os pincéis.

Leonardo ignora minhas críticas ao seu favorito. Eu observo o ateliê com interesse. Os obreiros terminaram a construção dos andaimes de Leonardo, que oscilam nas bordas da sala com plataformas suspensas, polias e guindastes assemelhados a trabucos. Leonardo, porém, por uma vez não presta atenção. Só tem olhos para mim. Ele sacode os pincéis e começa a mesclar a tinta com cuidado.

— Estudei o fluxo do Arno, mas também pensava em você, *mia amata* Lisa.

Ele nunca me chamou assim antes, e estou emocionada. Percebo que algo mudou entre nós desde a ausência dele. Ele sentiu minha falta, pensava em mim, segurava meu rosto em sua mente. Então, por enquanto, ele quer se devotar apenas a mim. Todas as rotas e distrações o levaram de volta a mim, mostrando-o como me finalizar.

Ele se levanta por um momento, buscando algo em sua bolsa, e puxa um mapa pintado a mão, abrindo-o e segurando-o para que eu possa ver. Os afluentes do rio se dividem e cortam o papel em azul e marrom, ondulando-se em um vigoroso frenesi de tinta. Leonardo bate na página com um dedo comprido, mas me escrutina.

— A *vene d'acqua* da terra é como o fluxo de uma mulher. O ciclo de vida de uma mulher é curto enquanto o da terra é eterno, mas, ainda assim, refletem um ao outro. Como um homem, a mulher tem ossos dentro dela, o apoio e a armadura da carne, da mesma forma que o mundo tem pedras, os pilares da terra. A mulher tem em si um lago de sangue, onde os pulmões inspiram e expiram, enquanto o corpo da terra tem oceanos, com marés que variam a cada seis horas, como se o mundo respirasse. — Ele olha para mim e sorri. — Precisamos lhe dar um pulso, precisamos fazer você respirar. Ou fazer que assim pareça.

Ele empurra o mapa para Cecco e busca, então, uma colher medidora, e, como um alquimista, coloca um pouco de laca, um pouco de óleo, e mistura ambos com uma espátula no quadro.

— Mas só isso não será suficiente — ele franze o cenho, tentando alcançar algo que vai além de minha compreensão. — Você, minha Lisa, é diferente de outras mulheres. Você é a Mulher Universal. Eterna como a terra. Pinto todas as mulheres e a própria terra ao mesmo tempo, vista, acredito, sobre seu ombro. A mulher e a própria terra e as forças que dão vida a ela.

Vibro com as possibilidades. As coisas são assim com Leonardo. Ele vê a correlação entre tudo e, enquanto estou em sua presença, também consigo senti-la. Quando ele se vai, a luz da compreensão se extingue.

Ele pega o pincel e começa a espalhar muito devagar mais camadas ao redor do que serão as ondas do meu cabelo. Ele murmura enquanto trabalha, meio para si mesmo.

— Os cachos de seu cabelo se movem como as águas do Arno.

Leonardo faz cócegas nas linhas do meu cabelo, onde ele encontra o céu.

— Pegue um espelho! — ele pede. — Ela quer olhar.

É verdade. Eu quero. Quem mais tem o privilégio de presenciar a própria criação e, mais do que isso, lembrar-se do momento?

Encaro a mim mesma no vidro que Cecco coloca na minha frente em um cavalete. Sorrimos timidamente uma para a outra.

Duas Madonnas Lisas. É fácil demais nos chamar de belas. Nossos olhos são caídos e conhecedores, nosso cabelo é carvão *spolveri* borrado, os cantos de nossos vestidos são giz sobre camadas de gesso, esperando serem pintados. Leonardo confidencia em voz baixa enquanto trabalha.

— Vai usar um véu. Escuro e fino como uma agulha. Translúcido, quase invisível contra o tom azulado do céu. Na natureza, o ar tem escuridão atrás dele e parece azul — diz Leonardo.

Observo-o de volta, só entendendo metade. Ele vê a conexão entre todas as coisas. A natureza, a pintura. A vida e a morte. A sombra e a luz.

Ele me diz, orgulhoso, que eu comecei como um experimento. Exaltado pelas pinturas de Sandro Botticelli, que ele insiste em chamar de lamentáveis e inúteis, ele ficou determinado a me criar. Eu revelo o que é possível na ciência da pintura e *prospettiva*. Mas não é suficiente para mim. Não quero continuar sendo um experimento. Eu quero ser mais do que uma *invenzione*, não importa o quanto seja fantástica. Ele disse a Lisa del Giocondo que sou a Laura de Petrarca e a Beatrice de Dante. Mas, se sou uma dama adorada, então devo ser amada. E quero ser amada por Leonardo.

Salaì para de esperar que ele comente a respeito dos esboços do mural e vai para a cama, grunhindo, insatisfeito. Vejo-o afanar uma garrafa de vinho bom para levar consigo, o vinho antigo, reservado para as visitas. Dessa vez escolho não dizer nada. Ainda assim, ele me encara, furioso e com ódio. Esta noite, sua cama estará fria e vazia. Esta noite, Leonardo pertence apenas a mim.

O humor de Salaì não melhorou. Ao longo dos dias seguintes, Leonardo mal presta atenção aos desenhos preparatórios do mural. O trabalho é retratar o tempestuoso triunfo da Batalha de Anghiari, a escaramuça de cavalos relinchantes, guerreiros e bandeiras ondulantes. Antes de partir para Pisa, Leonardo havia finalizado dezenas de esboços de cavalos e guerreiros aos uivos, e educou os ajudantes enquanto estes estudavam coisas semelhantes, mas agora perdeu todo o interesse. Seu único desejo é me pintar. Ele manda de volta ao boticário todas as tintas para o mural. A isso, até mesmo eu protesto. O mural precisa ser finalizado. Precisamos ser pagos e precisamos ter um lugar para viver.

— Estou experimentando com uma nova receita de óleos e pigmentos. Não quero pintar *Anghiari* com têmpera, ou em afresco — responde Leonardo.

Isso faz Salaì perder a paciência.

— Maestro! Você não pensa que seria mais útil confiar seus planos a mim do que... do que a ela! Estou tentando administrar sua *bottega*.

Leonardo o encara com um olhar de desdém comedido.

— Ela escuta e não discute.

Na verdade, isso é uma mentira, mas enfurece Salaì deliciosamente. Para minha decepção, a disputa foi interrompida pela chegada de Lisa del Giocondo. Hoje, Lisa está pálida e mais inquieta do que de costume. Ela se senta na cadeira estofada ao lado da lareira, agitada. Leonardo a coloca cuidadosamente na pose requisitada, inclinando o antebraço esquerdo dela no descanso de braço e colocando o outro por cima, como mostra de nossa virtude. Os dedos magros dela brincam com o veludo da própria manga. Leonardo pressiona os ombros dela com as mãos, girando-a, mudando o ângulo do braço direito mais para trás, e o rosto dela se vira diretamente para ele, franzindo o cenho. Ele pega os pincéis e tenta trabalhar, mas não tem como. Ela se remexe e suspira, impaciente.

Leonardo oferece uma taça de *Vin Santo*, o fogo para subir ou ser apagado. Não, não, ela não quer nada. E, ainda assim, não consegue se acalmar. Ela está irritadiça e infeliz. Mas reconheço que é adorável, e agora aprecio, depois de ter me visto no espelho de Cecco, que ela é mais bonita do que eu. De qualquer forma, Leonardo não está interessado em reproduzir uma simples cópia dos charmes femininos.

Eu não simpatizo com sua desgraça, porém. Todo o trabalho da *bottega* parou por Lisa, por isto, e aqui está ela, suspirando e cruzando e descruzando os pés em seus refinados sapatinhos bordados. Concordo com Salaì — não aguento essa mulher trazendo seus problemas entediantes para nosso ateliê. Suas crianças irascíveis, a duplicidade de seus servos. Todos nós fomos forçados a ouvir enquanto ela choraminga a respeito de tudo. Nada a agrada, mas Leonardo não mostra sinais de exasperação. Ele deixa o pincel de lado e se inclina para a frente com um semblante sério.

— O que a perturba, Madonna del Giocondo? Somos amigos, espero — ele diz. — Os servos roubaram botões mais uma vez?

— Não...

Lágrimas gordas e redondas como diamantes dos Medici escorrem por suas bochechas. Nunca a vi chorar antes. Só vi o pranto lívido das empregadas. Estas lágrimas claras e cambaleantes e sua respiração rouca e instável, tudo isso é novidade. Estou fascinada.

— Por favor — ela murmura. — Eles precisam sair.

Leonardo manda os assistentes para fora com um gesto.

Ele não pergunta, apenas espera. Sua expressão é gentil, cheia de preocupação.

— Diga, Lisa. Qual é o problema? — pergunto.

Leonardo serve uma taça de vinho e a coloca na mão dela, secando suas lágrimas com um quadrado de seda.

— Minha irmã — ela diz, por fim. — Foi denunciada em um *tamburazioni*.

Leonardo toma a mão dela e murmura com compaixão.

— O que disseram?

Ela engole e balbucia, sem conseguir olhar para ele.

— A acusação diz que quatro homens foram ao convento de San Domenico no meio da noite, onde duas freiras os esperavam, e que passaram três ou quatro horas lá... Pode imaginar o resto. É puro pecado.

— Sua irmã é uma dessas freiras?

— Irmã Camilla Gherardini. Vai ser levada a julgamento.

Ela volta a chorar.

— Florença está cheia de conventos e de homens indecentes desejosos de contar histórias lascivas. Não significa que seja verdade.

Ela sacode a cabeça.

— A acusação no *tamburazioni* é cheia de detalhes a respeito das... Das indecências.

Leonardo dá de ombros.

— Então o patife anônimo que sonhou com essa denúncia tem uma imaginação devassa. Rabiscou as imundícies da sua mente e as jogou no tambor. — Ele suspira e afaga sua mão. — Madonna Lisa, só porque alguém escreve algo ou o diz, não significa que seja verdade. Tenho certeza de que sua irmã será inocentada.

Ela olha para ele com uma gratidão que beira a adoração. Ouve-se o som de uma briga atrás da porta, e é claro, de onde estou, que Salaì e os outros assistentes estão espiando. Leonardo está revoltado, mas não pode demonstrar sua fúria sem revelar a Lisa que os assistentes ouviram tudo e sabem de sua humilhação.

— Um rato. Eles pegaram o rato que estava saqueando minha despensa. Não o matem agora, garotos — ele chama, endurecendo a voz. — Quero que sofra mais tarde. Não gosto de vermes sorrateiros.

Lisa estremece, pensando no rato. O outro lado da porta está em silêncio.

Depois que ela vai embora, Leonardo chama todos até o ateliê. Eles entram, envergonhados, e ficam diante dele. Ele está mais irado do que nunca. Os assistentes estão enfileirados, tremendo como soldados inimigos capturados. Tommaso, bem-apessoado e com o cabelo vermelho como um tomate. Giovanni, cheio de espinhas, surpreendentemente sem sal para o ateliê de Leonardo. O mestre prefere estar cercado de beleza, mas a beleza despenca do pincel de Giovanni. Ferrando, que até um pouco antes da chegada de Cecco não fazia muito além de misturar pigmentos.

— Garotos, vocês me trouxeram desgraça. E você — ele diz, virando-se para Salaì —, você é o que sabe que eu, também, fui denunciado. Era só um pouco mais velho que você quando fui acusado em um *tamburazioni* anônimo. Denunciado por sodomia. Preso. Colocado em uma cela. Tive sorte de que a acusação não foi mantida.

Encaro-o, assustada, perguntando-me como ele conseguiu se livrar da situação. Não tenho dúvida de que era culpado.

Ele nos repreende, furioso e desaforado. Todos nós estamos envergonhados. Sentimos um prazer maldoso com fofocas impudicas. Nenhum de nós gosta de Lisa, mas agora imaginamos Leonardo quando jovem, aterrorizado e sofrendo em uma cela terrível, com alguém deleitando-se por sua vergonha.

— Onde está sua compaixão? — ele diz, a voz suavizada pela fúria. — E você, minha Lisa, deve aprender mais humanidade.

Eu o encaro de volta, ferida. Quero chorar. Queria poder ter lágrimas gordas descendo por minhas bochechas como Lisa del Giocondo.

Primavera

DIA APÓS DIA, OUÇO A CHUVA DO LADO DE FORA DA JANELA. Cecco pode não ouvir minha *voce*, mas ele sente que não sou como as outras pinturas e gosta de minha companhia. Confia em mim, e ouço o jovem confessar a própria solidão; ele é especialmente franco, já que só pode imaginar minhas respostas. Ele gosta de vir sentar-se ao meu lado enquanto aponta o giz ou prepara os pigmentos, misturando espinheiro marítimo até virar um pó amarelo brilhante para tons de pele e triturando cochonilhas, prontas para o carmim sangrento de que o mestre precisará para pintar a cena de batalha. Não deixarei que Salaì o atormente e menospreze. Até mesmo disse ao mestre que ele roubou a capa de veludo do garoto, e ele a devolveu, manchada do preto obtido em trepadeiras carbonizadas de pura birra.

Leonardo pede para Cecco me erguer para que eu possa ver. O pequeno Cecco não questiona a ordem, aceitando-a como uma expressão da peculiaridade e gênio do mestre. Seus braços magros tremem quando ele me segura no alto — ele ainda parece mais uma criança do que um homem. Água escorre dos céus em riachos e corre pelas ruas, tornando-os tributários do Arno. Crianças navegam os barcos de brinquedo entre os cavalos e as tendas do mercado. Repolhos passam por lá. Vejo um cardeal levantar a túnica, revelando os tornozelos pálidos e finos. Sou colocada de volta no meu cavalete.

Ficamos a salvo no lado de dentro. Salaì finalmente consegue o que quer, e Leonardo volta a focar sua atenção no mural da Batalha de Anghiari. A encomenda já está atrasada. O escritório de obras do *palazzo* grunhe quando Leonardo pega o estipêndio mensal junto ao dinheiro adicional para a enorme quantidade de papel e madeira de que ele precisa para o andaime.

Eles pagam em moedas para fazer pouco dele, para mostrar que é por ele ser tão lento, e Leonardo recusa o valor completamente, reclamando que ele não é um "pintor de trocados" e declarando que vai abandonar a encomenda. Na mesma tarde, um emissário é enviado ao ateliê com o dinheiro devido, em ducados de prata, extorquindo promessas de Leonardo. Ele cumprirá o contrato.

Finalmente, ele está submerso no trabalho, perdido. As paredes do refeitório da Novella Santa Maria estão empastadas de papel, sessenta *braccia* de comprimento, e outras dezoito *braccia* de largura. Quando o mural for terminado, será o dobro do tamanho d'*A Última Ceia*. O padeiro traz quase quarenta quilos de farinha peneirada para revestir o *modello*, e um ferreiro chega com pregos e argolas de ferro, e martela argolas e rodas — as fagulhas e os fogos da fornalha são como batidas do inferno —, mas agora Leonardo tem uma plataforma com rodas para poder deslizar pela área enquanto trabalha no imenso desenho.

Durante as semanas seguintes, Cecco e eu sentamos lado a lado, estudando o *modello* crescente, apreensivos e maravilhados — o exército milanês avança do lado esquerdo enquanto uma escaramuça feroz da cavalaria ocorre no meio do salão. As paredes estão cobertas com as bocas torcidas de guerreiros, as costas empinadas de cavalos, a brutalidade da guerra. Além do breve tracejado de um valado, Salaì tenta e falha na hora de desenhar a ponte estratégica e a volumosa cavalaria florentina. Ele não parece conseguir aperfeiçoar a perspectiva, mesmo com a ajuda do mestre.

— Veja — digo a Cecco —, mesmo Salaì tenta e fracassa. — O menino nota por si só e dá uma risadinha exultante.

A composição é complexa, e Leonardo refaz cada detalhe em estudos cuidadosos antes de copiá-los no *modello*. Todos estão cansados e irritados. Cecco ainda não pode se aproximar do *modello*, ele só pode ser empregado dos outros. É despachado para pegar esponjas com o boticário e uma quantidade sem fim de carvão e mais giz. Leonardo nunca está satisfeito com o trabalho dos assistentes e os corrige uma e outra vez.

— Tommaso, as balas do canhão devem ter uma trilha de fumaça depois de disparadas. Salaì, se for mostrar alguém caído, deve mostrar o local no qual o corpo deslizou no pó e lama ensanguentados.

Leonardo manda demolir a porta que leva ao seu quarto para que possa andar diretamente até o *modello* e anda a passadas com os braços cruzados, rígido. Há dias em que não desenha nada, apenas vai de um lado para o outro e passa horas murmurando. Ele tateia em direção à certeza e à composição. Conforme observo o *modello* a surgir, quase posso ouvir o ruído da batalha, a agonia dos homens morrendo e os gritos dos cavalos conforme se empinam e pisoteiam a terra.

Leonardo chega a Florença esculachado pela guerra dos Borgia. Sou a única que ouve seus sonhos à noite, quando ele grita os horrores do que viu. Cesare Borgia. O homem é uma mácula na raça humana. Ele arrebenta as caixas torácicas dos inimigos, parte-os ao meio como a carcaça de um boi ou de um porco, até os paralelepípedos ficarem molhados de sangue. Ele deixa cabeças decepadas sobre os corpos como uma galinha com os ovos. Sei disso porque Leonardo me conta essas coisas, agitado à noite enquanto os outros dormem, mas eu estou acordada, sempre, e fico com ele, ouvindo e tentando consolá-lo.

— A guerra, minha Lisa, é a loucura mais bestial de todas — ele diz com o rosto encharcado pelos suores noturnos. Insisto para que ele desenhe seus medos. Gostaria de ser mais como Salaì; quero mãos que possam tocar e acariciar, que possam oferecer conforto. É sempre de seus braços e de sua cama que Leonardo se levanta. O amor que eu posso oferecer é da mente, não do corpo.

Leonardo desenha com carvão e queima metade do trabalho com a chama de uma vela, mas não funciona. As imagens horrorosas permanecem marcadas em nós dois. Agora ele usa visões limpas da campanha em seu *modello*. Eu ainda sinto o cheiro do sangue e das vísceras exalando do papel.

Perco a noção do tempo. Alicia traz refeições e as leva de volta, quase intocadas. Leonardo dorme intermitentemente e se levanta à meia-noite para trabalhar de novo. À luz de velas, a batalha é um pesadelo que nos observa, maldoso. Os assistentes não ousam repousar enquanto o mestre trabalha. As novas de que Leonardo está trabalhando em outra obra-prima já viajam a todo vapor, e começamos a receber cartas de Milão, Roma e Mântua vindas de patronos esperançosos por retratos e encomendas.

— Fale para Cecco responder — digo a Leonardo. — Ele tem uma boa mão. Deveria deixar que escrevesse por você.

Não devemos ser precisos demais. Eu sei, mesmo que Leonardo não saiba, que há pouca chance de um retrato de verdade acontecer. Se forem extremamente bem-afortunados, podem comprar uma Madonna ou um Salvator Mundi produzidos pelo ateliê e super-visionados pelo mestre — mas até mesmo isso parece esperançoso demais.

Cecco pega uma cadeira, papel e tinta, molha a pena e senta-se diante da mesa. Posso ver que está aliviado de ter uma tarefa que não inclua correr na chuva. A borda de sua túnica está permanentemente encharcada, mas o menino nunca reclama. Leonardo raramente redige a própria correspondência. Ele escreve com a mão esquerda, bem de perto e metódico, mas em uma letra espelhada difícil de decifrar. Eu dito a carta, cheia de pompa e adulação, mas com cuidado para não prometer nada que possa decepcionar e enfurecer. Leonardo repete minhas palavras para Cecco.

Cecco está acabando a carta quando Alicia entra, apressada, a porta batendo atrás de si. Por um momento, fico perplexa, já imaginando uma patrocinadora irada chegando de Mântua para exigir seu retrato, mas não há mulher alguma cheia de charme ou cólera. É Nicolau Maquiavel.

— Maestro — ele chama, mas seu tom não tem nenhuma civilidade.

Ele está ensopado, e a água de suas botas saturadas forma uma poça nos azulejos do chão. Sua pele está esticada demais ao redor do crânio, como se a morte estivesse olhando por seus pequenos olhos pretos.

Leonardo não o nota, a princípio. Ele está no andaime, doze *braccia* no ar, sentado em uma plataforma de madeira. Ele está perdido nos detalhes da pata de um cavalo, tentando aperfeiçoar o movimento da terra lançada ao redor do casco galopante. Quando finalmente olha para baixo e vê Maquiavel, ele não percebe a malevolência em seu cumprimento nem seu ar cadavérico. O trabalho está indo bem, e Leonardo não percebe nada além da própria alegria refletida em sua direção como o sol refletido em um espelho. Ele continua a desenhar, segurando o giz, o vento esgueirando-se pelas frestas que fazem o papel agitar-se e farfalhar.

— Desça! — chama Maquiavel.

— Um momento.

Maquiavel bate o pé no chão em uma rara demonstração de mau gênio.

— Já!

Finalmente, Leonardo reconhece a raiva e o medo na cara do político e desce de lá.

— Seu plano desgraçado é um fiasco — diz Maquiavel. — Está aí, confortável e bem paparicado, enquanto meu nome está na lama.

— Então, sente-se diante do fogo. Coma algo — diz Leonardo, sensato.

Maquiavel o ignora.

— Aconteceu uma tempestade. Essas chuvas miseráveis. Os barcos guardando as bocas das valas estão destruídos. Oitenta almas perdidas. Afogadas. Mortas por sua culpa e por seu plano absurdo — ele cospe as palavras.

Leonardo o encara, estarrecido, e não diz nada por vários minutos, só continua a olhá-lo com horror conforme a cor se esvai de seu rosto.

— Não temos escolha além da retirada. As paredes das valas desabaram. A planície inteira está alagada. Fazendas estão arruinadas. Todo o gado se afogou. É um desastre, e você foi o responsável.

— Achei que o canal funcionaria — Leonardo balbucia, enfim, passando as mãos nos cabelos e manchando-os de giz. Ele murmura, ainda incrédulo. — Oitenta almas perdidas.

— E mais de sete mil ducados.

— Oitenta homens... O-o custo não importa.

— Não! O custo nunca importa para você!

Salaì, Cecco e Tommaso olham para Maquiavel com ódio e repulsa, mas não têm coragem de dizer uma palavra. Eu não sou tão covarde quanto eles.

— Deixe-o em paz. Você implorou pelas criações dele. Não queria as de mais ninguém!

Maquiavel suspira exasperado. Ele soa como um dos cavalos do *modello*. Ele fala apenas com Leonardo.

— Pretendo manter o bom senso e minha posição como Conselheiro do Signoria.

Leonardo olha de relance para o *modello* imenso. O olhar maldoso dos guerreiros, os cavalos resfolegantes levantando poeira. A arte deve ser sua clemência. Ele vai ter que desenhar e pintar para sair deste desastre.

Maquiavel sai da câmara, empurrando Alicia para longe com sua raiva. De súbito, o salão está frio e vazio; ninguém diz nada. Olho para Salaì. Ele também consegue ver que Maquiavel virou um inimigo. Há mais infortúnios por vir.

A chuva continua açoitando o vidro, e o vento surrando as persianas. É o dilúvio serpenteante que arruinou os sonhos de Florença de ter uma rota para o mar. Ah, se o canal tivesse funcionado, teria sido a maravilha de nosso tempo, mas agora ele jaz em ruínas e morte. O mestre está chocado pela culpa, repleto de bile e melancolia. Ele continua em pé, sem se mover, sem ver, focado apenas em um devaneio desolador e incomensurável. Não há nada que possamos fazer pelas oitenta almas afogadas além de rezar. Nós as vemos flutuando nas canoas e no pântano alagado conforme a chuva leva tudo para longe. Dedos murchos e olhos abertos, corpos arrastados para fora das águas salobras, jogadas nas margens lamacentas. Homens comuns como esses não vão ser levados de volta para casa.

Eles permanecerão, para sempre, uma mancha sangrenta na consciência de Leonardo.

Leonardo não trabalha nem dorme há sete noites. Ele mal come. Ele se senta e olha para o nada. Cecco diz que tem certeza de que ele está rezando, mas estou convencida do contrário. Às vezes, pergunto-me se ele é um herege. Peço a ele que fale comigo, mas, pela primeira vez, ele não parece ouvir. A culpa corrói sua alma como vermes. Dizemos a ele que não foi sua culpa. Ele não era responsável pelos homens; ele não estava lá. Perco a paciência.

— Se está tão certo assim de que é culpado de um pecado, então vá a um confessionário.

Ele continua sentado.

— Peça a Cecco que chame um padre — digo.

Ele se vira.

— Sem padres.

Penso que consegui, enfim, atingi-lo, mas quando o pressiono mais uma vez, ele volta à sua melancolia e se recusa a falar de novo.

Enquanto me preocupo com Leonardo, Salaì se preocupa com a *bottega*. Nicolau Maquiavel esteve pleiteando seu caso com o

Conselho Florentino, sem dúvida insistindo que ele seguiu à risca os planos de Leonardo da Vinci e que, ele, Nicolau, não tem culpa alguma da catástrofe que se seguiu. Logo ouvimos que Maquiavel foi forçado a sair de sua posição. Não temos muita esperança em relação a Leonardo, mas ele não foi chamado pelo conselho para se defender. Tampouco foi forçado a sair da Novella Santa Maria, e a encomenda do mural não foi cancelada. E, ainda assim, agora que é conveniente que o trabalho continue rápido como antes e Leonardo mantenha seu *ingegno* divino de sempre, ele parou completamente.

Salaì se prepara para continuar o trabalho no *modello*, dando ordens aos assistentes, mas eles são um pelotão sem capitão, e a cena mal progrediu. Eles rascunham nas pontas, estragando as linhas outrora limpas. Tudo parece perdido. Então, no fim de uma manhã, Alicia traz Lisa del Giocondo e sua empregada. Leonardo fica de pé e faz uma reverência, mas não a leva até a melhor cadeira, não pede vinho e, em vez disso, volta a se afundar. Ela deve ter sido avisada de que ele estava imensamente atormentado, já que não parece surpresa de vê-lo assim, e se senta ao lado dele. Salaì a olha atentamente, e noto que deve ter sido ele quem a chamou. Estou dividida entre a irritação de ele ter achado que Lisa poderia ajudar Leonardo e a esperança de que ela realmente possa.

Para minha surpresa, Salaì ergue meu cavalete para que eu também fique de frente para o mestre. Leonardo olha para nós duas de relance. Ele está magro e não vê o barbeiro há vários dias. Seus olhos estão fundos e ele não está vestido com o cuidado de sempre. Lisa e eu o olhamos.

— Ouvi dizer que matou oitenta homens, Maestro Leonardo — Lisa diz, finalmente. — Que fez com que as chuvas caíssem sem parar por três meses e que as valas desmoronassem e afogassem todos eles.

— É como se tivesse feito isso — diz Leonardo. — Eu deveria ter imaginado.

— Não. O senhor não sabe tudo — diz Lisa de forma brusca. — Por tentar entender todos os mistérios do universo, se debate e desmancha quando nota que há coisas que não sabe. Não pode compreender por que essa coisa terrível aconteceu. Eu sei. Deus quis assim.

Há silêncio por um momento e ela espera, dando de ombrós.

— Entendo que não deveria entender muita coisa. Sou pequena e estúpida. O senhor certamente pensa isso.

Conforme ela olha a câmara de relance, Salaì, Tommaso e até mesmo o espinhento Giovanni se remexem, desconfortáveis, tentando não olhar ninguém nos olhos. Fico feliz de que não olhem para mim.

— Sei que sou estúpida em comparação ao senhor e certamente em comparação a Deus. Até mesmo o senhor é estúpido comparado a Deus, ó grande Leonardo. Precisa renunciar um pouco de sua determinação e seu orgulho, e aceitar essa calamidade como desejo Dele.

Leonardo não se mexe, mas escuta.

— Lisa tem razão. Ela é estúpida, mas está certa. Você não é Deus. Não é tão poderoso assim — digo.

Lisa fica de pé e sorri.

— Deus o perdoa por todos os seus pecados. As mortes desses pobres homens não são seus pecados. Pensar o contrário é orgulho. E orgulho é um pecado.

Acredito que Lisa está tentando fazer uma piada. É uma pena que não seja nem engraçada nem apropriada. Para minha irritação, Leonardo quase sorri. Ele toma as mãos dela e faz uma reverência profunda.

— É uma mulher de perfeita *virtù*.

Ela sorri.

— Então me escute. — Ela gesticula na minha direção. — Estou sempre a observá-lo. Ou minha *virtù visiva* está.

Por um momento, Leonardo se ilumina.

— Então está começando a gostar do retrato?

Lisa não responde, virando-se com um sorriso elusivo conforme a empregada prende sua capa.

Depois de ela ir embora, ele volta a se sentar ao meu lado com um suspiro. Posso não gostar de Lisa, mas ela é uma verdadeira amiga de Leonardo. Concedo a ela essa única virtude.

— Vamos, maestro, está punindo os outros também. Salaì. Nosso pequeno Cecco. O que *i regazzi* fizeram? Se não acabar esta encomenda e formos enxotados de Florença, eles também vão sofrer — digo.

Leonardo não se mexe.

— Deveria ensiná-los. Salaì é adequado. Cecco é terrível. Se não vai ajudar o pobre o garoto, deveria ser gentil e deixar que vá trabalhar para Michelangelo Buonarroti ou Sandro Botticelli.

Para minha gratificação, ele estremece. Fico cheia do meu tema.

— Sim, Sandro seria a melhor alternativa. Ouvi dizer que ele é tão paciente. E olhe aquele anjo logo ali. Cecco que fez.

Um maço de desenhos se alvoroça na mesa. Vários cavalos desenhados por Leonardo galopam nas páginas, e Cecco fez uma tentativa débil de um anjo da Anunciação. Seu pescoço é curto, seus ombros estão caídos e o ângulo do braço está torto e errado.

Suspiro.

— Que pena. Um garoto tão doce, mas não tem talento. Acho que Sandro Botticelli poderia ajudá-lo.

Leonardo explode.

— Vi recentemente uma Anunciação de Botticelli na qual o anjo parecia querer afugentar Nossa Senhora para fora da própria sala. Na verdade, Nossa Senhora aparentava estar tão desesperada que parecia prestes a se jogar da janela.

— Ah, então Boticelli não é o sujeito que poderia ajudar nosso Cecco com sua Anunciação? Quem dera conhecêssemos outro pintor de incrível talento — digo, serena.

— Por que pintei uma boca para você? Não tenho paz desde então — ele grunhe.

Decido que, dessa vez, é prudente ficar em silêncio.

Leonardo pega o papel, o estuda de perto, suspira, fica angustiado e grita o nome de Cecco, fazendo gestos para que o menino se sente. Eu o observo enquanto ele faz correções meticulosas no braço do anjo e o menino observa, maravilhado.

No dia seguinte, antes da refeição matutina, Leonardo aparece à nossa frente, renovado. Vejo que está barbeado, de cabelo aparado e olhando para um *modello* na parede.

— Abaixe os cavalos — ele diz, impaciente, apontando para a grande cavalaria na seção central.

Ele contempla os assistentes confusos com uma profunda insatisfação.

— O que fizeram todo esse tempo? Nada? Borram os perfis desses guerreiros. Podem arrumá-los.

De repente, com um clique, o trabalho começa mais uma vez. Observo, fascinada. Não sei se foi Lisa ou se fui eu, ou se fomos nós duas, juntas, que fizemos a diferença. Logo, as câmaras da igreja ficam cheias de ar turvo e escuro; inspiro a fumaça e o pó imundo da guerra. Há gritos febris e mortais por todos os lados. Ficarei aliviada quando esta encomenda acabar. Quero que ele volte a me pintar. Faz semanas que não me toca com seu pincel. Sinto falta de sua mão. Quero que ele se levante no meio da noite, incapaz de resistir à vontade de acrescentar outra camada ao meu lábio, meu cabelo.

No fim da tarde, quando a luz se esvai, vejo um homem observando da porta, demorando-se lá. Ele hesita com um pacote debaixo do braço. Então, parecendo se decidir, entra na sala. Está vestido de forma exuberante, mesmo que um pouco desarrumado, com a capa casualmente jogada. Eu o reconheço. É um nobre florentino corpulento e mesquinho de meia-idade. Ele comprou uma Madonna muitos meses atrás. Se não estou enganada, o pacote que ele segura é do mesmo tamanho do quadro onde ela foi pintada. Suas bochechas estão enrubescidas de mortificação. Estou intrigada. Ele se remexe no refeitório e olha para o *modello*, o desconforto momentaneamente esquecido ao se maravilhar pelo desenho enorme, meio escondido atrás do andaime elaborado. Está cada vez mais escuro, as velas não foram acesas e, na sombra e meia-luz, as figuras monstruosas, parte humanas e parte górgonas, se contorcem na cena de batalha.

— *Messer* Leonardo? — ele finalmente chama.

O mestre se vira e olha para a escuridão. Ao ver a figura, ele pisca, confuso.

— Barão Luigi?

O barão é uma figura lastimável. A esposa lhe deu oito filhos e morreu dando à luz o nono. Já lhe ofereceram muitas outras jovens em casamento, mas ele recusou todas. Ouço as conversas do ateliê. Ao vê-lo, Salaì se agita de imediato. Alicia é chamada. Vinho é servido, mais velas são acesas, frutas cristalizadas são trazidas da despensa e presunto é cortado e oferecido em tábuas com lâminas de queijo. Um fogo é aceso e a fumaça se espalha na lareira. Leonardo e o barão estão sentados em cadeiras próximas às chamas nascentes. Os jovens assistentes hesitam, ansiosos e intrigados. Por que o barão foi até lá ele mesmo? Por que não mandou um empregado em seu lugar, ou chamou Leonardo para seu palácio, perto da Ponte Vecchio? Mas eu noto que quem parece desconfortável é o nobre. Ele não aceita nenhuma das comidas oferecidas a ele. Gira o anel de ouro gravado várias vezes em um dedo rechonchudo.

O pacote está agora na mesa, amarrado em tecido. O olhar do barão cai constantemente nele.

— Essa é a Madonna com a rosa-de-gueldres? — pergunta Leonardo, gentil. — Houve algum acidente? Preciso arrumá-la?

Com a ternura de uma parteira, Leonardo começa a abrir o quadro de suas várias camadas. O barão estremece. A Madonna está exposta. Ela sorri, serena e benevolente, da madeira de álamo. A maior parte do quadro foi feita por Salaì e Giovanni, mas consigo ver que as camadas suntuosas das vestes, o caimento líquido do tecido sobre a manga foram feitos pelo mestre. O rosto da Madonna tem o toque do mestre, e há algo particularmente gentil e doce a respeito da expressão dela. Seus cachos ondulantes caíram de seu pincel. E, por mais que eu a olhe, não encontro nenhum dano na pintura.

Leonardo também não. Há algo errado. Ele manda os assistentes embora com um aceno.

— Não sei, de verdade, se deveria falar com você ou com um padre — diz o barão, finalmente, com a cabeça nas mãos. — Me pego diante dela à noite. Ela parece viva. Eu a beijo e falo com ela. — Ele ergue os olhos para ver Leonardo, desesperado. — Deve achar que fiquei louco.

— Não acho.

— É blasfêmia — diz suavemente. — Salve-me, Leonardo.

Leonardo se inclina para a frente.

— Barão Luigi, o que quer que eu faça?

— Não posso amar a Madonna. Não assim. É profano. Minha alma.

Ele solta um grito angustiado e começo a sentir a pena subindo em mim como água fria em um poço.

— Por favor, tire os símbolos de sua divindade. Deixe-me beijá-la sem culpa.

Leonardo fica em silêncio por um minuto, pensando. Não secaram a madeira da lareira, e o fogo sibila e cospe, e sombras estranhas nos olham do alto das paredes.

— Farei isso, se é o que realmente quer. Sou apenas o seu servo. Mas, barão Luigi, temo por sua consciência. A culpa nunca irá embora de verdade. Talvez seja melhor que tire a pintura de sua casa de vez. Para remover a tentação de sua frente.

O nobre concorda, miserável. Um homem doente com a peste tendo que engolir o remédio. É inútil, um tônico feito para saciar o sentimento de desamparo do médico em vez de ajudar o doente. O barão Luigi já teme estar amaldiçoado por sua paixão profana por uma pintura sagrada.

Leonardo fica de pé e tira o tecido da imagem.

— Há um naco no verniz no canto direito de cima — ele mente. — Posso arrumá-la, e então me diz para onde gostaria de mandá-la. À *villa* de seu irmão, talvez?

O barão não responde, mas concorda, fraco, com um olhar lastimável. Fica em pé, pronto para partir.

— Levem o barão de volta com segurança — diz Leonardo, chamando Giovanni e Tommaso.

Eles se apressam atrás dele. A riqueza não protege o homem da infelicidade. O homem malfadado, de luto por sua esposa amada e agora arrebatado e encantado por uma pintura. Olho para Leonardo na escuridão. É preciso ter poderes de gênio divino para criar uma pintura tão bela que faz um homem amá-la como se fosse uma mulher de verdade. Mas, em mim, criou algo completamente diferente. Sou um novo milagre. Sou uma pintura que ama o pintor.

Verão

LEONARDO NÃO QUER IR À FESTA. ELE CONJURA UM OFUSCANTE turbilhão de desculpas, mas todos sabemos da verdade. Pensar em Michelangelo Buonarroti é como um saco de pedras no estômago dele, e a noite é de Michelangelo. Será a grande revelação de sua nova estátua de Davi, e Leonardo está fervendo de raiva. Ele marcha pelo claustro da Basílica de Santa Maria Novella, tecendo de um lado para o outro sob os arcos, sibilando de fúria.

— Em vez do valente, mas dócil, menino hebreu da lenda, Michelangelo esculpiu um colosso de mármore. É Golias que deveria ser *il gigante*, não o menino pastor. Todo o conceito é absurdo.

Todas as portas estão abertas para o refeitório além, e eu o observo pela abertura.

— Aquele bloco de mármore arruinado foi ignorado na *fabriceria* da catedral por anos. Eles iam oferecer ele a mim, mas, por fim, deram-no para Michelangelo.

Salaì pigarreia.

— Eles ofereceram, sim, ao senhor, maestro. Você disse a eles que Agostino di Duccio o estragou e que deveriam enfiá-lo no…

Leonardo olha para ele, repreensivo.

— Não me lembre da verdade inconveniente, meu amigo, quando desejo me sentir desprezado. É cruel.

Salaì faz objeção e lhe serve uma taça de vinho como um pedido de desculpas. Leonardo afunda no banco do pátio ao seu lado, deitando a cabeça em seu ombro, distraidamente brincando com os cachos do cabelo de Salaì. Como um gato, Salaì se aninha a ele. Se eu fosse uma estátua como *Il Gigante* de Michelangelo, e não uma pintura, ao menos eu poderia ter forma própria, e Leonardo poderia sentar-se ao meu lado também, acariciar minha bochecha, deslizar seu braço ao redor da minha cintura, mas desdenha a arte do escultor. Sou uma forma superior de arte, embora uma forma mais solitária.

A noite está quente e cheia de lilases, e posso ouvir a primeira das cigarras. Leonardo suspira e bufa.

— Eu disse ao escritório de obras que é um erro colocar a estátua na lógia. Deveriam colocá-la atrás do muro baixo onde os soldados se alinham. É ridiculamente grande. As pessoas vão cair sobre ela no meio da praça.

Ele toma um longo gole do vinho.

— Tiveram que derrubar a porta do escritório de obras para tirar aquele colosso de lá. É puro vandalismo!

Nenhum de nós o lembra que ele quebrou a porta entre o quarto dele e o refeitório para que pudesse chegar ao *modello* do *Anghiari* mais rápido.

— Quatro dias e quarenta homens para mover aquela criatura em cima de catorze toras — ele sacode a cabeça em um desânimo dissimulado, mas foi um grande feito de engenharia, e até Leonardo parece mais curioso do que horrorizado.

Esta noite, ele está vestido com um cuidado especial, numa túnica de seda em cintilante damasco. A noite está amena, o sol ainda está alto, e ele usa um manto da mais leve lã de carneiro. Com ternura, Salaì prende-o no ombro dele com um broche de ouro em formato de uma folha de louro, afastando seus longos cabelos para que não se enrosquem no pino do fecho. Seus dedos roçam na bochecha de Leonardo, que os pega para beijá-los. Por um momento, a raiva dele se dissipa como névoa ao vento. Sinto uma pontada familiar de inveja de Salaì.

— Não sei por que me dou ao trabalho. Eu deveria ir vestido como um mendigo, para parecer com o homem do momento em suas botas de pele de cachorro — queixa-se Leonardo.

— Um escultor é um obreiro, mas o pintor é um cavalheiro — eu grito, interrompendo-o para lembrá-lo de suas próprias palavras. — Agora vá. Se você se atrasar, parecerá amargo. Você precisa ser magnânimo, com seu jeito encantador de sempre.

Leonardo obedece. Ele pega o chapéu, entra e se curva para mim e, em seguida, sai para o ar da noite, rua além, as notas carnavalescas da música já flutuando até nós. Salaì e Cecco se juntam a mim aqui dentro. Abaixo da música, podemos ouvir os gritos das multidões reunidas e o relinchar dos cavalos e dos homens. Estamos divididos entre nossa lealdade a Leonardo e a excitação. Eu invejo os outros. Ao menos eles irão ver *Il Gigante* na *Piazza della Signoria*; se não esta noite, então nos próximos dias e semanas. Dependerei dos restos das descrições deles.

Leonardo retorna à meia-noite, tendo perdido seu chapéu. Cecco e Tommaso são enviados para procurá-lo. Temos poucas esperanças de que seja encontrado. Já deve ter sido roubado. Leonardo bebeu uma quantidade considerável de vinho. Ele perambula pelo refeitório e fica lá se balançando como um cipreste ao vento.

— E então? — eu exijo saber. — Como é *Il Gigante* de Michelangelo?

Ele pensa por um momento. Pisca várias vezes. Dá um soluço.

— O corpo não deveria parecer um saco de nozes. *Un sacco di noci* — ele diz com um tom malicioso. — Ou como um amontoado de rabanetes.

Ainda assim, ele estuda o *modello* de *Anghiari* com tremenda concentração. Seus dedos se contraem, inquietos, e ele acende uma lamparina — uma que ele mesmo inventou — e busca giz. Começa a fazer alterações na musculatura no torso de um dos guerreiros. Mesmo bêbado com vinho, ele continua preciso, ávido demais para esperar até amanhã. Pode até odiar Michelangelo, mas continua impaciente, determinado a descobrir o que pode aprender com ele. Tommaso e Cecco voltam sem o chapéu, Tommaso tão vermelho quanto seu cabelo, cheio de contrição e desculpas. Leonardo não escuta nem sequer se importa. Os rapazes estão moles de cansaço, e somem para a cama até ficar claro que o mestre trabalhará noite adentro. Eu espero em silêncio. A única espectadora em uma casa pregada no sono.

Por fim, quando os dedos rosados da madrugada começam a aparecer entre as ripas das venezianas, ele para e boceja. Bebe uma taça de vinho, devora um pêssego e se senta de novo, pegando um pedaço de papel no qual ele rapidamente começa a desenhar. Ele o vira e me mostra. Em carvão, esboçou uma figura nua de um jovem musculoso segurando uma funda, virando-se ligeiramente para o lado, o rosto orgulhoso inclinado para cima. Um vento invisível bagunça o cabelo da figura. Leonardo alfineta o desenho para que eu possa admirá-lo.

— Para você — ele diz, alegre. — Um esboço d'*Il Gigante*.

Fico tocada. Ele sabe o quanto eu queria ver a estátua.

Ele afunda mais uma vez no banco de madeira ao meu lado e remove as botas. Pelas portas abertas, podemos ver as estrelas desaparecendo e o sol nasce em sua lenta navegação através dos céus. O céu está claro e sem nuvens, e o sol sangra como uma romã aberta. Peço a ele que me leve ao lado de fora para eu poder ver o clima um pouco melhor. Ele ri, mas concorda.

— Olhe. É dia ou noite? — pergunto. — Vênus ainda cintila.

— Não sei ainda se o cintilar de uma estrela não se encontra no olho, e não na própria estrela. Às vezes, pergunto-me se a terra é uma estrela.

Procuro seu rosto na estranha luz crepuscular, as linhas de seu cenho franzido. Inquieto, interessado, sempre à procura de respostas para as questões que ninguém mais pensa em perguntar. Na metade de uma resposta, ele interrompe para fazer outra pergunta. Nada está verdadeiramente terminado. Nem mesmo eu. E, um dia, eu gostaria de ter um vestido. Mãos.

— Lisa del Giocondo estava lá ontem à noite? — pergunto. Geralmente, não suporto mencioná-la, mas ele não me pinta há semanas, nem sequer um único cílio.

— Sim. Com o marido — diz ele. — Os dois estavam lá. Ela virá para mais uma sessão.

É claro que ela virá. Apesar de sua mente inquieta, Leonardo sempre volta para mim no final. Mesmo ocupado com a *Batalha de Anghiari*, Leonardo ainda quer me pintar. Sou seu Davi. Michelangelo fala a respeito de libertar suas esculturas do mármore, mas Leonardo me libertou muito tempo atrás. Sentamo-nos em silêncio por um tempo, fazendo companhia um para o outro, mas sem falar, ouvindo o zunido estável e o som das cigarras no pátio.

— Quarenta anos atrás, quando eu era um *bellissimo* menino no ateliê de Verrocchio — ele diz, finalmente —, fui o modelo para sua escultura d'*Il David*.

— Era boa?

— Sim. Não. Era definitivamente menor que a de Michelangelo. O rapazinho das escrituras, não um gigante. Tem isso ao seu favor.

Sentados, enquanto o dia amanhece, compreendo que as duas versões de *Il David* — a de Verrocchio e a de Michelangelo — estão forçando o mestre a confrontar sua própria mortalidade. Uma vez ele foi a inspiração de um escultor para criar seu Davi, a própria imagem do jovem impetuoso, mas agora ele está envelhecendo. Pode ser extraordinariamente vivaz, mas ele já passou da meia-idade. Michelangelo é o jovem selvagem de Florença, rude, mas tolerado por sua assombrosa genialidade. Quem mais lutaria com um pedaço espoliado de mármore rejeitado que ficou anos jogado de lado, até conseguir *Il Gigante*? Um recém-chegado brilhante. O tipo de homem que Leonardo costumava ser, muito tempo atrás. Ver Michelangelo conquistar sua cidade o magoa. O maior triunfo de Leonardo, sua

Última Ceia em Milão, já está desbotando, os apóstolos estão virando fantasmas conforme seu experimento com uma nova receita de pigmento fracassa.

— Um dia, quando eu morrer, o que vai restar de mim? Não será minha *Última Ceia*, parece — ele diz, um tom desolado em sua voz.

— Eu. É por isso que precisa acabar de me pintar.

Ele sorri para mim com carinho.

— Quando eu comecei a fazê-la, não sabia que encontraria o amor em seus olhos.

Por um momento glorioso, acho que ele está declarando seu amor por mim, e sinto um espaço se abrir no meu interior. Nesse segundo, não importa que não possamos nos tocar ou que ele sempre vá se deitar com outros e desejar seus corpos; só importa que ele me ama, que ele me adora. E, então, quando ele pisca, entendo que ele está falando do meu amor por ele, e fico louca. Como ousa devorar meu amor como se fosse ar, achando que sempre estará ali, cercando-o? E, então, minha raiva se esvai, soprada como uma vela, porque é verdade. Enquanto eu pensar, pensarei nele e no amor.

Olho de relance para a página sacudindo na luz de velas e noto como é diferente a forma com que Leonardo e Michelangelo veem o mundo. Como é diferente a forma que eles querem que nós, os espectadores, vejamos nosso próprio mundo. Imagino o esboço do Davi no mármore, massivo e intrépido e magnífico, um ato ousado do prodígio que é Michelangelo. Sua visão de arte não é como a de Leonardo. *Il Gigante* é agressivo e atrevido, desfilando com sua funda. Nada está escondido. Um exterior glorioso, exposto para que todos possam admirá-lo. Leonardo é o contrário. Ele sempre instrui Cecco e Tommaso a contarem histórias com suas pinturas, mas um quê de mistério, um quê escondido. É mais instigante, mais delicioso quando um segredo se oculta. O espectador precisa levar algo de si mesmo para a pintura.

O sol já foi para o alto agora, vermelho-cereja, borrando rosa nos claustros.

— Sou melhor do que qualquer gigante — digo a ele.

— É claro que é — ele responde.

— Vou torná-lo mais famoso do que aquele saco de nozes. E *Il Gigante* não ama Michelangelo.

Leonardo se aproxima de mim e sussurra um segredo que ele nunca me contou antes. O lugar onde meu coração estaria pulsa e se agita, mas não vou dizer a você o que ele contou. Deve imaginar o que foi ou ao menos deduzir, já que não sou como *Il Gigante*. Sou a criatura de Leonardo, afinal, e alguns dos meus segredos estão ocultos, e, quando você vem até a mim, precisa trazer um pedaço de si.

Um dia, ele dirá que me ama. Essas são as palavras que eu mais quero ouvir. Mas, por agora, rio. Eu o mantenho nas minhas profundezas, a confidência que compartilhamos é mais preciosa do que qualquer joia de casamento.

Para minha alegria, Lisa del Giocondo pede cordialmente para *Messer* Leonardo ir visitá-la na *villa* Giocondo, nos morros acima de Florença, em vez de vir até o ateliê. Nunca saí da cidade antes. Salaì me embrulha em tecido antes de me colocar em uma caixa de pinho coberta de couro suave para a viagem, no calor e fedor do verão de Florença. Minha caixa é apertada e escura como um caixão. Fico enojada de estar amarrada à lateral do cavalo. É minha primeira vez, e, apesar de Leonardo me tranquilizar, tenho certeza de que a viagem vai me sacolejar e revirar e me arrebentar em lascas. Conforme saímos de Florença, ouço o barulho dos cascos metálicos sobre a pedra sulcada virar um som mais suave ao bater contra a lama dura de sol. Sinto o movimento estável do animal andando a meio-galope no calor. Leonardo ama cavalos e só tem os melhores. Ele está certo quanto ao cavalo não sair em disparada, já que seus movimentos são fluidos, suaves e fortes. Ele segura as rédeas, parando para deixar o animal beber de um riacho, dá um tapa no flanco do cavalo e me chama.

— E então, minha Lisa? Como está indo?

Não respondo. É escuro e quente. O cavalo resfolega, arranhando o chão, a cauda afastando as moscas. Estou na escuridão por meia manhã e três mil passos.

Chegamos ao lar dos Giocondo depois do meio-dia, e o sol já está violento. Um cavalariço leva o cavalo, que bufa e arqueja. Salaì me solta e me leva na minha caixa redonda até uma lógia e, lá, na sombra rajada de uma cortina de trepadeiras, ele me liberta, deixando-me em um cavalete de três pernas. Olho ao meu redor, encantada. O céu claro e brilhante, pura e rica água-marinha. Os limoeiros bem aparados em seus vasos, as folhas enrolando sob a luz feroz do sol. As baixas fileiras de cerca viva de buxo, retas e angulosas. O cheiro de louro e pinheiro. Um riacho corre perto de um caminho de cascalho que leva a um lago de jardim espelhado, onde um Narciso Heleno se ajoelha, absorto e maravilhado pela própria beleza. Arbustos de rosas tremem no calor. Na piscina maior, Netuno rosna para nós enquanto uma carpa robusta nada ao redor de seus tornozelos, sem medo do tridente erguido mais acima. A distância, aninhado nas palmeiras de um par de morros e beirados por um arvoredo de oliveiras, posso ver o teto laranja do *duomo* e a esfera dourada do pináculo sorvendo a luz. Os milhafres voam mais acima, surfando nas correntes de vento.

O trilo da música dos pássaros é pontuado pela risada de muitas crianças que correm pela lógia em uma torrente de risinhos. Uma babá vai atrás dele em tornozelos corpulentos, repreendendo-os enquanto arqueja. As crianças não dão bola e Leonardo ri.

— Crianças são todas iguais, não importa se vêm do ventre de camponeses ou de reis.

Empregados se apressam com jarros de vinho e pratos cheios de melões e uvas recém-colhidas, presuntos gordurosos e queijos amarelos, redondos como a lua cheia. Um banquete é servido no tecido que cobre uma mesa de mármore na maior das lógias. Um músico barbudo pega seu arco e começa a tocar a *lira da braccio*. Enquanto olho a cidade aninhada mais abaixo através das oliveiras, pergunto-me se estou prestes a ver Beatrice aparecer como minha guia, e esta não é a terra, mas o *paradiso*.

Mas, apesar da hospitalidade, Lisa del Giocondo não está lá. Não viemos aqui para comer ou nos maravilhar com a paisagem. Salaì come e bebe com prazer, pegando mais pão e fatias gotejantes de melão, mas Leonardo tenta encontrar Lisa, desconfortável. Ele está lá por ela. Franze o cenho, questionando-se. Agora vejo que eu deveria ter me perguntado por que havíamos sido chamados lá e ela mesma não foi até o ateliê. Antes, estava tão empolgada com a ideia de uma viagem para perguntar por que ela seria necessária.

Leonardo chama uma empregada.

— Madonna del Giocondo? — ele aponta para o céu. — A luz está boa.

É uma mentira. A luz é forte demais, mesmo aqui na lógia. Não estará boa até as quatro ou cinco da tarde. Até lá, precisamos nos retirar para a sombra do lado de dentro e encontrar uma sala fresca, voltada para o norte.

A empregada sacode a cabeça e sai dali, estalando a língua. Algo não está certo. Salaì para de comer; olha para Leonardo, inclinando a cabeça. Então, ela aparece, guiada como uma viúva, de braços com o marido, Francesco del Giocondo. Sua cabeça está coberta de um véu negro e translúcido, e olha para baixo. Parece que encolheu, dobrando-se em si mesma, e mal anda, apenas segue o marido. Estou chocada de vê-la. Devemos estar aqui porque ela está doente ou esteve doente e agora está convalescente. Pergunto-me qual é a doença. Não pode ser a peste, ou estaria escondida.

Leonardo fica de pé, vai até ela e faz uma reverência sem medo. Ela se assusta, parecendo assustada de vê-lo.

— Veja, é o grande pintor, seu amigo Leonardo — exclama Francesco del Giocondo, acariciando seu braço como se ela fosse um cachorro de pequeno porte. — Ele veio até aqui para vê-la.

Ela pisca, estremecendo contra o clarão solar atrás de Leonardo, apática, como se não pudesse lembrar quem ele é e o que eles são um do outro.

— Madonna Lisa, é um privilégio e uma honra, mas temo que a senhora não está bem — diz Leonardo.

Ele pega a mão dela e a guia gentilmente até a cadeira. Finalmente sem resistir, ela deixa que ele a acomode com ternura. Leonardo olha para Francesco, intrigado e bastante preocupado.

— Nossa filha mais nova, Piera, foi morar com Nossa Senhora no Céu — diz Francesco del Giocondo, com a voz um tanto instável.

Seu olhar vai para o lado, e ele aceita as condolências de Leonardo rapidamente, louco para falar de outros assuntos. Olho para Francesco e lembro como o detesto. Quase tenho pena de Lisa quando estou perto dele. Ele está agitado, inquieto e querendo partir dali e deixar a esposa conosco, mesmo que não sejamos nada além de conhecidos amigáveis. Não a amamos, mas ele não consegue suportar o luto dela. Está se esforçando para fugir. De volta ao seu trabalho — qualquer coisa, qualquer lugar longe da beleza dos limoeiros e a agonia do desespero de sua esposa pela filha morta.

Lisa olha para Leonardo, pálida.

— Ela tinha dois anos. Sempre travessa e rindo. Fico pensando nisso quando ouço as outras crianças, mas a voz dela não está mais lá. Como poderei aguentar?

— Eu não sei — ele diz, tomando a mão dela. — Não faço a mínima ideia.

Francesco del Giocondo fica lá, movendo-se de um pé para o outro, sem dizer nada. Eu o perscruto, tentando ver se seu rosto mostra qualquer sinal de tormento interno. Ele é vinte anos mais velho do que Lisa. Seu rosto está gordo pela boa fortuna e por se sentir no direito de sua própria prosperidade, e ele não se permite nenhuma rachadura em sua fachada. Ele me olha de volta, crítico.

— Ela está vestindo roupas muito ordinárias na pintura.

Leonardo dá de ombros. Não parece importante, especialmente agora. Ele não será pressionado por Francesco del Giocondo. A babá volta com as cinco crianças que sobreviveram, todas caladas e limpas. Eles são levados à mesa e apresentados a Leonardo.

— Bartolomeo, nosso filho mais velho — diz Lisa, fazendo um gesto para um garoto alto de nove ou dez anos com cabelo bagunçado, mais escuro do que os outros. — Depois Piero, Camilla e Marietta.

Um garoto de oito anos e duas meninas de sete e seis anos, as duas com dentes separados e cabelos claros, e elas sorriem para o pintor e se escondem atrás da babá. A mais nova chupa as próprias tranças.

— E, depois, haveria Piera, mas agora só sobrou Andrea.

Um bebê gorducho, tão improvável quanto os querubins que adornam as abóbadas das capelas de Florença, se debate e se contorce no quadril largo da ama-seca. Gotas de suor aparecem acima do lábio superior da mulher enquanto ela se esforça para controlá-lo.

— Eles serão levados para o berçário — diz Francesco rapidamente. — Eles não poderão interromper.

— Eles precisam ser levados? — implora Lisa. — Gosto deles perto de mim, neste momento.

— Não, é claro que eles podem ficar — diz Leonardo. — Salaì ama brincar com crianças.

Para minha surpresa, Salaì não reclama e tira uma moeda brilhante do bolso e, após mostrá-la para eles, a faz desaparecer instantaneamente, e as bocas das crianças viram pequenos círculos maravilhados.

Aliviado por não ter mais deveres, Francesco del Giocondo foge dali. A ama-seca e Salaì tentam manter a ordem e, enquanto os observo, outra ama-seca, mais jovem que a primeira, aparece e pega o bebê para amamentá-lo. Lisa olha para todos, distante e melancólica. Camilla corre e pressiona o rosto contra o colo da mãe, chorando lágrimas amargas, muito amargas. Lisa segura uma mecha de cabelo dela e inspira profundamente, esfregando-a entre os dedos, beijando-a, murmurando em seu ouvido e, um minuto depois, a garota vai embora para se juntar aos outros.

— O cabelo de Camilla é parecido com o que Piera tinha, mas não exatamente. O cabelo de Piera era mais fino, mais branco. Como fio delgado.

Assistimos às crianças. Elas jogam uma bola de couro para o alto, e Salaì a arremessa na piscina, fazendo a água espirrar no tridente de Netuno; as crianças se agarram, rindo, encantadas. Salaì finge horror e levanta a túnica e, sacudindo as sandálias, entra na piscina para pegar a bola, prostrando-se para pedir desculpas ao deus. As crianças adoram. Até Lisa sorri. Leonardo pega o pincel.

— As crianças estão tristes. Sentem falta da irmã, mas crianças não conseguem ficar tristes por muito tempo — ela diz.

— As crianças devem brincar como o sol deve se levantar — diz Leonardo.

Ela se vira para sorrir para ele, doce e tristemente. Leonardo faz um sinal para o tocador de *lira da braccio*.

— Toque para nós, por favor, mas só músicas alegres.

O músico acena com a cabeça e pega o arco.

De repente, Lisa parece aborrecida.

— Agora está parecendo meu marido. Ele não consegue aguentar minha infelicidade. Arranha-o como uma pedra em seu sapato. Se não me deixar ficar triste e irada, *Messer* Leonardo, volte para Florença.

A voz dela tem fogo, e ela olha para ele com verdadeira raiva.

— Aceite minhas desculpas, Madonna Lisa. Diga tudo o que puder a respeito de Piera — ele diz. — Fale mais uma vez de seu cabelo de fio delgado e o jeito que ele se movia.

Ele deixa o pincel de lado para ouvir. Ela fala por horas enquanto o sol é filtrado pelas trepadeiras, mosqueando a toalha de mesa, e navegando os céus em direção ao leste. Ele mal fala, parando aqui e ali para fazer uma pergunta, mas, em sua na maior parte do tempo, ele só ouve uma mãe falar da menina que ela ama e perdeu a esperança de rever no Céu, no entanto, agora, quando ela mais precisa dela, sua fé tem um fio solto, e ela não consegue evitar puxá-lo e se preocupar com a costura.

— Era só uma menininha comum. Elas morrem todos os dias, mas era minha. E eu a amava.

Exaurida, Lisa fica de pé. Ela está mais magra e frágil como um graveto. As outras crianças foram levadas para dentro pela ama-seca há bastante tempo, e Salaì está sentado novamente na borda da lógia, sacudindo as pernas. O sol róseo da tarde alcança o teto dourado do *duomo* e parece flamejar. Finalmente, ela me olha de relance. Parece ter esquecido o porquê de termos vindo até aqui.

— Essa é a mulher que eu costumava ser — Lisa diz, franzindo o cenho. — Estou certa de que vou lembrar como sê-la novamente, um dia.

Leonardo sente pena.

— Ela não é mais a senhora há bastante tempo.

— Não — concorda Lisa.

Assistimos enquanto ela anda lentamente de volta para a *villa*, uma coisinha quebrada e perdida.

— Mulheres perdem tantos filhos, espera-se que elas fiquem enlutadas por pouco tempo, longe da vista alheia — diz Salaì. — Fomos trazidos como distração, já que Francesco del Giocondo está cansado do desespero dela.

Vejo Lisa com novos olhos. Não sou como ela. Não terei filhos e não irei perdê-los. Os sofrimentos dela não são os meus. Mas, pela primeira vez, hoje, sinto algo além de irritação e desdém. A vida dela pode ser pequena, mas também é cheia de tristeza. Algo formiga em mim. Não é a ponta afiada de uma agulha fazendo mais *spolveri*, mas uma nova emoção — compaixão, talvez. Não sou como ela, mas sinto por ela e sua perda. Ela está ilhada em seu luto.

O jantar ocorre na lógia. Estou sentada atrás de Leonardo. O êxtase da paisagem e a maravilha que é a *villa* é moderada pelos modos básicos e nosso anfitrião se vangloriando sem fim.

Francesco del Giocondo é incapaz de colecionar pinturas de todos os artistas famosos de Florença, então ele acumula as dívidas deles. Sentados do lado de fora ao entardecer, ouvindo o coro vulgar dos sapos na piscina de Netuno e assistindo ao improvável voo em zigue-zague dos vaga-lumes, ele nos regala com histórias de como todos os artistas devem dinheiro a ele — Sandro Botticelli e até o pai de Michelangelo, se for verdade. Giocondo declara seu plano de manobrar essas dívidas em obras de arte — apesar de elas certamente virem cheias de ressentimento e rancor. Imagino Madonnas amargas e fazendo bico e anjos furiosos. Talvez ele deveria se contentar com um São Jerônimo, sofrendo no deserto.

Giocondo está bebendo e ensinando todos os seus truques a Salaì, que está longe de estar tão bêbado quanto o anfitrião acha que ele está. O próprio Salaì é um ladrão e um vigarista, e consegue reconhecer alguém como ele. Giocondo está convencido de que já sou dele, mas nunca serei entregue aos seus dedos roliços. Nem Leonardo nem Salaì pediram um único florim dourado, e talvez ele ache que isso é uma excentricidade artística, ou evidência de nossa falta de perspicácia profissional. A verdade é que Salaì, avarento como ele é, não deixará que Leonardo aceite uma moeda dele. Salaì adoraria se livrar de mim, mas ele ama mais o mestre e, enquanto o mestre me quiser, ele cuidará da minha segurança. Giocondo não deve me possuir.

— Não foi Maquiavel que o deu de presente a Lisa? — sussurro para Leonardo.

— Sim, Maquiavel, ele mesmo.

Maquiavel, a alma mais astuta de todas. Perto dele, Francesco del Giocondo é só um aprendiz. Giocondo pontifica, se vangloriando da dívida dos Buonarrotis. Preciso admitir que uma cópia de mármore d'*Il Gigante* ficaria magnífica agraciando o jardim da *villa*; ao entardecer, o lugar parece flutuar acima da cidade. Giocondo não tem a perspicácia aguçada de Maquiavel, porém. Até eu sei que Michelangelo odeia seu pai. Ele se negou a criar o menino e o mandou para uma família pobre de cortadores de pedra, onde passava fome e apanhava. Francesco del Giocondo conseguiria tirar uma escultura mais facilmente do grande Michelangelo se tivesse deixado o pai dele sofrer na prisão de devedores. Nenhum de nós diz isso a Giocondo. Salaì sorri, malicioso, tomando vinho, e serve mais da bebida na taça do anfitrião.

Quando Francesco e o resto da casa se retiram, ninguém me leva para o lado de dentro, e fico no meu cavalete na lógia. Enquanto observo, Lisa vaga no fim de tarde rosado como um espírito, caminhando pesadamente com os pés descalços no jardim, imundos, molhados pelo orvalho. As estátuas de deuses encaram em silêncio imperial, impiedoso. Ela cobre o rosto com o véu. Para eles, ela é só mais um fantasma mortal. Não podemos imaginar o que é dar à luz. Sentir os chutes, úmidos e ensanguentados e brilhantes. Ter alguém mamando e crescendo e rindo e morrendo. O colo dela está vazio agora e nunca será preenchido, não importa quantas outras crianças se sentem nele, sacudindo-se. Ela pausa e se senta, empoleirada na borda da piscina negra de Netuno, as mãos ocupadas com as contas do rosário, desvairadas por consolação. Não adianta. Até eu consigo ver que não. Estou feliz de não ser ela. Ela está abandonada em seu luto. O cordão do rosário se parte, e as contas caem na piscina como migalhas de pão, e eu imagino os peixes pulando para abocanhá-las, blasfemos.

Um pouco depois, ao entardecer, Salaì aparece com Leonardo e começa a misturar tintas e pegar garrafas de cinabre em pó e alvaiade, misturando-os com óleo de linhaça. Faz tempo que ele não faz isso para o mestre; geralmente, quem mistura é o pequeno Cecco, mas o deixamos em Florença, e Salaì não parece se importar. Ao acabar, ele vai para a cama e nos deixa sozinhos. Leonardo se ocupa, preparando pincéis, e então trabalha.

— Algo está diferente em você nesta tarde — ele diz, o pincel fazendo cócegas na minha boca. — Há uma assombrosa humanidade em seu sorriso que nos escapou até agora.

Ele molha o pincel de novo no cinabre e mistura com alvaiade, sombreando a pequena sombra na curva acima do meu lábio.

A luz está sumindo. A lua está visível e a noite é quente, as portas da *villa* estão bem abertas. O som do riacho e dos córregos parece mais ruidoso, rindo contra os pedregulhos. Como Leonardo consegue enxergar enquanto pinta? Uma empregada leva uma lâmpada a óleo. Ouço o bebê de Lisa chorando. As persianas são fechadas. Siriús aparece no céu como um feixe de luz.

— Pensei que era diferente de Lisa del Giocondo, e sou. Não sou nem um pouco parecida com ela em temperamento e atitude, mas hoje vejo que compartilhamos algo. Ela perdeu uma filha.

Leonardo me encara na escuridão, intrigado, o pincel no alto. Falo suavemente. Há uma nova dor crescendo em meu peito.

— Posso não ter filhos, mas todas as pessoas que conheço morrerão. Viverei mais que todos vocês. Muito depois de morrerem e se decomporem, eu verei essas estrelas, sozinha.

Leonardo fica em silêncio por um momento. Ele parece perturbado quando suspira.

— A presciência traz a dor. Por isso, sinto muito, de verdade, minha Lisa.

Eu não posso sentir de volta; não ainda, não enquanto ele continua aqui comigo. Sua presença me traz alegria, mas sei que a desgraça virá. Posso ouvi-la no ranger da terra e nos badalos distantes do sino do *duomo*.

Outono

É UM ALÍVIO ESTAR DE VOLTA EM FLORENÇA. O LEITE NÃO AZEDA mais depois da tarde e, agora, durante a manhã, o mestre permite que as persianas sejam abertas por algumas horas, e uma luz cálida adentra o ateliê. Enquanto Salaì desenha e redesenha a ponte no canto do *modello* de *Anghiari*, praguejando a respeito de não conseguir acertar a perspectiva, Leonardo refaz meu vestido. Ele mudou de ideia a respeito do que eu deveria vestir. Francesco del Giocondo reclamou da simplicidade do meu traje, então Leonardo decidiu deixar minhas roupas ainda mais simples. A beleza estará na perfeição da reprodução. Eu o observo, consideravelmente interessada, enquanto ele esboça meu novo vestido, fazendo cuidadosos estudos do drapeado para as mangas. Eles fluem como água. Espirais de tecido prendem a luz. Estou extasiada. Um redemoinho de reflexo e sombra. Ele transfere as novas partes do *modello* ao alvaiade com carvão *spolveri* saltitante, mas o traçado do meu antigo vestido ainda é visível. Suas ideias abandonadas e *pentimenti* são vistos claramente, arrependimentos que ainda precisam ser pintados por cima.

Há uma serenidade na *bottega* apesar do praguejar ritmado de Salaì — estamos acostumados com ela. Uma calidez sonolenta. Sob o olhar severo de Alicia, as empregadas assam pão no piso e se apressam com vassouras e vasos de flores do fim do verão com cornichões, amoras e rosa-de-gueldres que o mestre desenha com interesse, franzindo as sobrancelhas grossas. O jovem Cecco, eufórico por nosso retorno, senta-se em suas coxas e tritura tintas com o pilão e o almofariz, gorgolejando uma canção antiga que aprendeu com sua mãe. Salaì está sem paciência e fala para ele ir mais rápido. Eu me divirto com a discussão. Somos uma família. Estamos felizes. Não pode durar. Não dura.

Michelangelo Buonarroti destrói nossa felicidade com uma martelada, como se fôssemos um pedaço rejeitado de mármore. Ouvem-se vozes altas nos claustros e Maquiavel e Michelangelo entram no refeitório, falando alto, indiferentes à interrupção que estão causando. Leonardo fica tenso. Ainda assim, enquanto são conduzidos por Alicia, ele não mostra nenhum sinal de irritação além de oferecer para eles o segundo melhor vinho, em vez do melhor.

Nicolau Maquiavel exala soberba. Não consigo entender por que Michelangelo está ali. Ele detesta todos os seus rivais e nunca visita outro ateliê por prazer ou interesse. A atmosfera genial de alguns momentos atrás é retesada como uma corda, e pode se partir a qualquer momento. Nicolau deve ter decidido qual será a melhor forma de se vingar.

Michelangelo abre um enorme sorriso. Seus dentes são manchados como os de um cachorro. Ele está parado com os pés separados, indo de um pé para o outro, incapaz de conter sua impaciência e regozijo. Ele é pequeno e com aparência doente, mas tem braços fortes e musculosos como os de um operário, e mãos calejadas e enormes. Ele tem uma barba dura e desgrenhada, e seu nariz é amassado como *biscotti* — Salaì sussurra para Cecco que ficou assim depois de uma briga com outro escultor. Se não estivesse tão preocupada com o que pode acontecer, eu daria risada. Nunca vi um artista tão diferente das próprias criações. Leonardo é um homem belo que produz belas criações. Suas roupas são elegantes e refinadas, e seus aprendizes, conhecidos pela habilidade e pela beleza, vestem-se de forma parecida. Leonardo nos faz crer que o pintor é um cavalheiro que ouve música enquanto trabalha. Segundo Leonardo, o escultor, por sua vez, parece um padeiro coberto de pó. Michelangelo definitivamente é assim. A única característica que compartilha com *Il Gigante* são as mãos grandes, mas mesmo as mãos estão endurecidas de agarrar o cinzel e a marreta. Junto com o pó, está coberto de uma camada de sujeira escura. Olho para seus pés e vejo as botas de couro de cachorro, gastas e fedorentas.

— Cadeiras para nossas visitas — ordena Leonardo.

— Ah, eu não sou uma visita — diz Michelangelo, sentando-se em um banco, perfeitamente confortável. Ele estica as pernas magras e faz careta. — Vou ficar aqui.

Leonardo endurece e olha para Maquiavel, que estala, satisfeito.

— Sim, tudo já foi combinado com a *signoria*. Michelangelo Buonarroti pintará o mural do lado de lá da parede ao leste da câmara do conselho — diz Maquiavel, com o olhar de uma raposa que acabou de invadir o galinheiro e engoliu as galinhas.

— A *Batalha de Cascina* ficará ao lado de sua *Batalha de Anghiari* — declara Michelangelo. — Está com medo de ter um pouco de competição?

Leonardo só sorri e serve vinho ao seu rival, que toma tudo de um gole só, sem se incomodar de limpar o rastro carmim em sua barba.

É a punição de Maquiavel pelo fracasso de Leonardo em mudar o curso do Arno. Leonardo trouxe vergonha e ignomínia para Maquiavel, e é hora do acerto de contas.

— Precisa abrir espaço para Michelangelo aqui no ateliê. Ele precisará dele para preparar o *modello* de seu mural — acrescenta Maquiavel, esperando Leonardo discordar.

É absurdo. Há centenas de lugares em Florença que Maquiavel e a *signoria* poderiam encontrar para Michelangelo e sua *bottega* viverem e trabalharem. É apenas parte da vingança de Maquiavel. Ele olha para Leonardo com seus olhinhos pretos como duas castanhas queimadas. Sua pele é tão pálida que parece verde-salva. Ele quer que Leonardo reclame, está salivando por esse momento.

— Não diga nada — murmuro para Leonardo. — Só deixará tudo pior. Precisamos tirar o melhor da situação por enquanto.

Leonardo segue meu conselho.

— Será um prazer — declara. — Meu *modello* está quase finalizado. Conseguiremos dar conta por algumas semanas. Tudo para agradar um velho amigo, Nicolau.

Maquiavel olha para ele com ira mal contida. Ele quer que Leonardo sofra. Não é divertido quando ele não sofre. Salaì leva Maquiavel até a saída, ainda cheio de sangue e cólera.

Procuro o famoso escultor, curiosa a respeito de por que Michelangelo concordaria com condições tão desconfortáveis e desnecessárias. Não há necessidade de que os dois grandes artistas de Florença compartilhem o ateliê, por maior que seja. O andaime complexo de Leonardo diminui e escurece a câmara, mas Michelangelo parece estranhamente entusiasmado com o prospecto. Se eu tivesse que chutar, diria que ele não gosta de Leonardo e que tira satisfação da ideia de atormentá-lo. Ele encontra os olhos de Leonardo e sorri, revelando mais uma vez a boca cheia de dentes pontudos, amarelo-mechim.

Leonardo tenta oferecer a Michelangelo a mesma gentileza e atenção que oferece a todos. Por pura força de vontade, ele tenta se afastar da animosidade e da repulsa que sente. Leonardo é meticuloso, banhando-se mais de uma vez por semana e, tentando lutar contra o fedor do novo vizinho, enche o refeitório de ramalhetes e arranjos de flores com aromas adocicados. No *albergo*, ele manda que Tommaso e Cecco façam espaço em seus estrados para os assistentes de Michelangelo. Salaì tem que dar ao grande escultor o próprio colchão, e Leonardo diz às empregadas para refazerem a cama com lençóis novos.

— Para quê? Elas vão ficar pretas de tanta sujeira de manhã — reclama Salaì. — Vão feder para sempre.

Ele fica rabugento e reclama, mas Leonardo está resoluto. Michelangelo pode se comportar como um camponês, mas sua alma é *ingegno*. O homem foi tocado por Deus.

— Achei que ele fazia com que a figura humana parecesse um saco de nozes? — Salaì insiste.

— Deveria sonhar com essas nozes — critica Leonardo.

Não vale a pena. Todas as tentativas de Leonardo de ser gentil são rejeitadas. Michelangelo volta à tarde com cinco assistentes e estuda o refeitório com desdém. Ele vibra com agressividade e mau humor, saltando nas pontas dos pés, os dedos contorcidos nos punhos.

— Por que meus aprendizes dormiriam junto aos seus? Quer roubá-los como se fossem cadelas de acasalamento? Meus *garzoni* vão dormir comigo. Meu pai pode ser um verme de boca fétida, mas ele me ensinou duas coisas. Nunca se lavar e *Non ci si può fidare di alcuno*.

Quase sinto pena desse homem fulminante, cheio de receios e desprezo. Murmuro:

— Não confiar em ninguém leva a uma vida miserável e solitária.

Michelangelo olha ao redor do refeitório com olhos escuros, estreitados e desconfiados. Seus aprendizes, por sua vez, não parecem se preocupar com sua raiva mal escondida. Eles estão em movimento, abrindo o giz e o carvão, e desenrolando o papel. Eles se vestem de forma tão desgrenhada quanto seu mestre, mas têm as bochechas rosadas e estão bem alimentados. O olhar de Michelangelo para neles com algo que pode ser afeição paterna ou o caçador olhando para sua matilha; e, em um instante, ele está intratável de novo, fungando o ar.

— Que cheiro objetável é esse? O lugar fede como um bordel.

Ele espirra e, indo para a mesa, agarra um ramalhete e o joga no fogo, ficando de pescoço vermelho. Aponta para outro arranjo floral pendurado no parapeito da janela.

— É assim que costuma decorar sua *bottega*, como um bordel, Da Vinci?

Leonardo o ignora. Está claro para mim que os dois homens não vão conseguir trabalhar juntos. Só conseguem incomodar e atormentar um ao outro. Michelangelo dá passadas pesadas pelo ateliê, olhando o *modello* de *Anghiari* sem dizer nada. Finalmente, ele me nota. Olha para mim e se aproxima, com seu hálito rançoso.

— Quem é ela? — pergunta, enfim.

— Era a Madona Lisa del Giocondo.

— Era? Não sabia que estava morta.

— Ela virou ela mesma. A mulher ideal. Dante tinha Beatrice. Petrarca tinha Laura. Eu tenho minha Lisa.

Salaì lança um olhar de puro ódio. Michelangelo boceja abertamente e cutuca as próprias orelhas.

— Parece de verdade, mas é quieta demais para mim.

Ao ouvir isso, Leonardo dá uma risadinha.

— Às vezes, gostaria que ela fosse mesmo quieta, maestro.

Indignada, decido seguir meu conselho.

Mais tarde, os empregados trazem a comida. Arroz, cordeiro assado no espeto, linguiças gordurosas e tripas chiando em panelas sobre o fogo, caracóis de fumaça subindo em direção às vigas. Há caixas perto de nós, meio desembaladas. Daqui, todas parecem ter parafernálias para pintura, desenho ou ferramentas para escultura. Estão empacotadas com cuidado reverencial. Vasculho a escuridão pelas caixas que possuem lençóis, roupas, tapetes ou até mesmo louça. Michelangelo é um jovem rico. Ele poderia viver quase tão luxuosamente quanto Leonardo se quisesse, mas é óbvio que não se importa com coisas assim. Ele tem um estilo de vida parcimonioso; muitos monges, deleitando-se em seus claustros abarrotados, poderiam aprender com ele.

Leonardo assegura que o copo de Michelangelo esteja sempre cheio de vinho, determinado a encontrar a harmonia no ateliê, mas a conversa titubeia. Michelangelo grunhe e às vezes parece rosnar, escolhendo ignorar a maior parte das perguntas do mestre ou respondendo-as de forma monossilábica.

— Quantos anos tinha quando sua mãe morreu?

— Seis.

— E foi criado por uma família de cortadores de pedra? — Leonardo faz uma pausa, mas não obtém resposta, então insiste, tentando achar um meio-termo. — Sei bem como é não fazer parte de algo. Cresci na casa do meu avô em Vinci. São almas decentes, mas meu pai se regozija em me lembrar de que não sou realmente parte da família.

Michelangelo faz careta.

— Meu pai é só um filho da puta.

Leonardo ri, mas Michelangelo endurece, aparentemente incapaz de saber se Leonardo está rindo com ele ou dele. Fica com raiva.

— Ao contrário de você, não sou um bastardo.

— Mas se eu não fosse um bastardo, meu pai teria me forçado a virar advogado, e isso seria muito pior do que ser um bastardo. Sou mais feliz como pintor do que teria sido como notário.

Ele diz isso brilhando, mas Michelangelo não ri.

Salaì, Tommaso, Ferrando, Giovanni e Francesco espreitam nas sombras, sentados em bancos em uma fileira bem-feita, comendo linguiças de tripas e ouvindo, as orelhas em pé como filhotes de lebres. Os *garzoni* de Michelangelo se agacham ao lado deles, pegando arroz e lambendo a gordura do cordeiro de seus dedos encardidos. Michelangelo abre um grande sorriso indulgente ao ver seus *garzoni*. Olha para eles como se quisesse jogar um osso e afagar atrás de suas orelhas. Seu olhar para em Salaì, cheio de repugnância. O ateliê foi dividido em dois acampamentos rivais, como o Papal e o Medici. Leonardo limpa a garganta para tentar mais uma vez. Isso é agonia para ele. Ele tem cadernos para preencher, ideias para registrar e tentar. Geralmente, as noites são momentos de encanto e alegria para todos nós em sua *bottega* — ele adora espaços liminares, e a fronteira entre a luz e a escuridão, o dia e a noite, não é diferente. Frequentemente ele passa essas horas testando ideias em todos nós, seja no papel, seja na conversa, mas, em vez disso, é reduzido ao papel de anfitrião do hóspede mais relutante e asqueroso. Maquiavel escolheu a punição de Leonardo com cuidado diabólico.

— Talvez eu deveria ler Dante. Passamos muitas noites discutindo Dante. Ama Dante também, acredito? — ele pergunta em um tom suave.

O rosto de Michelangelo se contorce em desdém.

— Todos amam Dante, a não ser que sejam imbecis.

Leonardo continua, sereno.

— Cecco tinha uma pergunta. Ele gostaria de entender uma passagem. Talvez você poderia...

— Explique a ele você mesmo. Você, que pintou *A Última Ceia* em Milão com óleos tão ruins que já estão estragando.

Leonardo se retrai. É um tormento para ele ser lembrado de que sua obra-prima já está apodrecendo em Milão. Ao encontrar uma fraqueza, Michelangelo não para. Ele cutuca a ferida alegremente.

— Depois daquele desastre, decerto apenas um capão o contrataria, mas eis aqui você: Leonardo da Vinci, o Magnífico Bastardo de Florença.

Uma coisa é insultar seu parentesco, a outra é insultar sua arte. Leonardo finalmente se levanta da cadeira. Estala os dedos.

— Suficiente. Vamos sair amanhã do *palazzo*. O ateliê é seu.

A expressão de Michelangelo não mostra remorso nem triunfo. Sua matilha de *garzoni* continua a devorar a tripa, indiferentes à cena. Talvez eles já tenham visto tantas situações similares que já estão acostumados. Eu, entretanto, não sei suportar ver o homem que amo sendo humilhado. Leonardo já vê a fama de Michelangelo eclipsando a sua; ele deve zombá-lo e desprezá-lo também, acabar com sua vitória.

— Adeus, Michelangelo Buonarroti — grito. — É um homem *terribilità*.

Michelangelo me olha com novos olhos e interesse repentino. Ele fica de pé e se aproxima.

— Oh. Está certo, Leonardo — ele diz lentamente. — Ela não é quieta. Eu gosto dela. Sim. Eu gosto muito dela. Boa noite, Lisa de Leonardo. É um prazer conhecê-la.

— Vá para o inferno.

A risada profunda retumba em seu peito.

Eu o olho nos olhos, alfinetada com exuberância apesar da repugnância que sinto. O homem é insolente, grosseiro e cruel, mas ele é tocado por Deus. Ele consegue ouvir minha *voce*. Ele sorri e, apesar de seus dentes amarelos, o sorriso é surpreendentemente doce. Ele tenta tocar na minha bochecha e vejo a ponta de seus dedos duros arranhados pela pedra.

— Não toque nela. Vai sujar a pintura — se irrita Leonardo.

Michelangelo se afasta. Estou empolgada pela preocupação de Leonardo, seu ciúme aparente. Leonardo olha para nós dois, o rosto duro e ilegível.

Inverno

Escapamos para a Salão do Conselho Maior do Palazzo Vecchio. A sala é vasta, grande o suficiente para abrigar os quinhentos homens sentados do conselho. Frei Savonarola a encomendou apenas alguns anos atrás, em deferência aos seus gostos austeros, antes de ser arrastado para o lado de fora para ser enforcado e queimado na Piazza della Signoria. Sua presença ainda existe no local, e talvez seja o conhecimento de seu fim que nos perturba. O Conselho Maior de Florença, que o sentenciou à morte, quer que Leonardo pinte de vermelho e ouro a estética dura do Frei. Leonardo será o padre pintor que há de exorcizar o fantasma assassinado. Ele me deixa aqui sozinha na primeira noite, enquanto os outros vão dormir em seus aposentos, mas não consigo suportar. Espero o espírito inquieto de Savonarola a noite toda, ouvindo-o em cada gemido do vento, em cada discussão dos pombos e no ranger da madeira. De manhã, imploro a Leonardo que não me abandone aqui de novo. Ele faz troça, sem paciência para feitiçaria ou assombrações.

O salão é rebocado de branco, simples, mas o teto é erguido por treliças massivas de carvalho grossas o suficiente para terem sido parte do mastro de um grande galeão navegando pelo Mar Lígure. Há batalhões de enormes janelas, algumas de cristal e de chumbo, e outras cobertas de papel encerado. A parede de Leonardo em sua *Batalha de Anghiari* ficará a leste, e o mural de Michelangelo d'*A Batalha de Cascina* virá em seguida, os dois grandes trabalhos e rivais lado a lado.

O andaime engenhoso de Leonardo foi cuidadosamente reconstruído na câmara, cada seção arrastada por mão ou cavalo e remontada por carpinteiros, as torres e plataformas e roldanas de volta ao lugar. Deveríamos estar em paz, com a alegria e o entendimento restaurados, mas parece que a animosidade de Michelangelo nos seguiu como uma maldição. O azar e o infortúnio nos perseguem. Apesar da grandiosidade, o palácio é úmido. O *modello* foi dividido em cinco seções para transportá-lo até aqui, e, apesar de ter sido colado novamente e estar segurado com linho, a umidade faz com que descole, pego pelo vento que adentra as frestas nas janelas enceradas, que continua batendo em vendavais fora de temporada.

A manhã é selvagem, e o vento vocifera, e ainda mais papel encerado arrebenta das janelas altas e uma revoada de pardais entra em disparada no salão, como flechas jogadas ao alto. Eles planam mais acima, frenéticos, esvoaçando e defecando enquanto voam, então os azulejos estão sujos e molhados com amarelo e marrom. Tommaso está na parte mais alta da parede e grita, surpreso pela invasão. Os pardais encostam em seus braços, pegam seu cabelo, cantam, desordenam, voejam. Tudo está imundo e cheio de penas. Em pânico, ele escorrega da plataforma e, por um momento, parece pairar sobre eles, sacudindo os braços, e então desaba no chão e fica parado no chão. Um menino de trapo.

— Ele está morto? — grito. — Por favor, que ele não esteja morto.

Gosto de Tommaso e posso ver um lustroso rastro escarlate em seu cabelo vermelho.

Salaì corre para o lado dele, colocando um dedo debaixo do nariz do outro assistente.

— Ele está respirando!

Murmuro em gratidão. Os pássaros continuam voando por todo o salão, defecando por onde passam. A sala fica escura e minha visão fica nebulosa no olho esquerdo. A música dos pardais é dura e apavorada.

— Ferrando, chame o boticário — comanda Leonardo. — Cecco, traga lençóis para a cabeça dele.

Cecco hesita, sem querer macular um bom merino com sangue, mas Leonardo se irrita, feroz de um jeito que nunca é.

— A mancha não tem importância!

Salaì sacode Tommaso e ele se levanta, choramingando pela mãe; muco e sangue pingam de seu nariz.

Os pássaros continuam a planar enquanto outros assistem a nós tristemente de seus poleiros no andaime. Quando Cecco grita, os pássaros voam mais uma vez, passando pelas vigas, batendo nas paredes, colidindo contra o *modello*. Os guerreiros desenhados nos encaram, as bocas congeladas em silêncio como gritos mudos. Meia dúzia de flechas emplumadas despencam em direção ao chão. Tommaso tem dificuldade de se sentar reto, machucado e confuso. Um pássaro morto cai em seu colo. Ele o encara, boquiaberto e horrorizado. Salaì o joga para longe.

— Abram as portas, peguem as vassouras e tirem esses pássaros do salão — manda Leonardo.

Os assistentes tentam, mas é uma tarefa fútil; o teto é alto demais, e eles estão tentando alcançá-los em vão. Apesar disso, de alguma maneira, depois de uma hora a maior parte dos pássaros escaparam para dentro do palácio, fugiram pelas janelas ou estão mortos em pilhas deprimentes. O boticário chega e faz um curativo na cabeça de Tommaso com papel e vinagre, e começa a fazer um cataplasma com óleo de rosas, ovo e aguarrás.

— Bem ferido. Nada quebrado, acho que não — ele declara.

— Coloque um lençol ao redor dele e deixe-o diante do fogo — comanda Leonardo.

— Sim, mas ele não pode ficar quente demais. Veja, já está começando a tremer. Mantenha o cataplasma perto para deixar que as feridas cicatrizem.

— É um mau agouro — reclama Salaì, estremecendo.

— Bobagem — diz Leonardo. — É azar e um clima ruim.

Ele não permite nenhuma conversa de feitiçaria ou alquimia.

— Limpem a bagunça, garotos. E aumentem esse fogo.

Salaì pausa por tempo suficiente para notar que há uma trilha amarela e doentia no canto do meu olho esquerdo. Isso o alegra imensamente.

— Ah, Lisa também está imunda. Maculada e parcialmente cega.

Salaì sente um prazer cruel de qualquer infortúnio que acontece comigo.

— Devo limpá-la já — irrita-se Leonardo, que não acha graça nenhuma. — O ácido na urina vai deteriorar as camadas de verniz se eu a deixar assim. Ninguém deve tocar nela além de mim.

Salaì se retira para encontrar um pano e volta, dando-o a Leonardo, que o passa gentilmente sobre meu braço e meu olho. Queima, e eu olho de relance para a sala como se tivesse uma névoa à minha frente.

— Como está, minha amada? — ele pergunta, preocupado.

— Melhor — digo, desejando poder piscar, sentindo meu olho arder e doer, e, apesar disso, a ansiedade dele vale qualquer tipo de dor.

Quando ele está contente de ver que minha visão está a salvo, abaixa o pano e pega um cesto para andar pelo salão, juntando os pequenos corpos dos pássaros. Deve haver dúzias deles. Ele os olha, sem nojo, apenas interessado. Faz pausas, depenando um cadáver manchado e trêmulo, esticando as asas com concentração aguçada, examinando as penas primárias e os pés reptilianos enroscados, retesados pela morte. Ele acaricia as costas e cabeça do pássaro, ignorando o cesto, e o coloca amorosamente no bolso de couro em seu cinto.

Nas semanas seguintes, meu cavalete fica ao lado de Tommaso. Gosto de pensar que estou fazendo companhia a ele. Ele está envolto em cobertores e tem olhos roxos e machucados. Os outros estão se esforçando. Leonardo suspira e tira do bolso de couro o pardal morto, que, para meu horror, já começou a apodrecer, as penas caindo e os ossos expostos. Leonardo não mostra nojo nem surpresa, abrindo as asas para revelar a estrutura delicada e intrincada dos ossos, que parecem agulhas, perfurando a pele.

— Precisa apodrecer mais. Os ossos não estão expostos o suficiente — ele diz, tirando mais penas soltas.

Mesmo assim, ele pega um pedaço de carvão e começa a desenhar a asa, fazendo observações cuidadosas das penas e anotando a localização dos ossos visíveis. Ele está cantarolando. Faz semanas que não o vejo feliz desse jeito.

— Quando Tommaso caiu — ele diz —, ele pareceu pausar por um momento, você viu?

— Sim — digo, preocupada. Eu vi, sim. Ele está planejando algum esquema, mas não sei o que pode ser.

— Se Tommaso estivesse usando asas com tamanho de homem e as tivesse batido de cima para baixo, assim — ele diz, esboçando rapidamente com o giz —, ele não teria caído, teria voado.

Ele faz outros desenhos rápidos e linhas em seu caderno.

— Está vendo?

Mas ele não está olhando para mim; ele só olha para a página e para a asa decomposta do pardal morto.

Os meninos continuam aplicando cor nas paredes, focados no grupo central de guerreiros. Leonardo passa por eles, insatisfeito com a composição. Não está equilibrada. Está atulhada demais, nodosa demais. O temperamento de todos é afetado até pelos menores detalhes, os humores estão desequilibrados, com fleuma demais. É a umidade percolada do palácio. Não importa o quanto o fogo esteja quente e quanta lenha de pinheiro seja jogada nas chamas e a força da labareda: a umidade está no ar e adentra nossos espíritos animais até estarmos todos repletos de uma letargia que vaza. Se há algo errado com o óleo de linhaça do boticário, ou se é a fórmula romana que Leonardo insistiu em tentar, ou a umidade do salão, não importa, a tinta não está secando.

— Por que não podemos pintar afrescos, maestro? Afrescos *funcionam* — reclama Salaì pela centésima vez, olhando com desânimo para as caras úmidas dos cavalos, onde gotas pretas de tinta estão suando e formando glóbulos feios na superfície.

— Mantenha o fogo aceso e vai secar. Afrescos secam rápido demais. O óleo nos dá tempo para alcançar a perfeição — Leonardo responde.

Isso não é perfeição, no entanto. Isso está mais perto de ser um desastre, já que a tinta não seca, e todos nós sentimos um arrepio de pânico.

Já passa do meio-dia, mas a luz tem um tom estranho e sepulcral, e as figuras se contorcendo nas paredes parecem achatadas e ainda mais sem vida, homens meia-sombra. O salão escurece, um manto é jogado sobre o sol, conforme a luz diminui, escurecendo conforme uma tempestade colossal assopra.

— Abaixem seus pincéis, assim não conseguirão ver o trabalho — Leonardo exige.

Uma hora depois, vem a chuva. Os primeiros vendavais já arrancaram a maioria dos papéis que cobrem as janelas, e os que sobraram estão rasgados, agitando-se em retalhos. A água começa a pingar em cima uma seção da pintura perto do topo, onde as cores, ainda úmidas, começam a gotejar e escorrer para as seções já secas, arruinando-as. Os sinos das cortes começam a dobrar, à medida que a chuva continua a cair, inundando através das janelas e encharcando a parede.

— Acendam o braseiro, alimentem o fogo! — chama Leonardo, sua voz mais alta com o pânico. — Precisamos secar a pintura!

É uma tarefa inútil e sem esperanças. As tintas estão espumosas e começaram a borbulhar. Rios de vermelho e cinza lamacento e amarelo estão escorrendo, vandalizando a pintura. Os soldados gritam de boca aberta, horrorizados, seus dentes agora inundados de vermelho, ensanguentados em horror aparente com o que está acontecendo enquanto os cavalos se contorcem e pisoteiam a terra. O fogo queima cada vez mais quente à medida que tora após tora é atirada para dentro da fornalha, mas ela não faz nada além de formar nuvens de calor que enchem o ar. Os soldados choram lágrimas rubras e os cavalos derretem feito lama. A pintura está quase em completa ruína. Eu me pergunto se Savonarola está assombrando este lugar maldito, carregado no vento, arrancando as cortinas das janelas com suas mãos mortas, de modo que sua visão de simplicidade e pureza não sejam manchadas.

— Tirem minha Lisa daqui! — Leonardo grita de repente. — O calor e a água irão arruiná-la.

— Não, não o deixarei! — eu grito.

— Não há nada que você possa fazer — ele chama. — E não vou deixar você ser destruída com o *Anghiari*!

— Por que você não quer que sua maior *invenzione* seja destruída? — eu pergunto.

Ele olha para mim e balança a cabeça, e, quando fala, sua voz é suave e suplicante, cheia de ternura.

— Não, não quero que nada aconteça com você. Eu não aguentaria. Por favor. Por mim.

Eu permito que Salaì me carregue para a antecâmara. Sozinha, no frio, eu escuto as brigas e os gritos do outro lado das portas pesadas. Pergunto-me o quanto da pintura, pela manhã, ainda existirá.

Minha vela se apaga e fico horas nas trevas. Gritos e lamentos vêm de dentro. Se Leonardo sofre, então quero sofrer com ele. Em vez disso, estou sozinha na escuridão, escutando. Ninguém abandona o salão. Um amanhecer cinzento brilha pela janelinha, e o som do vento e da chuva diminuem. Eu espero alguém voltar. Ouço passos pesados nas escadas abaixo. Ele veio! Por fim, posso consolá-lo. Ele me quer. Alívio e esperança percorrem meu ser. Uma porta se abre.

— O que você está fazendo aqui sozinha? Briga de casal? — diz uma voz vindo das sombras.

Eu vasculho a escuridão e me deparo com a carranca de Michelangelo.

— Vá embora, seu tagarela podre.

Ele abre um sorriso, aparentemente não ofendido. Fecha a porta atrás de si, chega muito perto de mim e me encara com escrutínio de um avaliador sincero, segurando uma lamparina para que possa me ver melhor.

— Você é incrível. Vou ser sincero, não achei que aquele coroa ainda tivesse talento para fazer algo assim. Se ele não conseguir terminar você, me procure. — Ele levanta as mãos, como se estivesse se rendendo. — Não estou tentando ser rude, mas nós dois sabemos como ele é. Se você acabar se cansando dele, dou um jeito nisso.

— Eu pertenço a ele. Terminada ou não — eu digo.

Ele encolhe os ombros.

— Você quem sabe. Eu, por minha vez, gosto de ter mãos — ele faz um gesto obsceno.

Eu o ignoro.

— O que está acontecendo lá? — ele pergunta, acenando com a cabeça em direção às portas fechadas do Salão do Conselho Maior.

Eu me recuso a responder, e Michelangelo, já impaciente, pousa a lamparina e me levanta com um braço musculoso. Com um baque, abre com o ombro a porta maciça. O salão está cheio de fumaça e vapor, e demora uns segundos para que possamos ver alguma coisa. O inferno esfriou, mas ainda está quente como uma tarde de agosto. Há poças de água no chão. Michelangelo dá um passo à frente, apoiando-me num banco em uma área seca para que eu possa ver. O andaime esconde o mural, a princípio, disfarçando o pior do dano, mas pelo que vejo fica claro que a pintura derreteu. As seções úmidas superiores escorreram para as seções inferiores mais secas, arruinando-as. Toda definição, tracejado e sombreado se perderam. É um desastre. Não sei o que pode ser feito além de limpar tudo e começar de novo.

Michelangelo sacode a cabeça, passando os dedos curtos na barba.

— Que bagunça horrorosa. Seu pobre velho tolo.

Pior do que o desdém de Michelangelo e seus insultos é sua pena.

Olho para o rosto de Leonardo e vejo que não só a pintura está arruinada, mas algo em sua alma rachou e se despedaçou.

Leonardo não consegue se forçar a mandar os assistentes pintarem por cima do estrago, mas eles também não conseguem continuar trabalhando na destruição mais abaixo. Salaì instrui Ferrando e Giovanni a continuarem pintando as áreas menos afetadas, mas podemos ver que estão tentando trabalhar no telhado de uma casa sem paredes. Leonardo sequer consegue olhar para a pintura. Ele só vai até o salão quando a maior parte dele está escondido na escuridão. Ele senta e desenha pássaros. Pardais, milhafre. Alguns deles são desenhados nos mínimos detalhes empíricos, examinando cada pena, enquanto os outros ele pinta acima das ruínas da pintura, grandes sombras com forma de pássaro.

Leonardo começa a escrever uma carta para o pai. Ele a lê em voz alta para mim.

Meu Querido Pai,
Recebi a carta que escreveu para mim, que me causou em um curto espaço de tempo prazer e tristeza: prazer em saber que está bem, e por isso agradeço à Deus, e tristeza de saber que o aborreci.

Ele pausa, sem saber o que escrever, e acho que abandonou a tentativa e começou a esboçar a asa de uma máquina voadora do lado de trás.

— Se Tommaso tivesse asas, não teria caído.

— Eu sei, Leonardo, você já me disse isso, mas ele está se recuperando bem. Ele vai melhorar. O mural pode ser consertado. Acabe a carta para seu pai.

— Não há necessidade. Não sei o que dizer. Eu só o incomodo e ofendo.

— Não é verdade.

Ele acena para a parede e coloca as mãos na cabeça.

— Ninguém pode ver essa monstruosidade.

Então, fica de pé, andando de novo, e fico estarrecida ao ver que ele trouxe madeira, cola e couro animal e começou a espalhar tudo isso no chão da câmara. Seções já estão organizadas na forma rudimentar de uma asa de pardal gigante e sem penas. Ele parece febril e selvagem.

— Ao menos o andaime serve para algo — diz. — E vou usá-lo para voar.

— E o que aconteceu com Dédalo? Com Ícaro? — protesto, apavorada.

Ele só ri.

— Vou fazer o *Uccello*, o Grande Pássaro, e dominar os céus! Primeiro usando este andaime, mas logo o telhado da Corte Vecchia. Não faça essa cara de preocupação, minha Lisa. Vou fazer isso longe de todos os outros trabalhadores. Vamos manter tudo em segredo até meu *Uccello* triunfar. Então, voaremos sobre o mar com odres inflados como botes salva-vidas para nos ajudar a boiar na volta.

Olho para o andaime eminente; parece esqueletal e sinistro na escuridão, e o imagino se arremessando do alto, com asas amarradas às costas. Os olhos dele brilham. Não quero que ele morra.

De manhã, Salaì e o pequeno Cecco chegam pálidos e desconsolados. O conselho ouviu rumores de um desastre com o mural do salão, e querem inspecionar o trabalho. Eles investiram grandes quantidades de dinheiro nessa pintura. Leonardo ignora todos e continua a desenhar as asas, pegando o caderno no bolso preso à cintura e rabiscando um comentário, depois guardando-o de novo com um prendedor de madeira, alheio a todos nós. Michelangelo entra na sala, pavoneando em nossa direção.

— Veio se gabar? — pergunto.

— Não — ele responde, mas não é muito convincente.

— Preciso que escreva uma carta para mim — digo. — É muito importante. Depois de escrever, você precisa levá-la diretamente a Rafael Santi.

Michelangelo faz careta.

— Eu não suporto Rafael.

— É claro que não o suporta. Ele é um dos poucos artistas tão talentosos quanto você. Até mais, talvez — digo.

Michelangelo carranqueia.

— Gostava mais de quando não conseguia ouvi-la.

— Escreva a carta. Pode ser da forma mais rude e vil que desejar, mas, por favor, traga Rafael.

Primavera

D A JANELA, VEJO RAFAEL E LEONARDO CAMINHANDO LADO A lado no jardim malcuidado, absortos em pensamento, com as mãos nas costas, um pouco fora do vilarejo. As poucas casas e fazendas que constituem o vilarejo estão espalhadas nas sombras das oliveiras. As folhas de oliva são prateadas e parecem brilhar no sol matutino. Os morros toscanos inclinados são densamente arborizados com carvalhos-peru, ciprestes e castanheiras, todos germinando nas sombras luminosas do começo da primavera. O pináculo da igreja aponta para cima, em direção aos céus. Leonardo pausa para observar um francelho planando no ar; o rato ou a cobra escondidos no mato não fazem ideia de que já foram marcados para morrerem lá de cima. Ele tem cadernos repletos de desenhos de milhafres, pardais, morcegos, falcões e pombos humildes. E também máquinas voadoras mecânicas. Ele e Rafael perambulam de volta para o vilarejo, e Leonardo está enrubescido de empolgação, falando rápido a respeito de seus projetos de voo.

— O *Uccello* vai fazer o primeiro voo nas costas do Grande Cisne…!

Rafael franze o cenho, intrigado; ele é de Urbino e não está acostumado aos nomes estranhos que damos aos lugares.

— O Grande Cisne? Monte Ceceri. Perto de Fiesole — explica Leonardo, só um pouco impaciente. — O universo ficará maravilhado. Todos falarão de sua fama, e Florença será conhecida por toda a eternidade como seu berço.

Rafael ouve tudo com reverência e coragem. Ele é o príncipe da amabilidade e, em sua presença, Leonardo está relaxado e suave. Ele voltou a dormir e a comer. O jovem pintor, trinta anos mais novo do que ele, tem imensa gentileza e amor por Leonardo. Rafael acena para mim com a cabeça e pega uma cadeira para sentar-se diante da mesa escovada, esperando que ele termine. Já estamos na casa do tio de Leonardo em Vinci há um tempo. Instruí Rafael a esconder as cartas de Salaì. Ele vai precisar se virar sozinho como puder pelas próximas semanas, sem nós, para reparar o mural. O conselho não nos seguirá até aqui. O pior que podem fazer é escrever cartas furiosas e cortar os próximos pagamentos.

Aqui, os dois homens passam os dias andando nos morros e arvoredos, desenhando e conversando. Bem, Leonardo é quem fala e Rafael quem escuta. Está lhe fazendo bem. Ele perdeu aquele olhar amedrontado.

— Minha primeira memória não é de minha mãe. E certamente não é do meu pai — ele diz. — É de um pássaro. Um milhafre. Parece que eu estava no meu berço e um milhafre veio até mim e abriu minha boca com seu rabo, e cutucou meus lábios várias vezes com seu rabo.

— Um milhafre? Como o que acabamos de ver entre as nuvens? — pergunta Rafael, dividido entre a admiração e a descrença.

— Sim. Um milhafre. Mas, é claro, eu só sabia que era um pássaro. Um pássaro aterrorizante e belo.

— Tem certeza de que não era um sonho? — pergunto.

— Uma *ricordazione* de um sonho. Não importa. Desde aquele momento no meu berço, o voo e os pássaros sempre pareceram ser meu destino.

Rafael está em silêncio, com as sobrancelhas franzidas enquanto pensa. Ele coloca uma mecha de cabelo escuro atrás das orelhas e se inclina para a frente. Tem grandes olhos castanhos, gentis e doces como os de uma criança, mas quando ele fala, o mestre escuta como a um igual.

— Tenho certeza de que tem razão, maestro. Um homem sente o próprio destino, mas também sei que, se quer falar de destino, ela está aqui.

Rafael me segura e leva Leonardo até o interior fresco da *villa*, onde Lisa del Giocondo está sentada em uma cadeira. Rafael me deixa ao lado dela em um cavalete, esperando. Lisa fica de pé para cumprimentar Leonardo, que toma suas mãos e as beija.

— Não vem me ver por um bom tempo, *Messer* Leonardo — diz Lisa.

— Peço desculpas, Madonna.

— Pinte-me — ela diz.

— *Me* pinte — eu digo.

Leonardo ri.

— Sim, pinte suas Lisas — diz Rafael. — E, enquanto pinta, gostaria de fazer uma cópia.

Lisa del Giocondo vem quase todos os dias, andando até a pequena fazenda com sua empregada; quase me esqueço de desgostar dela. As semanas seguintes são algumas das mais felizes de minha vida, mas não sei ainda, enquanto olho os morros toscanos, observando enquanto a primavera se espalha pelo vale. Sentamo-nos do lado de fora da varanda pavimentada ao redor da *villa*. Talvez Leonardo esteja pensando no milhafre e em sua infância, já que começa a desenhar na paisagem atrás de mim. Ele coloca um espelho para que eu possa observar seu progresso. Tem o caminho ondulante pelo arvoredo de oliveiras, mas ele altera o ângulo e muda-o mais uma vez. Estas não são as colinas verdes e primaveris, onde os camponeses já começam a semear trigo e cevada, mas uma paisagem interna e visionária. Leonardo pinta meu véu de um preto translúcido, pelo qual é possível ver o terreno rústico. Ele pinta uma terra de maravilhas. Um deserto rochoso e selvagem de colinas azuis. Uma ponte. Um rio. Um desfiladeiro. O céu azul, visto de relance pela passagem escura do meu véu. Para ele, nunca estou acabada. Ele sempre está olhando, acrescentando mais e mais camadas. Sou a mulher ideal, perfeita, mas nunca aperfeiçoada. Enquanto trabalha, ele conversa e, cada vez que compartilha uma observação sobre a luz ou a cor de um arco-íris, sou transportada. Ninguém mais parece me contar os segredos do universo além dele.

— Os antigos, dos egípcios aos gregos, sonhavam em trazer uma estátua ou desenho à vida, mas eu consegui — ele diz, com um tom orgulhoso.

— Você soprou vida em mim da ponta de seu pincel, e aqui estou — digo.

— E aqui está — ele concorda.

Uma tarde, depois de Lisa del Giocondo voltar para casa, Rafael se senta diante de mim e Leonardo no terraço, copiando-me e falando enquanto desenha, contando piadas.

— Veja só, Madonna Lisa, raramente eu pinto uma mulher só. Devo combinar várias para encontrar a beleza ideal, mas você é perfeita do jeito que é.

Leonardo suspira exasperado.

— É porque eu já fiz a maior parte do trabalho.

— Desculpem, mas eu tenho… Eu sou eu mesma — eu reclamo.

— Exatamente, Madonna Lisa. Não deve tolerá-lo — Rafael diz com um sorriso malicioso.

Não posso deixar de notar que ele adicionou os pilares da lógia na versão dele, e desenhou a igrejinha atrás de nós, escondida na encosta.

— Madonna Lisa. Você é o maior triunfo de Leonardo, e sua maior alegria. Até o grande e diabólico Michelangelo cobiça você. Tudo mais não passa de ruído. Só existe Madonna Lisa. Ou deveria haver.

Leonardo olha para ele, depois olha para mim. Ele sorri e é um sorriso de amor. Estou repleta de calor e felicidade. Uma empregada da cozinha traz cestos de frutas e odres de vinho. Estou perfeitamente contente. E, para minha satisfação, percebo que Rafael me chama de Madonna Lisa, como se eu fosse uma mulher de verdade de carne e osso, não álamo e pigmento.

Enfim, não podemos mais atrasar nossa volta para Florença. As cartas de Salaì estão cada vez mais desesperadas. Despedimo-nos de Rafael com verdadeiro pesar. Apesar de eu não saber o quanto gosto do retrato que ele fez de mim, ele diverte Leonardo. Dos confins de minha caixa de madeira, eu o ouço rindo conforme cavalgamos de volta para a cidade. Deveria estar feliz, já que logo o som dos cascos metálicos sobre a pedra vai anunciar nosso retorno, e a risada dele some. Posso ouvi-lo guiando o cavalo com as rédeas para que vá o mais devagar possível, relutante de chegar ao palácio. Leonardo anseia por Vinci. Por pássaros e liberdade e o sonho de voar. Por dias sem fim onde ele mistura os próprios pigmentos e me pinta, mas Leonardo é um homem virtuoso, e os rapazes da *bottega* precisam dele.

A cidade já está quente. Fede a lama e peixe velho. Posso imaginar o Palazzo Vecchio assomando-se atrás da Piazza della Signoria, a Torre di Arnolfo lançando sua agourenta sombra. Sepultada no salão interno, *A Batalha de Anghiari* e os assistentes de Leonardo aguardam. Não há nada a ser feito. Entramos. Os garotos o recebem com alegria genuína.

— Tommaso, deixe-me vê-lo — diz Leonardo.

O garoto vai até ele, quase sem mancar. As feridas sumiram.

— Consegue ver? Consegue segurar um pincel?

O garoto acena que sim, orgulhoso.

— Ele consegue pintar tão bem quanto antes — diz Salaì. — Ainda é horrível.

Leonardo sorri e abraça Tommaso.

— Vou criar asas para você. Assim não cairá da próxima vez.

Tommaso definitivamente parece ficar de estômago embrulhado.

Salaì se aproxima, inquieto, esperando o veredito do mestre a respeito do mural. Ele tentou fazer reparos. Aplicou gesso mais uma vez sobre as partes mais danificadas e recolocou o *modello*, e começou a fazer o *spolvero* com carvão. Não sei o que mais poderia ser feito. Ele está obviamente ansioso, pálido e suando, indo de um pé para o outro. Leonardo o beija nas duas bochechas.

— Vamos voltar ao trabalho — diz.

Nenhum de nós acredita que o mural será terminado. Todo o prazer acabou. Eles acordam e pintam, fazendo pausas para comer e dormir, mas não há alegria no processo. Os guerreiros rosnam e atacam. Os cavalos gritam, porém agora, ao menos, a tinta seca.

Maquiavel é enviado pelo conselho para inspecionar nosso progresso e, mais uma vez, ele traz a companhia indesejada de Michelangelo e seus *garzoni*.

— Achamos que já teria acabado a essa altura — diz Maquiavel.

— Eu não acabei — diz Michelangelo.

Seus *garzoni* estão arrastando o enorme *modello* em várias resmas. Eles desenrolam a primeira parte e a deixam nos azulejos do chão. Leonardo e seus assistentes param de trabalhar para assistir ao que eles fazem. Homens nus banham-se no rio Arno, refrescando-se no calor, enrolando e respingando. O *modello* mostra os soldados durante o descanso, momentos antes da batalha, quando são apenas homens e meninos, brincando e gracejando. Então, de repente, no acampamento, alguém toca o alarme. O ataque é iminente e os homens correm para se vestirem e saírem da água. Soldados novamente. Frenéticos. É uma obra dramática, representando tanto o momento da calmaria quanto o do pânico. Alguns homens se ajoelham; outros colocam as roupas; outros ainda estão na água, lânguidos, pois não ouviram o alarme; muitos estão entre uma posição e a outra. Mostra o tipo de profundidade mais difícil, que Salaì passou meses batalhando para fazer. E, aqui, nosso rival o tornou realidade, aparentemente sem esforço, sem demora.

— É um belo trabalho — diz Leonardo.

Michelangelo faz careta, mas Leonardo rebate:

— Deveria me ouvir acima de todos. Não somos amigos. Não ouça os elogios insignificantes de seus amigos. São os seus inimigos que você deve ouvir. Um amigo pode se enganar por amor.

Michelangelo o olha com interesse.

— Não sou seu amigo nem gosto de você, e, ainda assim, digo que é um belo trabalho — diz Leonardo.

Olho para *A Batalha de Anghiari*, manchada e apagada. Leonardo a encara com profundo desgosto. Pela primeira vez, vejo no rosto de Leonardo como ele será na velhice.

Um mensageiro espera na porta. Maquiavel se irrita com ele.

— Sua mensagem é para a porta ou para um homem?

— É para o Maestro Leonardo.

Leonardo estica a mão para pegar a mensagem. Lê. Levanta o rosto, desnorteado.

— Meu pai está morto.

Não posso ir com eles para o funeral em Vinci. É claro que sei que não posso, mas tenho ressentimento dos que foram consolar o mestre. Por que eu não posso ter braços e pernas e um colo onde ele possa colocar sua cabeça e chorar enquanto eu afago seu cabelo? Ele me trouxe à vida, mas é apenas uma meia-vida? Salaì e Tommaso e até mesmo Cecco o seguem em uma procissão sóbria pela praça. Eu sou deixada sozinha no salão com Michelangelo e seus *garzoni* como companhia. Estou furiosa e preocupada com Leonardo. Eu deveria estar lá e oferecer consolo. Michelangelo ri de mim.

— E o que queria que ele fizesse? Que a colocasse em sua bolsa de couro? Que a tirasse lá e a deixasse em um banco de igreja ao seu lado com um livro de orações? Ou, melhor, que a colocasse dentro do confessionário para que pudesse ouvir os pecados das freiras.

Eu o odeio.

— Não se aborreça, Madonna Lisa. Não combina com você. E você está ainda mais radiante do que estava antes da viagem. Não é exatamente bonita. Sabe demais para ter uma beleza fácil.

— Espero que passe muitas vidas de sofrimento no purgatório.

— Eu gosto muito de nossas conversas — ele diz com um sorriso maldoso.

Ele vira as costas para mim, e eu assisto conforme Michelangelo guia seus *garzoni* com confiança, içando o enorme *modello* na parede e segurando-o com cola. É uma obra-prima, e os danos e defeitos d'*A Batalha de Anghiari* vêm à luz. Eles trabalham até o entardecer, quando o sol se vai e as lâmpadas são acesas por toda a cidade. Michelangelo me manda um beijo antes de partir.

Leonardo e os outros só voltam à noite. Ele cambaleia ao entrar na sala; envelheceu em uma única tarde. Ele afunda ao meu lado, segurando uma vela. Os banhistas de Michelangelo se contorcem e se assustam na parede acima de nós, um drama em perpétuo movimento, o terrível sino de alerta sempre badalando, sempre surpreendendo os homens em seu momento de tranquilidade.

— Meu pai morreu deixando dez filhos e duas filhas — diz, enfim. — Mas me deixou fora de seu testamento. No fim, me rejeitou.

Ele olha para o desenho de Michelangelo, maravilhado e horrorizado.

— Michelangelo estava certo. Sou apenas um bastardo, afinal de contas.

O rosto dele está pintado de derrota e desespero. Entendo, enquanto o observo, que a encomenda de *Anghiari* nunca será terminada. Precisamos encontrar um novo patrono, longe de Maquiavel e do conselho, longe de Florença. Assim que fugirmos da república, sem terminar a encomenda mesmo com centenas de ducados terem sido pagos, e os murmúrios do escândalo nos perseguindo, não sei se poderemos voltar. Leonardo poderá se vestir de túnicas de seda como um homem de Milão mas, em seu coração, sempre será um garoto de Vinci. A alma dele pertence a Florença.

Olho de relance para o rosto de Leonardo mais uma vez. Não suporto sua miséria. É como uma moeda de ouro manchada e maculada. Preciso lustrá-lo até a felicidade, para que volte a brilhar. Não temos escolha. Preciso arrastá-lo até o exílio.

Como um ser vivo, ela parece mudar diante de nossos olhos e ficar um pouco diferente cada vez que voltamos a ela.

E. H. Gombrich

Amboise, 1519

Verão

PERDOE-ME POR PULAR UM POUCO MAIS PARA A FRENTE. ESTOU viva há tanto tempo, e vi tanta coisa, que nem sempre escolho contar histórias na ordem na qual elas aconteceram. Na verdade, não quero contar a história na ordem, pois assim Leonardo morrerá antes do final, e eu quero que ele ande ao meu lado neste conto. Leonardo é como a luz do lar para mim, então quero que sua vida continue e eu possa mantê-lo comigo. Voltaremos à hora em que perdi meu amor assim que nos tornarmos bons amigos, eu e você. Esta é minha história e eu não estou pronta para confiar essa parte a você. Vivo com a morte dele há quinhentos anos, mas ela ainda me assombra, e eu não posso me preocupar. A morte virá. Ela estará sempre nos seguindo, esperando.

Agora quero voltar a falar de Leda. Sem Leda para conversar, o vazio que veio após a morte de Leonardo teria sido insuportável. Enquanto eu tiver Leda, não estarei sozinha, já que ainda amava e era amada de volta. Ela era uma luz pequenina na escuridão que me devorava naqueles primeiros meses. Meu amor, minha menina. Minha Leda, a pintura mais sublime já criada, minha amiga mais verdadeira.

Continuamos, Leda e eu, no quarto vazio de Leonardo, seus lençóis revirados na cama listrada. Uma sala sepulcral, exceto por nós: duas pinturas em uma parede. Ao menos com meu vestido negro, eu estava vestida apropriadamente para o luto, mas Leda estava sempre perfeita em sua nudez. Leda, a mãe de Helena de Troia, nua entre as flores selvagens; suas quatro crianças chocando dos ovos aos seus pés; Júpiter, na forma de um cisne, circulando sua cintura. As persianas do quarto ficavam fechadas. Eu sentia a dor da perda, mas Leda cantava para mim, e eu tentava me consolar com sua presença. Nos dias e nas semanas após o falecimento de Leonardo, eu esquecia que ele havia partido e, a cada manhã, esperava que ele acordasse e me chamasse, mas o cumprimento nunca vinha. O silêncio sempre continuava. Eu sempre estaria esperando por sua voz, sua voz amada que não me chamava mais. Cada dia começava com o despertar do luto, como uma ferida cortada mais uma vez, e eu me via chocada pela dor. Minha cabeça latejava e eu desejava rasgar o meu véu, que as névoas serenas atrás de mim fossem substituídas por trovões. Gritava até minha garganta ficar rouca, sons que apenas Leda conseguia ouvir.

— Minha querida Mona — ela dizia, de novo e de novo. — Estou aqui. Você não está sozinha. Estamos juntas.

O rei Francisco veio me admirar, maravilhado por minha serenidade e minha beleza tranquila, mas sob meus pigmentos, eu era raiva e agonia. Ao menos quando você sente a perda, você chora. Seus olhos incham e ficam vermelhos, suas bochechas empalidecem. Tenha pena de mim, então, e de minha falsa máscara de tranquilidade.

Eles não me levaram ao enterro de Leonardo. Salaì e Cecco nunca concordaram, mas foram juntos ao funeral, como a última prova de unidade. Para mim, era uma traição, e eu os odiava por isso. Eu tinha mais direito de lamentar a morte que qualquer um deles. Deveriam ter permitido que eu o visse descansar. Eu, mais que ninguém, que passaria meio milênio enlutada.

O serviço funerário ocorreu na Capela de Saint-Florentin — Leonardo ainda ansiava por seu lar, e isso era o mais próximo que conseguia chegar de seu retorno. Com pena, Cecco me deixou ao lado da janela, e eu vi a linha de velas afuniladas tremulando no entardecer, na procissão de monges e freis. Eles me deixavam louca. O clero bem alimentado, pago para fazer a missa. Pago para estar de luto e levar a alma dele para o Céu. Meu luto era sentido livremente, respingando como se viesse de uma ferida.

Salaì não estava lá quando o mestre morreu, atrasado por seus supostos negócios em Milão.

— Deveria ter estado aqui — disse Cecco, rebatendo assim que voltaram do enterro. — Ele o queria. Ele o amou até o final.

— Eu estava ocupado.

— Ninguém está ocupado demais para a morte. Ela vem por todos.

— Não para ela.

Salaì me olha de relance, desgostoso, e então vê as pinturas de Leda e São João na parede oposta. Ele não é mais o belo rapaz de cabelo cacheado, mas um homem de quarenta anos e olhos duros, vestindo os fantasmas de seus antigos sorrisos. Leda e eu não mudamos, mas era São João que mais o enojava. Salaì posara para o *São João Batista de Leonardo* quando ele era jovem, e agora São João zombava dele com a imagem de sua juventude perfeita, o brilho de seu sorriso lascivo. Eu não tinha certeza quem Salaì tinha tentado evitar em suas frequentes viagens a Milão. Ele abominava Francesco — que não era mais o pequeno Cecco, mas um homem confiante e bonito de vinte e cinco anos. Ele tinha atazanado o menino até ele virar seu inimigo ao se tornar um homem. Cecco se tornara o confidente e amanuense de Leonardo e, ao contrário de Salaì — vigarista e gatuno —, era um aristocrata que recebia uma anuidade de quatrocentos francos de ouro, em comparação com os irrisórios cem francos de Salaì. Salaì e eu nos odiávamos, mas, na verdade, acho que era São João que o mantinha longe de lá, o menino que ele costumava ser fazendo troça dele das paredes, com sua perfeição física. São João nunca me pareceu um santo — embonecado, vaidoso e com um quê diabólico de seu modelo original.

— Você vai para onde? — perguntou Salaì. — Se ficar, as pinturas ficarão para sempre. Como Helena de Esparta, roubada por Paris, o rei as manterá em sua fortaleza.

É verdade que o grande e excelente príncipe Francisco — pela Graça de Deus, o Rei Mais Cristão da França, duque da Bretanha; duque de Milão, conde de Asti, Lorde de Genoa; conde de Provença,

Forcalquier e as terras adjacentes — há anos brincava com Leonardo, tentando convencê-lo de vender Leda e eu, e até mesmo São João Batista. Leonardo e Cecco faziam objeções quietas. Eu não estava à venda. Nenhum de nós estava à venda.

Queria ficar na França depois de Leonardo morrer. A mansão de Clos Lucé era suntuosa e moldada para o conforto do mestre. Como uma luva que ele descartou, tinha seu formato, mantinha sua presença — seus livros, papéis, roupas, o cheiro de sua pele, tudo menos o próprio Leonardo. É claro que eu queria ficar. Queria continuar ligada a ele, ao último local em que ele esteve, fingindo que sua ausência era temporária. Que ele já entrara na próxima sala ou no jardim de rosas, e não no outro reino.

— Quero ficar — disse a Leda.

— Eu não quero — ela respondeu. — É triste demais. Quero ar fresco e ver um lugar novo. Vai lhe fazer bem, querida.

O que qualquer uma de nós queria não significava nada. Já se passaram os dias nos quais alguém ouvia nossos desejos. Não éramos nada além de objetos de valor, posses a serem passadas de um homem para outro. Não havia nada que pudéssemos fazer além de esperar que fossem gentis.

— Partimos amanhã. Não quero testar a generosidade do rei — disse Cecco. — Já fui forçado a ler o testamento de seu notário Leonardo duas vezes desde que ele morreu, para lembrá-lo que as pinturas são minhas. E que não vou vendê-las. Por nenhum preço.

— Que preço eles ofereceram? — perguntou Salaì, interessado.

— O que importa para você? Não somos suas para que nos venda, seu velho — grunhi. — Vá se aposentar em sua fazenda, comer queijo, trepar e ficar ainda mais gordo.

— Vamos voltar para a Itália — disse Cecco. — Onde as pinturas estarão a salvo do rei.

Salaì ficou em silêncio, e me perguntei mais uma vez se, apesar de ser o amante do mestre e seu favorito por vinte anos, ele estava magoado de que Leonardo não confiou seu legado a ele.

Olhei ao redor da sala, desvairada, tentando memorizar a cantaria caiada da lareira, as manchas de fuligem acima do dintel. As cortinas carmim penduradas ao redor da cama do mestre. Se eu fosse um pintor em vez de uma pintora, imortalizaria tudo isso em uma natureza morta. O farfalhar do papel em sua escrivaninha e os arranhões intermináveis da pena se foram. Mais que nada, sua voz se foi. Nunca mais estará aqui.

Cecco supervisionou enquanto nos colocavam na carroça para cruzarmos os Alpes mais uma vez. Cada uma de nós tinha sua própria caixa particular, coberta de papel e couro suave, acolchoada e embalada de forma meticulosa. Para meu alívio, Leda e eu fomos colocadas perto o suficiente uma da outra e eu podia falar com ela. Nos doze anos desde o momento em que Leonardo a criou para mim, estivemos juntas na maior parte do tempo. Eu odiava estar longe dela. A jornada até Milão levaria semanas, e eu não conseguia suportar a ideia de passar tanto tempo em isolamento. Ainda estava escuro, enquanto éramos encaixotadas, gentilmente levadas para a frente do veículo em outra enorme caixa, envoltas em peles e couro para nos proteger do clima inclemente. Éramos pinturas do grande Leonardo, objetos de tremendo valor, e deveríamos ser guardadas dos olhares invejosos, o gelo e as batidas da estrada. Ainda assim, logo após sermos colocadas na carroça, senti-me sendo erguida mais uma vez. Fui sacolejada de um lado para o outro. Alguém estava correndo, agarrando-me com força.

— Ladrão! — gritei. — Leda!

Meu primeiro pensamento foi que o rei nos estava tomando, recusando-se a aderir ao acordo com Leonardo, e então ouvi outra pessoa, cuja voz se ergueu de revolta.

— Salaì! — disse Cecco, abafado mas furioso.

Não era o rei. Era outro ladrão, um inferior. Senti-me tomada mais uma vez. Fui colocada de volta na carroça. Cecco levantou a voz, com raiva.

— Salaì! Depois de todo esse tempo, sua alma não é nada além da de um vagabundo e um ladrão.

— Francesco Melzi, eu o deteto como a um cachorro — respondeu Salaì, cuspindo as palavras entredentes.

Cecco rebateu, a voz baixa de fúria.

— Pode odiar, mas ainda tem de seguir a lei. Vou ler o testamento de Leonardo mais uma vez, assim como o li para os advogados do Rei Mais Cristão da França. Aqui, isto é para você. *Para Salaì, seu servo, metade do jardim do lado de fora dos muros de Milão, no qual Salaì criou e construiu uma casa que será e continuará sendo, de agora em diante, propriedade de Salaì.*

Ouvimos o som de uma briga, e a carroça foi de um lado para o outro.

— Pode reclamar o quanto quiser. Pode me bater, quebrar meu nariz, mas isso não muda os fatos.

— Me faz me sentir um pouco melhor, maldição.

— Se eles vão brigar, é uma pena que não podemos assistir — murmurou Leda.

A carroça parou.

— *Para Messr Francesco da Melzi, cavalheiro de Milão...* Ouviu isso, Salaì? Ao contrário de você, sou um cavalheiro.

Preparei-me para a carroça sacudir e outra torrente de hostilidades, mas não houve nada além de uma ladainha de pragas. Cecco continuou.

— *Para Melzi, cada um dos cadernos que Leonardo possui no presente e os retratos que dizem respeito à sua arte e visão como pintor.*

Conseguia imaginá-lo, olhando para Salaì, ácido e cuidadoso. Leonardo amava Salaì, mas ele teve o cuidado de nos deixar aos cuidados de Cecco, assim como o fez com seus cadernos. Éramos seu legado para o mundo.

— Você herdou a casa e o jardim, Salaì. Os cadernos e as pinturas pertencem a mim.

— Não sei por que pertencemos a alguém — grunhi. — Eu pertenço a mim mesma. Não sou gado.

— Pelo amor da Virgem, Mona Lisa — reclamou Leda. — Quer ir com Salaì? Ele vai vendê-la a quem pagar melhor na primeira oportunidade.

Sem vontade de discutir com minha amiga, não respondi. Era verdade que eu raramente mantinha em segredo minhas opiniões. Mas, apesar de adorar Leda, nós nem sempre concordávamos. Ela era uma rainha espartana, afinal, e eu era apenas uma mulher — mesmo sendo uma mulher universal, a Eva de todas as épocas. Podia ouvir Leda reclamando dos filhos, confiando a eles seus murmúrios tranquilizantes a respeito da jornada.

Em alguns minutos, a carroça estava se movendo. Para longe da França. Para longe de Leonardo e seus restos mortais. Eu me sentia feliz de estar sozinha, escondida e longe da visão alheia. Sozinha e desolada e assustada por meu luto, pensei em Lisa del Giocondo, com o corpo destruído pelos soluços, os uivos de desolação. Agora eu conseguia entender melhor sua perda, e compartilhamos mais do que um nome ou um rosto. A carroça me sacudiu de um lado para o outro. Esses movimentos se tornaram meus tremores de pesar, os berros das rodas de metal contra a pedra se misturando aos meus gritos de tristeza.

Milão, 1523

Verão

VOLTAMOS À GRANDE *VILLA* MELZI, EMPOLEIRADA ÀS MARGENS do rio Adda. A casa era grande e enfeitada com afrescos, muitos dos quais pintados pelo próprio Leonardo, e eu conseguia sentir sua presença aqui. Conseguia traçar a mão do mestre no freixo rodopiante e o carvalho e as folhas de amora nas paredes e no teto. Foi aqui, doze anos atrás, que Leda nasceu. Aqui, na lógia debaixo da sombra desses alerces, eu me sentei e esperei e observei, uma parteira gentil enquanto ela eclodia, uma deusa já crescida.

Angiola, a esposa de Cecco, colheu frutas para trazê-las ao lado de dentro. Havia tigelas com amoras maduras na mesa, seus sucos gotejantes manchando a madeira e a boca de todo mundo, tingindo seus dentes e lábios de preto até parecerem leprosos. Tentei fazer parte da alegria, mas sempre havia uma pedra dura na minha garganta. O dia mais luminoso, o fogo mais cálido; tudo era inverno para mim. Eu nunca estava aquecida, mas não tremia. Achava difícil me concentrar ou seguir o fio da meada, só os ouvindo quando falavam de Leonardo. De que servia falar de outra coisa? Eu não queria que a dor passasse; em vez disso, cuidava de minha perda tanto quanto Angiola cuidava de seu jardim, ansiosa para não esquecer uma única memória.

Mesmo que Leonardo tenha sido como um pai para ele, o coração partido de Cecco não era o mesmo que o meu. Ele casou-se e obteve frutos de seu leito nupcial. Sua tristeza agora se misturava à felicidade. O próprio Cecco poderia morrer, mas sua linhagem continuaria. Ele encontraria um consolo contra o abismo eterno, tanto no peito farto e terreno de sua esposa, quanto na própria existência de seus filhos. Ele ainda era devoto ao legado do mestre, mas, quando se sentava para observá-lo com Angiola, olhando, maravilhados, para seus bebês barulhentos e babões, entendi que o luto dele era diferente. A morte de Leonardo o libertou. Ele descobriu outro amor.

Cecco gostava de falar comigo, mesmo que não pudesse ouvir minha resposta. Era sua forma de falar com Leonardo.

— Venha, Madonna Lisa. Ainda estamos trabalhando no tratado de pintura de Leonardo. Você sempre entendeu as ideias dele melhor do que eu.

É claro que eu entendia seu tratado de pintura. Quem poderia apreciá-lo melhor que uma pintura? Mas era mais do que isso; ele confiava em mim, eu guardava seus segredos. Era sua verdadeira confessora. Leonardo nunca precisou de um padre. Ele tinha a mim. Ele passara os últimos dezesseis anos revelando suas ideias para mim.

Eu me lembrava dele sussurrando:

— Quantas pinturas devem ter preservado a imagem de uma beleza divina que, em sua forma natural, foi tomada pelo tempo ou pela morte? Assim, o trabalho do pintor é mais nobre que o trabalho da natureza, sua amante.

Lá, na parede oposta à minha, havia um desenho de Leonardo de perfil, em giz vermelho. Fiquei perturbada. Não conseguia aguentar olhar para ele. A pintura era tão realista que parecia que meu amor estava aqui de novo, esperando para falar. Quase o chamei. Desenhado por Cecco, seria para sempre seu trabalho mais distinto. O declive elegante e autoritário do nariz de Leonardo, a fluidez da barba e de seus cabelos longos — finalizado pela mão do próprio mestre —, os cílios cheios e a intensidade de seu olhar. Ele era um velho bonito, refinado e generoso. Pensativo, mas pronto para rir. Eu perguntava a ele o que pensava naquela pose, enquanto Cecco o desenhava, e ele olhava para mim com uma sobrancelha erguida e respondia:

— Em você, Madonna Lisa, é claro.

Se era mentira, era uma mentira gentil e típica dele.

Leda sentia minha melancolia.

— Não pense nele. Ele é querido no paraíso. Pense em mim. Olhe para mim e vou levar todos os seus outros pensamentos para longe. Não é possível ser infeliz admirando meus charmes.

Ela ri. Leda era muito confiante da própria beleza. Ela, porém, esquecera quem lhe dera essa beleza. Quando eu olhava para ela, ainda o via. Confortava-me e entristecia-me.

Cecco pegou sua caneta e, sorrindo, olhou para mim, continuando a trabalhar até tarde, quando as primeiras estrelas apareceram no céu. Tentei convencer Leda a participar da discussão sobre pintura, mas ela preferia falar de seus bebês. Fingia interesse e preocupação nos filhos de Cecco e Angiola, mas assim que Angiola saía do quarto, Leda voltava à arrogância; os filhos de Angiola eram barulhentos e efluentes. Eles preenchiam a casa a todas as horas com os sons de seus miados e vômitos. Leda via, com horror e fascinação, a ama-seca amamentar de seu grande peito maduro, pálido e redondo como um queijo venoso. Os bebês de Leda eclodiram da semente do rei dos deuses, divinos em sua perfeição. As crianças de Angiola se tornarão homens e mulheres, que envelhecerão e morrerão. Os filhotes de Leda — Helena e Pólux, Clitemnestra e Castor — serão recém-nascidos para sempre e nunca a abandonarão. As crianças de Leda a tornavam uma mãe eterna. Ela nunca pertencera inteiramente a Leonardo, já que tinha os próprios filhos. É claro que adorava Leonardo — todos nós o adorávamos —, mas seu luto nunca foi tão absoluto quanto o meu.

Olhei para São João. Ele estava diante de um espelho, e podia se ver no reflexo, mas, como Narciso, parecia fascinado por sua considerável beleza: o cacho espiral de seu cabelo comprido, o jogo de luzes em sua bochecha. Em São João, Leonardo pintou Salaì e a sugestão do que considerava sua irreverência e seu charme genioso. Quanto a mim, sempre vi a malícia como a maior característica de Salaì, mas eu não o amava. São João é a versão restrita e bela de Salaì, por meio da visão de amor de Leonardo, mas a verdade ainda escorre nos cantos, e o sorriso malicioso, profano e lascivo é o Salaì que eu conheço. São

João sempre pareceu prestes a dizer uma piada devassa — parecia-me mais Baco do que santo —, e eu passava horas implorando e tentando convencê-lo a contá-la, mas ele nunca falava. Ainda assim, às vezes eu esperava e me perguntava se ele conseguiria falar.

Trabalhamos até tarde da noite e, depois de Cecco desaparecer para a própria cama, nos braços da mulher, o corredor ficou quieto. A lua cheia flutuava diante das janelas como uma bolha. As brasas estavam apagadas. O ruído e os cliques do besouro relógio da morte nas vigas de carvalho do teto. Os ratos raspando e brigando. Duas das pinturas de Cecco estão em cavaletes, inacabadas. Ele tem certo talento. Se não fosse por Leonardo, poderia ter sido considerado brilhante. É uma maldição ser aprendiz do maior pintor de sua época. Cecco sempre achou que seria seu nobre dever se dedicar ao gênio de Leonardo em vez de cultivar os próprios talentos.

Estava mesmerizada pelo desenho em giz vermelho que Cecco fez de Leonardo. Talvez por estar tão fascinada que acabei não notando o ladrão. Ele apareceu na minha frente antes de eu ter tempo de gritar. Em um momento, fui tirada da parede, jogada em uma sacola, escura e sufocante, pressionada contra mim. Então ele me pegou e desaparecemos.

Corremos pelas ruas desertas, as botas batendo contra os paralelepípedos. Ouvi os arquejos e inspirações de sua respiração. Pelas frestas do trançado da sacola, consegui ver que estávamos nos distanciando da *villa* Melzi e do rio para chegar a uma ruela estreita, onde os prédios estavam perto uns dos outros, as persianas bem fechadas. Gritei e berrei, mas não havia ninguém lá que pudesse me ouvir. Ele correu mais rápido, colidindo com as esquinas, e eu o ouvia respirar de forma pesada, frenética. Eu conseguia ouvir os cavalos relinchando; uma carroça nos esperava. Fui colocada dentro. Depois de uma certa distância, fui erguida da carroça e levada para dentro de uma porta e um corredor coberto de painéis. Passei para novas mãos, e alguém me tirou do saco.

— Olá, Madonna Lisa — ele disse.

— Salaì. Sua criatura sórdida. É claro que foi você.

Ele abriu um grande sorriso, feliz em me ver.

— Espero que tenham cuidado de você. Se a danificaram de alguma forma, isso pode abaixar seu preço.

Ele me levou para uma sala agradável, não tão generosa quanto a de Cecco, mas adequada. Vários cavaletes estavam preparados. São João já descansava, sereno, em um deles, seu sorriso de lado indecente não fora manchado pela viagem.

Antes de eu poder responder, outro homem se apressou em carregar uma Leda furiosa.

— Como ousa, Salaì? Não somos suas. Devolva-nos a Cecco neste instante.

Eu gritei de alívio. Leda e eu ainda estávamos juntas. Salaì se sentou em uma cadeira diante do fogo, esticou as pernas e começou a esquartejar uma laranja, jogando a casca nas chamas. Pensei no magnífico desenho que Cecco fez de Leonardo e me perguntei se o veria de novo algum dia. Apesar de ser um brilhante pintor, na hora de escolher seu favorito, a visão de Leonardo foi parcial. Para ele, a beleza de Salaì sempre mascarou sua malícia e avareza.

Um notário veio nos avaliar de manhã. O processo inteiro foi medonho e indigno. Eu não queria ser quantificada e pegada. Leda não fez objeções. O que ela mais gostava era de ser admirada, e ficava contente com a atenção. Mas, também, ela provavelmente era a pintura mais encantadora do mundo. Ela estava de pé, um tanto nua, com o quadril jogado um pouco para o lado; com Júpiter na forma de cisne, a asa dele abraçando e acariciando sua cintura. Suas mãos agarravam o pescoço musculoso dele, Leda, a *figura serpentinata*, meio tirando-o de perto, meio convidando seu toque enquanto o lascivo bico aberto investia na direção do ombro dela, o olho preto e pequeno, a sombra do cisne projetada no perfeito alabastro da pele exposta e as gotas sopradas de seus mamilos. E, ainda assim, a própria Leda continuava serena, os olhos para baixo na barragem da luxúria divina. O cabelo preso em um nó perfeito, apenas alguns cachos âmbar livres, ao vento, enquanto ela lançava nos filhos um olhar beato enquanto eles nasciam de seus ovos. Era tanto o momento da sedução quanto da consequência. Leda permanecia donzela, sedutora e mãe eterna. Júpiter se contorcia de paixão, o deus feito terreno pela beleza de uma princesa mortal. Cada pena branca de sua plumagem perfeita estava pronta para alçar voo. Leonardo, que passara anos tentando dominar os mistérios do voo, pinta o pássaro ideal no maravilhoso deus-pássaro. Os juncos tremem com a brisa. A agitação da água e o cheiro da lama do rio. O castelo azul zune na névoa do calor e os morangos selvagens e rosados em primeiro plano esperam ser colhidos. Bocas-de-dragão pintadas acenam. Uma semente de dente-de-leão faz cócegas nos dedos do pé de Leda, que se remexem. Posso vê-la agora e sempre.

Naquela manhã, o notário a olhou e deixou escapar um suspiro tremulante. Ele estava perdido. Se pudesse abandonar a esposa, os filhos e a lei, e trocar de lugar com Júpiter, ele o teria feito em um instante, sem pensar. Ouvi Salaì conter uma risada. Ele também notara.

— Por que a abandonaria? — o notário sussurrou, a voz rouca saindo por seus lábios secos.

— Terei uma esposa real. De carne e osso. Estou cansado de prazeres pintados.

— Eu nunca me cansaria dela. Ela está além de qualquer preço.

— Tente — irritou-se Salaì.

— Dez mil *lire imperiali*.

— Absurdo. Até um rei se recusaria a pagar tal valor.

Leda riu e se alisou. Nesse sentido, sempre fomos diferentes, mas não a amo menos por isso. O notário tossiu, envergonhado, notando que, em sua excitação, ele fora superado, forçando-se a ficar longe de Leda. Ele começou a examinar São João e a mim, primeiro com relutância, depois maravilhado. Ele me olhou. Olhei-o de volta, querendo mostrar a língua.

— Por todos os santos, ela é quase tão linda. A beleza é menos aparente, não é notada de cara, mas sinto que só estou esperando ela começar a falar.

— Não espere demais — disse Salaì. — Preço?

— Quinhentas *lire imperiali* — anunciou o notário depois de pensar por um instante. — É a famosa Mona Lisa. *La Gioconda?* — Ele se inclinou para a frente, franzindo o cenho. — Apesar de eu não estar convencido dela ser tão jocunda. É um trocadilho, mas não é verdade. O sorriso dela me parece melancólico. Ela está pensando em algo que a alegra, mas que também a faz sofrer.

Salaì solta um grunhido e vira os olhos.

— Pedi um valor, não uma opinião sobre arte. Ouvir um homem que não é artista pontificar é como o guincho de uma roda de carroça quebrada. Quando voltar para casa, pode esfregar sua virilidade pensando em Leda e ter sonhos melancólicos com Madonna Lisa. Não dou a mínima para o que pensa sobre as pinturas. Só em quanto acha que elas valem.

O notário fungou e voltou para Leda, expelindo outro suspiro não reciprocado, que combinaria mais com um cavaleiro de Petrarca do que com um notário barrigudo e pegajoso de idade avançada.

— Mil *lire imperiali* — ele declara, com a voz rouca.

— Tem certeza? — pergunta Salaì, a testa se franzindo, maravilhado e avarento. — É mais do que toda minha propriedade. Mais do que o vinhedo.

— Sim, tenho certeza. E seu príncipe pagará o valor.

Salaì o guiou até várias outras pinturas valiosas que ele tinha colocado em cavaletes ou encostado nas paredes. Para meu desgosto, percebi a presença de uma versão minha nua, com seios altos como bolas de tênis, brotando logo abaixo da clavícula, que Salaì tentara fazer alguns anos atrás. Era grosseira e deselegante, e eu a abominava. Tinha certeza de que a tinha pintado para me irritar e me insultar. Sua habilidade era limitada, e, mesmo que ele quisesse imitar o mestre e tentar encantar os próprios deuses, não teria conseguido. De qualquer forma, a asquerosa Mona Vana fica boquiaberta, de pescoço grosso e olhos arregalados. Ela é muda, estúpida e digna de Salaì.

— E quanto daria por ela? — Salaì pergunta, com uma pontada de orgulho equivocada.

Gostaria de ter mãos para que pudesse esbofeteá-lo.

O notário sinalizou desinteresse. Mesmo os nus seios de Mona Vana não valiam nada pare ele.

— Vinte e cinco liras.

— Não. Isso é uma ninharia — protestou Salaì, indignado. — Ela vale pelo menos cento e vinte liras.

— Então por que me perguntou?

— Você tem razão. Suma daqui.

Depois de dispensá-lo, Salaì se virou e me examinou, e então examinou Leda, olhando para nós, tentando nos ver através dos olhos do notário. Eu o encarei com raiva e ódio.

— Você nunca se importou com o que éramos para ele. Nós nunca fomos nada além de bens móveis para você — sibilei, furiosa, falando como se ele pudesse entender.

Salaì bocejou, mas a culpa de ter traído os desejos de Leonardo deve tê-lo incomodado um pouco, pois disse:

— De que importa em que parede você seja pendurada? São quase todas iguais. E estou me sentindo generoso; vou até perguntar se você e Leda podem ser penduradas juntas. Ou está irritada que sua amiga vale o dobro que você?

Eu não queria que nenhuma de nós fosse vista como meros objetos a serem pechinchados, avaliados para comprar uma noiva. Leonardo teria se debulhado em lágrimas se visse seu Salaì nos tratando com tanta crueldade. Há muito que sou a favorita de Leonardo, aquela que ele mais amou, mas Leonardo está morto.

Outono

SALAÌ ESTÁ SE CASANDO COM UMA NOIVA RICA COM UM ABUNdante dote, e, apesar do vinhedo que lhe foi deixado por Leonardo, ele quer trazer uma quantia substancial para a união. Leda, São João e eu não éramos nada mais do que uma promessa de ouro. Salaì pode ter mais de quarenta anos, seus cachos castanhos salpicados de branco; mas, em sua alma, ele ainda era o camponês encardido que Leonardo arrancou de uma choupana, inseguro e beligerante. Não era um aristocrata como Francesco Melzi, nem abençoado com *ingegno*, apesar das décadas passadas aprendendo com um grande mestre. Ele tinha pouco a oferecer à sua rica e honorável noiva além de seus já desbotados encantos, uma fazendinha e anedotas a respeito do maior pintor de sua época — a maioria eram coisas de que ele jamais poderia falar a respeito. No entanto, Salaì, vagabundo e vigarista, não era homem de aceitar o destino. Entraria nessa união em seus próprios termos; não como um suplicante agradecido, mas como um igual, e como um homem rico. Ele ditou cartas para Francisco, o Rei Mais Cristão da França, informando-o de que os quadros de seu amado artista da corte, que há tanto cobiçava, estavam agora disponíveis. Por um preço.

Mesmo assim, não me desesperei. A carta deveria cruzar os Alpes, então enquanto Salaì esperava por uma resposta, eu orei à Virgem e a São Lucas, padroeiro dos pintores; não havendo santo padroeiro de pinturas, tinha esperanças de que São Lucas bastaria e teria misericórdia. Eu sabia que Cecco vasculharia a cidade em busca de notícias de nosso paradeiro. Rezei para que ele garantisse nosso retorno antes que a resposta do rei chegasse.

Salaì estava alegre e confiante e decidiu que era hora de celebrar suas núpcias. Ele colocou o anel de noivado em seu colete e foi assobiando para apresentá-lo a Bianca Coldirodi d'Annono, na casa do pai dela, e mais tarde, na mesma noite quente de setembro, a futura esposa foi trazida para consumar a união com seu marido, transbordando lágrimas de felicidade e sorrisinhos tímidos. Eu tive pena dela.

Um esplêndido banquete foi servido na longa mesa do salão onde estávamos pendurados. Perdizes e codornas assadas e recheadas, dispostas em bandejas de barro, suas peles marrons e crocantes. Cesto de mariscos brilhantes, lagostas vermelhas e ostras graúdas em camas de lascas amarelas de limões sicilianos. Tigelas de nozes, queijos e figos, damascos felpudos e uvas, massas folhadas da confeitaria e jarros e mais jarros de vinho. O ar estava denso com fumaça, gordura e riso.

Bianca permaneceu separada, vigiada por outras mulheres, com o rosto corado de entusiasmo. Ela devia ter catorze ou quinze anos e, apesar das leis suntuárias, usava uma túnica vermelha de seda cara bordada com pinhas e romãs para sinalizar sua fertilidade, uma saia esvoaçante, um cinto de seda combinando e um capuz com franjas. Ela contemplava seu futuro marido com adoração e reverência. Ele piscou para ela e mandou-lhe um beijo. Seria possível que ele a amasse, ou sequer tivesse qualquer tipo de ternura por ela? Eu queria acreditar que sim, mas duvido.

O salão ecoou com comida, canto, dança, e as notas alegres da *lira da braccio* e da flauta. Um malabarista deslizou laranjas polidas por todo piso. Um menino foi colocado no colo de Bianca para que fosse beijado, um arauto de futuros filhos. Ela e Salaì dançaram e rodopiavam, o cabelo escuro dela brilhando com pérolas, e, quando ela se sentou, exausta, para remover seus sapatinhos apertados, uma moeda de ouro foi imediatamente colocada dentro — um presságio de boa fortuna.

Em todo salão, Salaì exibia a *contradonora* de mimos que presentearia a Bianca após a cerimônia de casamento na igreja no domingo seguinte. Lá estavam baús repletos de vestidos de seda e veludo, enfeites de pérolas, sapatos e uma caixa de madeira com joias de esmeralda e azeviche. Os presentes dele devem ser tão caros quanto o dote dela. Ele não tinha dinheiro o suficiente para comprar tais troféus. Ficou claro para mim que Leda, São João e eu fomos usados para garantir um empréstimo, mas, por hoje, Salaì queria fazer seus convidados acreditarem que fazíamos parte de sua riqueza, e seus presentes para Bianca. Uma exibição pública do seu valor. Até esta noite, Salaì tivera o cuidado de não nos mostrar para todo mundo. Ele sabia que Francesco Melzi estava atrás de nós, e Francesco era um homem de recursos e influência. Ostentar-nos dessa maneira foi atrevido, arrogante e insensato. Milão era maior que Florença, mas Salaì estava correndo o risco de que Cecco pudesse nos descobrir. Isso me deu esperanças.

Também foi um erro; muitos dos convidados estavam tão ocupados maravilhando-se com Leda que se esqueceram de admirar a noiva. Eu vi Bianca se virar e olhar na direção da multidão, no bando reverencioso em silêncio, ignorando a festa e a folia. Seus olhos escuros pousaram em Leda e se estreitaram com desgosto. Tive minha própria cota de devotos. Não comiam nem falavam, mas permaneciam na minha presença, vigilantes e quietos. Eu gostaria de enxotá-los de volta para a celebração, mandá-los elogiar a noivinha, mas não havia nada a ser feito. Eles permaneciam diante de mim, maravilhados e indiferentes a qualquer coisa além de mim. Olhei para Bianca e percebi que ela me estudou com um olhar fixo de antipatia. Não é de bom tom ofuscar uma noiva no dia de seu noivado. Nada bom resulta disso.

Ao entardecer, após o brinde final, os convidados partiram e a noiva foi levada escada acima para a câmara nupcial, para ficar pronta para o marido. Salaì se aproximou de mim, segurando um copo de vinho, dentes manchados de vermelho. Estava bêbado e, sem restar traços de inibição, falou diretamente para mim:

— Gostou da festa? — perguntou.

— Não — eu respondi, embora soubesse que ele não podia me ouvir. — Você não deveria ter nos mostrado para o público. Bianca não nos queria ali. Fomos uma distração.

Ele cambaleou, e suas palavras estavam arrastadas. Eu o observei de perto. Ele parecia suado e infeliz, e em nada se parecia com um noivo prestes a consumar a união com sua jovem noiva. Dei-me conta de que ele não a amava. Como eu, ele amava apenas um homem, e este homem estava morto.

Salaì me olhou com desgosto. Ficou em silêncio por um momento para depois continuar a falar em voz alta, parte para si mesmo, parte comigo.

— Eu era o único que ele amava até você aparecer. Estive com ele desde que mal fiz dez anos. Não era nada além de um ratinho. Eu o enfurecia e irritava, e, ainda assim, ele sempre me perdoou. Como um pai ou como o próprio Deus, ele me chamou de Salaì. Antes dele, eu não passava do medíocre Giacomo Caprotti. — Ele faz uma pausa e abre um grande sorriso. — Mas, Madonna Lisa, você, acima de todos, sabe que o amor entre nós não era o de pai e filho.

Ele deu uma série de grunhidos obscenos e, em seguida, lançou-se na minha direção, seu rosto a um dedo do meu. Pude sentir sua respiração contra minha pele, pude ver os poros enegrecidos de seu nariz. Os olhos dele estavam arregalados e injetados, mas, quando ele falou, sua voz era baixa e trêmula:

— Eu também o amava, Mona Lisa. E então você o levou de mim, pedacinho por pedacinho.

Ele me encarou com a mais perfeita ira. Nossa rivalidade pelo amor de Leonardo sobreviveu à própria morte. Nosso ódio um pelo outro havia se tornado um calo ou uma ferida que nunca iria sarar. Salaì voltou a se afundar no banco e entornou toda a taça de vinho. Enquanto eu o observava, bêbado e miserável em sua noite de núpcias, apreciei o quanto Salaì também sentia saudades de Leonardo. A vida dele não seria fácil nem cheia de alegria como a de Cecco. Uma esposa e até mesmo um filho não aliviariam aquele vão. Os braços dele estavam vazios. Ele ansiava por beijos e carícias que nunca mais viriam. Eu sabia o que era ansiar por aqueles abraços, aquele toque, mesmo que fossem impossíveis. Por um momento, quase tive simpatia por Salaì; compartilhávamos um parentesco amargo. Ele me encarou entre pálpebras vermelhas.

— Eu e ele tivemos algo que você nunca terá — ele disse com um olhar malicioso. — Isso sempre me consolou. Na verdade, vou até me consolar agora. Acho que você deveria assistir.

— Não!

Ele se levantou, estendendo a mão, e me ergueu da parede. Piscou para mim, seus cílios tocando minha bochecha.

— Você é imaculada. Uma virgem como a Madonna. Perpetuamente intocável. Mortais são quentes, são macios. Mortais podem fornicar. Você pode viver para sempre, mas a custo de quê, Madonna Lisa? Ninguém jamais poderá amá-la por completo. Nem mesmo ele.

— Cale-se! Jamais diga isso, não é verdade! — imploro, mesmo que eu saiba que não fará diferença.

— Você precisa conhecer o que nunca terá. — Ele me pega e me carrega em direção às escadas enquanto eu tento o repreender, em vão.

Queria que ele parasse imediatamente. Bianca não gostava de mim. Ela não iria gostar de me ver lá. Ele é a única coisa que ela quer, mas Salaì é incapaz de não ser indecente. Nem mesmo uma única vez. Já eu estava aliviada de não ser humana. Em comparação a esse casamento, o amor de Leonardo por mim era ideal — honesto e solidário. Salaì não deu ouvidos às minhas reclamações e subiu as escadas correndo em direção ao quarto de casal. O quarto carregava a posse mais preciosa de Salaì depois das pinturas roubadas — uma cama entalhada à mão de nogueira, sete *braccias* de largura, com cortinas e travesseiros de tecido de ouro e um colchão de linho gordo com penas de ganso. Bianca ajoelhou-se em oração ao lado da cama, vestida com roupas íntimas de linho simples. A irmã e a mãe estavam presentes, encarregadas de soltar as pérolas da longa trança de donzela da menina.

— Deixe-nos — Salaì disparou.

Bianca ergueu os olhos, os cílios pesados de lágrimas. Sem a pesada pompa dos trajes de casamento, ela não parecia muito mais do que uma criança. Sem uma palavra, a mãe e a irmã se levantaram para sair. A mãe concedeu um único beijo na testa da filha e, por fim, se retirou. A respiração de Bianca se acelerou com medo. Salaì era pelo menos vinte e cinco anos mais velho que ela, naquele momento bêbado e segurando o retrato de outra mulher.

— Por que está segurando esse quadro? — perguntou ela.

— Lisa deseja assistir. Ela parece recatada, mas é, na verdade, muito intrometida — ele disse, balançando suavemente como um navio no porto.

Eu não queria assistir. Ansiava por pedir pelo perdão de Bianca, mas não consegui. Queria implorar para ele me colocar de volta lá embaixo, mas sabia que era inútil.

A garota olhou para Salaì com horror.

— Eu não gosto dela. Ela me encara. Os olhos dela me seguem — ela disse.

— Pois eu a quero aqui.

Ele me apoiou contra a coluna de madeira, escalou na cama, removeu uma pintura dourada e ornamentada da *Virgem com o Menino* da parede e me pendurou no lugar.

— Eu gostava da Virgem — Bianca disse, petulante e preocupada. — Ela vai abençoar nossa união. Vai nos trazer filhos homens.

— Madonna Lisa vai nos trazer dinheiro.

— Mas eu não a quero aqui — Bianca insistiu, batendo o pé e tentando não chorar, brincando com os enormes rubis em seus dedinhos magros.

Eu queria que Salaì parasse. Queria que ele me tirasse de lá e me colocasse em outro lugar. Um homem experiente deveria ser gentil e carinhoso com uma menina tão jovem.

Salaì nos ignorou e começou a se despir, desajeitado com seus botões bordados. Para a perplexidade da noiva, ele olhou para mim com uma expressão vingativa.

— Quem é ela? Você a amava? — Bianca perguntou, confusa e ofendida.

— Lisa del Giocondo? A beata sem graça? — Salaì jogou a cabeça para trás e gargalhou a ponto de lacrimejar. Ele agarrou Bianca e a beijou; num impulso, ela se afastou. — Não, pequenina. Você é minha, agora.

Bianca começou a chorar.

Murmurei uma oração à Virgem para que ele tivesse piedade de Bianca. Ele era bruto, mas não costumava ser cruel. Ou era cruel só comigo.

Em meio a embriaguez do vinho, ele se curvou, envergonhado, então caiu de joelhos e começou a orar, não para o Todo-Poderoso, mas para outro mestre, um mestre terreno, que havia morrido e que Salaì havia amado.

— Eu sinto muito. Tenha piedade de mim, me perdoe. Não sou ninguém sem você. Você me viu por quem eu era e não se importou, me amou mesmo assim. *Ladro, bugiardo, ostinado, ghiotto*. Ladrão. Mentiroso. Obstinado. Glutão.

Bianca se ajoelhou ao seu lado.

— Eu jamais diria ou pensaria essas coisas. E é claro que o perdoo, e tenho certeza de que Deus também perdoará — ela disse, acreditando que Salaì implorava por sua clemência.

Ele não a corrigiu. Salaì beijou Bianca com ternura, com toda delicadeza que um noivo deveria ter. Sua clemência não se estendeu a mim. Bianca me parecia Perséfone, definhando no submundo, lamentando cada semente da romã, enquanto Salaì, com seus cachos prateados e seus negros olhos, era o próprio. Quando a deitou na cama e a despiu, a expressão dela apreensiva mas cheia de admiração, ele olhou na minha direção, cheio de um triunfo insensível. Ele queria que eu sofresse, para me lembrar da minha falta de humanidade. Para que não pudesse virar meu rosto mesmo que desejasse. Fui forçada a permanecer nos aposentos a noite inteira. Mesmo quando a vela apagou, pude ouvir os grunhidos e choramingos no escuro. Depois que Salaì começou a roncar, cansado do esforço, pude ouvir o choro abafado de Bianca. Não tentei confortá-la. Não havia nada que eu pudesse dizer, e, mesmo se pudesse, ela não conseguiria escutar.

Para meu profundo alívio, Bianca implorou para que eu fosse retirada do quarto, e Salaì cedeu. Fui devolvida a Leda e São João no salão. Leda me chamou, jubilosa.

— Mona! Foi horrível ficar sem sua companhia. O que ele fez com você? Aquele cancro. Aquele verme.

Eu não conseguia dizer tudo ao mesmo tempo, e balbuciei, no meu desânimo, o que eu fora forçada a assistir. Leda ouviu e, pela primeira vez, calou-se em silêncio horrorizado.

— Mona — ela perguntou, enfim. — É pior ser uma mulher pintada ou ser real, nas mãos de um homem? À mercê dele?

— Eu não sei — disse. — Depende do homem.

Quando o homem era Salaì, parecia perigoso descansar mesmo por um momento, então, quando Cecco apareceu na casa, algumas semanas depois, fui a primeira a vê-lo chegar.

Ele veio e se sentou ao meu lado. Parecia ansioso e magro.

— Perdão, Leonardo. Você confiou em mim para mantê-los a salvo e eu falhei. Não pude vir antes. Precisava conseguir o dinheiro para assegurar que os teria de volta. Até ter a quantia, não havia motivo para tentar.

— Foi estúpido e tolo — irritou-se Leda. — Por que não contratou alguém para cuidar de nós? Sabe como Salaì é.

— Sim — concordei. — Nós não vamos absolvê-lo.

— Mesmo que Salaì tenha dado uma ou duas festas excelentes, não é motivo para justificar sua maldade — acrescentou Leda.

Cecco sentou-se, a cabeça baixa de exaustão. Salaì e Bianca apareceram no salão. Acordando de uma vez, Cecco ficou de pé e inclinou a cabeça, apresentando uma caixinha de marfim incrustado. Ela a abriu e, dentro, havia um frasco de perfume adornado com joias.

— Uma bela noiva deve ter belos pertences. Felicidades pelo casamento, Madonna Caprotti.

Ela sorriu e as covinhas apareceram em suas bochechas. Ela havia decidido ser fria e distante com Cecco, mas ele era gentil demais, charmoso demais. Salaì não foi convencido facilmente.

— Eu ainda vou vender minhas pinturas ao rei.

— Você não pode vender as *minhas* pinturas.

Cecco trouxe uma cópia do testamento de Leonardo. Salaì limpou o nariz com a manga e bocejou.

— A coisa, Melzi, é que, até seu caso chegar ao tribunal, Mona Lisa, Leda e São João estarão na França. Não consigo ver o tribunal mandando Francisco, pela Graça de Deus, o Rei Mais Cristão da França, duque da Bretanha; duque de Milão, conde de Asti, Lorde de Genoa; conde de Provença, Forcalquier e as terras adjacentes, devolver as pinturas. Você consegue?

Cecco suspirou, ficando em silêncio por um momento.

— O rei concordou em pagar o valor que ofereceu a ele?

Foi a vez de Salaì de não dizer nada, e Cecco conteve um sorriso. Salaì irritou-se com a esposa.

— Bianca, traga a refeição matutina. Traga o suficiente para nossa problemática visita.

A garota olhou para o marido, surpresa, mas, ao se virar, ela fez o que ele disse e voltou para a despensa para falar com o caseiro.

— Vou oferecer um preço justo — disse Cecco.

— Eu não quero um preço justo. Eu quero um preço incrível.

— Tenho certeza que sim. Ouvi falar que sua festa de casamento foi uma bacanal. Que os presentes dados à sua noiva foram extraordinários. Deve ter dívidas a pagar.

Salaì deu de ombros, fingindo indiferença.

— As dívidas podem esperar.

Eu conseguia ver, pelo rubor escarlate sob o colarinho de Cecco, que ele estava ficando com raiva, mas tentava se controlar.

— É um ladrão ordinário e mente tão facilmente quanto respira, Salaì. Estas pinturas são minhas e, mesmo assim, estou disposto a comprá-las de volta, já que estou decidido a honrar os desejos finais de nosso mestre. Leonardo queria que Mona Lisa, Leda e São João ficassem comigo.

Ouvi, com crescente fadiga, enquanto eles barganhavam e trocavam insultos por uma hora. Queria voltar para casa com Cecco. Tínhamos trabalho a fazer — manuscritos a preparar para publicação, e o legado do mestre, no qual precisávamos focar. Entendi que teria muitas vidas adiante para sofrer com a solidão; mas, enquanto eu estivesse com Leda e examinasse os escritos de Leonardo com Cecco, estaria próxima àqueles que o conheceram e amaram, ao menos durante esta vida. Eu queria me apegar ao pouco que sobrava dele enquanto eu ainda podia. Essas eram as últimas pessoas que o viram, tocaram, pegaram seu lápis emprestado, compartilharam uma refeição ou piada com ele. Quando Cecco morresse, todas as memórias de Leonardo passariam para o mundo, e mais dele seria perdido para o éter. Até esse dia chegar, eu almejava estar cercada por seus amigos, seus livros, seus desenhos. Não queria pensar ou ouvir nada que não fosse sobre ele.

Salaì oferecia valores cada vez mais altos.

— Isso é *folle*! — reclamou Cecco.

— Não. Não vou vendê-la a você. Por nenhum valor.

Cecco observava Salaì, perturbado e confuso.

— Não entendo — disse. — Você precisa do dinheiro. Eu consegui a quantia. Você não quer as pinturas, eu quero.

Compreendi. Salaì estava fazendo jus ao seu nome. Ele não era mais um diabinho, era apenas um diabo. Cruel e vingativo. Leda e São João não significavam nada para ele. Ele tinha ciúme de mim porque Leonardo me amava, e eu era uma rival verdadeira. Nem todo amor precisa ser consumado, e o amor pode aparecer de muitas maneiras, algo que Salaì nunca entendeu. Leonardo se recusou a me vender, e agora Salaì queria me punir ao me vender como se fosse mobília usada.

Cecco fechou os punhos e, por um momento, pareceu prestes e bater em Salaì, mas, ao pensar duas vezes, cuspiu.

— Nos vemos no tribunal. Eu tenho o testamento. As pinturas são minhas. Elas serão devolvidas para mim, e você não ganhará um único florim com elas.

Salaì deu de ombros.

— Até lá, elas estarão na França.

Cecco veio e parou ao meu lado com uma expressão grave.

— Perdão, Leonardo. Perdão, Mona Lisa. Voltarei para recuperá-los.

Cecco foi embora. Salaì fez um gesto para que um empregado servisse a ele uma taça de vinho e acomodou-se na cadeira baixa, esticando as pernas.

A porta não estava bem fechada, e pude ver Bianca assistindo a tudo da fresta, e me perguntei quanto tempo ela passou lá.

Não demorou para chegar a hora da colheita no vinhedo. Ocorreu um surto de paralisia entre os camponeses, e não havia homens suficientes para colher as uvas. Salaì saiu à procura de homens que precisassem de dinheiro entre os mercenários alemães e suíços que vagavam pelas ruas em busca de trabalho casual e brigas simples, depois da última guerra. Enquanto o marido estava ocupado, em vez de cuidar da cozinha ou da despensa, ou até mesmo das rosas florescendo no vinhedo, Bianca foi até o salão. Ela andou silenciosamente pela longa mesa de refeitório, pegou um cacho de uvas escuras e colocou duas na boca. Olhou para Leda por vários minutos e então para São João, e depois parou diante de mim.

— Por que eles falam com você, Mona Lisa? É como se acreditassem que pode ouvi-los. Você parece que poderia responder.

Não disse nada.

— Por que ele não fala comigo?

Não conseguia saber se ela se revoltaria comigo ou choraria. Então, olhou para cima, resoluta.

— Não há lugar aqui para nós duas. Eu quero meu marido apenas para mim. Esta casa é minha. Preciso tirá-la daqui. Não vou esperar até o rei Francisco responder. Imagine se ele não responder? Imagine se ele decidir começar outra guerra com Milão? O que acontecerá, então?

A menina não era estúpida. Isso era perfeitamente possível. A paixão de Francisco por guerrear com a Itália era ainda maior do que sua paixão pela arte italiana.

— Enquanto estiver aqui, meu marido estará cheio de fleuma e de mau humor. Quero que seus humores voltem a ficar equilibrados.

Queria dizer a ela que Salaì nunca estivera de bom humor.

Olhei para ela e, apesar de pequena e sua bochecha ter sido tocada pelo primeiro florescer da juventude, sua voz tinha a resolução de uma mulher. A menina que vi na noite de núpcias desapareceu.

— Está vendo? — reclamou Bianca, fazendo careta. — Agora sou eu quem está aqui, falando com você. É contra Deus e não vou aceitar. Vou me livrar de todos vocês.

Ela olhou de relance para Leda com repulsa e, então, chamou a empregada, que colocou a capa nela, e juntas elas saíram da casa.

Temi por mim, por Leda e até mesmo pelo silencioso São João, mas, acima de todos, temi pela jovem e impetuosa Bianca. Ela poderia não gostar de mim, mas a idade me suavizou. A vida dela já parecia breve e infeliz, como a passagem rápida de uma nuvem diante do sol.

Passaram-se muitos dias, e Cecco não voltou. Bianca e Salaì comiam e bebiam e brigavam. Ela não falou comigo de novo. Uma manhã, bem cedo, Salaì pegou um moscatel do vinhedo e, ao trazê-lo para o salão, segurou-o no alto e declarou que era perfeito, e meia dúzia de homens foram trazidos para colher as uvas. Estavam proibidos de entrarem na casa ou de falar com as mulheres. Salaì ficou do lado de fora com eles conforme anoitecia, guiando o trabalho.

As uvas deveriam ser colhidas antes das chuvas começarem, e o céu estava ficando mais escuro, com nuvens rodopiando ao redor da lua como riachos de tinta preta.

Esperávamos Bianca preparar a refeição da tarde dos trabalhadores, mas, em vez disso, ela me tirou do salão e começou a me envolver em camadas de tecido enquanto a empregada fazia o mesmo com Leda, que começou a reclamar de imediato.

— Aonde estamos indo? Não que eu me importe. Estou felicíssima de sair daqui.

— Acredito que ela tenha um plano para se livrar de nós. Se eu tiver de chutar, diria que ela vai nos vender de volta para Cecco. Madonna Bianca não gosta muito de nós — respondi.

Leda fungou.

— Não entendo por quê. Todos me adoram.

Ela foi silenciada e colocada em um saco. A empregada estava pálida de medo. Bianca sorriu, seus dentes parecendo pequenas pérolas.

— Não se assuste, Maria — disse Bianca. — Tudo vai ficar bem. Contratei um homem, um soldado suíço, que vai cuidar de nós. Vai nos proteger. Ele tem uma arma, e se Francesco Melzi tentar alguma coisa, ele vai disparar. Se alguém tentar nos seguir depois de recebermos o dinheiro, ele atirará neles também.

— Como pode confiar em um mercenário, Madonna? — perguntou a empregada.

— Estou pagando um valor extravagante. É demais para que ele arrisque ser enforcado.

Ela tomou as mãos da empregada e as beijou.

— Por favor, Maria, apresse-se. Pegue esse, eu consigo pegar os outros.

Juntas, as mulheres nos embrulharam e nos tiraram da casa. Em sua pressa, Bianca não me embalou tão bem quanto Leda ou São João, e eu conseguia ver um pouco. Notei que as duas estavam vestindo as roupas de Maria, em vez da roupa de Bianca, o que era uma precaução sensata. Uma mulher da posição de Bianca andando por aí na cidade ao entardecer, desacompanhada, chamaria atenção, mas duas empregadas não seriam percebidas. Fiquei cheia de admiração pela astúcia de Bianca Caprotti. Era uma esposa adequada para Salaì, uma jovem esperta o suficiente para fazê-lo feliz, se ele se importasse em notar seu charme sagaz.

Do lado de fora, a noite estava fresca, mas a chuva ainda não começara a cair. Eu conseguia ouvir a agitação da rua e as duas mulheres passando despercebidas pelo trânsito de pessoas. O ar estava denso com o fedor de repolho apodrecendo, excremento — equino, suíno, humano —, assim como torta de carne de carneiro assando no forno, incenso queimando e o canto das vésperas. As duas mulheres escaparam para as travessas mais estreitas, pequenas demais para carroças ou carruagens, e, ao dobrarem para um beco deserto, ouvi passos pesados e masculinos atrás delas, e esperei que pertencessem ao mercenário suíço. Ele estava protegendo-as à distância ou esperando um momento para roubá-las. Bianca andava depressa, um pouco à frente da empregada, guiando-as pela rota que levava ao rio. Eu conseguia ouvi-la arquejar.

— Está quente e não consigo ver nada — reclamou Leda. — E você?

— Não muito — confessei.

Eu conseguia ver apenas um pouco pela fenda do papel, e Bianca me agarrava com tanta força debaixo de seu braço que o mundo estava torto, o chão em um ângulo bizarro, o céu de cabeça para baixo. As primeiras gotas de chuva começaram a cair. Os sapatinhos de Bianca estavam imundos. Ela pegara emprestadas as roupas da empregada, mas seus próprios sapatinhos cor-de-rosa a entregavam. A chuva virou uma tempestade, e elas dispararam em direção ao rio; deslizaram na lama molhada e a gosma que agora cobriam as ruas.

Ouvimos um grito distante.

— Pare! Volte aqui!

Elas correram mais rápido. O papel que me cobria começou a ficar úmido e resvalar. O bramido do rio era tão alto quanto o ruído da chuva. Os passos atrás de nós aumentaram, correndo. Eu não conseguia mais ouvir o mercenário; era uma pessoa nova, alguém que nos caçava. O homem gritou mais uma vez, sua voz ecoando pela escuridão, distorcida pelo rugido do dilúvio.

— Pare! Pare agora mesmo! Ladra!

Um disparo se ouviu na escuridão. Uma centelha de luz, e ouvimos um baque molhado. As mulheres continuaram correndo por um momento, e Bianca parou e se virou, sentindo que algo horrivelmente errado acontecera. Um embrulho ensanguentado se contorcia, uma poça escorrendo pela sujeira. Deixando-me de lado, Bianca se ajoelhou e tirou o capuz do homem. Salaì estava fraco, morrendo, seu rosto lavado pela chuva, uma ferida aberta em suas entranhas, ensopada de sangue e vísceras.

— Você — ele disse. — Você me matou.

— Não. Não é verdade. Não posso aceitar — ela disse, o rosto molhado de lágrimas. — Não pode morrer. Não vou deixar.

Ele agarrou a mão dela e cuspiu sangue.

— Você me matou e pegou a Mona Lisa.

— Não — ela disse mais uma vez, sacudindo a cabeça, tão furiosa quanto um cão tentando se livrar das pulgas. — Eu queria que ela sumisse. Eu precisava tirá-la de lá. Eu a odeio.

— Eu também — ele disse, tossindo e expelindo sangue.

Bianca se agachou, chorando ao lado dele.

— Compartilhamos isso, então — ele murmurou, agarrando-a.

— Sinto muito — ela sussurrou, limpando as lágrimas e deixando uma mancha de sangue na bochecha, uma mancha preta no escuro. — É só um arranhão. Uma ferida pequena. — Ela sacudiu a cabeça, murmurando: — Eu queria que fôssemos só nós dois. Só nós.

— Parece maravilhoso — concordou Salaì. — Uma ideia excelente, mas é um pouco tarde demais para isso, agora.

Ela se inclinou e o beijou.

O papel que me cobria caiu completamente. Eu continuava inclinada em uma parede do beco e os observava, enquanto eles me encaravam em silêncio. Leda ainda estava coberta, jogada de lado, sem poder ver. Um momento depois, o mercenário saiu das sombras, com a arma ainda em riste. Ele olhou para Salaì, confuso.

— Por que o matou? — perguntou Bianca, com os olhos arregalados de horror.

— Ele a seguia. Eu a protegi. Como você me pagou para fazer.

— É meu marido. Você matou meu marido — ela sibilou, irada como uma víbora.

— Não — disse o mercenário, sacudindo a cabeça e sentindo a corda ou o machado. — Não. Não pode ser verdade. Você disse que Melzi não era de confiança. Não disse nada a respeito de seu marido. Matar maridos é mais caro.

Ele olhou de um para o outro, enquanto entendia a situação: o homem morrendo, as pinturas e as mulheres desesperadas. Ele estava pensando em como tornar a situação mais favorável para ele, ou um pouco menos desfavorável.

Salaì se engasgou com um grito de agonia, e Bianca ninou sua cabeça.

— Vá — ela ordenou ao mercenário. — Chame um padre e traga-o até nós. Meu marido precisa se confessar. Você pecou nesta vida. Tente se redimir para a próxima.

O homem grosseiro hesitou, um sorriso maldoso em seus lábios, a arma tremendo nas mãos. Mas, um momento depois, Maria, a empregada, começou a gritar, aguda e esganiçada, o que pareceu abrir as persianas e destrancar as portas da rua. Ele correu.

— Cale-se — sibilou Bianca para a empregada. — Não queremos trazer a polícia.

Maria sentou-se e choramingou no bueiro, mordendo o próprio braço para abafar o barulho.

Uma figura solitária se apressou pelo beco, indo em nossa direção.

— O padre — disse Bianca, com amargura e alívio, mas não era o padre. Era Cecco. Salaì grunhiu com agonia e desespero. Cecco se ajoelhou na poça de sangue.

— Estavam atrasadas e vim encontrá-las. O que, em nome de Deus, aconteceu? — perguntou.

— Um mercenário atirou nele. Eu o contratei para nos proteger contra o senhor — ela disse, cuspindo as palavras.

Cecco estremeceu.

— Que tipo de homem acha que sou?

— Precisamos de um padre — murmurou Bianca. — Apresse-se, Melzi.

— Não — disse Salaì, sua voz baixa e rouca. — Com padre ou sem padre, sabemos bem para onde eu vou. Bianca, me perdoe. Eu fui um marido desgraçado.

A menina o cobriu de beijos e ele grunhiu de dor.

— Melzi, seu filho de uma puta, você não vai ter minhas pinturas — ele ganiu, agoniado.

Na escuridão da rua, Salaì olhou para mim, encontrando meus olhos. Ele estava ensopado de chuva e sangue e sujeira.

— Mona Lisa... Sempre quis lhe dizer... Eu... — Mas sua respiração cessou e, fossem suas últimas palavras de amor ou ódio, bile ou cuspe, ou algum segredo do próprio Leonardo, eu nunca soube o que ele quis me dizer.

Bianca foi para a frente, agachada em um pranto amargo, lágrimas furiosas enquanto abraçava o cadáver para mais perto, enchendo suas bochechas de beijos até ficar coberta de sangue. Ela me empurrou com os sacos de São João e Leda em direção a Cecco.

— Não me importa o que ele disse. Não os quero. É por culpa deles que ele está morto.

Cecco suspirou.

— Sinto muito, Madonna Caprotti, sinto mais do que poderia dizer, mas Salaì tem razão. Não posso levá-los depois disso. Algum magistrado esperto pode descobrir que eu estava aqui na noite em que ele morreu. Não quero ser enforcado por isso. Deve voltar para casa, pedir para sua empregada lavar suas roupas, e dizer a todos que passou a noite em casa. Não quer a polícia atrás da senhora. O assassino já terá desaparecido.

Cecco agarrou a mão dela com força. Havia um cheiro de ferro no ar. A boca de Salaì bocejava; a chuva caía em seus olhos abertos enquanto ele jazia, sem piscar, olhando sem ver para os céus que ele não alcançaria.

Cecco soltou a mão dela e ficou de pé.

— Vou falar nas tavernas e dizer que ouvi falar que Salaì foi assassinado por um mercenário em uma disputa. Vou contar histórias diferentes aqui e ali. Os rumores tomarão conta do resto. Em uma semana, ninguém saberá a verdade. Você estará segura.

Ela me cutucou com seu sapatinho encharcado.

— Eu só queria que ele me amasse. Só eu, não ela.

— O amor dele por ela não era o problema — disse Cecco.

Ele se ajoelhou ao meu lado e olhou para o céu.

— Leonardo, tentei seguir seus desejos e mantê-los comigo. Eu falhei e peço seu perdão. — Ele sorriu para mim uma última vez. — Mona Lisa, é hora de dizer adeus.

Olhei para seu rosto preocupado e gentil. As gotas suspensas em seus cílios como lágrimas, sua expressão grave. Cecco viveria até a velhice, seria avô e continuaria a cuidar do legado de Leonardo, mas, por culpa daquela noite, ele teria que passar por tudo isso sem mim. Eu não poderia mais tirar satisfação de nossa amizade ou do prazer melancólico enquanto ele contava velhas memórias para Angiola. Um dia, que ainda não chegara, seu filho desperdiçaria seu legado e venderia os manuscritos de Leonardo, começando a divisão e a perda. Eu não sabia tudo isso naquele então, nos paralelepípedos molhados e o sangue e o fedor da morte e a chuva respingando nos telhados. Tudo que eu sabia daquela noite é que eu perdera mais dois homens: um que eu amava e um que eu odiava, mas os dois inexoravelmente conectados a Leonardo, e que eu nunca mais veria nenhum deles.

Passei minha existência detestando Salaì e, ainda assim, não conseguia imaginar sua ausência. Leonardo nos amava. Gostava de seus trocadilhos. Ele me disse que seu nome, Vinci, vinha de *vinco*, ou os tecelões que transformam vime em cestos. Mas, Leonardo sussurrara para mim, ao procurar Vinci mais para trás, você consegue encontrar suas origens latinas. Ali, encontra "doces laços", ou *dolci vinci*, de amor. Os tecelões de vime e o laço do amor. Leonardo pensava em nós como seu emblema ou insígnia, e gostava de desenhá-los uma e outra vez. Mesmo hoje posso ver os nós intrincados do cabelo de Leda; as curvas douradas, como milho trançado, cada mecha fina e brilhante. Era assim que nós éramos: Leonardo, Cecco, Salaì e eu e Leda. Juntos, formávamos os mais belos nós de Leonardo, amarrados uns aos outros como um só. Mas, na escuridão daquele beco imundo, conforme a chuva caía sobre nós, fomos partidos.

Fontainebleau, 1530

Inverno

ASSISTI À NEVE CAIR EM MONTES EMPLUMADOS DO LADO DE fora da janela. A fonte celebrada nos jardins congelou em um esguicho arterial, a mistura de vermelho vinho e água espirrando para cima, ficando suspensa e ensanguentada contra o branco imaculado, como outra representação da Paixão de Cristo. Corvos pairavam acima, olhando, sinistros e austeros. Vênus, Cupido e Marte estavam lá, embainhados sob as camadas de neve, um cotovelo aparecendo aqui, um seio ali, a ponta congelada de um elmo. Dentro, porém, estava sufocada no *appartement des bains* conforme o vapor saía dos fornos, esgueirando-se pelas frestas das janelas e escapando pela vastidão branca.

Até nos dias mais frios, o vapor vinha, enchendo sala após sala. Francisco, pela Graça de Deus, o Rei Mais Cristão da França, nos comprou do patrimônio de Salaì por uma fortuna considerável, e nos deixou em seu conjunto de banheiros. O *appartement des bains* era uma série de salas dedicadas à arte de se banhar. A câmara a leste estava adornada com afrescos de ninfas feitos por Le Primace, dedicadas à lavagem e à depilação; a que ficava ao lado era para suar, o reboco descascando e descamando como a casca podre de uma laranja, para o horror das sereias pintadas que perdiam as caudas regularmente. Havia salas frias e cozinhas, escritórios e jardins cheios de estátuas para se refrescar, e, finalmente, uma série de salas de estar suntuosas com painéis dourados nas quais era possível relaxar e admirar e contemplar cavaletes de obras-primas italianas, das quais o rei estava enamorado. Os banhos não serviam apenas para limpar o corpo, mas para revigorar a alma.

Eu era afortunada e desafortunada. Fui colocada em um cavalete na câmara conhecida como o Gabinete da Rainha, uma sala de estar longe da sala de vapor, onde o vapor insidioso ainda chegava até nós, umedecendo nossa madeira e nos empenando lentamente, amolecendo nosso verniz e espoliando nosso gesso, mas era ainda pior para Leda. Era a glória da coleção do rei, e coroava a prateleira de cornija na primeira sala de estar, onde o vapor não perdia o calor, e ela teria de passar centenas de anos coberta de condensação oleosa.

O outro azar que tínhamos de suportar era que todos os admiradores que vinham nos visitar o faziam completamente nus. Barrigas flácidas e hirsutas, homens carecas e úmidos, rosas e corpulentos, brancos e molhados, esqueléticos e pelancudos, com retenção de líquido, sardentos, robustos, curvados. Mulheres altas, damas acocoradas, rechonchudas como perdizes recheadas, prontas para ir ao forno, de olhos azuis, claros, cegas. Todas vinham sem pompa nem afetação para nos encarar, como vieram ao mundo.

Uma série de artistas vieram me homenagear. Os primeiros de muitos a fazerem cópias minhas; algumas delas encomendadas pelo rei ou por ricos patronos, outros desejosos de absorver o brilhantismo de Leonardo ao seguir sua mão, tentando discernir os segredos de sua genialidade. Uma tarefa fútil e impossível. O Gabinete da Rainha era quente e desagradavelmente úmido, enquanto a terra do lado de fora era coberta por um lençol de neve, e até mesmo os artistas eram obrigados a tirarem a roupa. Enquanto os pintores magros se agachavam, nus e suando em seus bancos, as tintas endurecendo enquanto eles tentavam fazer meu esboço, eu chamava Leda, e nós ríamos deles. Eles não conseguiam descobrir meu segredo. Eles não conseguiam sequer compartilhar nossas piadas. Mas, conforme o tempo passava, a graça também desaparecia. Nós não ríamos mais.

Francisco, o próprio Rei Mais Cristão da França, vinha frequentemente me observar. Ele gostava de me visitar à noite. A câmera tinha velas acesas, mas a neve lançava um estranho brilho espectral, estranhamente claro ao passar pelas janelas, iluminando o interior do gabinete. O rei amava caçar, e havia muitas estátuas e pinturas de Diana. Ele era um *connoisseur* de arte e mulheres, sendo Leda e eu o zênite de ambas. Algumas noites, ele escolhia Leda e, em outras, ele escolhia a mim, trazendo mulheres reais para cabriolar diante de nós. Mas, às vezes, como hoje, ele apenas se sentava com uma mão no quadril e a outra nas bolas reais cuidadosamente depenadas, satisfazendo-se com uma série de arquejos frenéticos.

Eu observava, incapaz de olhar para outro lado conforme o suor se formava em seu lábio. Ele grunhiu, o rosto se contorcendo como os frescos de gárgulas, o monarca divino de volta à terra como qualquer outro homem. Líquido respingou no chão. Um lacaio viria antes do amanhecer para limpar a semente real e se livrar dela com apropriada reverência. O rei endireitou as costas e se apoiou em um painel dourado; Diana estava em seu cavalete, e as ninfas, banhando-se, olhavam-no, benignas, de cima.

— Sempre a adorei, Mona Lisa. Quando sorri, pensa em prazeres passados, ou espera felicidades futuras? De qualquer forma, é minha, agora.

— Não sou sua.

Fazia anos que eu não era de ninguém. Não é de bom tom corrigir um rei — as pessoas perderam as cabeças por muito menos, mas eu não temia pela minha. Ele só sorria para mim. Francisco raramente sorria, mas, independentemente do que eu queria, via seu sorriso.

Ele logo me deixou. Fiquei sozinha no escuro, assistindo à neve cair, estável, aos bafejos do vapor. Pensei em todas as minhas cópias aventurando-se pelo mundo, vendo novos lugares, novas coisas, enquanto eu estava lá, com o vapor arrebentando meu grão. As outras Mona Lisas eram fantasmas que não viam nem pensavam, nada além de ecos atravessando o continente, ignorando a dor ou o prazer. Pensei na pergunta do rei. Quando sorria, só pensava na alegria do passado. Lembrava de Leonardo. Lembrava do amor.

— Leda — chamei. — Leda? Consegue me ouvir?

— Sim — ela respondeu. — Não está sozinha.

Gritei na meia-luz. Ninguém ouviu além de Leda. Atormentada pelo luto e a raiva, comecei a berrar. O som foi crescendo em mim, até eu uivar e gritar tão alto que a madeira de álamo debaixo de minha tinta vibrou e eu senti as camadas de verniz rachando e as fissuras aparecendo nas minhas mãos e rosto.

— Mona — ela chamou. — Mona!

Eu conseguia ouvir o medo na voz dela.

— Você diz que não estou sozinha — gritei. — Mas não consigo sequer vê-la. Todos os outros estão mortos. Estaremos aqui até apodrecermos e os vermes se aninharem em nós.

— Vamos brincar de uma coisa, minha querida — ela chamou de volta.

Fiquei quieta, ouvindo. Minha pele doía, dura com as rachaduras do craquelê.

— Vamos construir uma casa para nós. Uma casa dos sonhos onde podemos estar juntas. Nas margens do Adda. Ouça, Mona, minha querida. Consegue ouvir o rio?

— Não. É o som da sala de vapor infernal.

— Está errada. É o rio Adda. Consigo ouvi-lo correndo pelas pedras. Ouça de novo: aqui estão os gritos desses tolinhos. Cecco e Giovanni e Tommaso. Pode vê-los? Leonardo está sentado na margem com seu papel e seu giz negro e um sorriso irônico, observando-os. Os meninos estão na água e mergulhando na parte rasa. Eles querem que nos juntemos a eles. Todos vivem, Mona.

— Todos vivem — sussurrei, desejando que fosse verdade.

— Deveríamos nadar com eles? — perguntou Leda.

— Como?

— É uma fantasia — ela disse. — Somos reais.

Como mulheres reais, entramos no rio Adda, arfando pela água gelada, nossos pés resvalando pelas pedras úmidas, nos divertindo com sua dureza. Eu era cálida e macia, e o aperto na minha pele se esvaiu, as rachaduras na minha pele se curaram e ficaram lisas. Os meninos riram ao nos ver, salpicando água e nadando para longe. Olhei para Leda, seu rosto molhado e brilhante, as tranças de seu cabelo parecendo escuras contra sua pele conforme ela me puxava para as profundezas. Ela colocava as mãos nos meus ombros e me beijava nos lábios, e então soprava uma corrente de bolhas; juntas, nós as víamos voar para a superfície como meteoros.

No fundo da garganta, se alguém olhar com vontade, é possível ver os pulsos latejando. E, neste trabalho de Leonardo, há um sorriso tão agradável, como se fosse algo mais divino que humano...

Giorgio Vasari, 1550

Milão, 1507

Verão

QUERO IR AGORA A UMA *VILLA* AO LADO DE FORA DE MILÃO, ao lado de um rio veloz. É o lugar onde Leda está para nascer e eu ainda não a conheço nem amo. Leonardo volta à vida. Ele escreve e esboça, tentando exorcizar a perda de seu pai. Aqui, sou jovem mais uma vez, meu verniz não está trincado, e eu nem sempre tenho as palavras corretas, ou sei como ajudá-lo.

Quando você e eu vimos Leonardo pela última vez, ele estava fugindo de Florença, cheio de fantasmas, mas eu me preocupava que eles pudessem nos seguir até aqui. Mudamo-nos para a *villa* Melzi, na ribanceira do rio Adda, onde havia espaço de sobra para toda a *bottega*. O pai de Cecco mora em outra propriedade da família, em Prato, e os empregados são instruídos a abrir a *villa* para Leonardo, o Florentino. Ele não carrega mais os ossos de aves mortas consigo; em vez disso, quer entender o maquinário do corpo humano. Ele quer descascar as camadas que fazem o corpo de um *uomo*, entender os segredos da vida e da imortalidade, mas Leonardo também passa horas fazendo cara feia para a correnteza rodopiante do rio. Às vezes, ele pega um pedaço de giz e faz um rascunho dos turbilhões e do fluxo da água, e outras vezes ele só olha, imóvel. Quando volta à lógia, eu pergunto a ele no que está pensando, e ele responde: "em meu falecido pai" ou "em Lisa del Giocondo e na filha que perdeu".

Ele vem e se afunda ao meu lado, suspirando.

— Lamento por meu pai, mesmo se ele não gostasse muito de mim.

— Não é verdade.

— Não me console, querida. Não quero ser consolado. A dor é a memória do amor.

— Sim, me lembro do desespero de Lisa após a perda, mas prefiro não pensar nisso — digo.

— Por quê? — pergunta Leonardo.

Acredito que ele sabe a resposta e quer se atormentar ao me ouvir dizê-la.

— Porque me lembra que vou ter que viver sem você. Que meu luto continuará por toda a eternidade. Lisa sente a perda da filha, mas aguarda para se reunir com ela no paraíso. Eu posso esperar por tanto?

Leonardo está em silêncio. Talvez eu devesse parar, mas não paro. Não consigo.

— Quando morrer, maestro, estarei sozinha e sem amor. Só terei memórias e dor. Ninguém ouvirá meus gritos quando eu chorar. Minha desolação será absoluta.

Leonardo afunda a cabeça nas mãos. Ele sussurra:

— O que eu fiz? Meu Deus, o que eu fiz?

Naquela tarde, de minha posição na lógia, vejo um fogo queimando no declive ao lado do Adda. Línguas escarlates sobem para os céus. Pergunto-me se os meninos estão aprontando alguma coisa, mas quando Leonardo aparece diante de mim, seus olhos doem pela fumaça e sua testa está oleosa de suor. Ele me agarra e me leva para o rio.

— Aonde está me levando? O que está fazendo? Maestro? Leonardo?

Ele me deixa na margem, e posso ver seu rosto marcado pelo sofrimento. O fogo sibila e queima, os galhos na pira crepitando e jogando dardos lívidos na noite. Nesta luz, ele parece assombrado, vazio pela angústia. Ele não me olha e esfrega suas pálpebras avermelhadas, esfregando cinzas em sua bochecha.

— Que pecado cometi ao criá-la? — ele diz, em voz baixa, os ombros começando a tremer. — Estava cheio de orgulho. Lisa del Giocondo viu. Queria ser um pequeno Deus. Queria criar a maior *invenzione* da arte, além da imaginação de qualquer homem. E consegui, Mona Lisa. Você é tudo. Beleza. O mundo. Todos os pensamentos que já tive, todos os sonhos, a própria vida.

Ele esfrega os olhos de novo, e agora consigo ver que eles estão molhados e munidos de lágrimas. Ele está começando a andar de um lado para o outro. Parece instável e perdido, odiando-se. Eu o chamo, tentando trazê-lo de volta para si, de volta para mim.

— Mas eu o amo pelo que fez. Por si e pela vida que me deu — digo, cheia de amor e de medo. Pela primeira vez na minha existência, não sei o que ele fará, e estou assustada. Olho para ele, maravilhada e aterrorizada. O fogo crepita, faminto.

Ele se ajoelha diante de mim, como se pedisse meu perdão pelo que vai fazer.

— Está certa. Eu a amaldiçoei a uma existência de tormento. Uma eternidade de miséria e solidão. Eu poderia tentar proteger e providenciar o necessário para uma mulher real, mas você? E para sempre? Não é possível. Não. A única gentileza que posso fazer é destruí-la, meu amor.

Ele passa as mãos no próprio cabelo até que fique desgrenhado e despenteado. Não quero que ele me machuque. Pânico toma meu ser, pois este não é Leonardo, mas um louco. Com o rosto cheio de lágrimas, ele se levanta, me pega e corre em direção ao fogo. Eu grito e choro. Ele também grita diante da comoção e das chamas. Os garotos correm em sua direção, gritando, apavorados que o maestro tenha perdido a cabeça.

Leonardo para em frente ao fogo. As chamas aumentam. O calor é insuportável. Seus dedos agarram meu painel. Um passo à frente e verei o meu fim. Os garotos estão atrás de nós, na margem do rio.

— Por favor, Leonardo. Um dia com você, uma hora, um momento, vale as décadas e os séculos que viverei sem você. Eu pagarei o preço, com boa vontade — imploro.

Eu quero viver. Não quero morrer assim. Não sei se ele me escuta ou não, mas abaixa os braços e se afasta do fogo, jogando-me na grama úmida, ajoelhando-se diante de mim.

— Não posso fazer isso — sua voz falha. — Sou egoísta demais para viver sem você.

O rosto dele está marcado por culpa.

— Eu nunca deveria ter feito você, mas não me arrependo de ter feito.

Ele me encara, desolado. Atrás dele, as chamas riem.

— Me perdoa? — ele pergunta.

Olho para seu querido rosto, exausto e abatido. Ele me assustou, e ainda sinto compaixão. Ele não esperava que me amasse também. Eu deveria ser uma maravilha para o mundo, mas sou maravilhosa para ele também. Meu universo era preto e escuro até que ele o pintou. Meu sorriso pertence a ele. Para sempre.

— Eu te perdoo porque te amo.

Ele cai ao chão de alívio.

— Mas você deve me fazer uma família — eu digo.

Ele me encara, perplexo.

— Você deve pintar outra como eu. Quero uma irmã.

Os jardins estavam abandonados há muitos anos, mas Leonardo manda colocar laranjeiras e limoeiros ao longo do terraço, além de um caramanchão coberto com uma rede de cobre para manter pássaros canoros em cativeiro. As margens gramadas que conduzem até o rio são ceifadas, para que possamos ver e ouvir as ondulações do Adda. As águas são claras e brilhantes, e os peixes saltam e cintilam à luz do sol, e observamos os barcos de pesca pintados e a balsa levando viajantes para o coração de Milão. Leonardo manda Cecco colocar garrafas de vinho para esfriar nas águas rasas e rascunha com cuidado planos para mais terraços, com salgueiros e lariços inclinados em direção à água. Eu me deleito no meu cavalete posto na lógia e inspeciono todos eles. Estou tonta de amor.

Entre o murmúrio do rio, o cheiro forte de agrião e as notas dos pássaros canoros em cativeiro, Leonardo se vira para mim e pergunta:

— Bem, minha Mona Lisa, quem então devo pintar para você?

— Não quero uma companheira sagrada, nem nenhuma Madonna carola.

— Uma deusa, talvez?

— Contanto que seja divertida. Não uma Diana, casta e digna. E, por favor, eu imploro, modele-a em alguma mulher divertida. Não traga outra Lisa del Giocondo para nossas vidas. Não aqui.

Eu indico os jardins onde Cecco, Salaì e Giovanni estão se despindo para mergulhar no rio reluzente, tentando pescar enguias com as mãos nuas e caindo de volta às águas, cuspindo de tanto rir.

— O tipo de mulher que não vacila ao ver alguns homens pulando nus — eu digo.

Leonardo acena com a cabeça, semicerrando os olhos sob o brilho do sol. Seu cabelo está mais branco agora, chegando abaixo dos ombros, e ele também ostenta uma longa barba, como as penugens de um dente-de-leão. A pele dele é lisa e livre de rugas. Continua um homem muito bonito.

Enquanto observamos o rio, um bando de cisnes circula, grasnando, o ar rangendo com o trovão divino do bater de suas asas. Eles se iluminam na água como um estampido de flechas brancas, ofuscantes na luz solar. São divinos em sua beleza, a musculosidade de seus pescoços, a penugem ondulante de suas costas. Leonardo pega o caderno em sua cintura, já desenhando.

— Leda — ele diz, sem se virar da flotilha de pássaros navegando nas águas. — Leda seduzida por Júpiter na forma de um cisne.

Salaì traz La Cremona para a *villa*. La Cremona é renomada em toda Milão por sua beleza e sagacidade. Ela tem muitos amantes, e publica sonetos sobre todos eles, que são devorados febrilmente tanto na esperança por fofocas lascivas quanto a seu encanto literário. Dizem que o próprio Conde de Milão é um de seus amantes, e assunto de um de seus mais celebrados e lisonjeiros sonetos, então ela não é obrigada a usar o véu amarelo das prostitutas — La Cremona é uma poeta, não uma meretriz. Seu último volume é dedicado, com permissão, ao conde.

O céu é de um caro lápis-lazúli, com nuvens espalhadas como fitas brancas. Nós a esperamos na lógia, e Salaì conduz a dama até nós. Ela usa um véu, recatada como uma dona de casa, mas todos nós sabemos que se trata da *cortigiana* mais célebre de Milão.

— Esta é La Cremona — Salaì diz com um sorriso orgulhoso. — Fomos apresentados em uma galeria da cidade.

Todos nós rimos e o provocamos ao mesmo tempo, entretidos com a ideia de Salaì em uma grande galeria, como se fosse um aristocrata como Cecco. Ele fica vermelho de raiva e humilhação, e Leonardo sinaliza para todos nós abafarmos nossos risos. Estamos nos comportando de maneira indelicada com nossa convidada.

— Fico grato que tenha feito a viagem para nos ver aqui em Vavrio. Nosso cantinho do paraíso.

Ela inspeciona a cena, respirando o perfume do limoeiro e o canto dos pássaros canoros como Eva nos jardins do Éden.

— Madame, ouvi dizer que és uma poetisa — Leonardo diz com uma reverência.

— Eu sou, maestro — ela responde, olhando para baixo.

Leonardo dá um passo à frente e segura a seda do véu dela.

— Posso? Se vou pintá-la, devo ver seu rosto.

Ela acena com a cabeça.

Não sei o que esperar. Um anjo dos céus. A própria Madonna. Em vez disso, aqui está uma mulher atraente de talvez vinte e cinco ou trinta anos com olhos azuis-centáurea muito brilhantes. O véu cria um ar de mistério e segredo. Ela é uma feiticeira da apresentação, não apenas com o azul-azurita de seus olhos, mas com o riso inteligente de sua expressão. Não admira que ela costume só olhar para baixo; homens não gostam de ser ridicularizados. Ela é uma mulher sagaz que sabe ler e escrever. Não conheço muitas mulheres que consigam fazer qualquer uma dessas coisas, e La Cremona, meretriz e poeta, destaca-se em ambos — como também, presumo, se destaca em assuntos mais carnais. O cabelo dela está penteado no estilo popular da *cortigiane*, arranjado em nós ao redor da coroa, mas há uma brisa hoje e os caracóis dourados de seus cabelos voam livremente, atiçando suas bochechas e o arco perfeito de seus lábios. Quanto mais a olho, mais sua beleza parece se desenvolver. Seu nariz é comprido e não é perfeitamente reto. Suas sobrancelhas estão definidas em constante surpresa. Ela enrubesce sob o escrutínio do mestre, e o brilho de suas bochechas é um charme a mais.

— Bem — ela exige, astuta —, eu servirei?

Leonardo dá uma risada baixa.

— Mona Lisa. Eu estou contente, e você?

— Sim. Gosto muito dela, de verdade.

— Oh — diz La Cremona, olhando para mim, atônita. — Você fala com ela.

— É claro.

Leonardo começa os esboços durante a tarde. Cecco pega os odres secando no rio, junto com papel e giz. Sentamo-nos na lógia, Salaì e La Cremona bebendo e comendo frutos e queijo e contando piadas, enquanto o mestre traça as linhas do rosto e do cabelo dela. São os nós tecidos, o milho dourado e costurado em sua cabeça, que o fascinam. No papel, ele flui como água. Desenha o cabelo e o fluxo do Adda correndo pelas margens; o movimento rodopiante na página é o mesmo. Ele murmura enquanto trabalha.

— Observe, Mona Lisa, o movimento da superfície da água, que se conforma ao cabelo, que tem dois movimentos. Um responde ao peso dos fios do cabelo, e o outro à direção dos cachos. Esta água tem redemoinhos. É o mesmo princípio.

La Cremona para de rir e deixa a taça de lado.

— Pensa em poesia. Sempre fala com a pintura?

— Ela é uma boa ouvinte — diz Leonardo.

— E eu tenho nome — digo.

— Ela disse que tem nome — repete Leonardo.

— Peço perdão, Madonna — ela diz, abaixando a cabeça.

— Madonna *Lisa* — insisto.

— Não vou ficar repetindo cada palavra — diz Leonardo. — Estou tentando trabalhar.

La Cremona olha para nós dois e ri, um som que parece o próprio correr do Adda.

— Para você, maestro, ela é absolutamente real.

— Ela não parece real?

La Cremona estreita os olhos para me analisar.

— Parece.

— Então. Não é minha culpa que não possa ouvir sua *voce*. Nem todo o mundo pode. Só porque não consegue ouvi-la, não significa que ela não exista. Já ouviu a voz de Deus?

— Não.

— Duvida da existência Dele?

— Não ousaria.

La Cremona sorri, um raio de luz, e depois vira para mim.

— Bem, Madonna Lisa, vou falar com a senhora como se pudesse me ouvir. Mesmo que seja brincadeira, é um jogo divertido.

— Não é um jogo, mas vou perdoá-la. Poucas mulheres falam comigo. Estou cansada de tantos homens.

— O que ela disse? — pergunta La Cremona.

Leonardo suspira.

— Não vou virar fofoqueiro nem ser o intermediário desta tarde. — Ele entrega o giz. — Está cansada de ficar cercada de homens.

La Cremona bate palmas, alegre.

— É claro que ela está! Morando em uma *bottega*. Madonna Lisa, tenho certeza de que conta ao Mestre Leonardo exatamente o que pensa. Homens como ele valorizam o ponto de vista de mulheres com discernimento, como nós.

— Falei que gostava dela — disse a Leonardo.

— Desenhou a parte de trás da minha cabeça. Os menores e mais intrincados nós — diz La Cremona. — Por quê? Isso não vai aparecer, vai?

— Eu os vejo. Quando pinto, pinto uma mulher inteira. Todas as partes dela. Não só uma coleção de partes. Acontece que não podemos ver sua forma inteira em um painel, mas ela ainda está lá.

— Ela? Não sou eu?

— Não. Ela é Leda. Ela começa em você, mas virará ela mesma.

La Cremona o encara, sem conseguir discernir se ele está brincando, mas ele já voltou a desenhar, ocupado com as tranças cacheadas de seu cabelo.

O verão passa ao som da melodia do Adda. La Cremona fica lá por uma tarde, sem voltar ao seu apartamento em Milão, e não volta mais para casa. A *villa* Melzi é cômoda o suficiente para todos nós. Cigarras cantam durante a noite em concerto com sapinhos verdes que se sentam na calidez dos muros baixos e coaxam até o amanhecer, ou até Salaì, irritado com a algazarra, joga neles os restos de comida guardados em baldes de dejetos, e eles saltam para longe, reclamando em coaxos dos arbustos. É uma névoa de alegria. Vinho. Ao entardecer, Leonardo toca a *lira da braccio* e Cecco toca o alaúde, enquanto Salaì canta músicas indecentes. La Cremona recita seus poemas. As versões não publicadas, impublicáveis. Sei o tamanho e o formato de todos os paus de Milão. Salaì e Leonardo se sentam de mãos dadas, e eu estou tão feliz que, quando Salaì descansa a cabeça no ombro de Leonardo e o mestre o beija e esfrega o polegar no músculo firme da parte interna da coxa de Salaì, o ciúme não se retorce nas minhas entranhas como um canivete molhado. Leonardo me ama, mas ele também adora Salaì, e o jovem com cara de anjo está em sua cama na maior parte das noites. La Cremona me vê observando Leonardo acariciar o rosto de Salaì, e ela beija Giovanni, e depois o pequeno Cecco, que enrubesce de vergonha e prazer.

— Sabe — ela diz. — Esses dois gostam tanto de mulheres quanto de meninos.

Assim como Salaì, acredito eu. Ele só ama Leonardo acima de tudo e de todos.

E, todos os dias, Leonardo e seus aprendizes desenham La Cremona. Seus cachos. A curva de suas bochechas. Seus cílios virados para baixo. É aparente que logo terá de desenhar seu corpo, a forma de sua figura. É hora dela tirar a roupa. Ela vai até a água, nua, seus pés orvalhados e salpicados de lama do rio. Sua pele é tão clara e lisa quanto a casca de um ovo. Cecco, Giovanni e os assistentes estão boquiabertos. Eles não são só os meninos de Leonardo. La Cremona ri, jogando a cabeça para trás. Ela se ajoelha, mas a pose é constrangedora e, depois de desenhá-la, ele pede que ela se levante mais uma vez. As espirais pequeninas de suas tranças voam ao vento. A luz dança em sua pele. Ela se estica, sem vergonha. Seus mamilos são quase tão rosados quanto os morangos selvagens que crescem nas margens. Dois pescadores no rio esquecem completamente de pescar, indo de um lado para o outro, posicionados com seus remos no trecho da água antes da *villa* e a visão esplêndida dos mamilos de La Cremona. Leonardo está ocupado com seu lápis, mas franze o cenho, ciente da perturbação que estamos causando.

— Talvez seja melhor trabalharmos do lado de dentro hoje. Será mais confortável, acredito?

— Sim, mas não será tão divertido — diz La Cremona.

Leonardo escolheu uma cortesã para sua Leda, não uma freira. E é de La Cremona e do pincel de Leonardo que eclode Leda. Lentamente. No começo, ela não é nada além de um pensamento no gesso e camadas de *imprimitura* alvaiade no painel de imbuia e, então, um tracejado de pontos *spolveri* em carvão, a linha familiar de seu rosto aparecendo. O nariz comprido. A insinuação de um sorriso. Eu a amo desde já.

Outono

EM ALGUMAS NOITES, LEONARDO DESAPARECE SOZINHO. ELE pede ao cavalariço para preparar o cavalo e vai até o hospital da cidade. Volta apenas na manhã seguinte, exultante com o fedor de morte, sangue e vísceras em sua túnica, e mesmo suas botas estão salpicadas de sangue. Nessas manhãs, ele não trabalha nem em Leda nem em mim, mas embarca num tipo completamente diferente de desenho. Ele fica sentado no salão da *villa*, na longa mesa de carvalho, em suas roupas imundas, sua barba branca manchada de fluidos humanos. Suas bochechas estão vermelhas de prazeres macabros.

— Sentei-me com um velho enquanto ele morria. Esse velho, por algumas horas antes de sua morte, me disse que viveu por mais de cem anos. Ele não acreditava ter nenhuma doença além de fraqueza geral. E, assim, sentado em uma capa do hospital, sem nenhum sinal de sofrimento, ele se foi desta vida. E, minha Lisa, fiz uma autópsia para ver a causa de uma morte tão doce.

Contenho-me para não estremecer.

— Como?

— A verdade deve ser alcançada com a serragem de ossos. Cortá-los ao meio para ver o interior de cada um deles. Ver qual é cheio de medula, que é esponjosa ou vazia ou sólida.

Ele está desenhando o coração e, ao lado, a semente de um pêssego, da qual uma árvore está nascendo.

— Mas, no velho, as artérias eram finas e murchas, e já não alimentavam o coração nem os membros inferiores.

— Mas você deveria estar pintando minha Leda — reclamo.

Leonardo sorriu.

— E estou. Quando eu pinto, começo a trabalhar debaixo da pele. Os músculos, as artérias, que são as árvores da vida. É assim que sua Leda nascerá.

La Cremona desliza para dentro do salão em seu vestido, pronta para tomar o desjejum. Quando vê Leonardo, sua barba e suas mãos encardidas de sangue, ela para. Ele não é mais o cavalheiro genial e benevolente pelo qual ela tem tanto apreço, mas um conjurador fétido ou maligno.

— Estive no hospital — ele diz.

— Que a Virgem me abençoe e me proteja — murmura ela.

— A segurança está na compreensão — corrige Leonardo.

— Mas mantemos nossos amigos ao nos lavarmos — repreende La Cremona. — Você está fedendo a morte e a excrementos.

Leonardo olha para cima e analisa as roupas e suas manchas de batalha. Ele fica de pé e faz uma reverência, desculpando-se com La Cremona. Geralmente ele é meticuloso com seus trajes, mas a empolgação o fez esquecer do decoro. Ele pede licença e volta com roupas limpas. La Cremona está sentada à mesa comendo pão com queijo leitoso. Ela o observa ironicamente. Ainda há um pouco de sangue seco debaixo das unhas. Nós dois o vemos. Ele está impaciente demais para trabalhar para se incomodar com tal delicadeza.

La Cremona está de pé, nua e resplandecente, erguida na longa mesa de carvalho do salão, coberta com seda para que os aprendizes possam praticar seus estudos de drapeado e o jogo de sombra contra a pele. Leonardo suspira e corrige as tentativas deles.

— Pobre é o pupilo que não consegue superar o mestre.

Todos sabemos que há pouca chance de que isso aconteça, mas o afeto o torna mais esperançoso. Salaì está trabalhando em um estudo nu de La Cremona. É grosseiro e constrangedor. Os seios dela surgem logo abaixo da clavícula, como tigelas de madeira viradas ao avesso, seu pescoço é comprido e como o de um ganso, e seu rosto não se parece em nada ao da honorável *cortigiane,* e sim ao meu, mas visto por um véu de asco. Salaì, entretanto, está imensamente contente com seu desenho grotesco e não aceita críticas, declarando presunçosamente:

— Vou chamá-la de Mona Vana.

Detesto tanto o desenho quanto o artista.

La Cremona está impaciente e começa a provocá-los. Leonardo está sempre ocupado com mil coisas ao mesmo tempo. Sua própria pintura de Leda fica em um canto, esperando enquanto ele anota em garranchos outra observação ao lado de suas dissecações ilustradas.

— Por que só desenha os corpos de homens? — ela quer saber. — Tem medo de mulheres?

Leonardo ergue a cabeça, perturbado.

— O que quer dizer, cara amiga? Estou pintando você enquanto falamos.

No momento, La Cremona não veste nada além de uma toalha de mesa branca pendurada em seu pulso que não cobre nada. Ela também está comendo uma laranja, que escorre de seu queixo para o colo até a curva sinuosa de sua barriga. Desavergonhada, ela usa a toalha para se limpar, revelando os cachos de cabelo no meio de suas pernas.

— Não — ela diz, batendo o pé no chão —, está pintando Leda. Ela é um ideal. Não uma mulher. Uma deusa. Sem pelos. — Ela gesticula em direção ao painel de imbuia no cavalete no canto do salão onde Leda está nua com falsa modéstia. — Os corpos que disseca são todos de homens. Você estuda a forma que a luz toca minha pele, e Salaì fica ao meu lado com uma montoeira de penas, fingindo ser Júpiter, mas — ela ergue o braço para mostrar um jato preto em sua axila — ignora isto e isto — ela gesticula novamente em direção à própria nudez. — Na pintura finalizada, a sensibilidade deve ser respeitada, mas você, maestro, é um estudante da humanidade e da verdade. O que me leva a perguntar mais uma vez: tem medo de mulheres?

Olho para Leonardo, consideravelmente interessada.

Ele fica em silêncio por um momento, matutando.

— Tem razão, é claro, La Cremona. Identificou uma fenda na minha busca pela verdade.

— Você gostaria que eu a preenchesse com a minha fenda? — diz La Cremona, provocante.

Salaì dá uma risadinha. Leonardo não consegue olhá-la nos olhos, nem em nenhum outro lugar.

— Salaì, pegue travesseiros e lençóis. Não vou me deitar nessa mesa sem algo mais confortável — ela manda.

Salaì faz uma pausa, olhando de relance para o mestre.

— Salaì, diga aos empregados que sigam as instruções da dama.

Mais tarde, La Cremona beberica vinho, enrolada em um lençol. Os empregados preparam ensopado de perdiz e bolinhos na panela da lareira, e o aroma enche a casa com seu vapor cheiroso. Está ficando escuro, e esta foi a primeira tarde em que precisamos de fogo para ficarmos mais quentes. Sob o lençol, La Cremona continua nua e está tremendo. Seus pés estão descalços nos azulejos de terracota. Leonardo coloca o desenho na mesa. Os assistentes se aproximam para olhar.

— As rugas ou sulcos nas dobras da vulva indicam para nós a localização do guardião do castelo — diz Leonardo.

Os assistentes murmuram, concordando.

Olho para La Cremona e ela levanta as sobrancelhas. Porém, por tato, não comenta nada.

Por um tempo, os homens continuam usando metáforas parecidas com fortalezas enquanto La Cremona revira os olhos, e eu tento não rir, e, então, eles finalmente levam a conversa para outro lugar. La Cremona permanece comigo. Ela pega o desenho da mesa e fica de pé ao meu lado. Eu observo a hachura elegante que mostra suas pernas, e a caverna se abrindo entre elas. La Cremona faz uma careta.

— Ele é um mestre. O maior gênio de Florença. E este é o pior desenho que já o vi produzir. Se minha "cidadela" se parecesse com isso, eu não seria a *cortigiana* mais adorada de Milão. Nenhum guardião seria necessário. — Ela faz uma pausa. — Apesar de que ele desenhou uma bela flor anal para mim.

Não tenho certeza do que dizer, já que não tenho com que comparar. La Cremona é o primeiro berço de Vênus que vi. Enquanto ela posava, eu olhava com interesse, mais intrigada com a modelo do que com o desenho pela primeira vez. Vejo esse pensamento surgir no rosto de La Cremona.

— Você não tem uma boceta. Sinto muito. Estou sendo desconsiderada e indelicada. Não tem nada aí embaixo. Você para na altura do cotovelo. Não há nada sob seu retrato. Nada.

— Eu não sou nada — reclamo, incomodada.

Mas não é apenas a nudez das mulheres que parece incomodar Leonardo. Já o vi dizer antes que o ato do coito e das partes do corpo envolvidas nele são tão detestáveis que, se não fosse pela beleza dos rostos e o poderoso efeito do desejo, a natureza perderia a espécie humana.

La Cremona olha mais uma vez para o desenho, joga-o por cima da cabeça e ri.

— Talvez eu tenha sido cruel. Não deveria tê-lo forçado a desenhar bocetas. Deveria tê-lo deixado com seus defuntos.

Ela coloca novamente o lençol, pegando as roupas para se vestir para o jantar. Depois de me deixar sozinha, ouço um som. Um miado como se viesse de um gatinho. Olho ao meu redor, mas está vindo do canto do salão, do outro lado da mesa baixa onde as tintas e as parafernálias de Leonardo ficam guardadas, ao lado do cavalete e do quadro de Leda. O chamado vem de novo, mas dessa vez ela tem voz e fala:

— Mona.

A voz está vindo de Leda.

— Minha querida. Estou aqui — chamo.

— Estava escuro, mas agora consigo ver — diz Leda.

Sua voz é música. Leda fala e chama por mim.

Meu coração está pleno, explodindo de amor. Ela não está acabada, feita de carvão *spolveri*, mas os óleos suaves de sua pele e de seu cabelo já começam a revelar a beleza sublime de sua face. Posso não ter o que La Cremona chama de boceta para empurrar um filho por ela, mas acho que sei como uma mãe se sente quando vê os filhos nascerem; quando ela vê a criança abrir seus olhos azuis, respirar e chorar pela primeira vez. Leda fala, e é meu nome que ela diz.

— Leonardo! Maestro, venha! — chamo.

O mestre vem correndo, com um pouco de medo de algum desastre, achando que, no mínimo, uma das madeiras queimando deve ter colocado fogo na lareira. Leonardo olha ao redor da câmara, vendo que não há fogo, só a panela do ensopado, borbulhante.

— Me coloque perto de Leda — imploro. — Ela acordou.

Ele me pega e me coloca com cuidado ao lado dela.

— Mona — diz Leda. — Mona Lisa.

Ele a estuda com um sorriso.

— *Buonasera, Leda*. Esperávamos por você. Não fique com medo.

— Por que eu deveria ter medo, maestro? — ela pergunta. — Mona Lisa está aqui.

— É claro que ela está — ele diz, reconfortante.

Cecco espia da porta, e Leonardo faz um sinal para o menino preparar seus pincéis e a paleta. Ele quer começar a trabalhar logo. A curva delicada da sobrancelha dela, o brilho translúcido da pele dela que se mistura com a sombra, de forma que não podemos ver onde a sobrancelha acaba e a sombra começa, construída por camadas sem fim de pinceladas sombreadas aplicadas com pincel de visão. Olho para ela, fascinada. Ela não tem pontas; é pura luz e sombra. Ela é real. É como eu.

Leonardo pausa e olha para mim. Leda é meu presente. Uma amiga. Ele morrerá e me deixará, mas agora tenho minha Leda. Seremos companheiras uma da outra por nossas longas existências.

Enquanto eu tiver Leda, terei um eco de Leonardo, e nem eu nem Leda jamais estaremos sozinhas. Leonardo não pode me dar um filho, mas ele me deu Leda como um ato de amor. Nem todos os atos de amor precisam de bocetas ou órgãos sexuais de qualquer tipo; às vezes, tinta e imaginação são o suficiente.

Vivemos sob a proteção do conde de Milão. Ele gosta de ter Leonardo aqui, e deu a ele uma fazenda com um vinhedo, assim como um estipêndio anual. Ele só pede que La Cremona o visite uma vez a cada lua cheia para ler poesia para ele. Ou é o que ela diz. Leonardo trabalha com a vitalidade de um homem com metade de sua idade. Cecco passa horas moendo sinopia, mínio e malaquita. Seus dedos estão sempre manchados. Os cisnes foram embora, e Leonardo repreende o rio vazio, rogando que eles voltem. Eu não saio de seu lado. Ele pinta Leda, falando conosco enquanto trabalha. Leda é tímida, no começo, perplexa pelo mundo, recém-nascida. Ele desenha os morangos selvagens que florescem nos terraços e entre as rachaduras da lógia, mandando Cecco triturar as cochonilhas para pintar os morangos de carmim e os pinta aos pés de Leda. A balsa entrega óleo de linhaça fresco para ligar as tintas. Leonardo desenha estudo após estudo de juncos que tremulam com a correnteza do Adda, e estes são copiados ao painel. Ele observa La Cremona: sua pele, o ângulo de seu ombro, seu quadril. Ela e Leda não são mais iguais. Leda observa seus bebês eclodirem transfixa de adoração. Na maternidade, ela possui uma serenidade que não existe em La Cremona.

Pintores vêm de Milão para copiar Leda. Os rumores de sua beleza já se espalham, e eles ficam um ou dois ou três meses. Cesare da Sesto. Bernardino Luini e meia dúzia de outros por toda a Lombardia e Itália, dos quais logo me esqueço. Até mesmo Cecco e Salaì tentam copiá-la. Alguns artistas estão aqui para pintá-la e aprender com o maestro, levantando-se ao amanhecer com sinceridade para fazer rascunhos e trabalhar, mas outros caem sob a *lume particolare* de La Cremona e partem, semanas depois, com painéis vazios, pincéis secos e pigmentos ainda engarrafados.

As folhas caem. Primeiro só algumas, depois dúzias delas. Nós somos levados para o interior da *villa* pelas chuvas, e depois pelas tempestades e o frio. As coberturas das janelas congelam em algumas noites. As lareiras ficam acesas noite e dia. Leonardo pega uma folha caída, de freixo, e começa a copiá-la, pintando-a de verde-seiva no reboco calcado do salão. Cecco fica encantado pelo efeito e implora a ele que pinte outras mil folhas. Que transforme a *villa* quadrada em uma floresta, como o fez para Ludovico Sforza muitos anos antes. Mas, se fizer mais folhas, precisa ser em fresco. E precisaremos de galinhas que produzam ovos suficientes para misturar a têmpera ao reboco. A balsa pode entregá-las.

Uma folha vira um galho. E então uma árvore. Os galhos se estendem até o ano seguinte. O freixo vira um carvalho e um castanheiro e as árvores viram um bosque e, conforme os anos passam, uma floresta. Leda e eu observamos. Eu ensino para ela os nomes de todos os pigmentos que são moídos e misturados para criar suas muitas partes. Ela aprende a rir e faz troça de mim e do meu desejo de aprender tudo que consigo de Leonardo.

— Não seja tão séria, Mona. Acabaram as lições de hoje. — Ela é brincalhona e divertida. Não é mais uma recém-nascida.

Um convite chega d'*Il Magnifico* Giuliano de' Medici em Roma. O velho papa morreu e o conclave de cardeais elegeu o irmão de Giuliano como o papa Leão X, o primeiro papa florentino. Os irmãos Medici querem em sua corte os grandes artistas florentinos, e pedem pela presença de Leonardo em Roma. O mestre não quer ir. Estamos felizes aqui, nos arredores de Milão, em nossa *villa* cheia de árvores, sob a proteção do conde. Ainda assim, por mais que estejamos contentes, tememos que não seja sensato recusar *Il Magnifico* Giuliano. Não é sábio rejeitar um Medici. Nós os ignoramos por um tempo. Cantamos e pintamos. Testamos o destino.

Certa manhã, acordamos com a notícia de que o Conde de Milão está morto e que mercenários suíços estão se juntando do lado de fora dos muros da cidade. Deveríamos ter partido de uma vez. Ninguém ignora uma carta com o brasão dos Medici. Eles têm poderes profanos. La Cremona e Leda acreditam que trouxemos azar ao não partir imediatamente. Leonardo se recusa a considerar esse tipo de bobagem e superstição.

La Cremona e Leonardo seguram as mãos um do outro e murmuram, vibrando de ansiedade. Eles andam pelo jardim e olham através da névoa; os mercenários acendem fogos a distância, que brilham, em um pandemônio laranja e vermelho, a fumaça se misturando à névoa e pairando sobre o rio. O conde era nosso patrono e protetor e a cidade está prestes a ser invadida por seus inimigos. Não podemos ficar aqui.

Ao se despedir, La Cremona beija Leda e eu.

— Esta despedida será mais fácil para vocês do que para mim — ela diz. — Estão me levando com vocês.

— Apenas sua aparência — digo. — Você e Leda não são nada parecidas.

— Sou aperfeiçoada — concorda Leda.

— Sentirei falta de todos vocês — diz La Cremona.

— Venha para Roma — diz Leonardo.

— Não. Meu lugar é em Veneza. Logo, serei tão rica quanto uma rainha. Comprarei Mona Lisa e Leda de você, e elas viverão comigo em um *palazzo* ao lado do Grande Canal.

Leonardo só ri, mas, para La Cremona, não é uma piada.

Preocupo-me com ela em Veneza. É em Milão que ela é conhecida por seu gênio e sua graça. Veneza tem centenas de *cortigiane*, e ela sabe que deixou de ser a mais jovem. Seus olhos brilham com as lágrimas.

— *Cortigiana* ou rainha — digo, mesmo que ela não possa me ouvir — é uma mulher de *virtù*. De poder e poesia.

Ela faz uma mesura e me manda um beijo. Em menos de um ano, estará morta por culpa de uma doença venérea. Nunca mais a verei de novo.

Roma, 1513

Inverno

QUANDO VEJO ROMA PELA PRIMEIRA VEZ, EM NOSSA CAVALGADA, temo que tenha sido saqueada e que o sultão a tenha invadido desde Constantinopla. Parece estar em ruínas, com destroços e pedras empilhadas nas ruas, cada igreja e edifício desabados em parte e sepultados em andaimes. E, então, conforme a observo, fica claro que a cidade é um canteiro de obras, repleto de pedreiros, carpinteiros e artesãos de cada guilda enquanto Roma é reconstruída, repintada e restaurada para lembrar ao povo de sua glória, e que não só todos os caminhos levam até aqui, mas como a única estrada para a salvação é por seus portais brilhantes.

Leonardo recebe apartamentos no novo Palácio de Belvedere. De uma das janelas, vemos a construção interminável. O ruído começa ao amanhecer e continua até de noite. A barulheira enlouquece Leonardo, que chama um capataz, exigindo saber quando as obras estarão prontas. O capataz dá de ombros e cospe. Ele não faz ideia. Talvez termine em vinte anos. Talvez cinquenta. Os papas continuam mudando de ideia a respeito do que querem. E então eles morrem.

Cecco toca o alaúde para nos distrair do ruído e convence Leonardo para olhar as outras janelas. O apartamento no Palácio Belvedere fica acima de um morro, entre jardins arborizados, um bosque no coração do Vaticano, aparentemente antigo o suficiente para Rômulo e Remo continuarem à espreita com suas dríades em tons silvestres. Há grutas e pomares de ameixas e maçãs e cerejas; os agora nus membros são mãos magras, cobertas com viscos e anéis de esmeralda. De uma das janelas, nós vislumbramos pérgulas e viveiros de peixe repletos de carpas. Estátuas sóbrias estremecem com a geada matutina, e as encostas suaves descem até o vale. Leonardo coloca sua boina de veludo e seus óculos de vidro azul contra o brilho intenso do baixo sol do inverno e caminha por horas entre as árvores, enroscado no próprio manto, declarando:

— A natureza é a amante de todos os senhores.

O próprio *Il Magnifico* manda o arquiteto dos Medici para cá para fazer as alterações que Leonardo deseja. Leonardo está em uma de suas caminhadas habituais quando o arquiteto chega e Cecco lista as alterações solicitadas.

— Divisórias de madeira de pinho. E uma estrutura para o novo teto do sótão. Esta janela é muito estreita. O maestro precisa de mais luz para pintar.

O arquiteto faz anotações.

— Quatro cadeiras de jantar de choupo. Oito banquinhos. Três bancos. E uma bancada para moer cores.

Leda e eu o observamos de nossos cavaletes. Ele é humilde e submisso, um suplicante para um novo favorito dos Medici. Ele percebe Leda e perde o fôlego. Deixa cair sua caneta. Leda aceita a adulação, que já esperava.

— Ela é fantástica. Uma rival para as maravilhas de Michelangelo e Rafael — ele murmura.

Leda fica descontente. Como Leonardo, ela não gosta de rivais. Ela deseja superar a todas elas.

— Eu prefiro Leda a qualquer coisa já feita por Michelangelo — eu digo, fiel. — Ouvi dizer que a Capela Sistina é um milagre, o mais próximo de Deus que podemos chegar na terra mas, ao menos, quando olhamos para Leda, podemos fazê-lo sem ficar com torcicolo.

— Realmente — diz Leda.

O arquiteto pisca e se vira para me encarar. É como um peixe, abrindo e fechando a boca com um estalo.

— Ela é tão realista. É perturbador.

Leonardo volta de sua caminhada, grato de encontrar o arquiteto ali, medindo com seu bastão. O arquiteto está acompanhado de um *cursore*, um dos mensageiros oficiais do papa, usando um libré carmim deslumbrante. Ele ficou em silêncio até agora, completamente sem se mover ao lado da porta. Agora, ele pega um bolso de couro de um cinto ao redor de sua cintura e tira uma letra dobrada e selada com as chaves cruzadas e o escudo dos Medici, o selo papal do papa Leão. Ele dá a carta a Leonardo.

— Tinha de entregar esta missiva ao senhor, *Messer* Leonardo. Em suas próprias mãos.

Leonardo a lê rapidamente e concorda com a cabeça, satisfeito.

— Fomos chamados à corte Medici na Cidade Eterna para uma audiência. Todos nós. Giuliano gostaria de conhecer Madonna Lisa e Leda. Ele ouviu rumores de sua beleza e gostaria de mostrá-la para Sua Santidade.

O papa Leão já está assinando encomendas com uma velocidade que daria vergonha ao seu predecessor, determinado a deixar sua marca na posteridade e pavimentar seu caminho para o Céu. Não haverá um muro em branco ou um teto sem um fresco em Roma. Agora, morando no Palácio Belvedere, somos estrelas na órbita dos Medici e tudo brilha com possibilidades douradas. Leonardo faz rascunhos de um papel para o outro, com uma série sem fim de ideias para as diferentes pinturas que ele gostaria de fazer. Faz anos que ele não tenta nada em proporções épicas e está impaciente com as possibilidades. Nenhum de nós ousa mencionar *Anghiari*.

Salaì, o homem que sempre ouve o que é dito nas tavernas mais próximas do Vaticano, sabendo para quem comprar uma bebida, apressa-se para voltar com a notícia de que Michelangelo finalmente terminou o teto da Capela Sistina. A pintura magnífica e radical está completa.

— Bom para ele — diz Leonardo. — O sujeito é impossível, mas eu gostaria de ver a obra. Se ele não estiver lá para fazer cara feia.

— Ou feder — acrescento. — Duvido que ele tenha tomado banho desde a última vez que o vimos em Florença.

— Esse não é o ponto, maestro — diz Salaì, impaciente. — Michelangelo pintou quase todos os *braccio* da capela sob a patronagem do último papa; só há mais uma seção, mas o papa Leão está determinado a deixar sua própria marca na história. Ele está pronto para encomendar a última parte da capela.

— Bem — pergunta Cecco — o que ele quer?

— Tapeçarias por todas as paredes com as Vidas dos Santos.

— O maestro não é tecelão! — reclama Cecco.

— Não. Os tecelões estão nos Países Baixos. O papa está encomendando *eixap*, enormes *eixap* para os tecelões copiarem. Os maiores e mais ambiciosos do mundo.

Olho para Leonardo.

— Por que acha que ele o chamou para Roma?

Todos olhamos para Leonardo.

Ele sorri; seu rosto transborda de esperança.

Os homens vão para a missa e, depois disso, enquanto o papa e seus cardeais banqueteiam, Leonardo e seus meninos se apressam para nos pegar e voltar conosco para a corte. O papa precisa ver o que o grande Leonardo consegue fazer, e Leda e eu somos o pináculo de sua genialidade, pinturas tocadas pelo divino, tão prazerosas que vamos além da natureza e além do humano. Cecco me segura nos braços. Giovanni leva Leda. O entardecer é fresco e agradável, e pedimos para não sermos cobertas, desesperadas para ver, e Leonardo cede. Ele escolheu um portfólio de obras para mostrar ao pontífice. Ele está ansioso e remexe na seda de sua túnica e nas dobras imaginárias do veludo de suas meias. Ele está usando seu chapéu favorito, feito de veludo e da cor da meia-noite. Ele não vê os irmãos Medici desde que eram garotos em Florença.

Há tochas acesas no caminho que leva ao Palácio Apostólico e as chamas cospem e crepitam. Os Guardas Papais Suíços no libré escarlate e dourado dos Medici estão a postos enquanto caminhamos em direção ao Monte Palatino. Já consigo ouvir a música. Não é sagrada. Há alaúdes e instrumentos de teclas, flautas, trombones, cornetas e cromornos. Há uma recepção de cantores e, enquanto o som que eles produzem é celestial, as palavras não são. Não são em italiano ou latim.

— Em que língua cantam? — pergunto.

— Inglês — diz Leonardo.

— É grosseiro — reclamo.

Andamos pelo pátio, ouvindo a música das fontes se misturando às vozes humanas. Os Guardas Papais abrem as portas massivas do palácio e somos levados à Cortile delle Statue, onde o próprio Apolo, primoroso, está de pé, resplandecente, e nos ignora. Leonardo pausa para observar as curvas perfeitas de pedra de seu cabelo, a metamorfose do mármore na capa câmbrica suave que cai em seus ombros. O papa, parece, é um admirador dos muitos deuses de Roma. Um porteiro com um libré esplêndido, vestido com as chaves cruzadas e o escudo dos Medici, espera por nós, fazendo um gesto para que possamos segui-lo.

— Quando Sua Santidade terminará o banquete? — pergunta Leonardo.

— É um dia de jejum. Hoje, eles só comem peixe — responde o porteiro.

Ainda assim, o cheiro de sálvia e manteiga paira no ar, fazendo as barrigas de Salaì, Cecco e Tommaso roncarem. Somos levados para dentro por um labirinto de corredores e passagens, até chegar a uma grande câmara com um teto em caixotão, cada painel adornado com ouro, mostrando escudos papais. As paredes estão decoradas com papagaios e anjos em afrescos, e, aqui e ali, entre as colunas falsas de mármore, tenho certeza de que vi papagaios de verdade assando.

O papa Leão e *Il Magnifico* Giuliano de' Medici e os cardeais solenes continuam comendo. O papa é extremamente gordo. Seu rosto está aninhado como uma galinha chocando um ninho de papadas. Seu camauro carmim está acocorado sobre sua cabeça. Ele olha ao redor da sala, míope. Seus dedos porcinos são salames, batendo na mesa seguindo o ritmo da música perfeitamente. Ele fecha os olhos, feliz. Pergunto-me se as orações provocam uma expressão de tamanha alegria no rosto do pontífice como essas melodias específicas provocam. Um *consort* quebrado de músicos toca enquanto eles comem a ceia, assim como vários coristas de bochechas vermelhas. Esses devem ser os ingleses já que, debaixo do rubor, há uma palidez pavorosa; mesmo assim, os meninos sabem cantar. Há uma exultação jubilosa na música.

Estamos de pé na parte de trás de forma constrangedora, ouvindo. Ninguém nos nota; estão ocupados demais comendo e ouvindo música. Noto que os músicos vestem roupas bizarras, trajados feito médicos. *Il Magnifico* Giuliano de' Medici percebe Leonardo. Ele joga as mãos para cima, de prazer, e se levanta da mesa. Os cardeais recuam, franzindo o cenho com a interrupção. Giuliano pede desculpa a Sua Santidade, e vai até Leonardo para beijá-lo em cada bochecha.

— Leonardo de Vinci. Um florentino. Não um amigo, um irmão.

Leonardo é pego despercebido pelo afeto e o entusiasmo de seu cumprimento. Todos lembramos da pintura do menino que parecia um querubim de cabelo cacheado na igreja na Novella Maria Santa em Florença. Este homem é alto e anguloso, com uma barba bem aparada e lábios finos e vermelhos, bem-apessoado, apesar do nariz proeminente dos Medici.

— Venha, venha. Não posso esperar. Sua Santidade não vai se importar.

Sua Santidade não parece ter nem notado seu irmão saindo da sala. Suas papadas balançam com a música.

Giuliano nos guia para fora da câmara. Ele continua tocando Leonardo, como se quisesse ter certeza de que ele está mesmo lá e não um fantasma.

— Espero que esteja gostando de seus apartamentos?

— Muito agradáveis, *Magnifico* — diz Leonardo, desnorteado por tamanha atenção.

Este homem, que está quase pulando de prazer por estar em sua companhia, é o comandante da tropa papal: um soldado, um acadêmico e um príncipe. Mesmo assim, detecto o brilho do aço Medici, o que requer cautela. Giuliano, apesar de sua fachada de charme e despreocupação, é um homem acostumado a conseguir o que quer. Parecemos ser amigos. É melhor continuarmos sendo.

— Por que os músicos estão vestidos com trajes de médicos, *Magnifico*? — pergunta Cecco com súbita ousadia.

Giuliano ri.

— É uma piadinha da qual o papa Leão gosta. Eles estão vestidos como médicos ou *medici*. Sua Santidade precisa de doutores. Ele sofre de fístula. Come demais.

Giuliano não nota que não deveria compartilhar um detalhe tão íntimo conosco. Agora somos apelantes de seu círculo. Um porteiro de túnica segura a porta para outra câmara com afrescos, menor do que a última, e Giuliano acena para entrarmos.

— Este é o estúdio privado de Sua Santidade. Ele virá assim que terminar de comer. Pode demorar um pouco. Pode deixar as pinturas à mostra, para ele poder inspecioná-las.

Leonardo entra e olha para a sala, admirado e maravilhado.

— Agora não consegue ver que o olho abraça a beleza do mundo todo? Oh, Rafael!

— Sim, de fato, esta sala foi pintada por Rafael de Urbino e seu ateliê — diz Giuliano.

A sala ainda cheira a tinta. Os afrescos das paredes não podem ter sido finalizados há muito tempo. O teto abobadado foi dourado com tanta folha de ouro que faz as bochechas dos homens mais abaixo brilharem, e, no reflexo das tochas e das velas, o ouro brilha como a luz do sol. Nunca vi Leonardo silenciado pelo trabalho de outro artista.

Salaì, Cecco, Tommaso e Giovanni estão montando os cavaletes para Leda para mim, colocando-nos com reverência sobre eles, deixando os desenhos na mesa, prontos para serem examinados pelo pontífice. Leonardo não presta atenção, ainda ocupado com o afresco de Rafael da Escola de Atenas. Salaì para ao lado dele e bufa.

— Olhe, todos estão lá. Michelangelo fazendo cara feia com suas botas de pele de cachorro. De mau humor, como sempre.

— Fico feliz de nunca o ter conhecido — diz Leda. — Ele parece um rabugento.

— E ali está o próprio Rafael, no canto mais distante — digo, do meu lugar avantajado no cavalete. — Exceto que seu rosto está magro demais, e eu não gosto muito de seu chapéu. Ele foi lisonjeiro consigo mesmo. E, mestre! — eu exclamo. — Platão é a sua cara! Está até apontando o índex para os céus, na mesma posição de seu Salvator Mundi e seu São Tomás.

— Platão se parece comigo? — pergunta Leonardo.

— Sóbrio demais — reclama Leda.

Salaì e Cecco se aproximam para olhar melhor.

— Parece — diz Salaì. — E o posicionamento do dedo e do polegar são sua marca.

Giuliano olha de relance para Leonardo e a pintura.

— Nunca notei isso antes. — Ele dá um peteleco no ar diante de um porteiro. Abre um grande sorriso. — Chame Rafael. Vamos perguntar a ele.

Giuliano pede por vinho e pega a garrafa para se servir de mais uma taça. Ele perdeu interesse na obra de Rafael; já a viu antes. Ele quer ver os Leonardos. Primeiro, olha para Leda e dá um uivo animado.

— Eu trocaria de lugar com Júpiter. A linha do quadril. O vento nos juncos. Quem é ela?

— São precisas muitas mortais para criar uma deusa, *Magnifico* — diz Leonardo. Apesar da generosidade de Giuliano, ele não quer contar a ele sobre La Cremona. Algo a respeito dele deixa qualquer um tenso, como a chuva antes de chegar ou um copo de metal.

— Seu hálito fede a peixe — diz Leda. — Saia daqui.

Giuliano olha para Leda ainda mais de perto, e fecha a cara, insatisfeito.

— Ela não está terminada.

— Não, *Magnifico*. Ainda não.

Ele se vira para mim.

— Ah, Madonna Lisa. — Ele esfrega as mãos pegajosas com satisfação imperial. — Seus charmes nunca desbotam. É um prazer vê-la de novo.

— Não nos conhecemos — reclamo.

Giuliano sorri e suspira.

— Conheci a bela e casta Madonna Lisa del Giocondo em Florença quando éramos crianças e a vi depois de voltarmos, triunfantes e gloriosos.

Ele bate com o punho na coxa e olha para nós, como se devêssemos compartilhar com o mesmo prazer a volta dos Medici à nossa cidade natal.

— Não sabia que conhecia Madonna Lisa del Giocondo, *Magnifico* — diz Leonardo.

— Uma bela mulher. Seu marido é entediante, mas leal à causa.

Enquanto fala, Giuliano bebe vinho enquanto me olha com admiração franca e desavergonhada. Estou aliviada de não estarmos sozinhos.

O porteiro abre a porta, anunciando:

— Rafael de Urbino!

Todos nós nos viramos para ele com alívio e alegria. Faz muitos anos desde que o vimos pela última vez, e o rapaz é agora um homem, apesar de manter o jeito acanhado e um salto jovial em seu passo. Ele abraça Leonardo e faz uma reverência para mim.

— Mona Lisa, está ainda mais gloriosa do que a última vez que a vi — ele diz.

— Veja! Até mesmo Rafael fala com ela como se ela fosse real! — diz Giuliano, divertindo-se.

Eu continuo.

— Rafael, vejo que esteve ocupado. Entre você e Michelangelo, todas as paredes e tetos de Roma já foram pintados. E agora tem barba.

Ele sorri.

— E então, o que acha da barba?

— Não havia nada de errado com seu queixo.

Rafael ri e se vira para Leonardo.

— Pois bem, não importa quantas pinturas eu faça. Só há uma Mona Lisa. Senti sua falta, Madonna.

Eu tinha me esquecido do carisma encantador de Rafael. Ele é bronzeado e pequeno, seus olhos são escuros e velozes, passando entre nós, mas sua presença é como o brilho do fogo na madeira. Não é apenas seu talento e seus dons divinos que fazem com que ele receba tantas encomendas. Faz muitos anos desde que falei com alguém além de Leonardo, alguém tocado pelo *ingegno*. A solidão é como o frio do inverno; adentra sua alma.

— E, Rafael, você ainda não conheceu Leda — digo.

— Mona me cansou falando de seus charmes. Mas, pelo visto, ela não exagerou em suas histórias — diz Leda.

Rafael dá um passo para a frente, arrebatado, para admirá-la.

— Deusa, maravilha. Oh, Leonardo. Ela também respira e fala!

Giuliano boceja e raspa os nós dos dedos.

— Diga-nos, Rafael. Se inspirou em Leonardo de Vinci para seu Platão?

Rafael dá um aceno de cabeça para Leda, pedindo desculpas, mas precisa responder *Il Magnifico*.

— Quando vi o maestro pela primeira vez, ele também não tinha barba. Mas, quando pintei Platão, imaginei nosso amigo Leonardo na maturidade e sabedoria. — Ele se vira para Leonardo, apontando para suas longas suíças. — E vejo que me fez o favor de não me contradizer. Lembra-se das palavras que inscreveu sobre as portas de sua *bottega* em Florença?

Leonardo grunhe.

— Aqui não há de entrar quem não souber geometria.

— Então! — exclama Rafael. — Um profeta da arte e da matemática.

Leonardo franze o cenho.

— Senso comum, não filosofia. Precisa compreender geometria e matemática para produzir arte.

A boca de Rafael está tremendo com uma risada.

— Não conseguia me decidir entre Platão e Aristóteles. Acabei escolhendo Platão.

Leonardo se remexe, pensando.

— Eu gosto de Aristóteles. Bons homens possuem um desejo natural pelo conhecimento.

Por um instante, Rafael parece ofegante, sem saber se errou em sua escolha. Apesar da estima de dois papas e da adoração de um império, é a aprovação deste homem que ele procura.

— Gostou do dedo? — pergunta, afoito.

— Muito espertinho.

Salaì encara Rafael com desgosto descarado. Ele sempre o detestou por seu talento extraordinário e agora por sua homenagem pública a Leonardo. Salaì sempre será apenas um mero discípulo, um cuja luz se extinguirá ao lado da chama do mestre. Rafael é seu próprio gênio e Leonardo o respeita como tal, mas Salaì não consegue suportar isso. Seus punhos se fecham.

Rafael anda até a mesa e inspeciona o portfólio de desenhos; muitos deles são esboços preparatórios para os *modellos* das Vidas dos Santos para a Capela Sistina. Salaì os tira de suas mãos, seu rosto se contorcendo de raiva.

— É o rival dele para a encomenda. Não pode olhar!

Rafael dá um passo para trás, confuso.

— Não pretendia ofender, Salaì. São desenhos belíssimos, queria admirá-los. Apenas isso.

— Salaì. Vá para casa, parece que esqueceu sua posição — manda Leonardo. — Peça perdão.

Salaì agarra Rafael pelos ombros e parece ter vontade de arrebentar a cabeça de Rafael com a própria. No entanto, ele o beija na bochecha e parte sem dizer nada.

— Como sempre, inspira a devoção dos outros, Leonardo — diz Rafael, incomodado. — Somos rivais quanto a qual encomenda?

— Qual, realmente — pergunta-se Giuliano com uma expressão confusa no rosto.

— A tapeçaria da Capela Sistina. Os *modellos* — diz Leonardo. Rafael sacode a cabeça.

— Já fui honrado com essa encomenda, mas — ele se apressa a dizer — ficaria feliz com seus conselhos. Vejo em seus desenhos que estava pensando no tema da seca milagrosa de peixes. Eu amo essas garças.

— Rafael, faça o favor de parar — digo. — Está perigosamente perto da condescendência.

Os ombros de Leonardo caem; está absolutamente abatido.

— Quais são as encomendas que você e Michelangelo ainda não fizeram? — pergunto. — Há outros quartos nos apartamentos privados.

Rafael está envergonhado.

— Estou pintando os apartamentos privados. Bem, com meu ateliê. Há muitas salas.

— É claro. Há muitas! — digo.

— Nunca me disse que Rafael era ganancioso — diz Leda.

— Não — concordo. — Ele não costumava ser.

Rafael se retorce ao ouvir nossa censura.

— Então por que estou aqui, *Magnifico*? — diz Leonardo, virando-se para Giuliano. — Por que Sua Santidade deseja minha presença em Roma?

Giuliano abre um sorriso radiante para Leonardo com a lisonja treinada de um cortesão.

— Somos grandes admiradores de seu trabalho. E somos os Medici de Florença, então é natural nosso desejo de celebrar os artistas florentinos aqui, na corte. — Ele gesticula em direção ao mural de Rafael. — Como pode ver, é Platão.

Nenhum de nós aponta que ele sequer sabia disso até alguns minutos atrás.

— E viu o quanto meu irmão aprecia música e pompa. Hoje foi uma ninharia. Ingleses e outros bufões fantasiados. Precisamos de uma grande celebração para marcar sua ascensão. O primeiro papa florentino. E precisa ser feito por um florentino. — Ele faz uma pausa. — É verdade que fez um leão mecânico?

Leonardo faz uma reverência.

— Sim, de ouro, para o duque de Milão. Andava e, quando parava, seu coração se abria para revelar folhas de amoreira para Milão.

— Precisa fazer um Leão de Florença para Sua Santidade.

— Com prazer.

— E, mais que nada, desejamos que planeje e crie a marca espetacular inteira da ascensão de Sua Santidade ao papado. Precisa projetar os pavilhões, os cenários e as roupas.

Leonardo faz uma reverência.

— É uma grande honra, *Magnifico*.

As portas se abrem e o papa bamboleia para dentro, com os cardeais atrás dele como patinhos.

— Perguntou a ele? — questiona o papa. — Ele está encantado?

— Felicíssimo, Sua Santidade — declara Giuliano.

Andamos de volta ao Palácio Belvedere em silêncio. Michelangelo esculpiu a tumba imortal do último papa e adornou a Capela Sistina. Rafael está pintando todas as salas do Palácio Apostólico, e Leonardo, o maior gênio da Cidade Eterna, está planejando uma festa.

Primavera

OS PLANOS DO CORTEJO COBREM TODA SUPERFÍCIE. HÁ CEnários elaborados de montanhas que se abrem com uma série complexa de roldanas para revelar Sua Santidade no trono, com o céu e o exército celestial atrás. Desenhos de roupas vermelhas e douradas para as procissões, enquanto Salaì, Tommaso e Cecco pintam cenários e ensinam aos carpinteiros como construir os mecanismos do palco. Leonardo deixa a maior parte do trabalho para seus assistentes. Todos os jardineiros do Palácio Belvedere já o conhecem. Um deles encontra um lagarto de aparência estranha e o guarda para ele. Leonardo o traz de volta à *bottega* abaixo do apartamento, incrivelmente empolgado, e coloca asas em sua coluna com a mistura de mercúrio. Elas são feitas de escamas tiradas de outros lagartos e peixes, e tremem quando ele anda. Ele dá à criatura um rabo, chifres e uma barba carmim; a ela, restos de carne para domá-la, mantendo-a na caixa perto de seus adorados gatos. Quando visitantes o chamam, ele joga as carnes e as feras pulam adiante, aterrorizando os inocentes.

— Está entediado — critico quando ele assustou o terceiro mensageiro papal.

Leonardo e Leda dão gargalhadas.

O maestro também tirou a gordura das tripas de um touro e a afinou tanto que ela está nas palmas da mão de Salaì como a seda de uma teia de aranha. Ele junta a fole ao fim das tripas e as enche de ar até expandirem e consumirem o espaço inteiro, esmagando todos os ocupantes contra os cantos. Tira a pele de lagartos, sapos e cobras, e as infla com ar, soltando-as de repente até darem uma lufada e saírem voando pela sala.

— São experimentos de *scientia*.

— Está pregando peças como um garotinho.

Só Leda se diverte com o absurdo de suas brincadeiras, mas logo sua atenção se volta para assuntos mais sombrios. Debaixo do apartamento há uma caverna de alquimia. Há plantas e uma destilaria cheia de vapor sibilante e panelas borbulhantes. Eu o observo trabalhar, tentando diferentes destilações para vernizes e coberturas baseadas em antigas receitas romanas. Em alguns dias, ele se retira ao hospital de Santo Spirito e faz autópsias em cadáveres esfolados. Volta, revigorado, seus dedos manchados de tinta e fluidos humanos. Gostaria de ir com ele. Os mortais cedem ao sono, mas eu não consigo dormir, e fico na *bottega*, ouvindo o sibilar das panelas e esperando por ele. As palavras de La Cremona permanecem comigo. Todos os seus desenhos são de homens. Vejo as peles removidas e os músculos separados das coxas de homens, sombreados e hachurados em giz e banho amarelo para mostrar os vasos sanguíneos e os órgãos. Não tenho corpo e gostaria de ver uma mulher de verdade de novo. Só vi La Cremona e desejo ver outra, ver como as partes ficam separadas. Da próxima vez que o vejo colocar a capa preta sobre a calça imunda e manchada, eu o chamo, implorando.

— Leve-me. Por favor, leve-me com você.

Ele pausa, perturbado.

— Não posso. É claro que não posso.

— Quero ver como uma mulher é por dentro. Uma mulher de verdade, de carne, osso e sangue. Leda tem filhos. Eu não tenho. Quero entender como as mulheres funcionam.

Ele hesita, e sei que o peguei.

— Ouvi o que disse a Rafael. Aristóteles? "Bons homens possuem um desejo natural pelo conhecimento." Bem, boas mulheres também.

Ele me encara, não com asco, mas aceitação. Ele reconhece meu desejo de agarrar o conhecimento.

Então, apenas pergunta:

— Como?

Ele consegue um estojo especial para mim de carvalho; simples, mas robusto. Esperamos que isso me proteja dos jatos de vísceras, mas ele fura dois pequenos buracos para que observe a dissecação. Fazemos um teste no ateliê e, de dentro do meu estojo, ainda consigo ter uma visão excelente dos caldeirões e das pilhas de cadernos. Se alguém ficar curioso, ele dirá que este estojo tem papel e ferramentas de desenho. De manhã, sou como uma cotovia rindo de prazer. Poderia voar.

— Por que está tão feliz? — Leda questiona.

Explico que irei ao hospital com Leonardo para ver suas dissecações anatômicas.

— Não é justo. Eu quero ir. — Ela ferve de inveja. — Eu também quero saber como é ser humana.

— Meu amor, vou lhe contar tudo — eu a consolo. — Mas você tem seus bebês para cuidar.

Olho para Leda, serena e sem defeitos, as montanhas azuis enevoadas atrás dela na luz matutina.

— Me conte tudo. Prometa.

— Prometo.

Vou lembrar de tudo para ela. Cada granada de sangue. Cada unha e pedaço de osso. Ela ficará aqui na *bottega*, com os frascos silvando, as peles desinfladas de cobra, ouvindo as marteladas dos carpinteiros e dos aprendizes mais abaixo, enquanto eu partirei para o mundo.

Irei com Leonardo encontrar os mortos para descobrir os segredos da vida.

Cavalgamos ao Ospedale di Santo Spirito, um *palazzo* massivo e amarelado nas margens do rio. Deixando seu cavalo com um atendente, Leonardo me carrega no meu novo estojo para dentro do Ospedale, pelo assim chamado Portão do Paraíso e, enquanto passamos, observo uma freira pegar, de dentro de uma câmara de tijolos, um pequeno infante aos prantos, manchado de sujeira. Leonardo faz um som de desaprovação, sacudindo a cabeça com pena.

— Este não é o portão do paraíso, ao menos não na terra — ele murmura. — Alguns chegam ao paraíso cedo demais.

Ele se apressa para nos levar ao imenso salão do Ospedale, em seu coração uma torre octogonal com janelas que cospem luz nas freiras e freis e as pobres almas miseráveis mais abaixo. As paredes estão enfeitadas com afrescos maravilhosos e, acima, em nichos, sentam-se os santos, indiferentes à confusão de agonia sob seus pés.

Consigo ouvir os prantos de doentes e moribundos nas alas acima do canto de orações das freiras. O fedor de carne, morte e doença. As moscas formam os halos dos santos.

Um jovem professor de anatomia espera Leonardo no salão. Ele é pequeno e barbado e me lembra Rafael. Ele não comenta nada a respeito de o maestro segurar um estojo adicional. Ninguém nota o par de buracos que Leonardo fez para eu ver. O médico nos leva para longe do salão do Corsia por um longo corredor, até chegarmos a outra parte do Ospedale.

— Tenho um criminoso para você, meu amigo. Um grotesco interessante. Um pé torto — diz o professor.

Vejo Leonardo reconsiderar, mas ele prometeu. Ele sabe o que eu desejo ver, mais do que nada.

— Marcantonio, eu gostaria muito de desenhar um feto no ventre.

O jovem professor empaca.

— Criminosos são uma coisa, maestro, mas uma jovem? Uma mãe?

— Desejo entender todas as coisas, Marcantonio. Se não pudermos observar, como vamos aprender?

O jovem fica em silêncio, considerando. Ele toma uma decisão.

— Venha. Uma mulher morreu no parto durante a noite. Destituída. Não há ninguém para reivindicar seu corpo.

Ele anda mais rápido e Leonardo o acompanha. Somos levados à faculdade médica. O cheiro me atordoa como se tivesse dado de cara com a parede. Posso prová-lo, doce e pegajoso e fétido. Velas, lanternas e incenso queimam, mas nada para o fedor. Vejo ratos e eles devolvem meu olhar. Eles sabem que há algo na caixa de carvalho. Leonardo me deixa em um banco. Fico feliz de não estar no chão, grudento de vísceras. Do meu ponto de vista, consigo ver as janelas altas, todas maculadas e manchadas com efluência de todo tipo, mas a luz entra, ajudada pelas lâmpadas e pelas velas. Pinturas da Madonna e dos santos estão penduradas em todas as paredes. Todas são feias e sujas de fluidos corporais. Um corpo está deitado na mesa. Um homem. Amarelo e boquiaberto na morte. Seu pé torto está inchado e retorcido.

— Espere — diz Marcantonio. — Vou pedir que tragam a mulher.

Leonardo fica de pé. Ninguém se sentaria em um lugar assim. É inumano, repulsivo. Um esqueleto retine na estante, a mandíbula aberta, como se estivesse eternamente cativado pela qualidade hilária de uma piada macabra.

— Madonna Lisa — ele diz suavemente. — Podemos partir a qualquer momento. Pode mudar de ideia. Os nervos de homens corajosos já falharam muitas vezes. Ou foram impedidos por seus estômagos. Ou o medo de chegar a noite com o pensamento de corpos esquartejados e esfolados.

— Não — respondo. — Não tenho medo. Quero ver. Como vou entender, de outra forma?

As condições são sórdidas, mas minha curiosidade não foi saciada. Também consigo ouvir música.

— O que é isso?

— Eles tocam música para consolar os moribundos.

Não parece funcionar. Mesmo onde estamos, os tons sóbrios das cordas guerreiam com os grunhidos dos doentes em um conjunto profano. Finalmente, Marcantonio volta com um enfermeiro empurrando um carrinho com um corpo coberto por um lençol ensanguentado. Vejo a barriga redonda. Os três homens a colocam na mesa.

Marcantonio coloca os instrumentos de anatomista no banco de madeira. Há facas de todos os tamanhos — de trinchantes enormes a facas de paleta — tesouras, serras, maças, esponjas, barbantes, longos pregos para furar e pinças, todas cobertas de uma camada grossa de ferrugem. Noto que a ferrugem é sangue incrustado.

Ele ergue o lençol.

A mulher não pode estar morta, deve estar só dormindo; sua pele não tem cor, é tão parada; suas mãos estão retorcidas em punhos. Há marcas de sangue em seu lábio, que ela mordeu, agoniada, mas agora ela está imóvel, liberta em perfeita paz com sua criança que nunca nasceu. Sua enorme barriga é uma montanha pristina coberta de neve. Esta mulher silenciosa, cujo nome nenhum de nós jamais saberá. Cortá-la, olhar dentro das profundezas aquosas dela para ver a criança que ela nunca poderá segurar, é uma afronta. Sei disso. Olho para Leonardo e o jovem doutor, as paredes amontoadas às suas costas, e vejo que eles sabem também. Nunca poderemos pagar o suficiente por isso. Ainda assim, o desejo pelo conhecimento nos leva a fazer o descabido. Leonardo e o médico dizem a si mesmos que são homens do conhecimento e da *scientia* querendo compreender os mistérios do corpo por todos os homens, mas eu sei que eles são tão egoístas quanto eu. O desejo de possuir e entender um conhecimento como esse é mesquinho e corrupto. O caminho para a verdade parece muito próximo ao caminho para o pecado. Em silêncio, em vez de em oração, Leonardo faz o primeiro corte.

A mulher sem nome jaz na mesa. Uma coleção de partes. A criança é perfeita de todas as formas, exceto por estar morta. Penso em Lisa, chorando por sua filha. Ao menos esta mãe não precisa sofrer a perda. Depois de feita a autópsia, o médico deixa Leonardo com seus desenhos. Leonardo agarra um bloco de papel e desenha, intrigado.

— O comprimento de uma criança ao nascer é, geralmente, um *braccio*, mas o útero é metade desse tamanho.

Ele desenha o menino enroscado, a cabeça enfiada entre os joelhos, o cordão umbilical ao redor dos tornozelos, da mesma forma que estava quando o perturbamos. Há algo terrivelmente triste a respeito do menino sem defeitos, a mulher e a sala fétida.

— Deve descrever a forma do ventre e como a criança vive nele — digo, suavemente. — E ver se consegue compreender de que forma recebe vida e alimentação.

O giz de Leonardo voa na página.

O fedor é pútrido. Os outros corpos ao nosso redor estão maduros. Ao menos o dia está fresco. Depois de um tempo, Leonardo deixa o giz de lado e pega a caneta, pronto para fazer anotações.

— Nesta criança, o coração não bate e ela não respira porque descansa continuamente em água, e, se respirasse, se afogaria. E respirar não é necessário porque está purificada e alimentada pela vida e a comida da mãe.

— Sim, Leonardo, mas e a alma da criança?

Ele está em silêncio, considerando a questão.

— Uma única alma governa estes dois corpos.

— Então precisamos cuidar para que sejam enterrados como um único ser, uma única alma. Prometa que fará isso.

— Prometo.

Deixando o papel de lado, ele pega uma seringa e a enche de cera para começar a injetá-la nos vasos sanguíneos da perna da mulher, de modo que será mais fácil para ele fazer mais desenhos das passagens emaranhadas de sangue. Gostaria de ter mãos que pudessem segurar as dela, mesmo que ela nunca fosse saber.

À noite, Leda me pergunta assim que chego:

— O que viu?

Hesito. Pergunto-me como será a melhor forma de explicar para que ela entenda. Essa imortal com seus filhos-ovo. Digo, enfim:

— Vi uma criança. Não eclodida.

— Você o descolou da mãe?

— Sim.

Leda fica quieta. A sala está parada.

— O normal é que a criança sofra a perda da mãe, mas esses dois estarão juntos para sempre — digo.

Olho para Leda, cercada de seus filhos, e sei que ela não conseguirá entender isso. Ela é uma deusa, e suas crianças estão suspensas no tempo. Eles não crescerão nem a abandonarão.

— Aprendeu o grande mistério? — sussurra Leda. — Onde as mulheres de verdade mantêm sua força vital escondida?

— Não. Só vimos duas vidas interrompidas. Estavam aperfei-
çoados e finalizados, mas juntos. Eles não envelhecerão.

— Como nós.

— Mas murcham e se decompõem.

Leonardo se junta a nós e se senta, analisando os próprios
rascunhos. Depois de um tempo, peço a ele que pinte a criança
no ventre. Ele quase nunca pinta seus desenhos mas, dessa vez, o
desenho me parece errado em seu tom cinzento; não evoca a força
vital da criança. Ele faz o que pedi, e o menino parece pairar sobre
a página, tornando-se cálido mais uma vez. A vida do menino se foi
quando o vimos, mas a maravilha de seu poder não. De uma só vez,
ele é transformado; na página, ele está vivo novamente. Não é mais
um menino morto retirado de forma grosseira do ventre-sarcófago
de sua mãe, mas um feto esperando por nascer, empurrado para um
mundo barulhento, sacudindo os dedinhos, de punhos fechados,
enroscado com potencial. O menino morto será enterrado com a
mãe. O menino vivo no desenho pertence a mim.

No Château de Fontainebleau há um retrato
de tamanho real em madeira, em um quadro
de imbuia, de uma figura de meio corpo, um
retrato de uma certa Gioconda. É a obra
mais completa de Leonardo da Vinci a ser
vista, já que a única coisa que lhe falta é falar.

Cassiano dal Pozzo, 1625

Fontainebleau, 1594

Outono

Voltamos ao Gabinete da Rainha, no magnífico palácio de Fontainebleau, onde observo a corte ir e vir no meu cavalete. Aguardei sozinha, sentindo minha pintura ser ameaçada pela umidade, perguntando-me se eu deveria simplesmente apodrecer e deteriorar. Não gosto de voltar a este momento. Estava miserável e sozinha. Por aproximadamente setenta anos, só pude ouvir Leda, sem nunca a ver.

Meus visitantes eram os reis e suas cortes. Ainda assim, todos eles morreram, no final. Reis também são feitos de carne e osso. Francisco. Henrique. Francisco. Henrique. O galante. O justo. O bom. O lascivo e o cruel. Depois da morte de cada soberano, vinham os pranteadores. Os banhistas paravam por um mês, depois voltavam nus, com exceção de uma faixa negra; infelizmente, com a faixa no braço e não em um lugar mais abaixo. Outro *roi* era coroado, até, enfim, chegar ao fim dos reis Valois e começar a Casa de Bourbon. Para mim, no espaço enevoado da sala de banho, todos os reis eram parecidos — rosados e enrubescidos e pelados.

O rei mais recente, outro Henrique, estava reformando o *appartement des bains* em Fontainebleau, e trabalhadores e construtores iam de uma sala para a outra. Pela primeira vez em meio século, os salões estavam frescos, sem vapor ou calor e, sem o miasma, o reboco leproso das paredes e tetos era bem aparente. A estatuária de mármore Carrara estava molhada e cinza de sujeira; até Flora e Vênus pareciam envergonhadas por suas aparências desleixadas. Olhei para um Rafael da Madonna no jardim e observei com horror que ela estava inclinada e rachada, seu quadro verminoso e carcomido. O teto e as paredes pingavam, manchadas de verde com um mofo florido como uma gruta. Estava preocupada com o dano de minha pintura. Não havia espelho perto de mim, e eu não podia ver o que tinha acontecido comigo. De tempo em tempo, a fuligem flutuava perto de mim, caindo de minha moldura, e eu temia também estar infestada de vermes ou cupins. Será que ainda me conhecia? Meu rosto poderia estar lascado e desintegrado em um imenso nada. Não sabia o que aconteceria comigo se estivesse desbotada ou quebrasse.

— Leda? — chamei. — Ainda está aqui?

— Sim — ela respondeu. — Eles ainda não me pegaram.

Todos nós seríamos levados para sermos pendurados em uma grande galeria, o Pavillon des Peintures. Eu estava aliviada; se ficássemos ali, todos nós apodreceríamos. Este *appartement* fétido não era um local adequado para uma dama pintada. Por décadas, Leda e eu havíamos falado à distância, sem nunca estarmos na mesma sala, separadas, cada uma em um lado do salão de banhos. Mas, todas as noites, após os mortais partirem, chamávamos uma à outra e caminhávamos em nossa casa dos sonhos. Às vezes, nadávamos no rio Adda, mas, em outras, sentávamo-nos na lógia, no crepúsculo acumulado, enquanto Leonardo e La Cremona observavam os barcos pesqueiros e falavam e bebiam vinho. Fazia anos que eu não via Leda além de nossas visitas à casa dos sonhos, e eu desejava estar com ela novamente. Ver o rosto dela. Minha Leda. Minha menina linda e adorada.

Fui tirada da parede e levada pelo palácio. Gritei de felicidade. Não saía deste cativeiro há décadas. As portas estavam bem abertas, e eu conseguia ver o bosque em um dos campos do terreno, além do parterre, o rubor das folhas de outono. O vento frio amarrotava as árvores de modo que as cores mudavam como se estivessem sendo pintadas por um pincel invisível, mesclando vermelho ao amarelo e dourado e depois voltando. Andorinhas voavam em círculos mais acima, deslizando nas plumas do ar. Fazia anos que eu não via uma andorinha. Os pássaros me fizeram pensar em Leonardo e seu sonho de voar. Mesmo décadas após a morte dele, pensar em Leonardo me doía. Estava feliz que ele não podia ver o que aconteceu comigo.

Um trabalhador com luvas encardidas me transportou por corredores fechados e as escadarias dos fundos até chegarmos a uma grande galeria, duas vezes maior, iluminada por duas janelas de cada lado e dúzias de lustres giratórios. Os pedaços sem pinturas decorando os tetos e as paredes foram tão dourados para que a sala inteira tivesse feixes de luz que parecia quase brilhar. As pinturas jaziam nas mesas e, quando estas estavam vazias, em lençóis sujos no chão. Fui colocada entre uma certa Judite de Rousse e uma Virgem e o Menino da escola italiana. Um estrangeiro em trajes peculiares estava parado diante de uma mesa em frente à janela, enquanto um lacaio levava cada uma das pinturas para serem inspecionadas por ele, e um atendente de óculos anotava suas observações. O estrangeiro dançava na ponta dos pés, anunciando o veredito alegremente — indulto, punição ou morte.

— Cópia de *Madonna no Prado* de Rafael, deformada demais para ser reparada. Não há o que possa ser feito. Uma pena. É uma cópia decente. Ou foi, um dia. Marque para destruição — o estrangeiro declarou.

Com horror, vi um lacaio pegar a Madonna e levá-la até uma enorme pilha de pinturas contra uma mesa de cavalete e a jogou lá sem cerimônias.

Fui tirada do chão e transportada para receber o julgamento do estrangeiro, sem chance de falar em minha defesa. Só podia esperar pela sentença. O homem usava uma peruca torta e suja, com longos robes e meias largas — não era o estilo francês, apesar de que, depois de décadas sendo forçada a ver desfiles sem fim de nudez, fiquei aliviada por ele estar de roupa. Ele me analisou, soltou um miado de prazer e, um momento depois, tossiu, irritado.

— A própria Mona Lisa. Não uma das muitas cópias sentimentais. Sua moldura de imbuia está quase putrefata. Está ensopada.

Ele virou a lâmina de uma faca sob a ponta da minha moldura e ela se desintegrou de súbito, desmanchando em húmus e lascas de madeira. Vermes parecendo vírgulas brancas e besouros relógio da morte se contorceram na mesa. Ele usou a faca para jogá-los para longe, asqueado. Fiquei na mesa, nua e exposta.

— Que lugar terrível para deixar uma pintura como essa! — Ele pegou uma lente de aumento e me olhou através de sua pupila gigante. — O vapor craquelou a pintura. Vou restaurá-la eu mesmo.

Não gostei da alegria e do zelo na voz dele. O homem me olhava como se fosse uma coisa a ser consumida e comida. Desejei ter pernas para correr para longe dali. O atendente escreveu cuidadosamente em um livro, enquanto o lacaio me levantava com cuidado e me deixava do outro lado da galeria, apoiando-me contra uma mesa gentilmente, o que me deu uma visão conveniente da câmara magnífica. Tudo ao meu redor eram pinturas que precisavam de pouca ou muita restauração. Na luz impávida do sol, todos os nossos defeitos e sofrimentos infligidos após anos de umidade eram aparentes — madeira empenada e óleos descascados —; uma Madonna envolvendo lençóis vazios, com seu bebê desaparecido, roubado pela umidade.

Ouvi um grito de dar pena e vi dois lacaios carregando uma pintura na galeria. Os raios luminosos me ofuscaram, e levei um momento para reconhecer que era Leda. Ela estava muito machucada; seu painel de imbuia havia se partido em três pedaços e, onde ela ficou fragmentada, a pintura lascou. Ela estava torta, então o quadril e perna direitos estavam do lado errado da asa de Júpiter, seus bebês estavam cortados ao meio, a pintura das conchas desbotou até a *imprimitura* de base de alvaiade. Fiquei chocada ao vê-la tão mutilada, mas me dei conta logo de que deveria esconder minha inquietude, com medo de assustá-la.

— Mona! — ela exclamou, sua voz cheia de pânico e angústia. — Mona, o que há de errado comigo?

— Leda. Tudo ficará bem — disse, desejando e torcendo que fosse verdade.

Estava ansiosa para tê-la perto de mim, para poder consolá-la. Os lacaios carregaram Leda até a mesa de inspeção na frente da janela e a colocaram diante do doutor estrangeiro. Eu estava irada pela estupidez dos reis. Eles nos penduraram em seu *appartement des bains* para nos expor diante dos cortesãos e embaixadores, e Leda — a mais bela e mais querida de todos nós — estava destruída. As três partes de Leda foram deitadas na mesa, e o estrangeiro as observou com nojo.

— Isto era uma Leda? Ela não tem como ser consertada. A pilha de destruição.

— Não! Mona, por favor — ela gritou por mim, desesperançada e desesperada.

Eu estava sobrecarregada de raiva e ódio de mim mesma por minha própria impotência.

Eu não podia nem oferecer consolo.

— Minha querida — chamei.

— Mona — ela disse, o pânico aumentando. — Não sou mais bonita.

— Para mim — eu disse —, você é a mais linda de todas. Até o fim dos tempos.

Isso não era conforto para Leda, que estava acostumada a ser a mais bela pintura para todos os seus admiradores. E não era o suficiente para salvá-la. Ela gritou, aterrorizada. A vaidade e a tolice de reis mortais transformaram uma rainha espartana em uma coisa torta e quebrada, e eu os odiava por isso. O que eles fariam com ela?

— Não! — Eu estava fora de mim.

Mas era um século de tolos e ninguém podia me ouvir.

O lacaio colocou os três pedaços separados debaixo do braço e os jogou em uma pilha junto às outras pinturas condenadas.

Na minha angústia, levei um momento para notar que havia uma discussão acontecendo entre o estrangeiro e o outro homem, que reconheci como o Encarregado das Pinturas do Rei.

— Não importa que ela esteja em condições deploráveis. Ela é um Leonardo de Vinci. Na França, isso ainda significa algo. Restaure-a. Foi para isso que o trouxemos dos Países Baixos.

O estrangeiro cacarejou como uma galinha.

— Condições deploráveis! Ela está dividida em três pedaços! Quando a pegamos da parede, o painel se partiu.

— Então junte-a de novo. É para isso que o contratamos. Se não consegue fazê-lo, encontraremos alguém mais qualificado.

O Encarregado das Pinturas estalou os dedos e, para minha alegria, o lacaio pegou Leda e a trouxe para ficar ao meu lado. Ele não prestou atenção, porém, à forma na qual deixou os painéis, e a asa de Júpiter estava agora espetada dentro do corpo de Leda, seus dedos dos pés estavam nas nuvens monstruosas e descombinadas. Eu não me importei. Ela estava comigo. Estava segura. Seu painel estava aconchegado contra mim. Estávamos juntas novamente, lado a lado, quebradas ou não. Leonardo nos pintou para ficarmos juntas. Não poderia ficar longe dela. Não ficaria.

Estou no bloco do boticário do restaurador, esperando a cirurgia. Encaro o restaurador holandês. Ele está com um par de estranhas lentes de aumento que o fazem parecer um inseto ou besouro de algum tipo, daqueles que possuem antenas gigantes. A sala estava clara e iluminada novamente com lâmpadas, e fedia a químicos adstringentes. Leda e várias outras pinturas esperavam por sua vez, inclinadas contra as paredes. O homem me olhou, mostrando seus dentes acinzentados. Havia um pedaço de espinafre entre eles.

— O que fizeram com você, Mona Lisa? — murmurou com simpatia.

Concordei com ele. Eram uns tolos.

Ele pegou um pedaço de algodão e uma jarra de líquido límpido, molhando o cotonete. Eu precisava ser corajosa. Leda observava, aguardando sua vez com apreensão. Seja lá o que fosse que o homem faria comigo, o que ele faria com Leda seria muito pior. Eu deveria aguentar tudo isso sorrindo, serena e sem um pio de incômodo. Não podia assustá-la e aumentar seu sofrimento. Ele colocou o tecido enrolado no meu olho e começou a esfregar a íris. Não pensei. Só gritei. Ele me esfregou, arfando pelo esforço. Ele puxou cada um dos meus cílios em um ataque impiedoso, arranhando minha carne com suas unhas e panos encharcados de químicos, varrendo minha pele pintada. Minhas bochechas, meus lábios, as pontas dos meus dedos e, finalmente, minhas sobrancelhas, mesmo elas foram esfregadas em sua agressão até não sobrar nada. Eu berrei e chorei com dor e pela humilhação. Ninguém, além de Leda, me ouvia.

Ele me encarou, suando e satisfeito, sua língua molhada saliente.

— Pronto — disse. — Muito mais limpa.

Estava em prantos. Esqueci de ser corajosa.

Ele pegou uma panela com um fedor terrível e, com um pincel, passou em mim camadas grossas de laca viscosa. O mundo ficou anestesiado. Eu não via nada além de muco marrom.

— O que fez comigo? — perguntei.

Ele não conseguia ouvir, mas, até mesmo para mim, minha voz parecia abafada e estranha. Ele me encarava, não parecendo muito satisfeito com seu trabalho.

— Suas cores não são tão brilhantes quanto antes. É uma pena, mas é necessário. O verniz vai protegê-la de mais dano, Mona Lisa.

— Seu sujeito simplório! O verniz é o dano — sibilei.

Se Leonardo estivesse aqui, ele teria me consertado com seu próprio pincel. Ele não teria deixado ninguém me arruinar ou me deixar descorada e estragada, mas ele sempre soube que não poderia continuar me protegendo depois de partir.

O estrangeiro foi para longe de mim, como se estivesse com medo de olhar para o que fizera, o estrago que infligiu em uma obra-prima por pura estupidez. Senti-me machucada e quebrada.

Um assistente colocou Leda em outra mesa com suas três partes.

— Não — ela sussurrou, aterrorizada. — Me deixem em paz. Ficarei quebrada. Por favor.

— Estou aqui — eu disse. — Seja lá o que ele fizer. Estou aqui com você e eu a amo.

Ele ficou diante dela e chamou o lacaio.

— Segure-a bem.

Fitei, aterrada, conforme ele pegava um martelo, pregos e bastões e começava a juntá-la novamente. Ela gritou de dor e angústia.

Quando colocaram Leda para cima, ela estava torta; seu rosto caíra como se sofresse de paralisia cerebral.

— Estou melhor? Estou linda de novo? — ela perguntou, o tom de medo e pânico subindo em sua voz.

— Sim, querida — eu a consolei. Era só uma meia mentira.

Depois de alguns dias deixando o verniz secar, fomos tiradas do túmulo do restaurador e colocadas nas paredes douradas da galeria. Todos que chegavam olhavam para Leda; mesmo disforme, era uma criatura maravilhosa. Um dia, eu seria pendurada perto da Vênus de Milo que, apesar de seus membros perdidos, era celebrada como o epítome da escultura romana, e era assim que acontecia com Leda: os homens a olhavam, tentando colocá-la no lugar em sua mente, como se pudessem arrumá-la com amor e montar o quebra-cabeça até ele estar completo.

Eu estava eufórica de estar mais uma vez com Leda. Fomos penduradas lado a lado, mas, na parede diante da nossa, havia um enorme espelho dourado; então, para minha alegria, eu podia vê-la. A princípio, achei que, como estávamos juntas novamente, não precisaríamos mais de nossa casa dos sonhos. Mas, por grande parte do século, depois de os mortais irem para a cama, nós andávamos por suas salas todas as noites ou aproveitávamos a sombra rajada de seus jardins, e, para minha surpresa, percebi que precisava dela.

— Mona — Leda dizia, suavemente. — Podemos?

— Sim — eu dizia.

Entrávamos em nossa *villa*. Ela estava lá, esperando por nós. Em nossos sonhos, éramos feitas de carne e osso. Eu sentia a luz do sol na minha pele. Uma brisa levantava os fios dos meus cabelos, que roçavam nas minhas bochechas. O verão estava quase virando outono, e as folhas de glicínia jaziam como peixes incrustados nos riachos que desaguam no rio. O clima estava cálido, e nossos amigos, há muito já mortos, estavam sentados diante da mesa da lógia, comendo pão e queijo e colhendo melões, cheirando-os para ver se estavam maduros. Leonardo sorria ao nos ver, chamando-nos para que nos juntássemos a eles. La Cremona ficou de pé e nos beijou, dando um dos braços para Leda. Ela nos serviu vinho.

— Sentem-se, comam, bebam.

Nos sentamos.

— Agora — disse La Cremona, levantando a taça, no meio da história que contava —, muitas pessoas estavam falando em Florença, e cada uma delas fazia um desejo, dizendo o que a deixaria feliz. A primeira pessoa queria ser papa. A segunda, uma rainha. E o terceiro era Cecco, logo aqui, que disse: "Gostaria de ser um melão".

Cecco interrompeu, franzindo o cenho.

— Sim — disse La Cremona. — Assim, todos cheirariam seu traseiro.

A mesa irrompeu em gargalhadas, e lágrimas escorriam pelas bochechas de Leonardo, que apreciava a piada indecente. La Cremona me deu uma fatia de melão; era perfeitamente doce, e o suco correu pelo meu queixo.

Leonardo abriu os braços para mim, e me aninhei a ele, deitando a cabeça em seu ombro. Ele puxou o lóbulo da minha orelha e deu um beijo na minha cabeça. Inspirei profundamente, sentindo o cheiro de óleo de linhaça e água de rosas. Ele me passou um guardanapo para limpar o suco de melão.

— Aonde gostaria de ir, minha Lisa, quando não estiver mais aqui conosco? — perguntou.

Sacudi a cabeça.

— A nenhum lugar. Nenhum lugar importante.

Sua barba estava grisalha, mas ainda não era branca, e seus olhos se enrugavam quando ele sorria. Ele estava cheio de vigor e ideias, e as pontas de seus dedos estavam manchadas de tinta. Este era meu sonho e o de Leda, e os invocávamos como queríamos que eles fossem: vitais e felizes.

— Logo mais, gostariam de andar até o rio? — ele perguntou.

— Não — eu disse. — Quero pintá-lo. Ainda não acabei seu retrato.

Leonardo fez careta e fingiu grunhir.

— Sabe como eu não gosto de ficar sentado e parado.

— É só um pouquinho, meu amor. E vai precisar me ajudar com suas mãos. Não importa o quanto eu tente, não consigo acertá-las.

Ele suspirou, o que entendi como concordância. Enquanto eu observava, Leda olhava no jardim, onde seus filhos vadiavam ao sol. Pelos primeiros anos de *nostra* fantasia, eles ainda eram bebês, imutáveis, infantes agarrados às pernas dela. Mas, então, Leda decidiu que, ao menos em nossa casa dos sonhos, suas crianças poderiam crescer. Agora, eram lindas jovens, Helena e Clitemnestra discutindo poesia. Irritada, Helena jogou o livro contra a irmã. Bateu na testa de Clitemnestra, deixando uma marquinha vermelha. Os garotos lutavam entre si, batendo e chutando um ao outro com agressividade, e então, de repente, passada a raiva, cansavam-se da brincadeira e voltavam ainda emaranhados um no outro.

— Venha comigo, Mona.

Levantando-se, Leda me estendeu a mão e me levou até a *villa*. Cada parede agora tinha afrescos de árvores e flores. Castanha, larisco, ramos de carvalho e bétulas. Estrela de Belém, lágrimas de

Jó, raminhos de rosa-de-gueldres e junco. Foi uma casa charmosa, com muito riso. Também cheirava a tinta, a têmpera ainda úmida. Um dia, Leonardo nos conjurou para além da sua imaginação, e agora nós o trouxemos de volta à vida na nossa. Na nossa casa dos sonhos, éramos mulheres reais, feitas de carne e osso, e todos que amávamos podiam viver.

Florença, 1678

Outono

O PALÁCIO DE FONTAINEBLEAU SE TORNOU UM BERÇÁRIO DE amantes durante o reinado de Luís, o Rei Sol; ou, como ouvi o Embaixador Espanhol sussurrar ao seu emissário, o bordel mais caro do mundo. Leda e eu nos deleitávamos assistindo a todos eles. Fontainebleau era um palácio dedicado ao prazer, e ecoava com os estouros de rolhas de champanhe e o latir e farejar dos cães reais. Luís os adorava, e o piso de parquete polido da galeria abaixo de nós tamborilava com o som de suas garras até ficar arranhado. Quando o rei mandou pintar seu cão de caça favorito, Leda ficou horrorizada com a possibilidade de tê-lo pendurado ao seu lado. Ela não seria rivalizada por um cachorrinho de orelhas caídas e focinho molhado.

O rei ordenou que um novo palácio fosse construído perto de Paris, em Versalhes, mas grande parte da corte ainda preferia as caçadas na vasta floresta que circundava o *château* de Fontainebleau. O rei adorava caçar. Veados, lobos e mulheres. Sua adoração em caçar mulheres significa que a corte foi forçada a aceitar duas rainhas: a devota Maria Teresa, que preferia a missa e a oração à dança; e a amante, Madame de Montespan, a verdadeira rainha dos afetos do rei, uma mulher passional e de espírito feroz. Bela e rechonchuda, ela agora estava em seus trinta e poucos anos, com fios prateados de verdade sob a peruca, envelhecida demais para uma amante, e o rei teve que despertar e fingir alegria ao vê-la. Ela lambia um docinho de amêndoa.

— Ela está sempre comendo — eu disse a Leda. — Os dentes dela vão apodrecer como os da rainha.

A rainha Maria Teresa tinha belos cabelos brancos e uma pele pálida, livre de rugas, mas seus dentes apodreceram graças à quantidade de frutas que comia.

Do nosso ponto de vista privilegiado na parede, Leda e eu estivemos observando a Madame de Montespan, que recém-havia retornado à corte após seu confinamento mais recente — deu à luz outro filho do rei —, e notamos que ela parecia mal-humorada e nervosa. Sua famosa sagacidade deu lugar a uma tensa irritabilidade. Eu pensei em todos os filhos que ela dera ao rei, criados em berçários distantes por outra mulher, a jovem e requintada Françoise, que dizem ser uma das novas favoritas do rei Luís. Madame de Montespan não podia visitar os bebês com frequência. Seus filhos não pertenciam a ela. Eles, como a mãe, pertenciam apenas ao rei. Todas nós, mulheres, de carne ou de tinta, éramos propriedade do rei, de uma forma ou de outra. Ela me olhou fixamente e, sob as camadas de ruge, pude ver como estava cansada e assustada. Havia rachaduras em sua pele, assim como na minha.

— Nós somos iguais, Madame — eu lhe disse. — Você não está tão sozinha quanto pensa.

— Por que você se dá ao trabalho? — perguntou Leda. — Eles nunca escutam.

— Eu existo na esperança de que um dia ouvirão — respondi. Já não me era uma fonte de orgulho que somente aqueles dotados com o *ingegno* divino poderiam nos escutar, mas de tristeza e desespero.

Madame de Montespan ajustou suas pérolas, e seu sorriso se afastou de mim com um suspiro.

Um banquete foi preparado para celebrar o retorno dela à corte. Laranjeiras com frutas cristalizadas, montanhas de geleia e marzipan, e um castelo de doces em forma do próprio palácio de Fontainebleau foram instalados em frente ao salão principal. O rei sentou-se ao lado da rainha e comeu com o delfim e a delfina, enquanto o resto da assembleia assistia. Quando eles terminaram, foi a vez da corte. Os cortesãos se empanturraram de guloseimas ali mesmo, mas a Madame de Montespan tentava esconder alguns marzipans e macarons para comer depois, enquanto Luís a encarava, horrorizado.

— Madame? Isso não é o suficiente? Já está bem gordinha.

Ela o encarou com um rosnado, baixo o suficiente para que apenas Leda e eu pudéssemos ouvir.

— Meu senhor, seu poder pode ser grande, mas seu cedro é bem pequenininho.

Ele se afastou dela como se tivesse sido picado por um escorpião. Eu olhei ao redor da matriz de rostos empoados e vi que toda a corte se deliciou em ver a favorita do rei ser repreendida por ele.

— Ela deu-lhe seis filhos — eu disse a Leda. — Ele deveria ser um pouco mais paciente. Ela só está infeliz.

— Ter tantos filhos quebra o corpo e o espírito de uma mulher — Leda concordou.

Madame de Montespan estendeu uma mão desafiadora para pegar outro suflezinho, ficando de pé para comê-lo, já que não podia se sentar na presença do rei. Mesmo assim, pude ver que ela brilhava de tanta humilhação. Não pude culpá-la por seu mau humor e irascibilidade. Olhei ao longo das fileiras de mulheres da corte em suas sedas e diamantes reluzentes, blindadas em seus espartilhos, e soube de cara que elas haviam percebido uma rachadura no reinado da favorita. O adornado controle de Madame de Montespan estava se enfraquecendo, e muitos ali haviam sofrido com a sagacidade dela. O rei estava se cansando dela; ela lhe deu meia dúzia de filhos vivos, abortou mais meia dúzia e amou-o até suas curvas amadurecerem demais, ficando corpulenta com o esforço de tudo. No entanto, ele não lhe estendeu um pingo de gratidão; em vez disso, deu uma olhadela em direção às filas de leques pintados, como uma flotilha de borboletas, inspecionando as condessas e duquesas reunidas. O rei já estava pronto para outra amante, mas era dever da nova amante depor a antiga.

A noite foi cheia de sangue. O rei passou grande parte do dia caçando com quatro matilhas de cachorros, e depois houve um banquete cerimonial para os cachorros com os espólios, no gramado à luz de tochas. Mas, primeiro, Luís desejava levar suas damas favoritas ao bosque em seu *soufflet* de duas rodas, para ouvir o cio dos servos, passando pelas árvores na escuridão, velozes, com a habilidade do melhor cocheiro, as damas gritando de prazer aterrorizado. As damas seguravam a respiração — aguardando para ver quem ele escolheria. Ele selecionou a mais bela de todas. Olhou para Leda e mandou um beijo para ela.

— Sua Majestade, gostaria que me concedesse essa honra. Uma rainha espartana para um rei francês.

Leda riu, satisfeita.

— Eu pertenço a Júpiter.

Luís já tinha se virado para sua velha amante. Falou sem calor ou prazer.

— Madame de Montespan.

Ela sorriu com alívio, envergonhada por sua grosseria anterior e pronta para pegar sua mão. O rei não havia terminado. Ele olhou para a mulher pequena e bonita ao lado dela. A governanta dos filhos deles.

— Françoise, Madame de Maintenon, também há de nos acompanhar.

Não era um pedido, mas uma ordem. A jovem abaixou a cabeça. Montespan ficou enrubescida pela humilhação.

Olhei para a rainha Maria Teresa, mas ela já tinha saído da galeria com suas damas de companhia.

— Ela nem sequer nota — diz Leda. — Ela nem se importa com suas traições sem fim.

— Ah, ela se importa, sim — disse.

Eu sabia que ela se importava. Eu já era velha demais e já vira muita coisa. Entendi que havia um limite para a degradação e a desonra que uma mulher poderia suportar.

O parque era exuberante com olmos, carvalhos, faias e limoeiros balançantes. As janelas estavam todas abertas ao ar fresco noturno. Mesmo na galeria, Leda e eu conseguíamos ouvir no escuro o estouro de pistola dos veados enquanto eles lutavam. O gramado ao lado de fora estava aceso com centenas de tochas, e as carcaças dos cervos massacrados haviam sido arrastadas até o centro, deixando um rastro preto e sangrento. Chifres de caça começaram a soar e os cavalos voltaram do bosque, dúzias deles, um estampido de cascos contra o cascalho enquanto a lua flutuava, serena e branca acima de tudo, imaculada. O rei e seu *soufflet* apareceram novamente, colidindo no caminho enquanto a música dos chifres chamava uma e outra vez. O Grand Veneur assobiou para os cães e, de uma vez, com um ritmo frenético de uivos e latidos, os duzentos cães se amontoaram no gramado, que ficou coberto de costas pretas e bocas escancaradas. Na luz flamejante das tochas, vi Madame de Montespan guinchar e se agarrar à rival, Françoise, Madame de Maintenon, aterrorizada com a ideia de que os cães poderiam rasgá-la em pedaços. O rei jogou a cabeça para trás e riu delas. O gramado estava banhado de fogo e sangue; enquanto os cachorros arrebentavam as carcaças dos veados, devorando-os e estripando-os enquanto a música tocava, os homens brindavam e comemoravam o rei.

— É assim que eles se divertem, Leda. É a farra civilizada.

— E não civilizada. E também dos deuses. Eles caçam e festejam no Monte Olimpo.

Lacaios de perucas empesteadas abrem as portas, e a nobreza invade a galeria, pegando xícaras de chocolate quente espalhadas em bandejas de prata. Madame de Montespan pega duas, engolindo-as como se fossem medicamento, deixando um depósito marrom e molhado em seu queixo. Notei que a parte de baixo de seu vestido estava manchada de sangue e carne. As mãos dela tremiam enquanto bebia. Dois duques olharam para ela com desgosto aparente. Um mês atrás, eles não teriam ousado fazer isso, mas todos já sentiam que o apreço do rei por ela escorregava como mãos agarradas a uma corda engordurada.

— Por que ainda encaram? Nunca viram uma mulher gorda antes? — ela gritou, batendo o pé no chão. Ele ainda estava intumescido, estufado em seu sapatinho. Não fazia muito tempo de seu último parto. Suas bochechas estavam inchadas, ensopadas; seu colo estava apertado, mas pesado e duro com o leite que não estava sendo mamado. Seu filho recém-nascido fora tomado dela. Ela não podia cuidá-lo, mas devia voltar à sua performance com a corte. Meu coração doeu por ela, enquanto os outros azedavam, cáusticos e desdenhosos. Nós duas éramos criaturas de exibição relutante.

Primavera

A PARTERRE ESTAVA CHEIA DE CALÊNDULAS E DENTES-DE-LEÃO, geometricamente organizados em seus canteiros. Servos abriram a porta e a rainha Maria Teresa entrou com o rei Luís, seguidos pelo frescor da primavera.

— Faz meses que eu não os via juntos — disse.

— Anos — respondeu Leda.

Eram um par estranho. A rainha pia de cabelo branco parecia mais com a mãe do rei do que com sua esposa. Mas, apesar de sua infidelidade, ela continuava devota a ele, resolutamente leal. Ela fixou seu olho azul e inocente nele.

— *Monsieur le Roi*, quando escolher a próxima…

Ele retraiu-se e tirou a mão dela, tentando calá-la, mas ela o parou.

— Deixe-me falar, *monsieur*! Me deve isso. Ninguém está ouvindo além de Mona Lisa e Leda — ela olhou para cima —, e nunca as vi contar um segredo.

Luís fez cara feia, mas a deixou continuar.

— *Monsieur*, não ache que sou tão ingênua quanto a corte pensa que eu sou por eu tolerar seu comportamento. Vejo claramente, mas sou prudente.

Luís, um homem de sentimentos tanto quanto um homem de impulsos, ficou tocado.

— *Madame*, a senhora é um anjo.

— *Monsieur*, não sou! Sou uma mulher. E suas ações me ferem.

Maria Teresa engoliu e tentou recuperar sua compostura enquanto o marido endurecia, ofendido. Ele era um rei e não conseguia suportar críticas, nem mesmo quando elas eram justas.

— Por favor, eu imploro por um simples favor. Por favor, quando escolher a próxima, e nós dois sabemos que escolherá outra, peço apenas que não seja uma de minhas mulheres. Não escolha uma das mulheres de minha casa. Só isso.

Olhei para ela, pálida e altiva. Ela se recusava a implorar; ela só pedia.

Luís tomou a mão dela mais uma vez e a levou aos lábios para beijá-la.

— Madame, eu…

— Não jure — eu disse. — Não prometa nada a ela, a não ser que consiga manter a promessa!

O rei parou, acometido por um surto de tosse, seu juramento preso na garganta como uma espinha de peixe. Seus olhos lacrimejaram e um servo se apressou a trazer uma taça de vinho.

— Eu prometo, madame — ele disse, enfim.

A rainha sorriu, satisfeita.

— Ele não consegue manter a palavra — disse Leda.

— Eu sei — disse. — Isso não vai terminar bem. Alguma outra pobre alma vai pagar por seu crime passional.

Leda e eu espiamos os dois pelas janelas abertas, vendo o rei andar pela *parterre* ao lado de fora da galeria com Françoise, Madame de Maintenon. Françoise era uma mulher magra e séria de vinte e cinco anos. Ela só tinha lugar na corte pela benevolência e favor da rainha. Eles conversavam em voz baixa e sincera, e nós não conseguíamos ouvi-los.

— Ela é pia e discreta e há de resisti-lo — disse Leda.

— Ninguém pode recusar o rei — disse eu. — Não é polido nem político.

Enquanto os observávamos, ele parou para pegar um ramalhete de tulipas primaveris com a própria mão.

— Viu só? — disse eu.

Mas, um momento depois, para nossa surpresa, ele passou pela liteira da rainha e deu as flores a ela. A liteira continuou enquanto a rainha praticava sua caminhada terapêutica.

— Viu? — disse Leda, triunfal. — Ela o persuadiu a prestar atenção à esposa.

Eu não estava convencida. Os lacaios abriram as portas para a grande galeria, e Françoise e Luís entraram. Françoise estava tentando manter distância dele, saltando de leve para o lado. Ele a perseguia como uma raposa que persegue uma lebre. Ela o olhava de baixo, implorando.

— Meu grande Rei Cristão, eu lhe peço que honre sua esposa, a rainha. Seja bom e gentil.

Ele agarrou a mão dela e cobriu a carne do braço da mulher de beijos.

Ela puxou a mão de volta.

— A rainha, Sua Majestade. Nós duas somos mulheres de Deus. Ela deseja que vá à missa com ela.

O rei emitiu o mais profano grunhido.

— E a Madame de Montespan — continuou Françoise. — Eu cuido dos filhos dela. Seus filhos. Não esqueça dela, Sua Majestade.

O rei a olhou desejosamente.

— É uma mulher boa, boa demais, Françoise. Serei gentil com a rainha e com a Madame de Montespan, e então acho que será gentil comigo.

Françoise, pela primeira vez, pareceu ter sido colocada contra a parede, seu rosto enrubescido pela ansiedade. Ela gesticulou para Leda.

— Não sou nada. Ninguém. Merece uma mulher como ela. Uma rainha.

— Eu mereço — concordou Luís, olhando para ela. — Leda? Você me aceitaria?

— Não — disse Leda.

— Ela não responde — disse Luís, dando de ombros, divertido. — Mas, de qualquer forma, prefiro você.

Mas Françoise, Madame de Maintenon, já se retirara com uma reverência e estava correndo pela galeria, seus passos frenéticos ecoando pelo chão de parquete, os cães de caça do rei latindo atrás dela.

Verão

PELA PRIMEIRA VEZ EM MUITOS ANOS, VI A RAINHA SORRIR. Geralmente, ela sofria para esconder seus dentes apodrecidos, mas ela não conseguiu aguentar. O rei a acompanhou à igreja, com Françoise, Madame de Maintenon, andando apropriadamente na procissão logo atrás, seguida por todos os bastardos do rei, mas o que Leda e eu concordamos que mais agradou a rainha Maria Teresa era que a Madame de Montespan recebeu pensão para partir. Ele mandou fazer um novo estojo de joias para ela, para agradecer por seu serviço, com joias de todas as cores, mas todos nós entendemos o presente pelo que era — um presente de despedida. O rei ainda a chamava após o jantar por dez minutos, mas não visitava mais sua cama. Pela primeira vez em mais de uma década, só havia uma rainha.

Leda e eu vimos Luís e Maria Teresa ao lado da janela — o rei andava junto ao *châtelet* da rainha. Ele estava sempre cheio de vigor e energia, incapaz de ser levado em uma carruagem em uma manhã iluminada de junho. A rainha inclinou-se para fora da carruagem e sorriu — primeiro para o marido, o sorriso tenro e tímido de uma noiva; e, depois, virando-se, procurou por Françoise e ofereceu à amiga e dama de companhia um largo sorriso, incapaz de esconder seus dentes negros durante seu momento de alegria. Não importava. Feliz, ela estava radiante.

Fizeram um jantar na galeria. O rei, a rainha, o delfim, a delfina, todos sentados na longa mesa, provando uma procissão de lagostas, ostras, bifes, seis *coquelets*, quatro capões, tortas de pombo, seis perus, *bécassine des bois*, abacaxis em fatias e ovos de codorna, *au grand couvert* perante a corte, enquanto a nobreza assistia. O Premier Maître d'Hôtel du Roi provou cada prato para mostrar que não haviam sido envenenados. À rainha foram servidos fricassê, carne picada e sopa para ser mais fácil para ela mastigar.

— Nunca desejei ser capaz de comer mais do que quando estou aqui — resmungou Leda.

Eu tive que concordar.

O rei usava um casaco de brocado de ouro tão coberto de diamantes que, sob os lustres, parecia ser feito de luz. Todos eram forçados a permanecerem de pé, exceto as duquesas, as princesas e eu. Eu sempre me sentei. O rei olhou de relance para mim e sorriu, uma mancha de manteiga escorrendo pelo seu queixo.

— Mona Lisa, você deve ser uma duquesa, no mínimo. Se não for, devo lhe conceder um ducado. Você é permitida a honra do *tabouret*; pode sentar-se na presença do rei para observá-lo enquanto come.

A corte caiu na gargalhada, seus risos pincelados de crueldade. Esta noite, Madame de Montespan foi concedida esta honra — o *tabouret*. A honra de sentar-se em um banquinho de madeira do lado oposto ao rei para presenciar seu banquete. Madame de Montespan me jogou um olhar furioso; derrotada por uma pintura. Ela havia se aposentado do quarto real e agora estava recebendo a gratidão cerimonial da mais alta ordem, mas o rei zombava dela, conferindo-a a mim primeiro.

— Eu não pedi a honra, Madame — eu disse. — Não somos inimigas. Na verdade, sou uma de suas poucas amigas nesta corte.

A Madame de Montespan sentou-se em seu banquinho *tabouret* em frente ao rei e à mesa real, observando a família real comer *friandises*, salada e carne de carneiro, as risadas ecoando ao redor dela. Ela mordeu o lábio e fechou os punhos rechonchudos. Eu estraguei a ocasião para ela. Ela perdeu não só o afeto do rei, mas sua estima; agora ele se sentia à vontade de zombá-la diante da corte.

A rainha estudou o rei, impressionada.

— Ela acha que ele voltou para ela — digo.

— Mesmo depois de todos esses anos e todas essas mulheres, ela ainda o ama — disse Leda. — Uma rainha e uma tola, mas talvez todos nós sejamos tolos por amor.

O rei sorriu para a esposa. Ele gostava de qualquer admirador e nutria afeto por Maria Teresa. Em todos os longos anos de casamento, ela não causou nenhum problema. Ele alcançou uma bandeja de prata com vagens.

— Madame, gostaria de provar este prato?

Ela se iluminou tanto que parecia que ele havia oferecido uma travessa de pérolas e ostras, não um prato humilde de vegetais do jardim.

— *Monsieur Roi*, *oui*, eu adoraria.

Ela chupou uma vagem, olhando para ele sem piscar. Ele fez carinho na mão dela e deu um pedaço de pombo para um dos spaniels com o mesmo afeto.

Outono

AS TOCHAS FLAMEJAVAM NO PARQUE DO LADO DE FORA, BRIlhando como estrelas adicionais. Tudo estava parado. Eu e Leda ouvíamos os ratos. Uma porta bateu. Ouviram-se gritos e alguém que corria de pés descalços. Françoise correu para dentro da galeria com seu robe de dormir, chorando.

— O que aconteceu? — chamei. — Está bem?

A rainha a seguiu. Ao ver Maria Teresa, Françoise se jogou aos pés dela.

— Madame, me perdoe. Não tive escolha. Ele é o rei.

Leda riu.

— Ela encontrou Françoise na cama dele.

Eu não achei graça nenhuma. Mesmo no escuro, Maria Teresa parecia ferida, cinza pelo luto.

— Ele estava sendo o mais gentil e atencioso que foi em anos, e foi tudo por sua causa.

— Foi. É. A senhora é boa e merece respeito e gentileza.

A rainha estremeceu, afastando-se do contato com Françoise.

— Madame, achei que era minha amiga.

Françoise chorava abertamente.

— Eu sou. Eu sou.

Maria Teresa bateu o pé.

— Não. Não é. É dele. Tudo e todos são dele.

O rei adentrou a galeria, acompanhado de um cortejo de nobres e empregados, e censurou a esposa.

— Não pode se comportar assim! Interromper meus aposentos! Vou até você quando desejo sua companhia.

A rainha se virou para ele, mantendo-se firme pela primeira vez.

— Pedi uma coisa pequena. Não escolha uma das minhas mulheres. Françoise pertencia a mim. Era minha amiga.

— Ela gosta muito de você. Nós dois gostamos.

A rainha soltou um uivo de desespero.

— Isso deixa a humilhação pior.

Ela se soltou de Françoise, que ainda estava ajoelhada, com asco, e se afastou. Começou a andar pela galeria, a dor e a degradação dando espaço para a raiva. Olhou para a sala dourada com seus móveis lindamente entalhados, imagens de Rafael, afrescos no teto e lustres de prata sólida de Gobelins.

— O que você ama? — ela perguntou a Luís. — Suas mulheres? Seus cachorros? Suas crianças. Você os ama. E suas pinturas. Sim, você ama suas pinturas.

Ela levou uma cadeira em direção a Leda e a mim, ficando de pé nela para pegar Leda.

— Não! Mona! Não! O que ela está fazendo? — gritou Leda.

— Não posso machucar suas mulheres, e eu não tocaria em seus filhos, mas isto vai machucá-lo — cuspiu Maria Teresa.

Agarrando Leda com força, antes de o rei ou qualquer pessoa notar o que ela estava fazendo, correu para fora com Leda nos braços, para onde as tochas crepitavam no gramado.

Com considerável força e ira, ela arrebentou Leda contra o joelho. Esta se partiu facilmente nos lugares onde ela já estava quebrada e voltou a ser três pedaços, gritando, aterrorizada.

— Mona! Mona Lisa! Salve-me!

Eu não tinha como. Eu só era real em nossa casa dos sonhos. No mundo, eu era incapaz. Eu a chamei. Leda. Leda. Leda. Meu amor. Minha vida. E, então, eu só podia ouvir e assistir enquanto ela morria.

Maria Teresa jogou Leda na grama e pegou a tocha mais próxima, colocando fogo nela. Ela começou a queimar imediatamente. Seu painel de imbuia estava velho e seco, o verniz era inflamável. As chamas tocaram a pele dela. Sua pintura borbulhou e aqueceu. As penas de Júpiter eram labaredas escarlates. Seus bebês queimaram nos ovos.

— Leda! Eu te amo.

Leda gritou em agonia, uma agonia que só eu conseguia ouvir.

— Mona! — Seus gritos viraram urros animais. Ela chamou meu nome de novo e de novo, e então houve silêncio e espetos chamuscados de madeira e pó.

O rei ficou ao lado da esposa, estarrecido. Chocado pela violência súbita dela. Ele não respondeu. Para ele, era vandalismo. Só eu entendi que era assassinato. Eles olharam por alguns minutos, e então Luís levou a rainha chorosa de volta ao palácio por outra entrada. Françoise sumiu na escuridão.

Eu estava sozinha.

— Leda!

Chamei o nome dela e chorei.

— Eles a mataram. Leda! Leda!

Ela sofreu enquanto morria e eu só fiquei olhando, inútil, sem a salvar ou a consolar. Estava desprovida e desconsolada, horrorizada pelo conhecimento da dor dela. Desejei ter mãos para poder arranhar meu rosto e minha própria pintura; ter uma voz cujos gritos eles notariam; mas não havia mais ninguém no mundo que pudesse me ouvir. Em vez disso, fui forçada a sofrer o luto sozinha, muda, vendo seus assassinos dia após dia, imperturbados e impunes depois de seus crimes.

Minha última conexão com Leonardo fora destruída. Leda e Leonardo. Cantei os nomes dos dois como um encanto que só eu podia ouvir. Logo, todos que viram Leda e testemunharam sua incrível beleza morreriam, até restar apenas eu. Eu, que não podia contar a ninguém. Sua beleza era um mito que já se apagava enquanto suas cinzas esfriavam na chuva que começava a cair no gramado do palácio.

Naquela noite, entrei em nossa casa dos sonhos, mas ela estava arruinada. Sobrou apenas a casca queimada. Corri pelos salões vazios, inquieta, e vi que todos os afrescos estavam arruinados e manchados; os galhos de carvalho e silva doce e florida e de rosa-de-gueldres estavam manchados pela fumaça e enegrecidos. A casa estava em silêncio. Todas as salas estavam desertas, a mobília estava retorcida e danificada pelo fogo. As paredes estavam incrustadas com fuligem. O teto caiu, as vigas se contorceram até virarem costelas.

Corri de quarto para quarto, chamando e chamando; porém, mais uma vez, ninguém respondeu. Minha voz ecoou. Todos haviam desaparecido. Entrei no jardim, e não era noite nem dia, mas um crepúsculo sobrenatural. Não havia pássaros para cantar e o vento não soprava. O rio fora engolido até ficar preto, e fogos crepitavam.

Os resquícios chamuscados de barcos pesqueiros flutuavam na superfície sem pescadores. Eu era a única criatura viva naquele lugar medonho e esquecido por Deus.

Procurei por traços de Leda e seus filhos, mas não havia nada, apenas fumaça e vazio. Sentei-me, abracei meus joelhos e chorei. Leda havia morrido uma segunda morte. E, sem ela, eu não poderia ficar naquela casa de sonhos que criamos juntas. Por quase duzentos anos, brincamos lá. Aqui, nós éramos reais. Ou nós acreditávamos sermos. Sem ela, eu não conseguia reviver Cecco, Giovanni, Tommaso ou La Cremona. Eles estavam mortos, e eu não era nada além de uma pintura solitária. Eu nunca mais voltaria para aquele lugar.

Versalhes, 1780

Verão

C EM ANOS SE PASSARAM. ESPEREI DESBOTAR DE LUTO E INFE-licidade, mas não desbotei. Não consegui. Não havia mais ninguém para me ouvir, então também parei de falar. Mas, de alguma forma, continuei lá, ouvindo, assistindo, nas paredes dos reis.

Maria Antonieta olhou para mim de perto, com considerável desdém, tão próxima que as penas saindo da musselina de seu chapéu fizeram cócegas no meu nariz. Ela se aventurou nos apartamentos do marido, atraída pela promessa de um jogo de cartas. Eu estava pendurada no Petit Appartement du Roi havia um século, ignorada pela maior parte dos cortesãos que se desdobravam para acompanhar o rei nas cerimônias do dia e da noite. A rainha tomou o cuidado de se vestir com um vestido de seda rosa-chá com fitas listradas e aparado com renda creme e espumante Point de France, para combinar belamente com a decoração dos salões de aparato. O rei Luís XVI, preocupado com a tendência de ganhar e perder fortunas de sua amada, a banira de jogar cartas em seus próprios aposentos. Frustrada, ela o persuadiu para que a deixasse jogar um jogo íntimo para vinte pessoas nos quartos dele. Uma baeta verde foi colocada ao meu lado.

— Não gosto do jeito que ela olha para mim. Está vendo minha mão — ela reclamou, arrumando uma pena de avestruz em seu cabelo ao sentar-se de novo. — Não tenho certeza de que ela não vá me dedurar.

— *Non*, meu amor — disse o rei. — Mona Lisa guarda bem segredos.

— Não gosto nem um pouco dela. Marrom demais. Escura demais. E encara demais. — Maria Antonieta fez um gesto desdenhoso.

Ao lado dela, eu sentia que estava usando a roupa errada em uma festa. Ela era uma farra rococó, na melhor seda adamascada, enquanto meu vestido escuro ficou ainda mais escuro sob as camadas de laca; o bordado intrincado sobre meu colo era a evidência do gênio de um pintor, mas não significava nada para uma rainha.

— Por que ela está usando um véu preto? É uma viúva? Quem foi que ela perdeu? Será que entediou o marido até a morte? — ela exigiu saber.

Eu não estava de luto quando fui pintada, mas depois de um tempo comecei a ser grata por meu véu. Estive de luto por tantas almas. Tive centenas de anos para chorar por Leda e, não obstante, continuo chorando por ela. Meu véu era um milagre, pintado e, ainda assim, dando a impressão de translucidez absoluta. A rainha escolheu não ver.

O rei riu.

— Madame, meu bisavô, o Rei Sol, admirava tanto Mona Lisa que ele a mantinha em seus aposentos e mandava um beijo para ela todas as noites antes de ir dormir.

O beijo era apócrifo, mas o resto era verdade. Depois de testemunhar a ira de Maria Teresa e a destruição de Leda, Luís decidiu que precisava me manter a salvo. Ele me tirou de Fontainebleau e me levou para Versalhes. Deixou-me no lugar que achou ser o mais seguro de todos: o quarto do *roi*. Era uma honra dúbia e indesejada. Fui forçada a testemunhar os grunhidos e os falsos protestos de prazer das jovens da corte, incapazes de recusar as proposições do rei. O Rei Sol, assim como Salaì, gostava que suas performances carnais fossem observadas. Eu era uma audiência relutante e exaurida, bem como as mulheres eram obrigadas a virarem jogadoras.

O Luís atual parecia se divertir muito com a animosidade de Maria Antonieta em relação a mim.

— Dizem que meu bisavô contava a ela todos os seus assuntos de estado mais importantes.

— Porque ele não precisava ouvir o conselho dela.

Isso era incrivelmente astuto. Impedi-me de oferecer ao Rei Sol o benefício de minha sabedoria. Ele não teria ouvido, mesmo que pudesse me ouvir. Ele era rei, e reis não abaixam a cabeça para ninguém.

O grupo real voltou ao jogo de cartas. A rainha perdeu. O rei estremeceu. Ele teria de pagar as dívidas dela. A nobreza ao redor da mesa segurou a respiração; eles receberiam o valor, mas era algo desconfortável e queriam partir. Lacaios serviram champanhe fresco e trouxeram pratos de *sorbet*. A rainha fez cara feia para mim, como se fosse culpa minha.

— Ela é tão superior. E tão *marrom*. — A rainha deu um suspiro inquieto e enrugou o nariz. — Ela não tem alegria. Sabe de muitas coisas, e nenhuma delas é boa.

Isso, infelizmente, era verdade.

— Quero ela fora de nossos apartamentos. Coloque-a em outro lugar para que eu não precise vê-la de novo. Escolha um Fragonard ou um Elisabeth Vigée Le Brun para colocar no lugar dela.

O rei pegou a mão dela e a beijou, esquecendo toda a vergonha e irritação pelas dívidas dela, encantado pela excentricidade da rainha.

— Madame, meu amor, está feito.

Versalhes, 1791

Inverno

O ESCRITÓRIO DO DIRECTEUR GÉNÉRAL DO PALÁCIO DE Versalhes era deprimente e escuro. Ele mantinha vários gatos ineficientes na hora de afugentar os roedores, que tinham acesso total e eram, frequentemente, minha única companhia. Durei mais do que dez anos, condenada ao desconhecimento, meio escondida atrás de uma porta, capaz de ver apenas relances do verde triangular da *parterre* por uma janela mal lavada.

Ouvi o estrondo distante da Revolução do meu canto poeirento. O Directeur Général desapareceu um dia. Novas pessoas entravam e saíam. Os gatos ineficazes continuaram. Os ratos entravam e saíam de seus buracos, sem se preocupar com a mudança de regime.

Certa manhã, observei o lado de fora, repleto de carroças e carruagens, homens colocando pinturas e esculturas do palácio nos transportes que os aguardavam. O vento rugia, pegando as coberturas das pinturas, arrebentando os panos das esculturas, revelando braços nus no ar gelado de dezembro. Os lagos refletores do parque estavam sólidos de gelo, escorregadios e sem refletir nada. O *château* zumbia com a atividade, equipes de soldados e trabalhadores ajudando na tarefa colossal de remoção. A família real obteve permissão de levar à prisão no Palácio das Tulherias suas pinturas, móveis e tesouros favoritos, mas esta era uma consignação de escala muito diferente.

Esforcei-me para ouvir fragmentos de conversas. Meu corredor estava fora do caminho, a vanguarda de roedores e empregados que há muito partiram. Depois de muitas horas de espera, dois trabalhadores finalmente apareceram. Pelos seus passos, arrastando algo pesado.

— *Merde.* Não pensei muito a respeito deste. Verdadeiramente feio.

Outra voz se ergueu, revoltada.

— Não importa o que você pensa! Só importa o que o Cidadão Fragonard pensa. Ele vai escolher o que irá ao *musée* de Paris. Se ele declarar que não é bom, então isto será leiloado semana que vem. Sua patroa poderá fazer um lance, então.

A voz se dissolveu em uma risada.

Cidadão Fragonard. O nome era como o ressoar do sino do *duomo.* O antigo pintor favorito da rainha, desonrado e, depois, encarcerado. Seu estilo saiu de moda no fervor da Revolução, no entanto, de alguma forma, ele ainda tinha amigos que o ajudaram a reconquistar a liberdade e uma nova posição no museu do povo de Paris, mas parece que ele não me encontraria, escondida aqui. Como Leda, eu estava desaparecendo da memória viva. Logo, eu não seria nada além de um rumor. O nome Leonardo da Vinci não importava mais, como importou um dia; importava só para mim. Tentei aceitar meu destino. Eu também seria leiloada e acabaria na parede de uma taverna, ou talvez um bordel. Eu já havia aguentado coisas piores do que isso.

As vozes sumiram e os passos acabaram. Ninguém se aproximou de minha sala até o fim do dia. Observei conforme cada pintura era colocada em uma caravana de carroças. A tarde virou anoitecer. Os cavalos bufavam vapor e trotavam na lama meio congelada. Os homens se tapavam com os casacos. A noite caiu como uma cortina pesada. O olho vermelho do sol brilhou no céu e, então, deslizou iradamente, desaparecendo no horizonte e deixando-me na escuridão. A última carroça partiu. O palácio estava vazio, o silêncio sepulcral. Escutei o raspar e correr dos ratos.

Um pouco depois, ouvi o barulho de passos. Um mendigo, talvez. Eles vinham aqui às vezes. Ele entrou no escritório, segurando uma lâmpada, uma gema de luz no breu. Suas roupas eram imundas e estavam rasgadas. Seu sobretudo estava remendado e o cachecol enrolado ao redor de suas bochechas estava cheio de buracos. Um mendigo, sim, mas por que a lâmpada? Eu estava intrigada. Ele passou lentamente até chegar à janela e olhou para fora, encarando os triângulos negros da parterre ao norte e suspirando. Ficou lá por vários minutos, aparentemente perdido em seus próprios pensamentos, assistindo à lua alva suspensa sobre a água. Quando ele se virou, senti a excitação do reconhecimento. Não era um mendigo, mas o próprio Jean Fragonard. Ele deve ter feito um último escrutínio do *château*. Antes da Revolução, ele vinha a Versalhes como convidado de Maria Antonieta. Ele murchara desde então: suas bochechas estavam encovadas e seu casaco pendia de ombros magros, mas era o mesmo homem.

— Jean-Honoré Fragonard! — chamei. Fazia mais de cem anos que eu não tentava falar e, quando o fiz, minha voz saiu rouca e estranha. Um coaxo, o ranger da madeira. — Lembro-me do senhor. Lembra-se de mim?

Ele hesitou e, por um momento, achei que conseguia me ouvir, mas depois ele deu de ombros e enrolou-se mais com o cachecol, indo em direção à porta. Eu estava desesperada. Ele estava saindo do escritório sem me ver. Continuei escondida atrás da porta aberta. No escuro, ele não notou que eu estava lá. Então, um rato gordo passou pelo chão. Ousado e corajoso, o animal parou no meio da sala e sentou-se nas patas de trás. Fragonard deu um pulo, enojado. Ele procurou algo para afugentar a criatura. Não havia nada.

— Vá embora! — ele gritou.

O rato o olhou sem medo.

Fragonard procurou pela maçaneta e bateu a porta para empurrar o rato para longe. A criatura fugiu. Fragonard estremeceu de alívio. Secou a própria testa e olhou para cima. Ele me viu.

— Mona Lisa. É você! Achei que tivesse sido roubada ou perdida. Quase esquecida, mas não por todos.

Ele trouxe a lâmpada para mais perto de mim e me contemplou intimamente, sorrindo. Fazia anos que alguém não sorria para mim com êxtase.

Ele deu uma risadinha.

— Sabe. É tão realista. Talvez seja a luz, mas faz com que queiramos conversar com você.

— Que bom — eu disse. Minha voz continuava rouca e esquisita. — Faz muito tempo que ninguém fala comigo.

— Estou quase tentado a ficar com você — ele murmurou. — É a mais preciosa da coleção inteira. Ninguém saberia se eu a pegasse. Mas, se eles descobrissem que roubei, me matariam. — Deu uma risada baixa. — Valeria a pena morrer por isso.

Ele enfiou as mãos nos bolsos.

— Mas não posso fazer isso. Mais gente além de mim merece vê-la, Mona Lisa. Homens melhores do que eu já a amaram. Homens melhores do que eu a amarão. Vou fazer com que cuidem de você. Que cuidem extremamente bem.

Fiquei tocada e agradeci, mesmo que ele só ouvisse o farfalhar do vento contra o marco da janela.

Fui relegada ao escritório do Directeur Général pela própria rainha por não ser um Fragonard, e, ainda assim, foi o próprio Fragonard que me salvou e me mandou à nova galeria no Palácio do Louvre. Apesar da beleza de tantas outras pinturas, eles não eram bons companheiros. Não eram amigos, mas sombras. Conhecia alguns deles de Fontainebleau e Versalhes, e muitos foram pintados por meus velhos amigos Rafael e Michelangelo. Mas, apesar de tanta beleza, eram silenciosos. Nenhum deles conseguia ouvir ou ver. Nenhum outro era como eu.

Por muitos anos, Fragonard me visitou no Louvre e vinha se sentar ao meu lado, triste, e eu ouvia falar dos velhos tempos, quando era amado por Maria Antonieta. Ele gostava de minha companhia.

Estava acabado e desnorteado com a nova arte e a nova França, e foi logo demitido do *musée*, mas voltava mesmo assim para me ver. Então, em uma semana, ele não veio. Nem na semana seguinte. E eu entendi que ele não viria mais e que este amigo também estava morto. Ninguém mais falava comigo. Nos anos e nas décadas que se passaram, comecei a esquecer que, um dia, eu já tive uma voz. Senti que havia sido colocada em uma prisão de muros e também de silêncio. E, ainda assim, observei e escutei, procurando pelos rostos daqueles que vinham à galeria pelos vestígios daqueles que um dia conheci. O sol nasceu e se pôs. Eu sobrevivi.

O pintor torna sua obra permanente por
muitos e muitos anos e, desta excelência,
é mantida viva [...] Aquelas partes que a
natureza, com todo seu poder, não consegue
preservar. Quantas pinturas mantiveram a
imagem de divina beleza que em sua ma-
nifestação natural foi rapidamente tomada
pelo tempo ou pela morte!

Leonardo da Vinci,
Tratado da Pintura, Codex Urbinus
1428-1518

Florença, 1515

Inverno

É HORA DE VOLTARMOS COM LEONARDO PARA FLORENÇA. APESAR de eu não querer partir de Roma, se tenho de ir para Florença, então fico feliz de que seja para o jardim de Lisa. Não vejo Lisa del Giocondo há dez anos, e estou curiosa de encontrá-la mais uma vez. O tempo suavizou meu espírito animal, se não minha aparência, e estou quase satisfeita com a possibilidade de vê-la. Lisa é a casca da qual eclodi, descartada e deixada de lado há muito tempo, mas, um dia, foi ela quem alimentou a minha semente. Sei que Leonardo quer vê-la, e eu o amo demais para negar a ele este prazer.

Leonardo me leva nas passagens no meu estojo de carvalho. Ele me leva para tudo que é lugar agora; nunca estamos separados. Faz dez anos desde que visitei a *villa* Giocondo. Mesmo na luz rarefeita de novembro, o jardim é um local misterioso, um labirinto de prazer, de cercas vivas escuras e riachos corredios. Estamos isolados do resto do mundo conforme o sol baixo do inverno lampeja no orbe do *duomo*. Os azulejos dourados dos telhados da cidade estão mais abaixo. Ciprestes magros tremulam ao vento, e as estátuas carranqueiam em nossa direção de seus lagos gelados, onde peixes preguiçosos esgueiram-se entre tufos carnudos de folhas ensopadas. A terra está desabitada e manchada de gelo, e o jardim sussurra a morte. As árvores estão desnudas e curvas. A vida se acocora nas profundezas do solo. Na respiração do vento, o silêncio é glótico.

Então Lisa nos chama para irmos até o pavilhão com ela. Um empregado acendeu o braseiro com calor, para que ela e Leonardo possam comer do lado de fora enquanto admiram o jardim. Leonardo me deixa em um cavalete, gentilmente longe das chamas. Lisa fica em pé diante da pintura, analisando-me, um tanto descontente.

— Queria vê-la — ela diz, finalmente, mexendo as mãos — e agora gostaria de não ter feito isso. Ela parece com o que eu já fui um dia.

Leonardo responde com um sorriso pesaroso.

— Ah, pintura, que mantém viva a beleza transitória dos mortais! Mas, Madonna Lisa, sua beleza não fugiu ainda.

É verdade, não fugiu. Ainda assim, não somos mais o espelho uma da outra. Nosso caráter sempre foi diferente, mas nossos rostos eram quase iguais. Na verdade, ela sempre foi mais bela do que eu. Agora, somos irmãs, talvez, e ela é a mais velha. Não parecemos mãe e filha. Este momento ainda virá, mas já nos separamos no caminho. O tempo passou para ela, mas nunca passará para mim.

Dois empregados aparecem e colocam uma fina toalha de linho na mesa. Leonardo e Lisa sentam-se, prontos. Ela parece quieta e preocupada, esquecendo de seu papel de anfitriã, e Leonardo fica com a obrigação de manter a conversa viva.

— Seu marido está bem? — ele pergunta, educado como sempre.

Lisa assente, agradecendo-o por sua gentileza. Francesco del Giocondo não está aqui, ou Leonardo não teria me trazido, apesar do mercador de seda ter desistido de possuir a pintura de sua esposa muitos anos atrás. Estou segura com Lisa. Ela não me quer. Eu a lembro demais de sua própria mortalidade. Tantos me cobiçam e, ainda assim, a mulher que inspirou minha criação não me valoriza nem gosta de mim. Talvez eu deveria estar magoada. Não estou. É um alívio ser vista sem ser cobiçada.

Olho para o jardim enquanto os empregados levam pratos de comida aos dois, deixando-os sobre a toalha. Laranjas e enguias assadas com especiarias, saladas de folhas amargas e nozes. Mesmo se Leonardo pintasse uma língua para mim, eu não poderia prová-las. Em Roma, ele me levou muitas vezes ao Ospedale de Santo Spirito. Lá, vi uma língua em uma mesa como se estivesse na tábua de um açougueiro, tirada da raiz, azul e vermelha e borbulhando de saliva. Observei-o cortá-la pela metade e retirar suas camadas. Com Leonardo, vi as partes mais secretas do corpo humano, mas, depois, na *bottega*, enquanto ele desenhava um corte transversal na língua humana e eu o ajudava a fazer anotações, isso não me ajudou a comer.

— Mona Lisa, está muito quieta — ele diz. — O que está pensando?

— Não importa — digo.

Ele esqueceu que não estamos sozinhos, mas não importa para Lisa del Giocondo, já que ela pensa que ele está falando com ela. Ela fica tocada. Homens não costumam perguntar o que ela pensa.

— Está aqui com o papa Leão? — ela pergunta.

— Ele me concedeu uma grande honra. Fui encarregado com o projeto da *entrata*.

Leonardo muda a cadeira de lugar para que o sol pare de ofuscá-lo. Ele fez para si mesmo um par de óculos para poder examinar melhor os corpos celestes; mas, em ocasiões assim, os óculos também o protegem da luz do sol. Lisa ri ao vê-lo assim, tão peculiar, e abre a mão para pegar os óculos. Ele cede com um sorriso, e ela os coloca em si mesma.

— Ficou charmosa, Madonna. Talvez eu deveria colocar os óculos em seu retrato.

— Não, obrigada — digo.

Ela passa os óculos de volta para ele, mas ele não os põe novamente. Em vez disso, coloca uma mão no braço dela, percebendo-a apreensiva. Seus dedos são como agulhas que costuram umas às outras.

— Aguardo ansiosamente a *entrata* — ela diz, com uma alegria forçada na voz. — Será tão espetacular que ouvi falar que até mesmo Michelangelo e Rafael virão para vê-la.

Ele sacode a cabeça.

— Não, eles estão aqui apenas como parte do séquito de Sua Santidade para impressionar o jovem rei francês. Michelangelo tem um temperamento terrível como sempre, mas até mesmo Rafael perdeu sua doçura ao ser mandado para Florença.

O papa adora os espetáculos de Leonardo. Seus projetos de roupas são os mais criativos, e suas encenações e sistemas de roldana são os mais astutos. Ninguém mais poderia fazer o que deve ser o maior desfile de todos, que marcará o auge do papa Leão em Florença com o rei francês, o absurdamente jovem Francisco. Ele mal tem vinte e um anos e já conquistou Milão, e o papa está nervoso. A autoridade deve ser garantida. O desfile deve ser impressionante o suficiente para tornar mais humilde o jovem rei com aspirações imperiais. Ninguém além de Leonardo pode ser confiado com uma tarefa dessas. O papa está morando fora da cidade, esperando o último dia de novembro; só então, no dia da própria celebração, ele cavalgará até Florença, triunfal, no lombo de um elefante, dado a ele pelo rei de Portugal. Leonardo prometeu me deixar em algum lugar para que eu possa ver a mais magnífica das feras.

— Sua Santidade era um menino gentil, para um de' Medici. Ele amava música e castanhas cristalizadas, mas seu irmão... — A voz dela se perde.

— Giuliano de' Medici. *Il Magnifico*?

— Sim. Giuliano de' Medici veio me ver recentemente com Lorenzo de' Medici.

— O sobrinho?

— Sim. O conhece? Ele governa Florença, agora. Compreensivo. Um bom homem, pensei, mas parece que, depois de tudo, ele não é muito bom, Leonardo. Ele deveria pedir a alguém que rezasse por sua alma. — Ela está falando muito rápido e, então, empurra o prato de enguia para longe, enojada. — Eles vieram aqui ver meu marido, mas quando descobriram que ele não estava aqui... Ah, não importa. Não importa nem um pouco.

As agulhas de seus dedos estão frenéticas. Leonardo se inclina para perto dela, o rosto enrugado de preocupação.

— É claro que importa, eu me importo.

Ela vê o afeto e o tormento dele por ela, e acaba cedendo.

— Não foi nada. Por favor, não se preocupe com isso. De verdade, não foi nada. Uma piada. Uma piada tola, para eles, ao menos. Giuliano queria me ver. Para ser honesta, não acho que ele quisesse ver meu marido de forma alguma.

Ela faz uma pausa para respirar, ofegante, e está pálida, mas suas bochechas estão rubras e sua garganta, pintalgada. Ela não consegue olhar nos olhos de Leonardo.

— Ele... *Il Magnifico*... Falou de sua pintura. A respeito dela. — Ela aponta para mim, acusatória. — Ele disse que não poderia... ter... uma pintura. E que *ela* não era real, mas eu era, mesmo velha. E que ele me teria, então.

Sua voz é estável e suave, como se estivesse descrevendo um sonho.

— Ele e Lorenzo me disseram para ir com eles até o pagode. Eu não queria. Disse a eles que Francesco estaria de volta a qualquer minuto, mas eles continuaram rindo e me puxando. O que eu poderia fazer? Eles são Medici. Eu sou apenas uma del Giocondo. O que eles poderiam fazer com meu marido se eu não fizesse o que eles mandavam?

— Eles a desonraram? — Leonardo pergunta, acometido.

— Não. Eu implorei, e eles, enfim, me deixaram partir. Só meu orgulho foi ferido.

Suas mãos esvoaçam perto da garganta e peito como passarinhos. Ela está tremendo como se estivesse febril.

Os empregados aparecem para limpar a mesa, e Leonardo os manda embora, impaciente e irritadiço.

— Madonna Lisa, fico feliz que não esteja machucada.

Olho para ela e vejo que Leonardo está errado. Os dois estão errados; ela está ferida, mas não podemos ver as lesões sem ser pelo tremor de seu corpo e pelos movimentos inquietos de seus dedos.

Ela olha para mim, aponta para mim, ressentida.

— Queria vê-la de novo. Fiquei pensando que, talvez, o erro fosse meu. Que eu cometi algum pecado, mas agora vejo que não. É ela. Ela enlouquece os homens e os leva ao pecado.

Sua voz treme e quebra, e ela fecha os punhos magros, passando a língua nos lábios secos.

— Não — diz Leonardo, firme. — Foram Giuliano e Lorenzo que escolheram pecar. Ninguém os obrigou. Se culpar minha pintura, deve me culpar, já que eu a criei. Quer me acusar do ataque?

Ela hesita, mas só por um momento. Ela adora Leonardo por ser seu amigo e um homem de grande *virtù*.

— Não. É claro que não.

— Contou ao seu marido?

— Sim. Ele os confrontou.

— Ótimo. Fico contente.

Lisa se vira e encara, benevolente, o pagode perene, onde ocorreu a sedução, como se quisesse ver se os eventos foram marcados nas árvores retorcidas e na copa verde-escura. Não há nada lá. Só a brisa e os redemoinhos de cinzas do braseiro à deriva.

Lisa olha para Leonardo.

— Não quero vê-la de novo.

Para minha surpresa, sinto uma pontada de tristeza; então, como as plumas de cinzas, a tristeza se vai.

Nunca vi Leonardo com tanta raiva. É uma tempestade flamejante de fúria. Trovejando e incoerente de pragas e maldições. Ele anda de um lado para outro, cuspindo suas preocupações a respeito de Lisa, seu desprezo pelo mecenas, seu destino de ser aproveitado pelos desejos dos tolos. Em nossos aposentos, Salaì e Cecco tentam convencê-lo a acalmar sua raiva antes de falar com *Il Magnifico*. Eu também imploro, meu afeto por ele aumentando minha ansiedade; ele não pode entrar na corte dos Medici até se acalmar, mas Giuliano mandou que Leonardo me levasse ao Palazzo Vecchio, onde ele tem convidados de honra que gostariam de ver e admirar *La Gioconda*.

Il Magnifico aguarda no palácio, vendo os planos da *entrata trionfale*.

— Onde está Leda? — ele exige saber, irritado.

— Em Roma, *ilustrissimo mio Signore*, eu só trouxe Mona Lisa até Florença.

Também sinto falta de Leda. Nunca estivemos tanto tempo separadas quanto nestas semanas, e o tempo parece se arrastar. Queria que ela viesse, mas Leonardo recusou meu pedido. Seu painel é muito grande e difícil de transportar. Ele não quer se arriscar a danificá-la só porque sinto sua falta quando não estou com ela.

Giuliano grunhe, incomodado.

— Espero que tenha trazido desenhos, ao menos. Sua Santidade deseja que os mostre para Sua Alteza, Francisco, o Rei Mais Cristão da França.

Leonardo concorda, mas estou envergonhada por ele. Ele, Rafael e Michelangelo estão aqui como uma versão mais distinta dos bufões do papa. Eles não são diferentes do elefante cativo, aqui para se apresentar e brilhar.

Depois de os companheiros de Giuliano terem me olhado devidamente, molhados de admiração, e serem levados para o banquete com outros tesouros Medici, Leonardo o confronta a respeito da acusação de Lisa. Giuliano sorri carinhosamente, entretido com uma memória. Não parece lhe ocorrer que Leonardo ou seus *garzoni* sentiriam algo além de divertimento pela história.

— Ah, Lisa del Giocondo. Lisa. Eu a visitei com meu sobrinho Lorenzo. Ela estava sozinha no jardim, tão triste, naquela *villa* charmosa acima da cidade. Era nosso dever como cavalheiros oferecer companhia e diversão.

Leonardo empalidece quando Giuliano fala, até ele parecer um dos cadáveres sem sangue do Ospedale di Santo Spirito.

— Nós a levamos até uma linda cabaninha no mato, na parte debaixo de seu jardim. Tentamos sua honra, mas ela recusou.

Ele descreve sua recusa com indignação anedótica, maravilhado.

Com nojo, vejo ele fazer um som saído de um ritual arcadiano, um par de deuses descendo do Monte Olimpo para seduzir uma mortal ordinária porém bonita, só para serem incrivelmente rejeitados. Mesmo assim, vejo uma mulher, assustada e enojada pelos dedos, pelas línguas e pela lubricidade dos dois homens poderosos. Lisa Gioconda, mãe de seis filhos, as rosas de suas bochechas já estão murchando e, ainda assim, não está a salvo de homens como Giuliano. A influência deles os faz acreditar que têm o direito de colher qualquer fruto que escolherem. Fico impressionada com Lisa por ter conseguido rejeitá-los. Ele fala de sua tentativa de sedução como se fosse uma piada, a cena de uma comédia que os bufões do pontífice encenarão depois de os cardeais mais devotos partirem e de o resto ter bebido vinho o suficiente para desejar entretenimento indecente.

Giuliano sorri.

— Mas a melhor parte da história ainda está por vir. Escute.

Leonardo parece angustiado. Enquanto Lisa posava para ele, ele nutriu grande afeto por ela. Não consegue suportar ouvir a respeito de seu sofrimento da boca do homem que o causou e, para o qual, a dor dela não significa nada. Até Salaì parece desconfortável, e ele adora as travessuras mais impudicas, mas ninguém pode interromper ou contradizer *Il Magnifico* enquanto ele está no meio de seu fluxo. Ele começa a gargalhar, capaz apenas de cuspir suas palavras.

— Lisa deve ter contado o que ocorreu ao marido, já que Francesco del Giocondo veio nos ver em Florença uma semana depois, exigindo uma audiência. Me diverte, não me preocupa. O que ele vai fazer? Trazer a espada, pronto para um duelo? — Giuliano faz uma pausa para secar uma lágrima, rindo da memória. — Enfim. É melhor do que eu poderia ter esperado. Francesco não estava irado conosco, mas ofendido com sua esposa. Ele vem, todo suado e segurando o chapéu, ofegante com obsequiosidade. Está preocupado que a rejeição de Lisa possa ter nos ultrajado. Ele estava tropeçando em si mesmo enquanto rastejava, jurando que é um dos melhores amigos dos Medici.

— Parece mesmo algo que o nobre Francesco del Giocondo faria — digo, chocada pela história. — Mais preocupado que a virtude e o bem-estar de sua esposa atrapalhem sua ambição.

— O que disse a Francesco, *Magnifico*? — pergunta Leonardo, franzindo o cenho.

— Ah, eu disse a ele que ele é, de fato, um de nossos servos mais leais.

Apenas servo, notei, não amigo. Todos desprezam Francesco del Giocondo, até mesmo o desprezível Giuliano de' Medici.

— *Vostra Eccellenza* — diz Leonardo com uma reverência. — Rogo que não procure a Madonna del Giocondo de novo. Não a encontre de novo, sozinha ou acompanhada. Não a persiga. Finja que é uma estranha deste dia em adiante, eu imploro, *ilustrissimo mio Signore*.

O olhar amigável de Giuliano azeda imediatamente para despeito imediato.

— Está esquecendo de seu lugar — ele diz. — Você não é o marido dela. Decerto, não é o amante. Pelo que ouvi falar, seu interesse é outro. — Ele olha para Salaì com antipatia. — Uma divergência repugnante na lei divina que, até agora, ficamos contentes em ignorar.

O silêncio paira no ar, perigoso.

— Peça perdão, Leonardo de Vinci.

Leonardo hesita, faz outra reverência.

— Peço misericórdia por qualquer ofensa que possa ter causado, *Vostra Eccellenza*. — Ele olha para cima, estuda o rosto de Giuliano suplicantemente. — E imploro mais uma vez que não a veja novamente. Por favor, não a machuque.

O pescoço de Giuliano fica vermelho de raiva.

— Como ousa falar comigo assim? Está sendo atrevido demais. É um pintor, não um príncipe. Deseja lutar? Quer duelar com seu pincel, velho?

De repente, ele para, e sua fúria se dissipa em uma risada, como se Leonardo não fosse digno de sua ira, só de ser ridicularizado. Os empregados na sala nos olham como gado aterrorizado.

Giuliano passa pela sala até me encarar, seus lábios quase encostando nos meus.

— A semelhança é sobrenatural ou era — ele diz. — Se eu beijasse esta Lisa, se eu a lambesse, ela não reclamaria.

— A última camada de verniz não está seca — diz Leonardo. — Seu cuspe estragaria o efeito realista.

É mentira. Faz semanas que ele não me pinta. Mas, ao contrário de Francesco del Giocondo, Leonardo fará qualquer coisa para proteger aqueles que ama.

Encaro Giuliano de volta. Ele fede à tripa que jantou. Seu rosto pode ser bonito, mas há crueldade sob o charme. Ele é um Medici como todos os outros.

Leonardo se recusa a comer ou beber, recusa até mesmo uma xícara de sopa de lentilha. Ele relaxa um pouco ao desenhar, estudando seus rascunhos de autópsias, acrescentando outra anotação em seus rabiscos canhotos, seu rosto enrugado de concentração. Eu noto, entre eles, os desenhos do meu menino, o feto enroscado e apertado. Leonardo o imaginou de outro ângulo: o rosto para a frente, os tornozelos cruzados, o bulbo de sua cabeça aninhando nos joelhos, as cápsulas de sementes de seus dedinhos, os dedos remexendo-se, a mordida de seu calcanhar e o buraquinho de salmoura de seu ânus.

Um visitante chegou. Hoje à noite, não é bem-vindo. Ouvimos os empregados abrirem a porta, e torcemos para ele ter vindo entregar uma mensagem, mas os passos plúmbeos passam para o lado de dentro.

Desejo que ele vá embora. Os passos descem as escadas.

Leonardo olha para mim, perplexo, incomodado de ser perturbado.

— Da Vinci!

Michelangelo. É raro um visitante ser tão pouco desejado. Ele está nos aposentos, entre cascatas de papéis, e olha para Leonardo desenhando na luz da lareira ao lado da janela alta.

— Então, estamos todos aqui por esta *entrata* absurda. Para assistir a um papa desfilar em um elefante — ele diz.

— Este papa precisa de um elefante — eu acrescento, silenciosamente.

— Espero que tudo esteja bem com você, Michelangelo — diz Leonardo, deixando o trabalho de lado e servindo a ele um pouco de vinho.

— Tudo está bem comigo quando tenho um cinzel na mão.

Michelangelo pega o vinho, toma um gole e, ainda irritado, olha ao seu redor para encontrar mais alguma coisa para se incomodar.

— Você nunca me visita em Roma.

— Somos amigos? Por que eu deveria visitá-lo, Michelangelo?

— Todos visitam. Eles vêm quando estou trabalhando e fazem perguntas estúpidas. É enervante.

— Então é bom que eu não o visite — diz Leonardo.

Michelangelo se desgastou como uma estátua deixada do lado de fora por uma década. Sua carranca é permanente e ele veste sua inquietude desassossegada como uma assadura de pele que coça seus braços e rosto. Apesar de seu grande renome e riqueza proporcional, veste trapos.

— Não pode comprar botas novas? — pergunto.

— Gosto destas. — Ele dá de ombros, indiferente. Se aproxima e olha para mim. — Vejo que ele a trouxe de volta para Florença.

— Ela vai a todos os lugares comigo. Nunca estamos separados — diz Leonardo.

— E, ainda assim, continua inacabada, não é mesmo? — diz Michelangelo.

— Eu nunca acabarei com ela — diz Leonardo.

— Quero dizer, você é extraordinária, Madonna Lisa — diz Michelangelo —, mas precisa admitir que, no tempo todo em que ele pintou você, Leda e uma pilha de rascunhos, eu fiz a Capela Sistina e uma dúzia de esculturas. Agora comecei a fazer o túmulo do papa Júlio.

Ele se vangloria sem humor.

— Nem os céus limitam sua ambição — diz Leonardo, as sobrancelhas se erguendo em direção aos céus com exasperação.

— O maior perigo de todos não é almejar alto demais e cair, mas almejar pouco e conseguir — diz Michelangelo.

— E, apesar de todas as suas incríveis façanhas, nunca conseguiu criar uma obra como eu, velho amigo — eu intercedo.

Ele hesita, de orgulho ferido, e, por um momento, o velho sorriso doce quebra a pedra de suas feições.

— É verdade. Me pegou — diz, fazendo uma reverência. — Tudo se empalidece perto de você, Mona Lisa. Tentei e tentei, mas não consigo dar a vida a uma pintura como você. Todas elas querem falar. Implorei e barganhei com minhas estátuas para que falassem, mas elas não conseguem responder. Precisa de um milagre para tornar uma pintura uma mulher real.

Não digo a ele que Leonardo criou outra desde a última vez que o vimos. Ele não conhece Leda. Já parece que, por um momento, ao menos, o homem arrogante ficou humilde e desamparado.

— A Capela Sistina e os Escravos Hebreus são milagres por si só — diz Leonardo.

Imediatamente, Michelangelo faz cara feia, endurecendo.

— Não vim aqui implorar por elogios. Fique com seus farelos.

Leonardo sente a resposta e não diz mais nada. Ninguém consegue nada ao discutir com Michelangelo. Nós o olhamos cautelosamente. É como se um dos leões acorrentados na Piazza della Signoria visitassem o ateliê. Ele fede quase tanto quanto eles. Ele ronda, inspecionando, pegando coisas e deixando-as de lado com um bufido desdenhoso. Observo os olhares atentos de Cecco, Giovanni, Tommaso e Salaì vendo-o das escadas, e noto que nenhum deles é corajoso o suficiente para ir até lá.

Ele pega um rascunho que Leonardo fez de Salaì posando como São João. Salaì ficou nu por horas e, entediado, começou a se masturbar, de modo que Leonardo o desenhou fazendo exatamente isso. Um anjo nu e rígido, com o sorriso de Baco. Michelangelo estuda o desenho com desprezo. Leonardo fica tenso.

— É perverso. E feio, também — reclama Michelangelo.

— É só uma brincadeira. Uma piada entre amigos — eu digo.

— Roma inteira sabe que eles são mais do que amigos. — Ele se vira para encarar Leonardo. — Você faz com que a palavra florentino vire um trocadilho imundo — ele cospe.

Vindo de Michelangelo, isso me parece injusto. Os *garzoni* de sua *bottega* são escolhidos por sua beleza tanto quanto seu talento. Ele e Leonardo têm isso em comum. Apesar de eu não acreditar que ele tenha escolhido um amante entre seus aprendizes no ateliê. Ele ferve de raiva e autoaversão; tudo isso cobre sua pele como mais uma camada de pó de pedra. Ouvi dizer que ele encontrou o Adão da Sistina ao vagar por um sítio de construção, procurando o mais belo dos homens. Pergunto-me se deveria lembrá-lo disso. Decido que não.

— Michelangelo, sei que encontrou Deus desde a última vez que o vimos, mas precisava perder seu senso de humor? — reclamo.

Ele me olha, confuso mas também satisfeito.

— Eu tinha um senso de humor?

— Sim. Sempre foi convencido e insuportável, mas também era engraçado, às vezes. Até de propósito.

Por um momento, parece que ele poderia sorrir.

— Por ela, não direi nada ao papa sobre isso — ele diz, acenando em direção ao rascunho de Salaì. — Mas, quando estivermos de volta a Roma, venha me ver e ver meu ateliê às vezes. Me respeite.

Ele se levanta para partir, e acho que estamos seguros, mas então ele para. Ele olha para baixo e nota o desenho da criança que não nasceu. Meu menino adorado.

— Que blasfêmia é esta? — ele sussurra.

— Conhecimento não é um sacrilégio — diz Leonardo suavemente. — Fiz com que fossem enterrados juntos. Dois seres, uma alma.

Michelangelo empalidece.

— Está dizendo que a criança não tem alma? Se não tiver alma, não pode entrar no Reino dos Céus. Isso é heresia.

— Eles compartilham uma alma — digo, tentando acalmá-lo. — Entrarão juntos no céu.

Ele me encara, seu rosto contorcido de agonia.

— Ele a maculou. A encheu de pecado. Sinto muito. Não posso salvá-la. Não disto.

Ele passa os dedos pelo cabelo, deixando um rastro de pó. Ele parece atormentado.

— Disse que você era um milagre. Sempre pensei em você como um presente do divino. Tocada por Deus ou por Nossa Senhora. Não tenho certeza de que não é algo maligno. Feitiçaria ou bruxaria, mandada pelo próprio diabo.

— Não seja absurdo! — objeto, inflamada. — Somos velhos amigos, você e eu.

— Não somos mais.

— Por favor, acalme-se — digo, provocada e assustada. — Compraremos uma indulgência papal pelo pecado que você diz que cometemos.

— Não.

Ele vai até o fogo e parece que vai jogar os desenhos na lareira. O vermelho das chamas brilha no feto e a criança parece ficar mais cálida, pulsando com vida. O papel treme em sua mão. Michelangelo não consegue destruí-lo. O desenho pode ser uma blasfêmia, mas é belo, e, apesar de ele ser um homem de Deus, também é um artista. Ele joga os desenhos na mesa ao lado de Leonardo.

Ele sai sem dizer outra palavra.

Leonardo pega uma taça de vinho. Sua mão treme e ele deixa a bebida cair na barba; contra o branco, parecem gotas de sangue.

— O que vai acontecer agora? — pergunto.

Leonardo pega outra bebida para se acalmar. Ele abre um sorriso pesaroso.

— Michelangelo nos denunciará ao papa por heresia e blasfêmia.

São os últimos dias de novembro, e Leonardo está ocupado, cuidando das preparações na *città* para a maior festa já vista por lá. O rei francês se recusou a viajar até Roma e, na verdade, o pontífice não tinha certeza se queria arriscar convidar o jovem conquistador ao coração de seu império. Então, em vez disso, Leonardo metamorfoseou Florença em Roma, erguendo reproduções dos pontos de referência da Cidade Eterna nas *piazzas* de Florença. Hércules agora está ao lado do Davi de Michelangelo na praça do lado de fora da porta oeste do Palazzo Vecchio, exigindo que todos que passam por lá se lembrem das glórias passadas de Roma ao lado do brilhantismo do presente. Oito enormes arcos do triunfo foram construídos pela cidade na rota da procissão.

As convocações papais chegam no dia anterior à festa. Insisto que Leonardo me leve com ele; talvez ao lembrar Sua Santidade da genialidade de sua habilidade, sua sentença será reduzida. Cavalgamos para fora da cidade, o mestre, Salaì, Cecco e eu, em uma procissão melancólica e cheia de pesar. O papa está ficando em uma *villa* em Marignolle, um vilarejo pequeno do lado de fora dos portões da cidade. Um cavalariço toma as rédeas de nossos cavalos. A corte papal foi estufada na *villa* que, apesar de ser espaçosa, parece abarrotada com o vasto séquito. Tendas foram colocadas nos jardins para o excesso de pessoas, e vejo os Guardas Suíços de aparência miserável montando guarda na névoa. Leonardo é escoltado até a presença papal onde meia dúzia de músicos se apinham em uma lógia, com a música pairando por um espaço aberto. Sete cardeais se agacham diante da fumaça vinda do fogo que consome a madeira úmida, esquentando as mãos enquanto a lenha expele e cospe centelhas escarlates. Noto Giuliano de' Medici limpando o dente na parte de trás do salão. Ele ignora Leonardo.

O próprio papa está emperrado em um trono de madeira, embrulhado em lençóis. Ele está suando como uma cebola amanteigada, mas não pede que tirem as cobertas. Ele sorri ao ver Leonardo.

— Tudo pronto para amanhã? — ele pergunta. — Estamos esperando ansiosamente.

— Sim, Sua Santidade. Os ensaios estão indo bem. Quase ficamos sem tinta dourada, mas acabou de chegar mais de Veneza.

O papa acena com a cabeça, desinteressado. Falta de tinta dourada não o preocupa. Ele faz um gesto vago em direção a uma mesa perto demais do fogo, repleta de comida digna de uma bacanal prestes a esmorecer.

— Está com fome?

Leonardo sacode a cabeça. Ele não está aqui para comer. Quer saber seu destino.

O papa Leão solta um grunhido.

— Você me entreteve, mas há acusações contra sua conduta inapropriada e até mesmo de bruxaria.

Leonardo abre a boca para argumentar, mas o pontífice ergue a mão, pedindo silêncio, e Leonardo não ousa interromper.

— Os rumores de bruxaria, acredito, não têm fundamento. Nunca ouvi falar de uma pintura que fala. Alguém mais ouviu?

Ele olha para a corte.

Ninguém diz nada. Há algumas risadinhas e ondas de gargalhadas.

— Possui rivais entre outros artistas. Seu trabalho como pintor é realmente magnífico, mesmo que lento. E isso provoca a inveja e os murmúrios de seus colegas, assim como o faz ganhar amigos entre seus superiores.

O papa faz uma pausa esperando que Leonardo demonstre sua gratidão, o que ele faz com uma devida e profunda reverência.

— Sua habilidade de criar cenários e projetos astutos para nossos carnavais é incomparável. E, por causa de seu talento como pintor e como conjurador de teatro e espetáculo, não ouvirei esses rumores e garantirei que tenha uma certa clemência.

Com trepidação, vejo que Leonardo empalideceu.

A voz do papa é alta e clara, respingando saliva.

— Mas o proíbo de ir novamente ao Ospedale. Não fará mais anatomia nem dissecações. Não fará mais alquimia nem experimentos. Não fará mais investigações do corpo humano. Há conhecimentos que pertencem unicamente a Deus. Está voando perto da heresia. Voe mais alto e será queimado.

Não está claro, no momento, se Sua Santidade está sendo literal ou figurativa.

Ele abre um sorriso frio.

— Gostamos de você e de seus festivais. Fique aqui, e produza-os para nós, mas nada além disso. Não queremos mais nada, nem nós, nem Deus.

Voltar para Roma para fazer sóis e luas de papel machê, sem investigar os segredos do universo e pintar com medo de que o assunto não seja sagrado, e sim herege, é uma perspectiva infeliz e desoladora. Desesperado, Leonardo olha de relance para *Il Magnifico*, seu patrono e o homem que um dia o chamou de irmão, esperando que ele argumente e peça leniência. Giuliano encontra seu olhar, dá um sorrisinho e não diz uma palavra. Leonardo não tem amigos aqui.

Saímos em silêncio. Eles humilharam Leonardo. Oscilamos até o ar frio. Ele olha para o céu carregado.

— Os Medici me criaram e me destruíram.

Seus olhos estão cheios de lágrimas. Não sei como consolá-lo.

O tempo está bom. Há uma luz fina e severa sem chuva, mas um vento cortante como vidro quebrado. Os atores tremem dentro de suas fantasias, os lábios pintados de azul. Distribuem *rouge* carmim para enrubescer as bochechas e bocas. Leonardo me trouxe no meu estojo, para que eu possa presenciar a *feste* de seu lado na Piazza della Signoria. Milhares de homens trabalharam por um mês para deixar a cidade pronta, preparando o que durará um único dia. Há um enorme castelo de papel em um dos cantos da *piazza*, mantido de pé por vinte e duas colunas; ele se curva com o vento e se sacode violentamente contra as cordas que o prendem, como se estivesse vivo. As ruas, as telas decoradas com deuses e deusas e a fachada oriental do *duomo*, ainda inacabada, estão cobertas de uma tapeçaria colossal.

Aqui na *piazza*, cada arco do triunfo está pronto com seus respectivos atores trêmulos, os músicos estão posicionados, e a multidão está agrupada em vinte grupos. Bandeiras esvoaçam de cada janela — o vermelho e azul dos Medici, o dourado da Casa de Valois — e rostos se apinham perto delas para conseguir ver a *piazza*. Canhões foram levados ao centro da cidade, posicionados para anunciar a chegada dos grandes homens com fogo e trovão. Mulheres da nobreza cobertas de véus, vestidos de veludo, renda de bilros, peles e joias passam pela plataforma vazia reservada para o papa. Muitas delas, afoitas para receberem a benção de Sua Santidade, choram de alegria e seguram seus filhos para ficarem perto delas.

Mas a sinalização de que o papa e Francisco, o Rei Mais Cristão da França, estão começando a procissão ainda não foi acesa. A multidão se acotovela e murmura. Eles estão inquietos e com frio. Uma rajada de vento traiçoeiro passa pela praça, erguendo as saias das mulheres e levando chapéus. Um menino cutuca um dos leões magros e esfarrapados dormindo na jaula, e o animal ruge, irado e inconsolável. O som é bruto e feroz e, por um momento, silencia a multidão, que entra em pânico pelo animal selvagem trazido à cidade. Então, a comoção começa de novo, impaciente e desassossegada.

— O que está acontecendo? — sibila Salaì.

Leonardo sacode a cabeça e coloca a capa ao redor dos ombros. Ele não sabe. Os sinos do *duomo* badalam por meia hora. A impaciência da multidão está virando raiva. Não há nem mesmo um enforcamento ou açoitamento para diverti-los, e o vento está mostrando os dentes. Um mensageiro papal suado e ofegante chega com um bilhete para Leonardo e coloca-o nas mãos dele. Leonardo rasga o envelope e lê a nota, fazendo carranca.

— O rei Francisco se recusou a participar da *entrata*. Se recusou completamente. Ele não quer o papel que demos a ele. Ele se recusa a montar o cavalo de batalha branco e cavalgar atrás do papa. Ele disse, ao que parece, que "Não me importo nem um pouco com procissões".

— Talvez alguém deveria ter checado isso? — digo.

— É claro que checaram! Tudo foi concordado com os cortesãos após semanas de discussões intermináveis. Isso é a demonstração de poder de um monarca.

— E, entretanto, é muito parecida com a birra de uma criança.

— Bem, não vou dizer isso a ele — responde Leonardo.

Olhamos de relance para a multidão, desconfortáveis. Então, enquanto esperamos, uma série de cavalos entram na *piazza* com uma trovoada de cascos contra a pedra, não pela rota da procissão, mas por uma travessa estreita como um corredor na parte traseira da praça. De repente, a *piazza* enche-se de soldados e cavalaria com as cores dos reis Valois. Há gritos de confusão e terror, irritação e desconforto, que logo viram medo — é uma invasão, um ataque surpresa; o brilhante, maquinador e jovem rei francês está cercando a cidade, mas tudo que eu consigo ver é uma dúzia de cavalos ao redor de Francis, com as espadas ainda embainhadas. Os soldados parecem entediados, com mais vontade de comer o desjejum do que de guerrear. Não me parece um ataque, mas outra coisa. Entre os guerreiros fardados dos Valois, há vários Guardas Suíços do papa com o dourado e escarlate dos Medici. Então vejo Giuliano de' Medici cavalgando entre eles no garanhão branco que deveria ser do rei.

O próprio *Il Magnifico* lidera o rei francês para o Palazzo Vecchio. Nenhum dos homens, nem o príncipe Medici nem o grande rei, desmonta do cavalo. O rei cavalga seu garanhão preto pela escadaria flanqueado de cavalaria dos dois lados. Ele é alto e magro, de ombros largos e com cabelo preto e grosso, parecendo ainda maior com seu chapéu emplumado. Ele veste trajes negros, bordados com linha prateada, e suas esporas douradas brilham na luz matutina. Ele parece metade homem, metade deus. *Il Gigante*, de Michelangelo, parece saudá-lo junto à cópia de Hércules enquanto ele cavalga para dentro do *palazzo*, mas o jovem rei nem sequer olha para eles.

Uma escolta papal chegou em Leonardo, despercebido.

— Sua Santidade deseja sua presença no *palazzo*. Sua Alteza, o Rei Mais Cristão da França, deseja sua companhia, Mestre Leonardo.

A escolta leva o mestre e Salaì pela multidão, empurrando pessoas para passar. Ao olhar para cima, vemos que a sinalização foi acesa, e ouvimos o som distante da música. Apesar da relutância súbita do rei, a festa começou, e o pontífice, montando Hanno, o elefante, deu início à procissão. Pergunto-me se a determinação do pontífice em continuar é uma maquinação política, feita para estar à altura da demonstração de poder do rei, ou se é uma inabilidade infantil diante da decepção.

A corte francesa se aglomerou no Palazzo Vecchio. O lado de dentro ferve de tanta gente. Tudo é caos e alvoroço. Pergunto-me se veremos um fragmento da *entrata*, e eu queria tanto ver Hanno, o elefante. Quase sou derrubada das mãos de Leonardo pela maré de cortesãos e o fedor de suor e, de súbito, estamos subindo a grande escadaria do palácio. O rei e sua corte invadiram o Salão do Conselho Maior. Olho ao meu redor com interesse, conseguindo analisar a grande câmara da privacidade de minha caixa bem planejada. A multidão cobre a maior parte da visão, mas por frestas consigo ver as ruínas do afresco de Leonardo, a Batalha de Anghiari. Não foi pintado por cima. Ao lado, está o *modello* de Michelangelo, que continua preso ao reboco, o papel esfarrapado nos cantos. Parece que ele também nunca terminou sua encomenda e não transformou o *modello* em mural. Leonardo se remexe, infeliz. Ele não quer estar aqui, frente a frente com seu maior fracasso, forçado a ver os limites de sua ambição e gênio.

A sala está tão cheia de gente que a condensação escorre pelas paredes, e estou com um pouco de medo que o chão desabe. Espio *Il Magnifico* fazendo careta em um canto, um anfitrião intratável e relutante. E, então, em um assento de madeira, o rei francês, amuado. Mesmo sentado e curvado, ele é alto. Ele é quase bonito, com um rosto pálido, cabelo preto e um longo nariz bulboso, proeminente demais para qualquer pintor ignorá-lo.

Aguardamos. Por horas. Leonardo foi chamado aqui pelo rei Francisco, mas o Rei Mais Cristão da França não o olha nem fala com ele, e está longe de convidá-lo para partilhar de sua presença real.

Parece que o papa não deixará que a recusa do rei estrague as prolongadas festividades. Estamos todos presos em um jogo interminável entre um rei que se recusa a assistir e um papa que se recusa a se apressar. Sua Graça, o Rei Mais Cristão da França, não deixa que nenhum membro da corte francesa assista ao festival. Há fileiras e fileiras de janelas no palácio, todas de frente para a *piazza*, e o som da festança se ergue como fumaça, preenchendo o ar com cantorias, alaúdes e alegria. Leonardo e seus assistentes passaram meses em Roma, cuidando dos planos para os arcos, projetando sistemas de roldana para as partes móveis, criando fantasias, e aqui estamos nós, sem poder sequer olhar o carnaval. Somos cegos, ouvindo os gritos distantes da escala do triunfo. Ninguém ousa olhar as janelas; elas não estão seladas com papel, mas com medo. Giuliano de' Medici fervilha em um canto, consumido de raiva. Ele foi ordenado a ficar aqui como embaixador até seu irmão, o papa, chegar, mas está entediado e irritado, mas nem mesmo *Il Magnifico* tem coragem de andar dez passos até a janela aberta para ver o elefante mover-se desajeitadamente até a *piazza*. Ninguém fala nem se senta, e há poucos bancos. A sala solta estalidos de apreensão.

O rei contempla a câmara indolentemente. Seus olhos param em Leonardo, que está de pé há um tempo.

— Leonardo de Vinci?

Leonardo dá um passo à frente e se ajoelha; então, vergonhosamente, ele nota que, depois de passar um bom tempo parado, tem dificuldade de se levantar.

O rei está furioso, mas não com Leonardo.

— Quem deixou o grande Leonardo ficar de pé por horas? Não sabem quem ele é? Achem um lugar para ele! Ele não é jovem. Tratem-no com honra. Deem a ele vinho e comida.

Dois cortesãos o levaram a uma cadeira e lhe serviram vinho, oferecendo uma boa quantidade de pato, trufas e guloseimas. A cor voltou às bochechas dele.

— Foi encarregado deste desfile? Na minha honra?

— Sim, Sua Majestade — diz Leonardo.

Foi planejado para honrar o rei e o papa igualmente — favorecendo o pontífice — mas não era hora de preocupar-se com ninharias.

— Levem Leonardo de Vinci até a janela para que ele possa testemunhar seu triunfo — manda Francisco. Há zombaria em seu tom, mas, novamente, nada disso parece direcionado a Leonardo, ao qual olha com aparente fascinação.

Os dois maiores cortesãos simplesmente erguem Leonardo em sua cadeira e o levam comigo, ainda na caixa em seu colo, até nos deixarem na plataforma erguida ao lado da fileira de janela. Leonardo olha para a janela, desgostoso. Fios de carne de pato estão presos em sua barba.

— Consegue ver? — pergunta o monarca.

— Sim, Sua Majestade — mente Leonardo.

As janelas estão altas demais.

O rei ri, expressivo, jogando a cabeça para trás. Ele fica de pé.

— Venham. Veremos o fim deste absurdo. Veremos o papa vir até nós, montado em seu elefante. Nós o faremos por Leonardo, que planejou e deu seu suor em nossa homenagem.

O ponto da recusa foi feito. Leonardo é só uma desculpa. Ninguém acredita o contrário. O rei Francisco desce a escadaria, com *Il Magnifico* em seu encalço, a corte logo atrás. Leonardo e Salaì se juntam à multidão; o par de cortesãos franceses aguarda para nos atender.

— Precisa da mala? — pergunta um deles, olhando para minha caixa, perplexo.

— Sim — responde Leonardo francamente.

Os cortesãos empurram as hordas de transeuntes para longe e, enquanto saímos do Palazzo Vecchio e entramos no caos e na fúria da *piazza*, eles encontram um local para Leonardo assistir ao desfile na ponta da plataforma real, atrás do rei da França, que se senta em um trono, com a cabeça nas mãos, fingindo desinteresse. O barulho é reminiscente de uma batalha, pesado de gritos e exclamações e brados, não de agonia, mas êxtase. O papa se aproxima. Uma onda de cardeais, carmim como um rio de sangue, passa pela multidão, jogando moedas de prata para a multidão em clamor. Lá está o próprio papa, nas costas do elefante cinza e curvado, de robes brancos e uma coroa branca e dourada — mais deus do que rei. A multidão dá um pulo para trás, aterrorizada pela fera massiva, e então se aproxima de novo, afoita para encostar nos trajes papais. Encabeçando a procissão, uma carroça pintada de ouro, puxada por dois cavalos, é uma plataforma elevada onde um menino jovem e alado está nu, dourado dos pés à cabeça; os cachos em sua cabeça são caracóis de ouro derretido, como se ele tivesse sido tocado pelo rei Midas. É a Idade de Ouro de Florença e dos Medici. Até mesmo o rei Francisco se remexe, murmurando sua aprovação, aparentemente comovido. Uma lágrima escorre do olho do papa, mas, enquanto assistimos, o menino se contrai e se contorce, coçando os braços e arrancando as asas ao se sacudir e engasga. Um momento depois, ele cai, um anjo dourado ou Ícaro caindo de volta para a terra, desabando na carroça abaixo. Homens correm até ele e pegam a criança, tentando revivê-lo. Salaì se apressa para descobrir o que aconteceu.

Ele volta, cabisbaixo.

— O menino está morto. Sufocado pela tinta de ouro.

Estremeço. Os pigmentos que me trouxeram à vida mataram a criança.

Sua Santidade e o rei mandam florins de prata para a mãe da criança. O papa está tentando não se irritar com a audácia do menino que, ao morrer, estragou sua festa. Não é um bom presságio para os Medici. No Salão do Conselho Maior, cercado de cortesão de ambas as cortes — a papal e a Valois — os dois homens proferem sem sinceridade sua amizade sem parar. Os dois estão irados e descontentes. Este encontro deveria cimentar uma relação mais cordial entre dois homens de poder formidável e plantar o começo de um tratado de concordância, mas cada um ferve de ressentimentos. Francisco quer Nápoles e um ducado. E ele pressiona o papa Leão a ceder Parma e

Módena. Ouço, interessada, mas Leonardo senta-se na cadeira, inclinando-se contra as almofadas, inquieto, sem ouvir nada. Seu rosto está pintado de culpa pela morte do menino dourado. Ter um anjo de ouro era parte de seu projeto, outra morte marcada em sua consciência.

O jovem rei fica de pé, acima do papa corpulento e brilhante, que transpira livremente em seus trajes, e se ajoelha com um sorriso malicioso, beijando sua mão. Sua Santidade o abençoa entre dentes. Francisco volta a ficar de pé.

Um cardeal se adianta e entrega a Francisco uma caixa de ouro cintilante com um conjunto de diamantes, esmeraldas, rubis e topázio. Santos pintados com olhos de lápis-lazúli estão boquiabertos de luto na tampa. Francisco encara a caixa, sua boca se retorcendo com a falta de entusiasmo.

— Este é um símbolo de nossa amizade e estima por Sua Majestade, ó excelentíssimo Príncipe, pela Graça de Deus, o Rei Mais Cristão da França, duque da Bretanha; duque de Milão, conde de Asti, Lorde de Gênova; Conde de Provença, Forcalquier e as terras adjacentes — diz o papa Leão, olhando de soslaio para a caixa com cobiça não cristã.

O rei não diz nada.

As dobras do pescoço do papa ficam vermelhas de fúria, como tiras de chouriço em um açougue.

— É um relicário com um fragmento da verdadeira cruz — ele explica, revoltado que tal tesouro não receba nenhuma análise.

O rei Francisco acena com a cabeça, agradecendo de forma fria e indiferente.

— Se quiser verdadeiramente demonstrar seu apreço, mas não quiser me dar Nápoles, então desejo possuir a Mona Lisa de Leonardo de Vinci. E sua irmã Leda.

Fico aliviada por Leda estar segura em Roma e por este rei-menino feroz não poder tomá-la. Olhar para Leda é desejá-la, e ele já a quer.

— Ouvi falar da beleza delas até mesmo na França — continua Francisco. — São obras de arte sem comparação. Foram tocadas por Deus, é o que dizem.

O papa se esforça para ficar de pé, depois de ficar momentaneamente preso à cadeira.

— A verdadeira cruz foi realmente tocada por Deus! — grita o papa Leão, e então se lembra de onde está, engole em seco e pisca. — A Mona Lisa e a Leda são, de fato, impressionantes — ele estremece e procura por Leonardo na sala —, mas não são minhas, então não posso dá-las. Se fossem, então, é claro que as entregaria à Sua Graça em um momento.

— Neste caso — diz o rei com uma risadinha — parece que preciso persuadir os três, o pintor e suas pinturas, a me acompanharem de volta à França.

A corte Valois inteira, reunida atrás de seu monarca no lado esquerdo do salão, irrompe em gargalhadas obedientes. A corte papal não ri de volta. O papa Leão encara Leonardo, furioso; qualquer satisfação vinda da *feste* se dissipou, e agora só existe raiva. Leonardo o humilhou diante do rei francês.

Estamos sentados em nossos aposentos, na recepção. Leonardo está curvado diante do fogo. Ninguém fala muito. As persianas escondem a chuva, mas não os fantasmas; a noite está cheia deles. Leonardo pensa no menino morto. A proprietária carrega comida que ninguém come. Cecco tenta oferecer ao mestre alguns pedaços de peixe salgado e ovos, mas ele os empurra para longe. Salaì está enrubescido de vinho e se serve de mais uma taça, deixando-o cair na mesa. Ele me encara, duro de ressentimento. Ele não quer dividir Leonardo com qualquer rival — não com outro homem, ou uma mulher; nem com seja lá o que eu for.

— É celebrada, Mona Lisa, até fora da Itália — ele grunhe. — E está deixando o mestre famoso. — A voz dele brilha com perigo como uma lâmina amolada.

Ele está com ciúmes por eu estar deixando Leonardo conhecido na Europa inteira. Leonardo desperta para olhar para seu protegido.

— Deveria ser você, meu *garzone*, que coroa minha reputação. Eu não preciso coletar meus próprios lauréis.

Salaì se encolhe como um cão chutado ao ser respondido. Ele não tem muita habilidade como pintor, mas mesmo o pequeno Cecco se apaga como uma vela ao lado do sol quando comparado com Leonardo.

Alguém bate na porta e a proprietária corre para atender. Um mensageiro aparece, não com o libré papal, mas com o azul Valois, e mostra uma carta para Leonardo. Está selada com o brasão do próprio Francisco. O mestre a olha por um segundo antes de abri-la e começar a ler. Ao acabar, olha para nós — Salaì, Cecco e eu — com uma expressão perplexa.

— Francisco, o Rei Mais Cristão da França, deseja nos levar para Amboise com ele. Quer que eu seja o pintor de sua corte. Ele me oferece "uma mansão mui cômoda, empregados e conceder a mim a estima, o respeito e a adulação que ele teme que eu não esteja recebendo na minha Itália nativa".

— É verdade. Você não recebe — digo.

— Quanto? — Salaì exige saber.

— Mil florins por ano.

— Aposto que ele ofereceu mais para Michelangelo. E Rafael. Nós todos olhamos para Salaì, que se envaidece com a atenção.

— Ah, sim, o Filho da Puta Mais Cristão falou antes com os dois, que se recusaram. Ocupados demais. Adorados na Itália demais.

Leonardo é a terceira escolha. Salaì observa o mestre e seu rosto se contorce ao ver a mágoa de Leonardo. O mestre atacou o orgulho de Salaì, que deu o bote de volta como uma víbora, e, ainda assim, ele ama Leonardo e está satisfeito tanto com o fato de ter entristecido o mestre e agoniado de que foi seu veneno que lhe causou dor.

— Não faz diferença — digo. — Não há futuro para você aqui. Não só virou inimigo de seu patrono, *Il Magnifico*, mas do papa Leão. Não pode ficar com todos os Medici contra você.

Ele me olha com uma expressão cheia de pesar.

— Temo que tenha razão. Precisamos fazer amizade com a França.

Pela segunda vez, encontro-me na situação de persuadir Leonardo a partir de Florença, no entanto, este exílio não é apenas de Florença, mas da Itália e, desta vez, ele não voltará.

Passagem Alpina, 1516

Outono

PARTIMOS NO COMEÇO DE SETEMBRO, QUANDO O SOL AINDA está cálido. As mulas carregam caixas e caixotes. Leda e eu fomos cuidadosamente embaladas, colocadas em nossos estojos e presas às mulas. Estou aliviada de tê-la novamente comigo; nunca passamos tanto tempo longe uma da outra, e ficamos nos chamando. Não sei, neste então, que chegará o dia em que terei que suportar a existência sem ela, mas sou jovem e feliz de participar desta nova aventura. As rochas montanhosas parecem azuis e o ar rarefeito as faz parecerem mais azuis ainda — particularmente nas sombras, segundo Leonardo, que insiste em parar frequentemente para desenhar. Ele se distrai com o musgo lívido e as listras em violeta e ocre criando redemoinhos no estrato. Leda está encantada com os morangos selvagens e brilhantes entre as rochas alpinas, como aqueles nascendo sob os seus pés, e Leonardo manda Cecco moer besouros para que ele possa deixar os que existem ao redor dela mais exuberantes, pintando a luz do sol sobre eles. Ela fica deslumbrada e não consegue parar de admirar as frutas novas.

Andamos por dias e, então, por semanas. A luz muda. O sol fica mais frio e o ar mais rarefeito conforme escalamos. Ouço os homens bufando e os vejo suar. O caminho se estreita e então desaparece até precisarmos de um guia. Não sei se são todas as pausas que Leonardo faz para desenhar ou o passo lento das mulas sobrecarregadas, que precisam passar por caminhos difíceis, mas os primeiros flocos de neve caem quando chegamos ao vale de Aosta. Nosso progresso diminui e Leonardo fica com uma tosse rouca da qual não consegue se livrar.

Nosso guia lidera o caminho pelas trilhas ao lado de riachos e pinheiros. Saímos da Itália para entrar na França. Pancadas de neve cobrem as pedreiras e escondem os prados. O vento faz o resto, escondendo nossos passos. Cecco canta para manter o bom humor e Leda se junta a ele, sua voz doce e límpida. Leonardo tosse e tosse, e se dobra, curvado sobre sua mula em silêncio, sua capa enrolada ao redor dele, que treme de frio. Ao entardecer, quando ele tira as luvas, seus dedos estão azuis. Passamos as noites nos chalés de madeira na estrada, vazios mas hospitaleiros, onde o mestre dorme em um catre ao lado do fogo e recebe sopa, pão e leite quente. Conseguimos ouvir o resfolegar e bufar do gado pela partição de madeira e seu fedor curtido. Leonardo come menos e menos a cada refeição, e parece pálido e febril. Leda e eu imploramos a ele que tire o dia para descansar. Ouço Cecco e Salaì brigando com o guia.

— Precisamos ir mais devagar. Ele é um homem velho. Precisa de alguns dias para se recuperar — implora Cecco.

— *Non* — responde o guia. — Precisamos atravessar a passagem antes do inverno de verdade. Estas são só as primeiras pancadas de neve. Já estamos indo devagar demais.

— Vai matá-lo com esse ritmo — diz Salaì.

— Ele morrerá na passagem se esperarmos — diz o guia. — Ou deve esperar até a primavera.

Olho para Leonardo, mas ele já adormeceu ainda de roupa, a comida intocada, uma coberta sobre ele. Sua pele está esticada e tesa. Consigo traçar o formato de seu crânio, as linhas da morte já marcadas em seu rosto.

Continuamos. A neve segue caindo. Eu a vejo cobrir os cílios dos homens. As montanhas desaparecem. Só sabemos que elas estão lá. A estrada se foi, mas o guia encontra o caminho seguindo o gotejar do riacho, que ainda não congelou. Tudo está branco. Oscilamos em direção ao topo. Passamos pelo abrigo do bosque alto, mas logo acima estão as costas nuas dos Alpes, rochosas e desoladoras, vestidas apenas de neve, sem vida. Quando as nuvens estavam límpidas, podíamos ver o lampejo machucado da geleira, alta, profunda e sobrenatural. Leonardo não fala. Seus lábios racham e sangram. Precisamos convencê-lo a beber dos riachos montanhosos como um passarinho. O céu está acinzentado, ameaçando nevar mais.

— Precisamos chegar à igreja de Notre-Dame de la Gorge para conseguir abrigo — diz o guia, olhando para o céu, ansioso.

Passamos pelo desfiladeiro, uma velha ponte romana acima do rio, as águas surrando as rochas mais abaixo. Leonardo desperta e treme, encarando a torrente, fascinado. O ar está sólido de neve, branca e ofuscante. Ele tamborila contra a bagagem. Os rabos e as orelhas das mulas se movem e elas não reclamam. Leonardo escorrega das costas da mula, incapaz de se sentar. Cecco escala até ele e o ajuda a ficar no lugar. Continuamos. Finalmente, pelos pinheiros, há uma luz.

Rodeada de árvores cobertas de neve, há uma igreja pintada, uma lâmpada acesa nas janelas mais altas.

— Me ajude com ele! — grita Cecco. — Ele está tendo algum tipo de ataque.

— O que está acontecendo? — pergunto, só conseguindo ver um pouco dos buracos na minha caixa.

Salaì e Cecco meio carregam, meio arrastam Leonardo até a igreja, gritando por ajuda.

O guia tira minha caixa e a de Leda — ele foi instruído pelos outros que nós somos tudo que importa para o mestre — e nos leva à construção. Consigo ver pelos buracos de minha caixa, acostumando-me com o breu da igreja. Uma lâmpada brilha na nave, mas, até atravessarmos as portas, tudo estava calmo e parado. Uma Madonna rudimentar está boquiaberta atrás do altar. Fraturamos sua tranquilidade. Ao ouvir os gritos de Cecco, duas freiras correm para ajudar Leonardo. Ele tenta andar, mas, quando o faz, arrasta seu pé direito e sua mão direita pende. Leonardo tenta falar, mas sua boca se verga e se afrouxa, e então ele tropeça. Desaba no chão da igreja, pálido como os santos de gesso nas paredes, e, por um momento, acho que ele morreu. Suas pálpebras estão semicerradas. As freiras, cobertas por seus mantos escuros e xales lanosos, tomam as rédeas da situação.

— Ele deve ser colocado na cama e aquecido. Está tendo uma paralisia.

Salaì e Cecco o carregam na parte de trás da igreja até chegar a uns quartos simples. O guia, que aprendeu a nunca me deixar desacompanhada, me traz também. Uma das freiras aponta para uma cama de lona perto de um caixote vazio e acende o fogo.

— Cubram-no. Vou fazer uma cataplasma.

— O que mais podemos fazer? — pergunta Salaì.

— Rezar — diz a freira.

Salaì murmura algo rude entredentes. Ele não tem paciência com Deus.

Leonardo grita, balbucia, tenta se sentar e aponta com o dedo. Gesticula em direção à minha caixa. Ele me quer. Ele precisa de mim.

— Estou aqui, maestro! — digo. — Estou com você.

Leonardo continua, agitado e gemendo, até Cecco soltar as tiras do meu estojo e me libertar. Assim que Leonardo vê meu rosto, ele relaxa e volta a dormir. O guia carrega a segunda caixa e tira Leda.

— Mona, ele está morrendo? — ela murmura.

— Acho que não — respondo, desejando que seja verdade. — Hoje não.

Um dia, mas ainda não.

As freiras cuidam do corpo dele. Elas o forçam a bebericar preparações infundidas com ervas e benzidos de orações para a Virgem e São Sebastião. Salaì murmura e anda de um lado para o outro. Ele é impaciente com poções e rezas. A neve derrete durante o dia e congela à noite. O inverno se aproxima. Logo, se ele não se recuperar, não poderemos atravessar a passagem da montanha. Não chegaremos à França este ano. Na maior parte do tempo, Leonardo dorme. Ele acorda só para provar um pouco de sopa, que escorre de seus lábios tortos, e as freiras o alimentam como se fosse uma criança pequena. Então, antes de ele terminar de tomar algumas colheradas, dorme mais uma vez.

Ele acorda no meio da noite entre fragmentos de sono com um soluço. A lenha que se apaga na lareira brilha em tons de laranja.

— *Il Magnifico!* — ele ofega.

— Ele não está aqui — eu o consolo. — Ele está em Florença. Você está a salvo.

Leonardo está banhado de suor e encara, frenético e sem ver.

— Ele se afoga no Grande Mar.

— Você está seguro e quente e seco, a milhares de léguas de distância dos Medici — eu o consolo, desejando ter braços para confortá-lo ou mãos para acariciar seu cenho febril. — Sonhe apenas comigo — murmuro.

De manhã, quando ele acorda, noto com alívio que ele está mais forte. Voltou ao mundo e para mim. Todas as coisas comuns que ele faz são preciosas. Ele se senta e come mingau. A colher treme quando ele experimenta usar a mão direita, então volta a usar a esquerda. Leda grita, eufórica.

— Está com uma cara muito melhor, meu amigo! Mas envelheceu. Como um profeta. Cecco precisa aparar sua barba.

É bom que Leda se preocupe com sua aparência; mostra que ele está melhor.

As freiras entram e começam a limpar a bandeja de desjejum, satisfeitas. Leonardo franze o cenho, combatendo uma questão.

— Giuliano de' Medici. Sonhei com ele ontem à noite. Que ele havia cruzado o Grande Mar.

As freiras ficam em silêncio e começam a se remexer com um cesto de lenha. Elas olham para Leonardo, ansiosas.

— *Il Magnifico* morreu. Há algumas semanas, ao menos, já que a notícia chegou até aqui. Não deve sonhar com a morte ou ela virá pegá-lo enquanto dorme. Não acho que *Il Magnifico* tenha sido seu amigo, para ele tentar pegá-lo enquanto estava doente, antes que pudesse sequer chamar um padre!

— Ele não era amigo de Leonardo — concordo, perturbada.

Não rezarei pela alma de Giuliano, mas consigo ver que não é fácil assim para Leonardo. Ele o detesta por sua crueldade com Lisa, mas é um homem de misericórdia e compaixão. É assombrado por seu sonho. Giuliano não era tão velho e recém se casara. Talvez esteja perdido no submundo. Se estiver, é o que ele merece.

O guia entra e se empoleira perto do fogo, agitado. Precisamos decidir se vamos esperar pela primavera, ou se devemos partir esta semana. O inverno nos persegue. A passagem de Bonhomme será perigosa demais em breve, coberta de neve até as alturas. Não será possível atravessá-la até abril.

— Devemos esperar — declara Cecco.

— Concordo — diz Salaì.

— Não podemos ir — digo a Leonardo. — É perigoso demais. Não vou arriscar sua segurança.

— Não, devemos esperar. O que é uma única primavera? — pergunta Leda, implorando.

— Ah, Leda. Não é nada, para você. O tempo passa diferente para você, *topolina*. — Ele se inclina para trás, exausto. Parece velho e magro. — Três dias e partimos. Não vou esperar aqui. Vou para a França. Vou passar o que tiver de vida lá.

Saímos na luz branca e fantasmagórica. A neve cai em partes do caminho; retrai-se como dentes de gengivas doentes, e grande parte da terra está vazia. Leonardo está coberto de peles e preso à mula, para não cair. Acima de nós está a lança do maciço montanhoso de Mont Blanc, com nuvens rodopiantes, pontudas e sinistras. Atrás de nós se acocora a pequena igreja de Notre-Dame de la Gorge, com sua fachada alegre pintada de amarelo, iluminada contra os montes de neve, marcando o fim do caminho e o começo da passagem da montanha. Leda e eu estamos presas às costas das mulas. Nosso pequeno grupo continua, silencioso exceto pelos roncos estáveis dos animais. O fim da Itália e o começo de nossa jornada em direção à França. Além dos Alpes estão o verde vale do Loire, Amboise e uma nova vida.

Ela já não é tão jovem [...] o dedo da vida deixou sua marca no pêssego de sua boche-cha. Seus trajes, através da carbonização dos pigmentos, tornaram-se quase os de uma viúva [...] mas sua expressão, sábia, profun-da, aveludada, cheia de promessas, te atrai irresistivelmente e te embriaga, enquanto sua boca, sinuosa e serpentina, zomba de você com tanta ternura, graça e superioridade que você se sente tímido como um colegial diante de uma duquesa.

Théophile Gautier,
Guide de l'Amateur au Musée du Louvre, 1882

Paris, 1911

Primavera

A GALERIA QUADRADA DO SALON CARRÉ DO LOUVRE ESTAVA cheia de copistas, parados diante de seus cavaletes e telas de pintura predestinadas a serem postas ao lado de relógios de mesa e fotografias de vovós acima das lareiras burguesas. Era um prazer observar os pintores. As *Três Graças,* de Ticiano, chamavam a maior multidão no inverno enquanto os copistas se organizavam para colocar suas ferramentas perto de um dos fogões da galeria. Os dias se alongavam, e eles cercavam as obras de Rafael e, para meu horror, tiravam as pinturas das paredes e as deixavam em cavaletes para traçá-las melhor com giz. Procurei os guardas por toda a galeria, com seus uniformes dourados e pretos, mas, às vezes, eu não via um por hora e, mesmo quando estavam lá, pareciam mais interessados nos charmes das copistas mulheres do que na ideia de que uma delas pudesse tomar uma das pinturas. Fiquei irritadiça com a idade. Tinha alguns admiradores meus que vinham me copiar: não tantos quanto os de outras pinturas italianas, mas os pretendentes que eu tinha eram passionalmente devotos.

— Cá estou eu. Sentiu minha falta? — Picasso exigiu saber.

— Não — disse eu.

Era só meia mentira. Eu sempre desconfiei de Pablo. Seu charme tinha uma ponta de crueldade e desdém. Ele ficou diante de mim com um sorriso maldoso, manchado de tinta, suas mãos de operário em seus quadris. Seu cabelo brilhava, preto como laca. Ele era atarracado, de pescoço grosso, e esperava com os pés separados, parecendo mais um toureiro do que um pintor. Apesar disso, eu não tinha amigos havia muito tempo. A solidão descasca a alma. Eu tinha quase esquecido que tinha voz quando ele falou comigo pela primeira vez. Não tentei falar com mais ninguém desde aquela vez com Fragonard, mais de duzentos anos atrás, e quase esqueci como fazê-lo. Então Picasso me chamou como um amante, cantando:

— Ah, Mona Lisa. Gioconda! Não é uma dama pintada, mas uma mulher de carne e osso. Diga-me, o que está pensando? Ninguém fala com você há muito tempo. Tempo demais, acredito.

Quando finalmente respondi, descobrindo minha voz novamente, ele não pareceu nem um pouco perplexo.

— Por que não ficou surpreso quando eu falei pela primeira vez?

— Ah, eu sabia que você podia falar, minha Lisa — ele disse. — Só estava esperando que lembrasse como fazê-lo.

Sempre estremecia quando ele me chamava de "minha Lisa". Só um homem podia me chamar assim, e esse homem não era ele.

Agora ele se inclinava para a frente e assoprava em mim, suave, com seu hálito quente com cheiro de Pernod.

— É extasiante, Mona Lisa. A realidade precisa ser destruída. Vou refazê-la.

Pablo Picasso estimulava-me, divertia-me e exauria-me. Às vezes, ele me assustava, mas até mesmo o medo era revigorante. Com sua camisa de colarinho aberto e seu sorriso malicioso, ele parecia não combinar com o esplendor dourado do Salon Carré, com suas paredes carmim e sua grande claraboia abobadada, erguida por anjos ornamentados de reboco. Ele se sentava diante de mim com seu caderno e desenhava e conversava, mas sempre me parecia que ele cortava pedaços de mim e os reorganizava na página diante dele. Era um artista e um monstro. Ele exigia saber tudo a respeito de Leonardo, Rafael, Michelangelo e, quando eu me recusava a falar, precisando manter algumas partes para mim, e fingia não lembrar, ele ficava irado, enfadado e aborrecido. Quando ele ia embora, eu sentia como se tivesse sido visitada por um vampiro e ficava desconfiava, aliviada de que o Louvre estava fechando. E, se ele não voltava de manhã para me ver, sentia-me carente e ferida, preocupada que ele não voltasse novamente. Será que eu o desagradei, irreparavelmente? Será que, desta vez, o afastei demais? Me enchia de aversão e acrimônia por mim mesma e, quando ele aparecia novamente, com sua ginga e seu sorriso, cumprimentando-me ao dizer "Mona, sentiu minha falta?", eu experimentava alívio e medo.

Eu não sentia por Pablo o que senti por Leonardo. Não o adorava como adorei Leda. Nunca me deixei enganar, achando que o que sentia era amor, mas desejava sua companhia, o cheiro de sua pele — suor, semente de anis, grãos de café e o amargor do solvente e do sexo. Quando ele não estava lá, o Salon Carré era entediante e vazio. Eu era impaciente e irritadiça com as multidões enfadonhas que suportei, muda, por mais de um século. Pablo me despertou para a cor e o barulho mais uma vez, e, agora que tinha alguém com quem conversar, não conseguia aguentar ser abandonada com o silêncio. Ele entendia seu poder sobre mim e se regozijava nele. Fazia comigo o que fazia com todas as mulheres — era esperto, charmoso e diabólico. Eu estava apaixonada.

Observei o dia raiando pelo teto de vidro abobadado, os faxineiros enrolando com suas vassouras e seus panos em lentidão angustiante, e então, enfim, a hora do público, indo em grupos de duas ou três pessoas. Às vezes, eu me perguntava se ele demorava tanto de propósito para prolongar meu sofrimento. Ouvia e observava, procurando-o com a ânsia de uma colegial que procura por sua paixonite. Era vil e humilhante, mas foi o que me tornei. Ouvi passos, o andar bamboleante. Sua voz cumprimentando um guarda. Ele veio andando até mim, assobiando, sua enorme sacola de quadros em um ombro, as mãos enfiadas nos bolsos.

— Esperou por mim — ele disse, mastigando um palito. — Que gentileza a sua.

— Vá para o inferno — eu respondi, furiosa por estar eufórica de vê-lo.

Ele olhou por cima do ombro, inclinou-se para a frente e sussurrou:

— E os outros acham que você é uma gentil dama da Renascença. Recatada e decente.

Eu ri.

Ele tirou as coisas da bolsa. O apoio da tela. O cavalete dobrável. Uma garrafa de café. Tintas. Paleta e pincéis. Cerveja. Uma linguiça e uma baguete enrolada em jornal.

— Vou pintá-la — declarou. — E, quando eu começar, não vou parar. Nunca. Vou pintar minhas outras mulheres, todas minhas amantes, mas elas sempre serão você, minha querida Mona Lisa.

Sorri.

— Fui copiada centenas de vezes — disse. — Por que sua cópia será diferente, Pablo?

Ele jogou as mãos para cima, revoltado.

— Porque as outras são meras cópias! Eu não estou copiando você! Você foi pintada antes, e certamente nunca por um deus! Leonardo da Vinci pintou Lisa del Giocondo para criá-la; eu vou pintar para fazer algo novo.

— Sinto muito — disse. — Esqueci que você é um deus.

— Ótimo. Por favor, lembre-se — ele disse, sacudindo o pincel.

Ele desenhou por um tempo, e então fez uma pausa para comer seu almoço e tomar sua cerveja. Supostamente, era proibido comer no Louvre, mas ninguém censurava Picasso. Alguns dos guardas o conheciam por sua reputação, mas mesmo aqueles que não conheciam ficavam receosos de seu temperamento. Eles não ousavam expulsá-lo. Ele esfregou os farelos no chão e acabou com a garrafa, e fez um gesto para um par de mulheres empoleiradas em banquinhos diante de *Homem com uma Luva*, de Ticiano, copiando-o cuidadosamente e grunhindo alto, erguendo os braços bem abertos.

— As tolas não sabem para onde olhar! O Ticiano é bom, mas não perto de você. Você é uma velha, mas é fogosa!

Ele pousou a garrafa de cerveja debaixo do banco; ela tilintou ao unir-se a uma dúzia de outras garrafas que ele colocou lá em semanas anteriores.

— Não me importo — disse. — Um pouco de paz não é ruim para uma velha. — Tentei acreditar que era verdade.

Ele deu uma risadinha, descrente.

— Um dia, será vista novamente, Mona. Levará alguma calamidade, algum grande evento, mas será vista.

Quando ele falou, notei que esperava que estivesse certo. Agora que havia reencontrado minha voz, não queria perdê-la. Eu estava cansada de ser esquecida, de ser majoritariamente ignorada enquanto os visitantes se apressavam para admirar Rembrandt ou Caravaggio ou Velásquez.

— Somos revolucionários, você e eu. Vamos recriar o mundo. — Ele se inclinou para a frente enquanto falava, um brilho febril em seu olhar. Nesses momentos, eu o adorava. Ele não era Leonardo nem tinha sua gentileza, mas não havia como negar o seu *ingegno*.

Uma tarde, uma hora antes de fechar, uma menininha magra apareceu na Grande Galerie. Ela se assomou ao lado de um Rembrandt, meio assustada. As roupas pendiam dela, e ela parecia feita de porcelana, com grandes olhos castanhos e cílios de aranha. Quase achei que fosse um dos mendigos que às vezes assombravam o museu, tentando entrar antes de fechar para achar um lugar quieto e seco para passar a noite, mas suas roupas eram boas demais. Ela olhava para Picasso, afoita, mas não ousava se aproximar.

— Está sendo seguido — eu disse.

Pablo nem se virou, continuando a me olhar.

— Eva. Eu disse para ela vir.

— Então por que ela não se aproxima? — disse, tentando abafar uma pontada surpreendente de ciúme.

— Eu não disse que ela poderia. Estou ocupado com você, minha querida. Minha incrível Mona. Você, que está mais viva do que a maior parte das mulheres. Sabe, só há dois tipos de mulheres. Deusas ou capachos.

Esperei, pelo bem de Eva, que ela fosse o primeiro tipo de mulher ou me preocuparia com sua saúde. Agora, ela estava sentada em um banco, com as mãos dobradas cuidadosamente sobre o próprio colo. Ela era tão pálida e quieta quanto porcelana. Meu ciúme se dissipou, como pólen em uma correnteza. Abruptamente, Picasso ficou de pé e foi até ela, sentando-se ao seu lado, puxando-a para um abraço e enchendo-a de beijos, sussurrando em espanhol e francês até ela corar e dar risinhos. Ela olhou para mim.

— Eva, esta é Mona. Diga *olá*. É educado.

Eva gaguejou, envergonhada de falar em voz alta com uma pintura; mas, acostumada com as exigências de Pablo, concordou.

— *Bonjour*, Mona Lisa — ela falou.

— Olá, Eva. Espero que ele seja gentil com você — disse.

— Ela a cumprimentou — disse Pablo a Eva. Então, virou-se para mim, já irritado. — E é claro que sou gentil. E sou terrível e passional e tudo que é possível ser entre isso. Sou Picasso. Não posso evitá-lo.

Eva nos encarou, perplexa.

Picasso bateu o pé no chão, irritando-se com a amada.

— Não consegue ouvi-la? É claro que não. É estúpida demais. Sente-se lá enquanto estamos acabando.

Instantaneamente, Eva ficou de pé e fugiu para a parte de trás da galeria, sentando-se perto de uma Madonna de Bellini, mordendo o lábio de humilhação e fúria.

— É um cretino. Ela vai abandoná-lo — disse.

— Não vai. Vou me redimir mais tarde — ele respondeu, despreocupado. — Eu a conheci num café. Ela pertencia a outra pessoa, mas a amei à primeira vista e agora ela é minha. Ela é Eva, entende, e eu sou Adão.

Ele se virou e a olhou com adoração benevolente, e, de repente, Eva pareceu florescer mais uma vez, uma flor desabrochando diante do sol.

— Você a faz sofrer. Você *não* é gentil.

Ele deu de ombros com aparente indiferença, e se virou para seu bloco de desenho.

— Mulheres são máquinas de sofrimento.

Com raiva demais para responder, pensei novamente nas mulheres que conheci: Lisa, Bianca, La Cremona, a rainha Maria Teresa, a Madame de Montespan. É verdade que todas elas sofreram, mas se mulheres eram máquinas de sofrimento, quem dava a corda eram os homens. Minha Leda sofreu suas próprias angústias; para mim, ela era uma mulher, e a melhor delas, não apenas uma mortal.

Picasso era um gênio, mas, ao contrário de Leonardo, ele parecia sentir um prazer macabro com a dor das mulheres. Ele precisava nos atormentar para criar sua arte. Senti repugnância. Ao lado de Pablo, Michelangelo parecia um sujeito gentil e agradável. Eva se apoiou na parede, tão pálida que parecia doente, quase adormecida. Estava sendo sugada por ele. Picasso precisava de sangue para assinar suas pinturas, mas não o próprio. Ele precisava do sangue das mulheres que o amavam.

Alguns dias depois, Picasso e Eva vieram me ver. Eles entraram no Salon Carré, mas, como sempre, apesar da grandiosidade suntuosa da galeria, da sinfonia de dourados e vermelhos e de anjos alados, era Pablo que, vestindo sua jaqueta e camiseta comum, de cabelo penteado para trás, exalava um glamour animalesco. Enquanto ele e Eva passeavam, pequenos e sinistros, todos os visitantes paravam de ver as pinturas e, em vez disso, olhavam para o casal antes de voltar a Ticiano ou Velásquez.

Ele trouxe uma pintura para me mostrar. Era grande, e ele a desembrulhou e a apoiou no chão. A princípio, não entendi. Tudo que eu conseguia ver eram formas em cinza e verde e castanho, mas então notei que era uma jovem nua, com a mesma posição *contrapposto* que a minha, com as mãos dobradas no colo.

— É você e Eva ao mesmo tempo. — Ele abriu um grande sorriso.

— E Picasso — acrescentei.

— Sim. Sempre Picasso — ele concordou, sempre franco.

Odiei e amei a pintura ao mesmo tempo. Não era como nada que eu já havia visto antes. Como prometido, ele me quebrou em várias peças e refez o mundo. Leonardo também costumava mudar a forma que as pessoas viam o mundo quando ele me pintou pela primeira vez, muito tempo atrás. Olhei de relance para Eva, silenciosa ao lado de Pablo. Era como se ele tivesse retirado sua essência vital e a tivesse colocado no quadro, e agora houvesse menos dela no mundo. Com horror crescente, entendi que era a única que conseguiria sobreviver a ele; eu não era como as outras mulheres. Sou mais velha e mais forte. O que eu sentia por ele, seja lá o que fosse, não era amor. Era mais próximo da obsessão, mas eu sempre amaria outro, e isso significava que Pablo não poderia me dobrar.

Naquele dia, após Eva e Picasso fazerem um piquenique aos meus pés, brindando pela nova pintura e a mim com champanhe, eu o vi embrulhar a pintura que fez de mim e Eva, duas mulheres em uma, e os dois saíram do Salon Carré. Enquanto passavam pela Grande Galerie, vi Picasso fazer uma pausa ao lado de um par de esculturas ibéricas antigas que representavam algumas cabeças. Ele olhou ao seu redor por um momento; então, ao ver que, como sempre, não havia guardas, colocou abaixo a própria pintura, pegou as cabeças pré-históricas e as colocou na bolsa de piquenique de Eva. Ela não disse nada. Ou não notou ou tinha medo demais dele para reclamar.

Chamei os guardas. Eles não estavam lá e, mesmo se estivessem, não me ouviriam. Picasso se virou e acenou tranquilamente para mim, indo embora com Eva para a tarde parisiense.

Verão

COMO ERA SEGUNDA-FEIRA, ESTÁVAMOS FECHADOS. PICASSO não veio me ver por algumas semanas. Estava trabalhando em outra pintura, uma cujo assunto não envolvia eu ou Eva. Perguntei-me se tinha algo a ver com as cabeças ibéricas que ele roubara. Até onde eu sabia, ninguém nem percebeu que elas tinham sumido. A estante das quais elas foram roubadas foram limpas. Ninguém inspecionou ou comentou que elas estavam vazias. Todos acharam que as cabeças antigas foram levadas a outra parte da galeria para catalogação ou restauração. Fiquei especulando quantos outros tesouros foram silenciosamente surrupiados com o tempo.

Naquela segunda, a galeria estava tranquila, com exceção dos trabalhadores em macacões brancos que passavam pelas salas, tirando pinturas que precisavam de limpeza ou verniz. Esperei e rezei para a Virgem que eu não fosse uma delas. Notei que um homem baixo, tão baixo em estatura que, a princípio, achei que fosse uma criança, ficou me encarando. Ele tinha cabelo oleoso e um bigode desnivelado acima de seu lábio superior. Estava ocupado pegando outras pinturas, mas, a cada hora, ele vinha me olhar, de boca aberta e lábios molhados. Não gostei da intensidade de seu olhar. No fim do dia, os trabalhadores foram embora. Fiquei aliviada que o homenzinho também se fora.

Então, para meu horror, ele voltou. Estava de pé ao meu lado, perspirando e com os olhos brilhando de vontade. Ele se esticou e me pegou, os dedos tremendo tanto de apreensão que ele quase me deixou cair. Gritei, mas ninguém conseguia me ouvir. Ele me deixou de cabeça para cima em um dos bancos felpudos, pegou uma faca e, por um momento, achei que fosse me esfaquear com a lâmina, mas, em vez disso, ele me girou e usou a faca para me tirar da moldura; ao acabar, me pegou, nua. Ele me segurou no alto e me analisou com franca admiração. Quis me esconder.

— É ainda mais bonita assim, Mona Lisa — ele disse em italiano.

— Você é um idiota — respondi, mas é claro que ele não me ouviu.

Rapidamente, ele tirou a casaca branca e me cobriu com ela. A casaca fedia a suor e vinho barato. Agarrando-me em seus braços, ainda vestindo o macacão, ele se apressou a atravessar a Grande Galerie e passar por um dos zeladores, e correu para baixo da escadaria. Ele tentou a porta mais abaixo, mas, para seu choque e meu alívio, ela estava trancada. Ele me soltou e começou a sacudir a maçaneta desesperadamente.

Um zelador apareceu. Estava a salvo!

— Tudo bem aí, camarada? — ele perguntou.

— A porta está trancada — disse o ladrão, colocando as mãos nos bolsos para parecer casual, mas suando livremente. Esperei que o zelador ligasse o alarme para chamar a gendarmaria.

— Ah, sem problema — respondeu o zelador, pegando um grande molho de chaves para destrancar a porta, sem sequer me olhar, mal escondida no bolo de macacões no chão.

O vagabundo me pegou e fugiu do museu até a rua. Ninguém nos parou. Fazia anos que eu não ia para o lado de fora e estava dividida entre o terror e o êxtase. Quem mandou me sequestrar? Estava destinada a um grande colecionador? Apesar de serem poucos, meus admiradores eram devotos, às vezes fanáticos. O receio e a trepidação me preencheram.

Meu sequestrador andou rápido pelas calçadas, agarrando seu pacote, mas ninguém o parou ou o questionou. Ele me segurou com força, seus dedos suando pelo tecido. Tentei imaginar a rota que tomamos na minha cabeça. O Jardim das Tulherias, as estátuas encarando-nos, inquisitivas, e o Jardin du Palais Royal, os gramados ressequidos e marrons, amantes em bancos aproveitando o sol da tarde. Fomos mais rápido. Em direção ao leste, eu supus. Imaginei-nos passando por transeuntes em suas caminhadas agradáveis, todos eles se afastando para dar espaço ao homem suado agarrando seus macacões. Eu conseguia sentir o calor da calçada e o cheiro da cidade no verão — o rio, o lixo apodrecendo. Ele caminhava depressa, sem nunca fazer uma pausa para acalmar a respiração, que estava ofegante. Enfim, em pouco mais de meia hora, ele parou e, destrancando uma porta, correu para dentro. Em um salão fétido e apagado, subiu uma escadaria para o primeiro andar e colocou a chave em outra porta.

Tirando os macacões de mim, ele me colocou amorosamente em uma almofada imunda em cima de uma cama. Eu olhei para os lados, em uma quitinete abarrotada, nojenta e mal iluminada. Minha pele se arrepiou. A cama estava encardida e desarrumada, os lençóis estavam manchados e não haviam sido lavados. O teto pendia ominosamente com a umidade.

— Não é muito, minha amada Gioconda — ele disse, deitando-se ao meu lado e falando rapidamente em italiano. — Ficará bem aqui?

— Não. Me leve de volta imediatamente. O Louvre é entediante, mas isto é asqueroso. No que estava pensando? — falei com frustração e fúria, sabendo que ele não podia me ouvir.

Ele suspirou. O suspiro de um amante demente. Pela primeira vez desde que fui sequestrada, eu estava verdadeiramente assustada. Ele se esticou para acariciar minha bochecha. Estremeci.

— É tão real. Não deveria estar em Paris. Deveria estar na Itália, que é o seu lugar. Eu a levarei comigo de volta para casa, mas ainda não. Quero você aqui comigo, só um pouquinho.

Ele se apoiou no cotovelo e procurou por meu rosto, afagando meu cabelo com afeto.

Eu não queria voltar para a Itália. Todas as pessoas que eu amara lá estavam mortas. Certamente eu não queria estar aqui, nesta sala sórdida, com este homem peculiar e sentimental.

Ele começou a abrir as calças e enfiou a mão dentro com dedos curtos e molhados.

— Eu a adoro, Gioconda. Um dia, você me amará também.

Encarei o teto vergado, enojada, tentando não ouvir as arfadas rápidas de sua respiração e não notar que, quando ele acabou, ele limpou as mãos no lençol ao meu lado. Ele sorriu para mim, seu rosto se enrugando de ternura.

— Queria que pudéssemos ficar deitados aqui a tarde inteira, mas preciso ir ao trabalho de novo e preciso deixá-la em um lugar seguro.

Para meu horror, ele tirou debaixo da cama um baú de couro. Ele o fizera sozinho e, quando o abriu, revelou, orgulhoso, que tinha um fundo falso, pensado cuidadosamente para mim, e me aprisionou ali dentro.

— Ficará segura aqui até eu voltar. Me perdoe por ter de deixá-la. Só eu tenho a chave do meu quarto, mas é só para ter certeza.

Ele me pegou e me colocou dentro do baú, envolta pela escuridão, e fechou a tampa. Gritei, berrei e chorei, mas não adiantava. Eu estava presa.

Estou no breu, detestando e desejando o som de seus passos. Abominava o homem que agora sabia se chamar Vincenzo Peruggia, mas eu queria estar fora do baú. Ser liberta da prisão escura e voltar para a luz aquosa da salinha. As horas se arrastavam. A chave deu a volta na fechadura. Imediatamente, ele abriu o baú e me tirou, deixando-me na cama maculada. Suas mãos tremiam de excitação.

— Eles sabem que você não está mais lá! Levou um dia até que notassem. Consegue acreditar? Agora, Paris inteira está chocada. Consegue ver?

Com dedos trêmulos, ele segurou diante de mim uma cópia de *L'illustration*, aberta em uma foto minha que ocupava duas páginas. Eu nunca me vira em papel antes. Ele segurou outra no *Le Petit Parisien*. Levou um momento para eu entender que era uma fotografia do lugar vazio onde eu tinha sido pendurada no Salon Carré.

— O Louvre está fechado. E vai continuar fechado por uma semana inteira. As fronteiras da França estão fechadas. Somos famosos!

Ele havia esquecido que, por enquanto, ao menos, ninguém sabia quem me sequestrou. A fama era só minha. Eu não a queria.

Ele voltava dia após dia, cada vez mais afoito, com pilhas de jornais discutindo meu sequestro. Ele os deixava na cama, ao meu lado, e, depois de se satisfazer entre eles, lia as páginas em voz alta para mim como se fossem poesia. Quando o Louvre abriu novamente, ele estava lá, fazendo fila no Palácio das Tulherias para admirar o espaço desbotado na parede e minha moldura vazia. Ele até mesmo comprou um cartão-postal meu na loja do Louvre, que ele colocou na lareira coberta de poeira. Ao que parece, ninguém sequer suspeitou que um operário diminuto e nacionalista do Louvre poderia ter me roubado. Fui vista na Suíça. Na Alemanha. Em um antiquário em Londres. Ninguém considerou que eu poderia ainda estar em Paris, escondida em um baú a menos de três quilômetros do local onde me tomaram.

Ele estava deitado de lado, apoiado em um cotovelo, sorrindo abertamente para mim.

— Logo, você estará feliz na Itália, no seu lugar, mas ainda não. Precisamos de um pouco mais de tempo juntos, só você e eu.

Ele descreveu meu retorno à pátria como se eu fosse lá para colher as uvas em uma encosta toscana, ou aproveitar os luxuosos jardins da *villa* Giocondo, mas eu não achava que ele tinha um plano. Ele estava aproveitando demais essa infâmia secreta. A sala esquálida estava entulhada de jornais, dos quais, depois de lê-los em voz alta para mim, ele cortava todas as referências a respeito do meu sequestro e as guardava com amor.

Ele me olhava sem piscar, franzindo o cenho e enrolando as pontas de seu bigode. Tentou ter uma barba, que continuava teimosamente esparsa, apesar de seu bigode estar mais grosso e cuidadosamente encerado para cima como o de um dono de circo. Eu me perguntava se era parte de uma tentativa deliberada de mudar sua aparência ou então uma demonstração de exuberância como consequência do prazer que sentia por sua infâmia secreta.

A maior parte do meu sequestro foi entediante. Passei horas sozinha no escuro, imaginando como eu morreria. Preocupava-me de ficar perdida até o fim dos tempos. Antigamente, quando imaginava meu final, não imaginava isto, descartada no fundo de um baú. Esquecida e, provavelmente, destruída por acidente. Jogada de lado com o lixo quando Vincenzo morresse ou fosse preso por furto ou embriaguez. O fundo falso do medonho baú de Vincenzo provavelmente levaria à minha aniquilação, em vez de me deixar segura.

Perguntei-me se Picasso sentia minha falta. Odiei-me ao esperar que sim. Duvidava que ele fizesse parte da multidão olhando para o espaço vazio na parede do Salon Carré. Ele acharia o espetáculo inteiro algo grosseiro — a maior parte dos visitantes do Louvre não me notava antes ou se importava comigo, então por que essa demonstração exagerada de sentimento agora? Mas ele se importava, então minha ausência deve perturbá-lo ao menos um pouco. Perguntava-me se ele estava me procurando. Não conseguia imaginar Pablo colocando pôsteres por aí. Não era digno dele.

Quando Vincenzo se deitou ao meu lado e remexeu os botões de suas calças, tentei me perder mesmo quando ele tentava manter contato visual. Ele não podia me possuir porque eu não estava lá. Seu hálito quente era apenas o vento passando pelo Adda, seu fedor era o amargor da lama do rio e os peixes capturados nos barcos. Lembrei-me de Leda e Leonardo na lógia da Villa Melzi, observando os cisnes pousando na superfície do rio, o estalar das asas deles, o clarão e brilho.

— Lá vão eles de novo — exclamava Leda, extasiada. — E outro! Como são brancos. Uma nevasca de verão.

Leonardo acrescentava uma pluma ao poderoso pescoço serpenteante de Júpiter com seu pincel. Leda ria vendo os cisnes. A beleza deles e do amor.

— Fique comigo — disse Vincenzo. — Olhe para mim.

Não olhei. Não o farei.

— Parece infeliz, *tesoro mio*. Precisa sair um pouco — anunciou Vincenzo uma tarde, suspirando. — E sei onde levá-la. Vai estrelar o cabaré.

Ele desenrolou um pôster amassado e o segurou. Havia um desenho de várias dançarinas vestindo vestidos escuros, curtos e decotados, de véu, mostrando suas calçolas ao redor de uma foto minha, que fora alterada para fazer com que eu cobrisse minha boca, chocada. Nunca havia visto uma sátira minha antes. O pôster exclamava: EU SORRIA NO LOUVRE. AGORA SOU FELIZ NO MOULIN DE LA CHANSON.

— Quer se ver, *amore?*

Antes de eu entender o que ele queria dizer, Vincenzo estava me enfiando em uma sacola de quadros, estufada com camisas e outros itens.

— Sinto muito, *amore*. Não é muito digno, mas é necessário, caso alguém tente espiar.

Pensei que era apenas um pouco menos digno do que passar meu tempo trancada em um baú. Cantarolando sozinho, ele penteou o cabelo, lustrou os sapatos e, assim que o sol se pôs sob os telhados do outro lado, jogou a bolsa de lona por cima do ombro. Ouvi o barulho e o vaivém dos táxis e ônibus, o zunido das charretes e o martelar dos cascos dos cavalos contra os paralelepípedos. Naquela época, ainda havia mais carruagens do que automóveis. Ele pulou no bonde que nos levaria ao Moulin de la Chanson, e pude ver de relance uma luz amarela em uma fresta do feixe da sacola, um giro no carrossel de Paris; então, ele fechou a bolsa de novo e tudo ficou preto. Eu o amaldiçoei.

Era cedo o suficiente no cabaré para não haver fila, e Vincenzo foi direto para dentro. A atendente do vestiário o chamou.

— Ei, *monsieur*! Quer guardar a sacola?

— *Non, merci.*

— Vai ficar bem segura. Estamos acostumados com comerciantes de viagem.

— De verdade, *non*. — Ele me agarrou com mais força.

A atendente do vestiário tossiu, irritada, acostumada com excêntricos e pães-duros que não queriam lhe dar gorjeta. Vincenzo marchou antes de ela poder insistir mais uma vez. Uma grande banda tocava música indecente dentro da sala. Ouvi aplausos e risadas. O *maître de maison* apareceu.

— *Bonsoir, monsieur*. Prefere sentar-se no bar ou que o leve até uma mesa?

Vincenzo hesitou por um momento, e então declarou:

— Uma mesa. Por que não?

— É claro. Siga-me, *monsieur*.

O arrastar de uma cadeira. Vincenzo sentou-se e colocou a bolsa debaixo da mesa; e, ao fazê-lo, acidental ou propositalmente, deixou que eu espiasse um pouco o clube e o palco. Conseguia ver de cima, o que me dava uma visão excelente dos sapatos de salto alto das dançarinas e as calças elaboradas enquanto elas chutavam as pernas no ar. Podia ver o suficiente do clube para entender que o chão estava terrivelmente imundo, coberto com confete de cigarro, e vi de relance um bar espelhado, polido e brilhante onde eu conseguia ouvir o barman sacudindo seus coquetéis ao som da melodia. Maria Antonieta teria adorado sua petulância. A música era Ravel, com dois pianos e cordas frenéticas, e levou mais outra hora para uma fileira de garotas de salto alto e saias curtas e rufadas aparecerem, dessa vez ao som de Saint-Saëns nas cordas e no piano.

— Lá vem você — disse Vincenzo, abrindo a bolsa um pouco mais.

Vi um pôster meu ser levado até o centro do palco. A multidão, que estava maior, foi à loucura. Centenas de pés pisotearam o chão, aprovando o que viam. Uma cantora usando uma saia longa com uma fenda que subia até a coxa apareceu no palco e, enquanto ela rebolava, o público assobiava. As meninas dançavam, chutando.

A cantora cantou no microfone:

— Sou Mona Lisa, uma garota que gosta de se divertir, um pouco entediada naquele Louvre quadradão. Olá, *mon poteau*, nos dê um beijo, não sou tímida, estava morrendo de tédio naquele lugarzinho medonho. Uma tarde, quando um guarda gritou "hora de fechar", eu disse "enfia aqui" e dei o fora.

O clube irrompeu com risadas e aplausos. Vincenzo estava de pé, jogando dinheiro na dançarina que passou de salto alto, sem saia e oferecendo um chapéu para as gorjetas. Talvez eu devesse ter ficado lisonjeada pela quantidade de dinheiro, mas só fiquei perplexa, perguntando-me o que aquilo tinha a ver comigo.

Será que Picasso estaria lá? Eu sabia que ele frequentava aquele lugar. Pelo pouco que vi, parecia que muitas das mulheres estavam vestidas de preto e usando véus para me imitar. Para virar um ícone, eu precisei desaparecer. E, ainda assim, eu sabia, com certidão funesta, que acabaria a noite enfiada no fundo de um baú.

Outono

VINCENZO ME LEVOU PARA FORA EM UM FRENESI TÃO GRANDE que me sacudiu contra a lateral do baú, lascando minha pintura. Ele mal registrou o que acabara de fazer, tamanha era sua ansiedade. Ele me deixou na cama e se sentou ao meu lado.

— Prenderam Pablo Picasso! Por roubá-la. Ele é um ladrão, ao que parece. Ele roubou um par de esculturas ibéricas do Louvre. Então por que não roubaria a própria Mona Lisa?

Ele estava quase gritando de tão excitado que estava com essa nova reviravolta. Encarei Vincenzo, enojada e confusa. Ele passou a mão pelo cabelo e começou a ler em voz alta o *Paris-Journal*, falando como Picasso fora levado para vários magistrados, e confessou ter as cabeças ibéricas, apesar de ter dito que foi seu amigo Apollinaire que as roubou e deu de presente. Uma história que Apollinaire não negou — achei que era típico de seu círculo, ir tão extraordinariamente longe só para protegê-lo.

— E Picasso guardou as estátuas em sua gaveta de meias — declarou Vincenzo, empolgado. — Ele e Apollinaire entraram em pânico quando você foi roubada e tentaram jogar as cabeças no Sena, mas não tiveram coragem.

É claro que não tiveram. Pablo era um homem de emoções. Ele também sabia como ser um monstro, mas, como Michelangelo, ele não conseguia destruir uma obra de arte.

Ainda assim, eu estava magoada também. Depois de minha desaparição, pareceu que Pablo só se importou com a própria culpa e seu azar em vez de se preocupar comigo. Eu sabia que não deveria ter ficado surpresa com a evidência de seu egoísmo e egotismo. Talvez, disse a mim mesma, eu precisava ter sido removida à força de sua companhia para quebrar o encanto duvidoso que ele tinha sobre mim. Sempre soube que ele era uma presença poderosa e divertida, mas uma presença cruel também. De qualquer forma, eu não queria vê-lo ser punido por um crime que não cometeu. Não conseguia suportar a forma que Vincenzo se lambuzava com as notícias da prisão de Picasso com um triunfo tão grotesco.

Por uma semana, Vincenzo leu mais pedaços de notícia para mim à noite, sentado e enroscado ao meu lado, cutucando as unhas do pé.

— Picasso está em pânico, desesperado! Nega até mesmo a posse das estátuas, apesar de elas terem sido encontradas em seu apartamento. Que idiota!

Pela primeira vez, senti pena de Pablo. O deus e gênio diminuído, obrigado a mentir. Quando pensava nele, agora, eu o fazia com ansiedade e comiseração. No sexto dia, Vincenzo chegou em casa furioso, jogando as chaves, em surto. Ele me pegou do baú e me largou na cama, gritando.

— Soltaram Picasso! Não havia evidência suficiente. É o que dizem. Seus amigos importantes no mundo da arte fizeram um escândalo com sua prisão, foi isso que aconteceu.

Ele se enraiveceu e se irritou, e bebeu um monte de vinho barato enquanto gritava a respeito da desigualdade do sistema de classes. Se ele pudesse me ouvir, eu teria dito a ele que Pablo também era um operário. Ele conquistou seu lugar na Margem Esquerda, e eu teria lembrado Vincenzo de como sua posição era absurda — que ele, mais que qualquer outra pessoa, sabia da inocência de Pablo, mas Vincenzo não estava interessado na verdade ou na realidade. E, enquanto Picasso já estava livre, eu temia que nunca voltaria a sê-lo.

Pelo ano seguinte, o luto a meu respeito ficou histérico e depois se dissipou. Obituários foram escritos. Parecia que eu estava perdida para sempre. O Louvre comprou outra pintura, *La Femme à la perle*, de Camille Corot, para colocar no meu lugar. Eu fui substituída. Fui tirada do catálogo do Louvre. Logo, parecia, eu seria esquecida.

Florença, 1913

Inverno

EU CONSEGUI ENTENDER QUE VINCENZO FICOU SEM DINHEIRO, já que seu fervor nacionalista aumentou de repente. Ele começou a andar de um lado para o outro em sua sala sombria, declarando em discursos zelosos e desconexos como ele queria me devolver ao seio da Itália — e ganhar uma bela recompensa. É claro, a maior recompensa seria me ver de volta ao meu lugar de origem, mas ele também aceitaria o dinheiro de uma nação agradecida. Eu estava aliviada, já que cada vez que meu captor me tirava do baú para se refestelar de mim com seus olhos famintos, comecei a temer estar amaldiçoada a continuar sua refém. Pela primeira vez em mais de dois anos, tinha esperança.

Viajamos de trem para a Itália, comigo escondida no baú de bagagem. Os guardas o abriram na fronteira e vasculharam tudo cuidadosamente, mas não acharam nada além de um pouco de linho, roupas e itens do trabalho de Vincenzo como restaurador — pincéis, uma régua, uma pequena paleta e ferramentas de ferro. Pedi ajuda para o guarda, sem muito otimismo. Após um ou dois minutos, meu baú seria trancado sem que nenhum dos guardas da fronteira descobrissem meu compartimento secreto.

Ao chegarmos a Florença, contratamos uma carroça da estação e Vincenzo levou as bagagens ao Hotel Tripoli. Ele me deixou ficar fora do baú na sala do hotel só por alguns minutos, enquanto ele trocava a camisa e penteava seu cabelo. Ele tagarelava, tremendamente empolgado, dizendo como eu deveria ser grata a ele por me devolver ao meu lugar de nascença. Eu o ignorei.

Fazia mais de quatrocentos anos desde que estive em Florença pela última vez, e ela soava diferente. A estação de trem era nova, mas já estava acinzentada com fuligem e pó de carvão. A cidade tinha os ruídos e o clangor da modernidade. Mas, debaixo de tudo, senti algo familiar se mover. O Hotel Tripoli ficava perto do Batistério de São João, onde Lisa del Giocondo, então recém-nascida, fora levada, envolta em tecido, para ser abençoada pelo padre na porta, antes que os perigos diabólicos pudessem roubar sua alma eterna. As ruas de paralelepípedos continuavam as mesmas; aqui andaram os pés dos meus amigos. Aqui, Leonardo me levara para a Piazza della Signoria para espiar a festa do papa Leão. Nas vozes altas do lado de fora da janela, não raivosas, mas ardentes, ouvi ecos de Salaì e dos homens que conheci um dia. Os próprios florentinos não haviam mudado. Então, ouvi o repique dos sinos do *duomo*. Badalaram, profundos e graves, ecoando através do tempo, repicando pelos anos, partindo--os como as camadas de uma cebola. Estávamos perto da *bottega* de Leonardo. Eu quase conseguia me convencer de que estava sentindo o cheiro de óleo de linhaça e que ouvia o pequeno Cecco moendo besouros vermelhos com um pilão para fazer cochonilha.

Então, o sórdido Vincenzo me agarrou e me beijou na boca com seu hálito rançoso. Desejei poder limpar minha boca com as mãos, esfregando até tirar a sensação de sua boca na minha.

— Minha Mona, *amore mio*, chegou a hora de nos separarmos. Sinto muito por nós por eu ter que dividi-la mais uma vez com o mundo. Faço isso pela Itália — ele disse.

— E pela recompensa em dinheiro — eu disse.

Ele me colocou de volta no maldito baú, balbuciando desculpas. Então, escondeu o baú debaixo da cama e apressou-se para sair, deixando-me sozinha na sala.

Mais tarde, Vincenzo voltou, acompanhado de, pelo que eu ouvia de suas vozes, dois outros homens.

— Onde ela está? — perguntou um deles.

— Aqui. Como eu falei — respondeu Vincenzo.

O baú foi retirado debaixo da cama. Ele o destravou, revelando o compartimento secreto, erguendo-me cuidadosamente, e me passou para um dos homens.

— Aqui está ela, dr. Poggi — disse Vincenzo, orgulhoso. — La Gioconda.

Encarei o dr. Poggi enquanto ele me segurava e, enquanto o homem baixo e educado me encarava de volta, ele corou, maravilhado e satisfeito, e então mascarou os sentimentos em seguida. O outro homem, de cabelo cacheado, bem alimentado e vestindo um terno extraordinariamente bem cortado, veio me ver, olhando por cima do ombro do dr. Poggi, sua boca formando um "o" de surpresa, o que virou um assobio despreocupado. Parecia que nenhum dos homens queria que Vincenzo soubesse que eles estavam ansiosos.

— Bem, Alfredo — disse dr. Poggi —, o que acha?

— Ela é certamente muito parecida com a verdadeira *La Gioconda*, mas sou só um humilde comerciante de arte. Você é o especialista, Giovanni.

— Precisamos de uma luz melhor para examiná-la. Podemos levá-la até a janela, Leonard? — perguntou o dr. Poggi.

Olhei para o lado, para ver o quarto homem, Leonard, e então notei, divertindo-me, que estavam falando com Vincenzo, que escolheu um nome falso absurdo como subterfúgio. Vincenzo/Leonard deu de ombros, inclinado contra a porta, olhando para as próprias unhas. Ele sabia que eu era a *Mona Lisa* genuína e não tinha interesse no escrutínio deles. Alfredo Geri e o dr. Poggi foram até a janela, segurando-me com reverência afetuosa. Sorri para eles. Eles sorriram de volta e esconderam as expressões logo em seguida. O dr. Poggi pegou uma lente de aumento e começou a me examinar de perto. Notei que seu pescoço ficou carmim sob a goma de seu colarinho.

— Ela realmente é parecidíssima com a genuína *Mona Lisa*, mas preciso levá-la à Uffizi para ter certeza — disse o dr. Poggi.

— É claro que é ela! Qualquer idiota consegue ver! — exclamou Vincenzo.

— Sim, mas muitos idiotas juraram encontrá-la. Falei com dez na última semana. Preciso comparar o craquelê de seu rosto com a fotografia da pintura desaparecida — disse o dr. Poggi com paciência.

Perguntei-me o que era a Uffizi. Eu nunca ouvi falar dela. Supus que seria um museu como o Louvre. Não existia da última vez que estive em Florença.

— Leve-a até a Uffizi, sim? — ele disse a Vincenzo. — Precisamos vê-la melhor. Vamos fazer isso agora, Leonard.

— Assim pode receber a recompensa — acrescentou Alfredo.

Houve uma longa pausa. Vincenzo me encarou nos braços dos dois homens. Por um momento, pareceu que ele atravessaria a sala para me pegar de volta. Todos aguardaram. O ar parecia quente. Senti o agarre do dr. Poggi ficar mais firme.

— Muito bem. Vamos agora — disse Vincenzo.

O dr. Giovanni Poggi e Alfredo Geri observaram, com horror, quando Vincenzo me embalou, estremecendo enquanto eu era sufocada por um lençol.

— Não tinha algo mais adequado? — perguntou o dr. Poggi, incapaz de se conter por mais um segundo.

— Não. A não ser que queira que eu a coloque novamente no meu baú de viagem.

O dr. Poggi me olhou de relance.

— Não no baú. Veja ali, lascou o verniz dela.

— Bem, então não trouxe algo, se liga tanto assim? — quis saber Vincenzo, irritado.

Eles não haviam trazido nada. Não estavam esperando me encontrar nesse hotel ferroviário. Eles não voltariam ao museu e me deixariam sozinha com Vincenzo, caso ele desaparecesse comigo de novo. O lençol bastaria. Nossa estranha caravana, comigo ainda nos braços do dr. Poggi, deixou o quarto de hotel e subiu os degraus de pedra da recepção. Quando Alfredo abriu a porta que levava para a rua, a gerente do hotel correu, gritando, alarmada, gesticulando para mim, mal coberta pelo lençol.

— O que estão fazendo, *signori*? Não podem pegar nossas pinturas! São propriedades do hotel. Vou chamar os *carabinieri*!

— *Signora*, eu lhe asseguro que esta pintura não é do hotel — respondeu Poggi, perfeitamente calmo. Ele me entregou para Alfredo e, então, deve ter dado a ela um cartão de visita, já que a gerente leu seu nome em voz alta.

— Dr. Giovanni Poggi, diretor da Galeria Uffizi. Ah, é claro. Peço desculpas, *signore*.

— Não é necessário — ele disse, erguendo o chapéu.

Apenas observei, com pesar, que a segurança do Hotel Tripoli era consideravelmente melhor do que a do Louvre.

Pegamos uma carruagem para ir até a galeria. Fiquei finalmente contente por minha cobertura ser inadequada, já que significava que eu conseguia ver. Até os nomes das lojas não haviam mudado tanto. Em alguns minutos, estava de volta à Piazza della Signoria depois de tantos anos. Aqui estava *Il Gigante*, ignorando seus admiradores de modo arrogante, mas mesmo o gigante parecia diferente, errado, embranquecido e surrado. Ele envelhecera pior do que eu. Olhei mais uma vez e notei que era uma cópia. Leonardo conseguiu o que desejava, afinal. O verdadeiro *Il Gigante* não pairava mais sobre a *piazza*.

Nos claustros do que agora chamavam de Uffizi, observei uma estátua do próprio Leonardo, enquanto Michelangelo o encarava, emburrado. Com prazer pesaroso, vi que estava cercada de velhos amigos. Alfredo pagou o condutor e nos ajudou a sair. A praça estava quieta e um vento fresco soprava, sacudindo meu lençol. Olhei ao redor, tentando achar os leões, mas eu sabia que eles não estavam lá — o fedor havia desaparecido. Só conseguia sentir o cheiro do Arno, enroscado na cidade, que se agarrava às suas costas dos dois lados. Diante de nós estavam os tijolos vermelhos e agourentos do Palazzo Vecchio. Eu estava traçando meu próprio passado. Ao olhar para cima, vi um milhafre voando no céu e, por um momento, senti como se Leonardo estivesse observando meu retorno. Desejei ficar um pouco mais, mas fui levada de imediato para o lado de dentro.

O prédio era frio e escuro e silencioso. Meio correndo, como se Vincenzo pudesse mudar de ideia a qualquer segundo, o dr. Poggi nos levou para as profundezas do museu, dando voltas e passando por corredores até chegarmos ao seu escritório. Todos que nos viam paravam para cumprimentá-lo, mas ele mal os registrava, tamanha era a pressa na qual ele se encontrava. Quando entramos, ele e Alfredo tiraram os últimos vestígios do lençol. A sala estava meticulosamente limpa e bem-organizada, com livros empilhados em fileiras simétricas.

— Me ajude a colocá-la no cavalete — comandou dr. Poggi, virando-se para Alfredo.

Eles pegaram uma lanterna, uma lente de aumento e uma fotografia enviada pelo Louvre, e começaram a murmurar com excitação enquanto examinavam meu craquelê. Estremeci por dentro. Nenhuma mulher gosta de ter suas rugas observadas.

— Agora, me ajude a virá-la.

Os dois homens me viraram com o maior cuidado e vislumbraram a parte de trás do meu painel. Ouvi Alfredo tocar em um papel e murmurar:

— É o número de catálogo do Louvre. É ela.

Vincenzo grunhiu.

— Já disse que era ela. Eu a roubei do Louvre para a glória da Itália.

Alfredo me virou e abriu um grande sorriso.

— Perdão, Mona Lisa, não deveria olhar a parte de trás de um cavalete. Já sofreu injúria suficiente. — Ele espiou seu amigo. — Mais algum dano?

O dr. Poggi me olhou.

— Parece estar em impressionante bom estado, apesar do que ocorreu. É uma sobrevivente.

Alfredo estava ocupado atrás do escritório com o telefone.

— Podemos falar da recompensa? Dois milhões de liras? — reclamou Vincenzo.

A tarde foi interrompida pelas sirenes dos *carabinieri*.

Enojada, mas não surpresa, descobri que Vincenzo fora acusado de furto, não de sequestro. Havia quem o visse como um patriota, e sua punição foram meros doze meses de prisão. Resolvi nunca mais pensar nele. Eu aguentei e sobrevivi. Ouvi os curadores discutirem minha venerável idade e a fragilidade de minha madeira e o dano histórico causado por vermes e besouros e verniz grotesco colocado por restauradores ignorantes, e pensei como eles sabiam pouco. Suportei séculos de ataques por homens e miasma e insetos. Estou lascada, raspada, carcomida e sofri, mas não fui quebrada.

Fui colocada em exibição no Uffizi antes de ser devolvida a Paris. Agora, que estava de volta à Itália, estava contente de ficar por um tempo. Queria o cheiro da primavera, sentir o florescer das laranjas e magnólias e ouvir os primeiros pios das cotovias. Milhares queriam me ver e me admirar. Agora, que voltei como Perséfone do mundo inferior, eles queriam me honrar, certos de que eu estava perdida para sempre. Um curador de luvas brancas de algodão me levou com o maior cuidado e solenidade para uma seção isolada por cordões de segurança da galeria, particionada para dar espaço à multidão esperada. Minha nova fama agora exigia um prático para abrir o caminho no meu lugar. Enquanto o curador me transportava para a sala, olhei para os lados na câmara, que exibia Madonnas de lápis com narizes achatados e bebês plebeus, e os Reis Magos em seus cavalos de madeira vindo adorar os infantes sagrados se retorcendo como minhocas. Eu não era parecida com essas pinturas renascentistas, mesmo que, supostamente, fossem minhas contemporâneas. Leonardo me pintou e, juntos, mudamos a forma que todos viam o mundo. A arte não foi a mesma depois de mim. Eu teria tido vergonha por essas atrocidades bizantinas, mas eles estavam adormecidos.

Então, uma pintura me pegou de surpresa e, maravilhada, gritei.

Lá, na parede diante de mim, estava uma Leda. Meu coração falhou. Ela era quase tão velha quanto eu. Era possível? Eu a trouxera de volta ao desejar que voltasse, como um passe de mágica? Aqui estava ela — nua e sem defeitos, enquanto Júpiter, o cisne branco, passava uma asa ao redor de sua cintura. Era mesmo ela? Com um suspiro angustiado, notei que encarava um eco sem vida de minha amada. Era apenas uma cópia do século XVI de minha Leda.

Tantos artistas vieram nos visitar em Milão quando Leonardo estava pintando Leda e, como todos os outros, eles ficaram fascinados por sua beleza e quiseram a permissão do mestre para copiá-la. Tentei imaginar quem teria pintado esta Leda. Cesare da Sesto? Bernardino Luini? Não importava. A cópia era muito boa. Quase excelente. Ele fizera variações cuidadosas. Dentes-de-leão e violetas e prímulas amanteigadas floresciam entre seus dedos do pé. As montanhas azuis foram substituídas por uma caverna ou gruta. Nenhum desses detalhes importava. Ela estava em silêncio e nada via, sem expressão, esvaziada. Belíssima, mas sem a agudeza que dava à verdadeira Leda tamanha doçura e vivacidade, como se estivesse a um momento de olhar para cima. Parecia que eu estava olhando para uma máscara mortuária de cera de minha Leda. Esta versão era só uma boneca sem vida. Não aguentava olhar para ela e, mesmo assim, estava deslumbrada. Era como ela, e não era nada parecida. Era tortura e o alívio mais doce. Se eu a olhasse demais, será que os traços mortos e defeituosos desta Leda substituiriam a Leda perfeita na minha memória? Ainda assim, ela reabriu a ferida de minha perda. Nas tardes, quando a galeria estava vazia, eu ouvia minha Leda rir, e a via queimar, gritar por mim, chamar meu nome e morrer mais uma vez. Estava assombrada por minhas próprias memórias, convocando meus próprios fantasmas infelizes.

Os meses em Uffizi foram quase insuportáveis, cheios de charme amargo e arrependimento por minha amiga e meu amor perdido, e fiquei aliviada de partir. Então, quando o momento chegou, fiquei triste de repente de ir embora — desejosa de mais um último vislumbre. Despedi-me. Ela não respondeu.

Quando voltei a Paris, eles me colocaram atrás de uma camada grossa e sufocante de vidro. Eu estava irada. A vítima não deveria estar livre? A quantidade de pessoas que se enfileiravam para me ver era ainda maior do que em Uffizi. Para minha surpresa, Picasso veio no primeiro dia. Ele chegou um pouco antes de fechar e, ignorando os guardas, foi até o vidro.

— Ei, *monsieur, s'il vous plaît*, dê um passo para trás! Não fique tão perto.

Ele os ignorou. Ainda era Picasso.

— Estou feliz de que você voltou para casa. Senti sua falta — ele disse.

Ele colocou a mão contra o vidro e apertou os lábios contra ele, estalando um beijo. Voltou para trás, abriu um grande pacote que trouxera, e ergueu uma pintura para me mostrar. Era eu e não era eu, feita em preto e branco. Eu usava um chapéu exuberante, e meus mamilos redondos estavam à mostra como os botões franzidos de uma poltrona apertada e estofada.

— Veja, eu a pintei novamente. Gostou?

— Sim e não. Você se importa com minha opinião? — eu disse.

— Sim e não — ele respondeu, sorrindo.

Eu ri, feliz de ver meu amigo diabólico. Durante o tempo que passamos longe um do outro e durante meu suplício, eu mudei. Eu estava feliz de vê-lo, mas não estava mais ansiosa para que ele voltasse amanhã. Se eu o visse em uma semana, ou em um mês, ou mesmo em um ano, ficaria satisfeita. Era um alívio porque, como todos os meus outros amigos, chegaria um momento em que eu não poderia vê-lo mais.

Nosso mestre foi com o resto de nós para uma das vizinhanças ver *Messr* Leonardo da Vinci, um velho de mais de setenta anos, o pintor mais extraordinário de nossa época. Ele mostrou à Sua Excelência três pinturas, uma de uma certa mulher florentina retratada [...] a mais perfeita, mas, como ele sofre de paralisia da mão direita, não se pode esperar mais nada bom. Ele treinou com sucesso um pupilo milanês que trabalha bem o suficiente. E, apesar de *Messr* Leonardo não poder mais pintar com sua suavidade prévia, ele ainda consegue desenhar e ensinar.

O Diário de Viagem de Antonio de Beatis,
Canon de Molfetta, 1517

Amboise, 1517

Outono

QUERO VOLTAR PARA LEONARDO PELO QUE É QUASE A ÚLTIMA vez. Mesmo agora, sei que não temos muitos mais dias juntos. O tempo passa rápido, por mais que eu queira que ele vá devagar. Estamos quase no fim. Ainda não, mas já consigo sentir o hálito frio da morte contra as nossas nucas. Quero ficar aqui o máximo que conseguir, já que, enquanto eu estiver aqui, ele continua vivo.

O sol do fim do verão acende as pontas das folhas do castanheiro, inflamando-as com a luz do entardecer. O gado já comeu os galhos mais baixos de todas as árvores que levam ao rio, então eles balançam e flutuam como os vestidos rodopiantes de damas dançando em um baile extravagante na corte. O ar é cinza, com nuvens de mosquitos, e o gado bufa e sacode o rabo. Sentamo-nos na longa lógia ao redor da mansão de Clos Lucé — uma bela construção de tijolos vermelhos e pedra clara — olhando a piscina verde e os insetos circulando. Fica no terreno erguido acima do Loire, perto do *château* real em Amboise. Estamos todos aqui: Leda e eu, recostadas em nossos cavaletes; Cecco acomodado perto do mestre, caso ele precise de ajuda; e Salaì, bebericando vinho, os pés erguidos em um banquinho.

— Lá vem ele — anuncia Leda.

Leonardo se levanta para ver.

— Ah, sim, lá vem — diz, satisfeito.

Uma égua preta, cavalgada por Francisco em esporas de prata cintilantes, o Rei Mais Cristão da França galopa pelo campo alagado que separa o *château* de nossa mansão. Leonardo fica de pé e o vê se aproximar, encostado na barricada de pedra da lógia. Ele adora cavalos e adora vê-los correndo. Ao pegar um pedaço de giz negro e um pouco de papel, ele começa a rabiscar o movimento e o fluxo das patas dianteiras, capturando a velocidade e o ritmo do animal. Ele está perdido em sua tarefa e não nota quando Sua Majestade para, desmonta e, após entregar as rédeas, sobe a escadaria da lógia. Um empregado, assustado com a falta de cortesia do mestre, cora, gaguejando, prepara-se para anunciar o rei, mas Francisco ignora sua preocupação, silenciando-o. Está estabelecido que Leonardo é seu favorito. O rei não quer que ele seja perturbado. Durante essas visitas vespertinas, ele deixa a corte para trás e vem só com o séquito mais essencial. Eles ficam na parte inferior da escadaria, de cara feia, proibidos de interromperem. Ele chega mais perto e observa enquanto Leonardo desenha.

— Ao correr, o homem coloca menos peso nas pernas do que ao ficar parado. E, da mesma forma, o cavalo que corre sente menos o peso do homem que carrega — murmura Leonardo, o giz correndo pela página.

O grande rei sorri, feliz. É por isso que ele veio. Ele olha por mais alguns minutos, e depois se deixa cair em uma cadeira, esticando as pernas e estreitando os olhos contra a luz ferrenha do sol. Ele vê o papel deslizar dos dedos da mão direita de Leonardo. A folha esvoaça pelo terraço, flutuando, e Cecco a pega para devolvê-la. Salaì não se move. Ele continua bebericando seu vinho, encarando-o, insolente. A animosidade entre os dois assistentes está virando um cancro. O rei tolera Salaì em respeito a Leonardo, mas me pergunto se eles têm algum tipo de acordo privado. Salaì desapareceu em uma viagem de volta a Milão no verão e voltou com várias pinturas de artistas italianos, que apresentou ao rei. Francisco adora tudo que é italiano. Leonardo, Leda e eu. Noto que ele me encara agora com uma admiração masculina e franca.

— Reconsidere vendê-las para mim, Leonardo — ele diz. — Quinhentos escudos por Mona Lisa e outros trezentos por Leda.

Leonardo me olha de relance, inquieto, e força um sorriso.

— Não, meu grande e nobre rei. Elas não estão à venda. São minha família.

Ele finge deixar o giz cair e o procura com a mão errada, incapaz de pegá-lo entre os dedos. Francisco não cai, mas estremece mesmo assim. O rei não tem nem vinte e três anos ainda. Leonardo envelheceu. Sua barba é tão branca quanto um dente-de-leão enfunado com a brisa e, apesar de ele ainda ser alto, está curvado e abatido. Tem a magreza de homens velhos, tanto no rosto quanto nas mãos — seus instrumentos de artista.

— Não precisa trabalhar — declara Francisco. — Falar com você me satisfaz o suficiente. Não acredito que haja outro homem que saiba tanto quanto você, Leonardo. Não só de pintura, mas de escultura...

— Não diga isso a Michelangelo — murmuro.

— ... Arquitetura, e é um grande filósofo — continua o rei, parecendo por um momento o adolescente maravilhado, não o monarca tumultuando a Europa.

Leonardo sorri e faz uma reverência pelo elogio.

— Ainda consigo desenhar com minha mão esquerda. E devo continuar; o metal enferruja quando não é usado. A água estagnada perde a pureza. A inatividade exaure o vigor da mente.

Todos olhamos ao redor da lógia, cheia de evidência do trabalho do dia. Ele e Cecco tentaram organizar os papéis de Leonardo, Cecco fazendo anotações e agindo como seu amanuense, e eu lembrando Leonardo quando acho que ele esqueceu de algo importante. É uma tarefa considerável, que deve levar anos, mas nós sabemos que ele teme não ter tanto tempo — Leonardo está preparando seu legado.

Francisco sorri.

— É claro. Está livre para fazer o que quiser.

Salaì está perceptivelmente silencioso. Ele acaba com o vinho, pedindo uma nova garrafa. Sua única concessão para a presença do

rei é tirar os pés do banquinho. O rei, cujo temperamento é iras-
cível e que não consegue aguentar nenhuma afronta, não reclama.
Pergunto-me mais uma vez qual será a natureza do arranjo deles.

Mais tarde, Leda e eu somos colocadas dentro da mansão, para
sermos protegidas da umidade e do orvalho. Somos colocadas em
um dos salões, com uma grande lareira de canto e um enorme teto
com vigas de carvalho e um chão de azulejo. A tapeçaria de uma cena
florestal cobre uma das paredes. A lavanda seca nos vasos preenche
o ar com o cheiro doce e herbáceo do fim do verão. Um desfile está
sendo preparado para entreter o rei, e Leonardo faz os planos. Ele
projetou falconetes mecânicos para lançar mísseis carnavalescos
feitos de papel e balões das muralhas. Uma multidão se junta no
gramado do lado de fora para ver a exibição. A música começa e as
fogueiras queimam.

— Aqui ele gosta das festas — diz Leda. — Ele as odiava em
Florença e em Roma.

— Ele sempre gostou de festas, só não gostava quando eram
as únicas coisas que ele podia fazer — digo. — Aqui, Francisco o
adora. Leonardo desenha. Ele escreve. Pode fazer o que desejar e o
que atiçar seu interesse. E ele gosta de inventar coisas, até mesmo
estranhezas mecânicas para carnavais. Aqui, seu grande gênio é
reconhecido e admirado.

Nesse momento, ao lado de fora, ouvem-se vivas estridentes
e o som de palmas quando, em uma série de estalos, os canhões
mecânicos começam a atirar.

— Triste de perder a festa? — pergunto.

— Não — diz Leda. — Se viu os canhões falconetes atirando
papéis e balões, viu tudo. Ah, Mona, se pudéssemos dançar e nos
juntar à farra e ao banquete, então eu iria!

Fico em silêncio, considerando-a com preocupação. Aqui e
ali, vejo momentos em que Leda deseja ser real, onde ela não está

satisfeita de apenas olhar e ouvir. Queria que houvesse uma forma de agradá-la. Quero que ela seja feliz. Ela existe por minha culpa.

Alguns segundos depois, um lacaio corre para o lado de dentro, de cara vermelha e afobado, seguido por outro lacaio. Depressa, eles começam a trocar o libré e vestir os disfarces do festival.

— Eu disse que a gente tinha que ter feito isso antes — reclama o primeiro.

— Eu achei que Piero era o leão.

— Não. Eu disse que era a gente.

Logo, vestidos corretamente, os dois homens disparam para o gramado, deixando os uniformes no chão. Leda e eu observamos a multidão pela janela, só meio interessadas. Já vimos tantos festivais e invenções de Leonardo que eles perderam sua graça. Ele finge não ficar magoado com nosso desinteresse e nos deixa perto da janela, caso mudemos de opinião. A luz se esvai, e as linhas das fogueiras brilham em vermelho e âmbar. Alguém entra na câmara.

— Por que ele não está vendo o carnaval? — pergunta Leda.

— Ele provavelmente já viu o suficiente, também — digo.

Ficamos enojadas ao notar que, após verificar cuidadosamente que a sala está vazia, ele começa a mexer nas roupas dos lacaios. Não há nada para encontrar nos pertences do primeiro, e ele grunhe, frustrado. Olha por cima do ombro, para ver se ninguém está vindo, e continua sua caçada.

— O que ele está procurando? — pergunta-se Leda.

Satisfeito, ele tira uma bolsa das meias do segundo lacaio.

— Dinheiro. Sempre dinheiro — digo. — Salaì: vagabundo e ladrão.

Informo Leonardo no momento que ele volta do desfile, com as bochechas rosadas pelo triunfo. Ele me ouve contar da duplicidade de Salaì, a alegria partindo de seu rosto, chama seu favorito e repassa a ele as acusações. Salaì o encara, furioso e perplexo.

— Ninguém estava aqui. Eu chequei e chequei de novo! Quem estava espiando? Vamos duelar. Maldito seja ele, vamos.

Leonardo não diz nada, seu rosto caindo com a decepção ao notar que Salaì não nega. Salaì está corado de cólera, dando voltas enquanto procura por espiões escondidos no salão, como se pudessem estar atrás dos móveis pesados e dos drapeados. Leonardo está parado. Ele ama este homem e o perdoou por milhares de transgressões, mas Salaì não é mais um menino. Estamos aqui, empregados por um rei, e Leonardo é o pintor *du Roi*. Ele não tem mais amigos. Está contente na França, reverenciado e paparicado, e, ainda assim, Salaì arriscaria tudo por mesquinharia. Mesmo agora, com Salaì parado na meia-luz, cheio de raiva e de fúria, ele é um anjo descartado; longos cachos dourados e bagunçados caem em seus ombros, sua pele bronzeada de sol. Ele é musculoso e perdeu a magreza da juventude, mas não está gordo. Seus olhos são ávidos e atentos. Ele nunca relaxa, nem por um instante. Mesmo ao dormir ou se sentar, ele tem a inquietude de uma raposa com orelhas de pé.

— Já lhe disse, procurei em tudo. Não havia ninguém aqui além de Leda e Mona Lisa! — Ele hesita, então faz carranca, cuspindo. — Ah, foi o lacaio que contou? Maldito ser desprezível.

Leonardo sacode a cabeça.

— Não — diz, a voz pesada com uma dureza pouco característica. — Não, não seja absurdo; um empregado nunca ousaria reclamar. Acusar você, o assistente chefe do favorito do rei, de furto?

Salaì fica em silêncio, e podemos vê-lo pensando, pronto para protestar mais uma vez que a sala estava vazia, e então ele se vira lentamente para me encarar. Ele ouviu o mestre falar e discutir comigo, mas achou que era outra faceta de seu gênio, que minha *voce* não era real, mas uma fantasia. Agora, finalmente, ele entende ou pensa que entende. Ele me olha, cheio de ódio.

— Trate de pagar o homem de volta — diz Leonardo. — E, quando Sua Graça e Majestade pedir que volte a Milão para tratar de negócios, não se apresse para voltar.

Salaì não responde. Ele só continua a me encarar, de boca seca de bile e ódio, considerando sua vingança sem nada dizer.

Outubro é comedido. Leonardo pede para que nos levem aos jardins ao redor de Clos Lucé. Colocam-nos no jardim físico, uma parte afastada dos jardins da cozinha a oeste da casa, protegida por cercas vivas baixas, marcadas por caminhos de cascalho. Ele diz que a qualidade da luz é boa para o desenho, mas sabe que Leda e eu gostamos de estar do lado de fora, entre os últimos ásteres aranhosos e a sálvia, roxa como as vestes de um bispo. Algumas estrelas-de--belém atrasadas brilham, luminosas como estrelas cadentes que aterrissaram na terra. Leonardo passa a manhã desenhando-as com giz marrom. É uma flor geralmente reservada para a Madonna, mas ele as deu para Leda.

— Gosta delas? — ela me pergunta, sua voz iluminada de satisfação.

— Mais do que nada — digo, feliz de ela estar contente mais uma vez, distraída com sua aparência sem desejar o impossível. Estou cheia de amor por Leda e Leonardo, mas o amor não é sempre um bálsamo universal. Sei da insatisfação e das angústias de cada um. A frustração de Leonardo com seu corpo envelhecendo cresce dia após dia, enquanto Leda se encanta com o milagre carnal da mortalidade.

Há algumas rosas ainda florescendo no jardim, com pétalas que ainda não escureceram de frio, e, cada vez que o vento sopra, o ar ganha um cheiro adocicado. Ainda assim, sentimos o frescor dos dias que ainda estão por vir quando uma nuvem passa sobre o sol. Cecco está no ateliê organizando os cadernos. Ele só sai quando tem uma pergunta para o mestre ou para lembrá-lo de comer. A sopa está pronta. A sopa está ficando fria. Então o informa de que o cardeal Luigi e seu séquito estão aqui.

— Estou pronto para eles — declara Leonardo, magnânimo. — Eles podem vir me encontrar no jardim.

Leda grunhe.

— Por que não podemos ser deixados em paz? Por que eles sempre precisam vir? Você é uma parada tão popular para viajantes quanto Nantes ou Marselha.

Leonardo dá uma risadinha.

— Sou, realmente. É por isso que deixo minha barba tão comprida. Preciso fazer jus.

Ele se levanta de sua cadeira e, cobrindo-se com a capa, olha para o outro lado do gramado, onde uma armada de trinta e cinco a quarenta membros do clérigo de túnicas roxas e escarlates vão até ele, inclinados, seus trajes inflando com a brisa. Ele sorri.

— Os cânones combinam lindamente com a sálvia. O cardeal de vermelho não muito. Mas, mesmo assim, está impressionante no meio da grama.

A frota do clero nos alcança, e o cardeal Luigi de Aragão, filho e príncipe ilegítimo de Nápoles, abre um sorriso frio para Leonardo. Ele tem altura mediana, com cabelo preto até o queixo e pele pálida. Seus olhos escuros vão de um lado para o outro como a lagartixa que nos observa do muro mais baixo.

— Estamos muito contentes de vê-lo, Leonardo de Vinci. Nos disseram que uma viagem para a França não está completa sem uma viagem até você.

Leonardo faz uma reverência, negando.

— Aproveitaram a visita ao *château* e à mansão, Eminência?

O cardeal assente.

— Vimos uma capela. Bastante bonita, mas todos acham que eu gostaria de vê-la — ele acrescenta, apontando para o próprio robe.

Leonardo ri.

— Da mesma forma que todos me mostram os rabiscos de seus filhos, certos de que ficarei interessado.

O cardeal ergue as sobrancelhas pretas e grossas.

— Deveríamos trocar. Pode ficar com as capelas.

— Não, não, acho que eu deveria manter os rabiscos.

O cardeal bufa, divertindo-se. É um homem que costuma ser temido — há rumores de que arranjou o assassinato da irmã, a bela Duquesa de Amalfi, junto de seu amante —, mas, como sempre, até os homens mais rabugentos se encantam com Leonardo. Ao menos até a encomenda de sua pintura atrasar. Para nossa sorte, o cardeal dificilmente há de encomendar uma pintura.

Os empregados aparecem em silêncio para trazer dúzias de cadeiras para o grupo. O cardeal se aproxima do cavalete de Leonardo, encarando os desenhos de plantas e Leda.

— Ela é perfeita. Vivendo nas sombras silvestres do jardim. Não sei se tenho certeza de onde o jardim acaba e a pintura começa.

Leonardo murmura, grato, e acrescenta:

— É a luz. A paisagem mostra seu azul mais belo em dias claros porque o ar é expurgado de vapor.

Ele gesticula em direção aos castanheiros, movendo-se no campo alagado, e mais arbustos atrás de Leda na pintura. O cardeal está apaixonado por ambos. Ele quer ouvir Leonardo, simplesmente, e Leonardo sabe o que é esperado dele como o pintor *du Roi*. Ele é pintor e filósofo.

— Devemos ficar aqui um pouco, já que o sol faz tamanho espetáculo quando está a oeste. Ilumina os prédios altos do *château* e as árvores mais elevadas e pinta-os com tons rosados. Todas as outras coisas ficam um tanto aliviadas, já que há pouca diferença entre suas luzes e sombras.

O cardeal abre um grande sorriso prazeroso; a severidade de sua expressão é suavizada. Isto é verdadeiramente melhor do que Nantes ou Marselha. O velho vale a pena o desvio. O cardeal se senta, abanando os robes atrás de si. Os cânones fazem o mesmo. Cecco se aproxima, com o portfólio de couro com os desenhos de Leonardo em mãos, mostrando-os a cada cardeal.

— A maior parte deles são de dias melhores, apesar de eu ainda conseguir desenhar — diz Leonardo. — Tenho sorte de que minha fraqueza não afeta minha mão esquerda. Pintar, porém, é mais difícil hoje em dia e também mais devagar.

O cardeal aprecia Leda, fascinado. Os outros também se aproximam, quase tocando a obra com seus narizes. Aqui, na luz do sol, ela parece exposta e vulnerável. Gostaria de protegê-la de todos eles.

O cardeal se aproxima para me contemplar.

— E esta? Quem é ela?

— Esta é Mona Lisa. O retrato de uma mulher florentina.

— Quem a encomendou?

— Diga a ele que fui pintada para Giuliano de'Medici — digo a Leonardo. — Ele está morto e enterrado na tumba dos Medici. Ele não vai contradizê-lo.

Leonardo hesita por um momento. O que estou sugerindo é uma mentira, mas ele sabe que o cardeal ficará mais interessado em mim se acreditar que fui encomendada por um dos lendários Medici.

— Giuliano nos deve uma. E deve outra a Lisa — insisto. — Pense nisso como uma vingança póstuma.

— Quem a encomendou? — o cardeal Luigi pergunta novamente, mais alto, achando que Leonardo tem dificuldade de ouvir.

— Giuliano de'Medici — responde Leonardo. — *Il Magnifico*.

O cardeal me olha, inflando de admiração.

Eu rio. Leonardo me espia, maravilhado. Juntos, estamos inventando a lenda de minha criação. Estamos fazendo o meu mito. Nossa fama.

Amboise, 1518

Primavera

AS MARTINETES BRIGAM E GORJEIAM, ANINHADAS NA HERA QUE cobre as beiras. Observamos o sol se pôr atrás do *château* real, enquanto Cecco tenta desenhar o contorno dos torreões, a luz suave de Touraine atravessando as janelas. Tudo está em paz. Leonardo decidiu passar outra camada translúcida de cobertura vermelha na minha bochecha. Ele segura seu melhor pincel, misturando-o com um óleo aglutinante para deixar o pigmento extraordinariamente fino. Faz cócegas na minha pele. Ele ainda não está satisfeito e deixa o pincel de lado, usando as pontas dos dedos para suavizar a sombra. Estamos contentes. Leda cantarola. Há o som do giz de Cecco contra a folha e o murmúrio quando Leonardo oferece a ele uma palavra ou duas, corrigindo-o, e a porta se abre e Salaì explode para dentro da sala. Ah, como eu gostaria que ele tivesse ficado em Milão! Mas, aborrecida, vejo que Leonardo está eufórico de vê-lo. Sua expressão se ilumina como uma lâmpada recém-acesa.

— Sentiu minha falta? — Salaì não espera por uma resposta. — Eu trouxe presentes.

Ele tira doces italianos amassados de sua sacola como se fossem ouro, junto com várias garrafas de Vin Santo, e os deixa sobre a mesa. Leonardo olha para ele como se fosse o Filho Pródigo voltando para casa. Parece que tudo foi perdoado. Salaì vem e se senta ao lado do mestre, que passa as mãos na seda do cabelo de Salaì e o beija profundamente. Ele agarra a mão dele, parecendo que, se o soltar, ele desaparecerá mais uma vez, como uma miragem.

— Não trouxe só presentes — diz Salaì, gostando da atenção. — Um homem a caminho de Milão teve de pagar um pedágio de cinco escudos para entrar na cidade. Fez um alvoroço tão grande que atraiu vários transeuntes, que perguntaram por que ele estava tão perplexo. E o homem respondeu: "É claro que estou perplexo que um homem inteiro pode entrar aqui por meros cinco escudos, quando, em Florença, eu tive que pagar dez ducados só para colocar meu pau dentro! Deus salve e proteja esta grande cidade e todos que a governam!".

Leda dá uma risada alegre e Leonardo gargalha.

— Cecco, pegue a caneta. Escreva isso. É maravilhoso.

Cecco encara Leonardo para ver se ele está falando sério e, chocado, nota que sim. Rabugento, ele pega a caneta e começa a escrever.

— Tome cuidado para escrever tudo — diz Salaì. — Posso repetir se quiser.

— Não é necessário — grunhe Cecco.

Salaì chutou os sapatos para longe e se esticou diante do fogo como um dos gatos do ateliê, e Leonardo afaga seu cabelo enquanto Salaì continua a diverti-lo com fofocas de casa e outras piadas maliciosas. Cecco está incomodado. Ele anda batendo o pé e faz barulho, rebaixado ao segundo lugar. Salaì trapaceia e se comporta mal e é adorado. Cecco é leal e labuta, e é apreciado e benquisto, mas não é amado como Salaì. A volta de Salaì é ruim para todos nós. Eu o flagro me espiando e me medindo como se fosse uma carpa premiada quando Leonardo não está olhando.

Consigo ver que Leonardo está velho. Há algo frágil nele. Parece uma pintura que foi restaurada uma e outra vez, mas consigo ver as rachaduras no painel e, a certo ponto, a pintura se entortará e se partirá, irreparável. Digo a mim mesma que devo aproveitar o tempo que tenho com ele enquanto ainda consigo, mas a verdade é que não posso suportar a ideia de ele morrer. Saboreio a primavera com ele e me preocupo com quantas outras ele verá. Em alguns dias, o giz treme em sua mão, em outras, ele fica completamente estável. O fogo é aceso no ateliê, mas, um pouco mais longe das janelas, os canteiros espumam com não-me-esqueças, irrompem com tulipas e os sinos aromáticos de lírios-do-vale, no entanto, Leonardo se senta diante das chamas, sem nunca realmente sentir o calor; a frieza da morte já o persegue. À tarde, tentamos convencê-lo de pegar sol, mas Cecco está na volta, pronto para pegar seu braço se ele oscilar. Ele se senta no sol com um tapete sobre os joelhos, sob o olmo, onde desenha por uma hora e meia, mas então adormece, o giz caindo de sua mão.

Cecco me carrega e fico sentada com Leonardo, e ele me conta histórias enquanto trabalha, geralmente de sua infância. Algumas das histórias são familiares, mas ele nunca as contou nesse nível de detalhe ou carinho. Ele fecha os olhos e respira fundo a fragrância da magnólia e do epilóbio. Tento me lembrar de cada palavra, cada frase, caso esta seja a última vez que ele me conta algo assim.

— Em dias como este, nós costumávamos remar no rio Vincio. As mulheres encharcavam os bambus para que ficassem moles o suficiente para serem trançados em cestos. Eu gostava de observá-las. Para mim, era algo deslumbrante; elas cantavam enquanto trabalhavam e contavam histórias. Os outros meninos deambulavam e lutavam e brincavam, não ficavam fascinados com aquilo. Mas, para mim, o som e o cheiro do rio, e os dedos dela, fazendo doces nós, nós amorosos, *dolci Vinci*. Estou preso àquele lugar. Para sempre Leonardo de Vinci.

Até onde sei, a mãe dele era uma tecelã de vime, e queria perguntar sobre ela. Ele nunca fala de Caterina, e nem sei se ele lembra dela; mas, quando olho para ele, já está adormecido. Sua pele está acinzentada e não tem cor, sob o branco da barba. Seus dedos magros descansam no lençol. Suas pálpebras farfalham, e sua boca não está fechada. Tudo o cansa.

O rei faz uma visita ao entardecer. Há túneis que ligam o *château* real à nossa mansão e, em dias úmidos ou quando ele deseja escapar da gala da corte, ele vem com um único guarda para ficar sentado com Leonardo por uma ou duas horas e falar com ele no ateliê. O jovem rei é atrapalhado, ambicioso, ocupado com suas estratégias, enquanto Leonardo gosta de ouvir. Francisco me lembra da raça de príncipe que Maquiavel imaginava, esperto e cobiçoso de poder. Seria bom para ele ler o livro que Maquiavel escreveu. Leonardo o recomendou ao rei, mas ele se recusa. É melhor assim. Francisco não precisa de ajuda alguma com a guerra ou a vitória. Leonardo fala gentilmente de arte, e um dos gatos do ateliê pula em seu colo. Ele afaga o pelo na barriga dele distraidamente enquanto o bicho ronrona, desavergonhado, encarando abertamente o Rei Mais Cristão da França.

— Cecco, traga-me o portfólio de desenhos de animais — instrui Leonardo.

Cecco obedece, virando-se para encontrar o caderno correto entre os muitos empilhados nas estantes. Ele procura por um momento e, depois, apresenta o volume a Leonardo, que o abre e vira as páginas rapidamente, cutucando o gato em seu colo até encontrar uma página de desenhos felinos, a maior parte deles do mesmo amado e audacioso bichano laranja. Ele passa o livro para Francisco, que admira os desenhos, enquanto Leonardo pega o gato pelo cogote, e este mia, indignado, e faz cócegas debaixo do queixo dele.

— Se, à noite, colocar seu olho entre a luz e o olho de um gato, verá que o olho parece pegar chamas — diz Leonardo.

Francisco olha para a íris verde do gato irritado, procurando o que ele diz como um amante, e então ri, sem ser o príncipe de Maquiavel por um instante, mas uma criança alegre.

Na tarde seguinte, Cecco está se preparando para me colocar do lado de fora para que eu fique com Leonardo sob o olmo. É o dia mais quente desta primavera. As primeiras libélulas já eclodiram, e elas voam acima do lago verde como os brinquedos mecânicos do mestre, as asas iridescentes refletindo o sol do lado de fora da janela. Nem mesmo Leonardo pede para acenderem o fogo. Salaì entra no ateliê, franze o cenho, cruza os braços e faz um som de desaprovação.

— Maestro, o sol não faz bem para a pintura de Mona Lisa, faz? Em um dia como este, tão quente e claro? Me preocupa que ela fique danificada.

— Bobagem — digo, indignada.

Mas Leonardo já está ouvindo; o verme está entrando em sua orelha.

— Os pigmentos minerais vão ficar bem, mas talvez os aglutinantes misturados a eles podem ser danificados. Temo que esteja certo, Salaì. Fui egoísta ao desejar a companhia dela.

— Não! Eu fico na sombra. Olhe para mim — eu objeto. — Não sofri nenhum dano.

— Vou sentar-me para lhe fazer companhia, maestro — diz Salaì, escorregadio como azeite de oliva. — Podemos discutir a celebração do batismo do delfim.

— Salaì não se importa com os planos do festival! Essa é a tarefa de Cecco. Salaì nunca se oferece para ajudar. Não seja absurdo. Ele quer alguma coisa.

Leonardo suspira, olhando-me com tristeza.

— Não é possível que ele apenas queira minha companhia? Não seja cruel, Mona Lisa. E ele se importa com você mais do que pensa. Fomos tolos, você e eu. É apenas sorte que você não esteja danificada, a esta altura.

— Por favor. Eu sempre fico com você.

— Não precisa se preocupar. Salaì vai cuidar de mim hoje.

Ele permanece firme. Salaì se regozija. Estou revoltada e impotente. Leonardo tem certeza de que está fazendo o melhor para mim. Salaì me pega e me coloca de volta no meu cavalete no frescor do estúdio, triunfal.

— Fique comigo, Mona, *stellina mia* — diz Leda. — Me conte mais uma vez a história de como desejou que eu existisse e como eu nasci.

Geralmente, adoro recitar este conto uma e outra vez, mas agora estou com medo e apreensão do que Salaì pode estar dizendo no ouvido de Leonardo. Ele me deixou na janela, onde posso ver bem o olmo. Posso vê-lo com Leonardo. Eles estão sentados bem juntos, conversando. O mestre não desenha hoje. Ele nem sequer pega o giz. Ele ri um pouco, a princípio, mas depois parece preocupado; mexe nos nós do tapete. Os dois olham de relance para a janela do ateliê, onde Leda e eu aguardamos.

— Eles estão falando sobre nós — insisto.

— Você é desconfiada demais — responde Leda. — Não está perdendo nada além de piadas sujas, o que, concordo, é uma pena.

Salaì se aproxima mais e continua falando, enfático, e Leonardo o ouve, infeliz. Depois de um tempo, Salaì o deixa sozinho, após beijá-lo com ternura em cada bochecha e ajeitar o lençol ao redor dos joelhos de Leonardo, mas o mestre não dorme. Ele só encara nossa janela.

Depois, à noite, imploro a Leonardo que me conte o que ele e Salaì discutiram, mas ele só murmura com pesar:

— Tudo ficará bem, minha Lisa. Tudo ficará bem. — E ele não sorri.

Verão

É A CELEBRAÇÃO VESPERTINA DO BATISMO DO DELFIM. O VASTO *château* real em Amboise é uma maravilha de pedra branca alvejada, sobressaindo-se contra a maior extensão do rio Loire. O *château* é uma cidade medieval, com mil torreões pontudos alfinetando o céu, e chaminés resfolegando fumaça enquanto espetos giram com porco e carne caçada, e caldeirões borbulham com sopa branca para a celebração do príncipe infante. Enquanto o sol se põe, a pedra alvejada do castelo está pintada de rosa, e a fachada inteira brilha. O vento sopra do rio, murmurando entre os limoeiros e fazendo as bandeirolas do rei e do delfim estalarem como chicotes. Leonardo mandou que um arco do triunfo de flores trançadas seja colocado no grande gramado ao lado de fora do *château*: lírios para a França e jasmim perfumado e laurel para um futuro rei e poeta. Ao lado do arco, uma efígie de um golfinho salta, o emblema do delfim, passando por um círculo de lírios, em direção a uma piscina límpida. O pátio inteiro diante do palácio está coberto de lençóis de tecido azul-celeste, costurado com estrelas douradas em arranjos celestiais, junto com os principais planetas — Marte, Júpiter e Saturno —, criando uma grande tenda lantejoulada e espaçosa que pode abrigar centenas de pessoas. Enquanto escurece, empregados se apressam para acender quinhentas tochas.

O rei e a rainha começam a dança, e logo a corte inteira está cheia de maravilhamento e exultação pela alegria da ocasião. A França tem um novo herdeiro, e esta é uma celebração digna de tamanha felicidade. Observo Salaì. Ele está bêbado e sorri, maldoso e satisfeito — mais satisfeito do que a situação requer que esteja. Por que ele se preocuparia com o futuro da França? Foi ele quem insistiu que Leda e eu fôssemos levadas para a festa. Na maior parte do tempo, agora, ela e eu ficamos na mansão de Clos durante as festas; mas, hoje, Salaì pressionou Leonardo, dizendo que ele deveria nos levar. As estrelas douradas no toldo brilham no escuro. A música toca. É quente demais na tenda com todos os farristas, e a parte de dentro da lona escorre de umidade. Observamos a festa real, que agora se senta em um estrado erguido. Estou desconfortável no meio da celebração. Leonardo está sentado diante de uma mesa cheia de iguarias: truta com alcaparras, nacos de javali banhados em Calvados, uvas Moscatel e queijos que se derretem — ele não prova nada disso, mas Salaì se esbalda com gosto, tomando brande e vinho. Leonardo é quase inteiramente vegetariano e se veste quase só com linho — ele não quer que outra criatura sofra para que ele coma ou se aqueça. Uma empregada lhe traz um prato de nozes e vegetais, e ele agradece, mas brinca com a comida sem comê-la. Ninguém fala muito — é difícil falar mais alto do que o barulho da música —, mas, mesmo assim, Leonardo está desanimado. Um lacaio se aproxima de nosso grupinho, vindo da mesa do rei.

— Sua Majestade pediu que Mona Lisa e Leda, a rainha de Esparta, se juntem à Sua Majestade, rainha da França, para verem os fogos de artifícios e espetáculos — diz.

Olhamos para a turba real e vemos que estão bebendo vinho e rindo. Há algo na situação que me perturba. O rei e a rainha parecem esperar por Leda e por mim. Há um par de cavaletes colocados na plataforma real. Salaì sua e se remexe, ansioso para se livrar de nós.

— Vou ficar aqui — digo, e, para meu alívio, Leonardo não me pressiona.

— Eu deveria estar no estrado real — declara Leda. — Por favor, venha comigo.

— Não acho que devemos ir — digo.

— Gostaria de me divertir um pouco, uma vez na vida. — Leda suspira. — E a vista é melhor do lado de lá.

Leonardo franze o cenho.

— Cecco irá com ela. Certifique-se de que ela não se machuque.

Cecco e o lacaio carregam Leda para a plataforma real, onde é recebida com falsa cerimônia e pompa, e depois é colocada no cavalete. Salaì está feroz após ter bebido uma grande quantidade de vinho da adega do rei. Mesmo sob a luz das tochas, consigo ver que o branco de seus olhos está injetado e vermelho. Ele lambe os dentes e, na escuridão, parece a língua de uma cobra.

— Vamos, maestro. É a hora certa. Já discutimos isso muitas vezes. É o momento de demonstrar sua gratidão para o rei da França — ele diz.

Leonardo não responde.

— Não está grato por sua extrema generosidade?

Leonardo assente, miserável.

— E esta, a celebração pelo batismo de seu filho, é a ocasião perfeita. Concorde com a venda. Assine os papéis. Livre-se disso.

Ele espalma uma folha de papel na mesa diante de Leonardo com uma caneta e um tinteiro, e sai, exasperado, procurando outro garrafão de vinho.

Leonardo me olha, acometido. Está tão branco quanto a lua pintada no interior da tenda.

Olho para Leonardo, horrorizada e traída.

— Está nos vendendo para o rei?

Ele não consegue me olhar, mas murmura.

— Você e Leda ficarão comigo até eu morrer. É o que decidimos com Sua Majestade.

— Você não tem como saber! Ele é um rei! — Mal posso falar, chocada; minha voz está fina e esganiçada. — Todos nós estaremos à mercê dele. Ele pode nos pegar a qualquer momento. Nos colocar em qualquer um de seus palácios.

Leonardo continua sem olhar para mim. Ele pisca, engole em seco, como se estivesse engasgando no nó de sua garganta.

— Confio que ele não fará isso. E, acima de tudo, preciso ter certeza de que estarão seguras depois de eu partir — ele diz.

— Não. Por favor. Eu imploro. Deixe-nos com Cecco! Ele é um homem bom. Ele cuidará de nós.

— Sim, é um homem bom, o melhor, mas ele não é um rei. O que acontece depois de Cecco partir deste mundo? Depois deste rei morrer, haverá outro e outro.

— E? Acredita que estaremos seguras na coleção real?

Ele não responde, já que não sabe se estaremos. Só espera e deseja que assim seja. Ele foi convencido por Salaì a cometer traição e tolices. Fervo de raiva e mágoa. O que ele fez? Está sentado diante de mim, encolhido e cinzento, brincando com o linho de sua túnica, perdido e atormentado.

— Leonardo, não quero que me venda. Não sou um objeto, uma mera coisa. Estivemos juntos durante minha existência inteira. Seja lá o que acontecer comigo depois, não pode me vender como se não soubesse o que sou. O que sou para você.

Leonardo endurece, irritado.

— Nunca teria me separado de você por vontade própria, do momento em que a criei. O que estou fazendo, faço por você. — Ele faz uma pausa, considerando, e quando finalmente olha para cima, assente. — Muito bem. A escolha é sua, Mona Lisa.

— Não serei vendida por você. Não importa o que aconteça comigo, prefiro arriscar.

Salaì anda aos tropeços com um jarro de vinho, deixando um pouco cair. Ele olha para os papéis em branco na mesa.

— Salaì, não vou vendê-la. Ela não quer ser vendida.

Salaì empalidece, furioso e frustrado.

— Direi à Sua Majestade que mudou de ideia.

O rei está decepcionado, mas diz entender. Ele ama Leonardo, mas o caso afetou o maestro. Ele está exausto e fica com um forte resfriado, cheio de fleuma que chocalha em seu peito quando ele respira. O rei manda seu próprio médico para a sangria, mas Cecco o manda de volta. Leonardo se recusa a sangrar. Nós damos cinco ducados de ouro para o médico, para que ele não conte ao rei. Ele guarda o dinheiro e conta para o rei mesmo assim.

Todos tentamos consolar o mestre, persuadi-lo a melhorar, para equilibrar seus humores vitais. Todos além de Salaì. Ele mal fica com Leonardo. Anda ao redor do terreno da mansão e não fala com Cecco, exceto quando é hora de receber seu estipêndio. Estou aflita com o mestre. Em vez de mostrar decepção com seu favorito, o mestre parece se repreender. Ele não pode agradar a nós dois. Ele me escolheu e humilhou Salaì diante do rei, revelando o limite de sua influência. Leonardo se levanta de sua cama para assinar a herança que deixará para ele: uma fazenda e um vinhedo em Milão, que Salaì recebe com frieza, como se fosse o mínimo. Leonardo o enche de dinheiro. Salaì agradece sem falar muito e parte para Milão.

Fico aliviada de não vermos Salaì de novo esse ano. Acredito que sua tentativa de vender a Leda e a mim ao rei acabou, e que, após sua morte, ele nos deixará com Cecco, mas sou jovem e tola.

Outono

ENQUANTO AS FOLHAS CAEM, LEONARDO RECUPERA PARTE DE SUA força. Parece um pouco mais o que era. Quanto mais longe Salaì está, mais sua influência se enfraquece, como um magneto em um corpo de metal. Em outubro, Leonardo está forte o suficiente para deixar o quarto e chegar ao ateliê com ajuda, sentando-se diante do fogo. As janelas estão abertas durante o dia, para que entre ar fresco, apesar de as deixarmos bem fechadas à noite para evitar os vapores. Cecco tenta incansavelmente organizar os escritos e os desenhos de Leonardo, mas o mestre continua mudando de ideia a respeito de como quer categorizá-los — por ano ou tema ou assunto. Será que todas as invenções devem ser colocadas juntas? Todos os desenhos de animais? Todos os cavalos deveriam estar em uma coleção, ou a cavalaria que era parte do *modello* de *Anghiari* deveria ficar junto com esses preparativos? Cecco trabalha sem reclamar, reorganizando-se, ordenando e reordenando. É uma jornada pela mente do mestre, labiríntica, caótica e brilhante.

Ele quer que os desenhos e as anotações das dissecações sejam publicados juntos. Cirurgiões devem estudar seu trabalho, para examinar suas descobertas e aprender com elas para entender a máquina humana. Com a morte, aprendemos sobre a vida. Ele precisou dos desenhos de músculos e fluxo sanguíneo para criar Leda, para torná-la maravilhosa. Ela está posicionada atrás dele com suas crianças em sua glória devastadora. Olho para os dois, lado a lado, e entendo que somos uma família. Todos os dias que passamos juntos são mais preciosos do que todas as folhas de ouro do ateliê.

Enquanto estudamos os rascunhos e as anotações, revisitamos a vida que vivemos juntos, e Leonardo se remói novamente de remorso por ter considerado nos vender. Implora por nosso perdão.

— Eu o perdoo — digo. — Fez isso por amor. Fez o que achou que seria o melhor. Mesmo que estivesse errado — acrescento.

Leonardo ri.

— Mesmo com o perdão, é obstinada, Mona Lisa.

Leda o perdoa, finalmente, de má vontade, mas eu sempre amei Leonardo mais do que ela o ama. Mesmo que eu a adore, sei que aprendi a ser mais humana que ela. Aceito defeitos e fragilidades humanas. Eu amo um homem. Eu não forniquei com um cisne.

Leonardo pede que eu seja levada ao seu quarto à noite. Falo com ele enquanto ele adormece, tentando consolá-lo. Ele dorme intermitentemente e acorda muitas vezes com pesadelos. Pergunto-lhe sobre seus sonhos, mas ou ele não lembra, ou ele não quer contá-los. Ele deixa giz ao lado da cama e às vezes se senta na cama para rascunhar. O ato de desenhar o conforta. Então, uma manhã, ele se levanta cedo, perturbado e surpreso.

— Paz! Está aqui, tudo está bem — digo.

— Não, Mona — ele fala —, nem tudo está bem. Estou preso nesta jaula. — Ele gesticula em direção ao seu corpo. O lado direito, torto e enfraquecido. Ele tenta achar algo para beber. — Sou jovem nos meus sonhos. Estou com meu pai e ando pelas colinas e não me canso. E, então, acordo para isto.

— Pare — digo. — Não é tão ruim assim. Pode desenhar e falar. É amado.

Ele não responde e, em vez disso, ouvimos a tagarelice grosseira dos pássaros da aurora. As persianas foram deixadas abertas a pedido dele, e o céu está pintado com pinceladas de carmesim, amarelo e cinabre vívido. Um milhafre plana no céu, a ponta das asas coloradas de ouro sob a luz. Leonardo sorri ao vê-lo.

— Um milhafre. Caçando seu desjejum. O pobre rato mal imagina o que lhe aguarda.

— Vê? — digo a ele. — Estamos aqui, ouvimos os pássaros, vemos o milhafre voar.

Ele está quieto por um momento e, então, diz:

— Já lhe contei a história da pintassilga?

— Pintassilga?

— Sim.

— Acho que não. Me falou de um milhafre que o visitou em seu berço.

— Ah, sim. Minha primeira memória. Isto é diferente. É uma fábula. A pintassilga estava caçando minhocas, bem cedo, como nosso amigo milhafre faz hoje. Quando ela voltou para o ninho com o desjejum, descobriu que seus filhotes haviam sumido. Ela os procurou em todos os lugares. Na floresta. Entre os olivais e os vinhedos. O campo inteiro ressoou com seu chamado, mas ninguém respondeu.

"Finalmente, certa manhã, um pardal gritou: 'Acho que vi seus bebês na casa do moleiro'.

"A pintassilga voou para lá, seu coração batendo forte de esperança, e logo chegou ao moinho. A roda girava a água, mas ela não conseguia ver o moleiro. Ela pousou no pátio, que estava parado e em silêncio. Então, ao se virar, viu uma gaiola pendurada do lado de fora da janela do moinho. Ela rangia e balançava como uma forca. Seus filhotes eram prisioneiros.

"Assim que viram a mãe, os bebês começaram a piar, pulando para cima e para baixo, pedindo a ela que os soltasse. Ela chacoalhou as barras da prisão deles com o bico e sacudiu com suas garras, mas não adiantou. Então, com um grito agoniado, partiu.

"No dia seguinte, a pintassilga voou de volta para a jaula onde seus filhotes estavam presos. Ela cantou para eles e os observou por um longo tempo, dando-lhes o desjejum pelo espaço entre os barrotes da jaula, e seu coração se partiu de dor.

"Ela deu a eles um fruto envenenado, e cada um dos passarinhos morreu, um por um.

"'Melhor a morte', ela murmurou, 'do que a perda da liberdade.'"

— Que história terrível — digo. — Que bom que não me contou isso antes. Não quero ouvi-la de novo, por favor.

Detesto a fábula porque sei por que ele contou isso agora. Ele deseja que eu entenda que, se seu corpo virar uma jaula, ele quer estar livre.

— Ainda não, Mona Lisa — ele diz suavemente. — Temos um pouco de tempo.

Ele pega o giz e começa a desenhar na luz rosada. Observo o giz se mexer com precisão na página. Ele não está desenhando o pássaro que eu espero ver. Não é um milhafre ou um pintassilgo, mas uma menina. Parece a jovem Lisa del Giocondo e, lentamente, linha por linha, ela aparece na página. As espirais de seu cabelo voam com o vento invisível, e ela agarra seu vestido. Seus pés estão descalços e ela dança na margem de um rio entre os juncos. Um sorriso furtivo brinca em seus lábios. Ela está apontando o caminho. Eu não pergunto para onde. Eu sei. Ela aponta para a morte. Ainda não, mas logo.

Ela é mais velha que as rochas onde se senta;
Como o vampiro,
Morreu muitas vezes,
E aprendeu os segredos do túmulo,
E mergulhou nos mares profundos,
E guarda para si seus dias caídos…

Walter Pater, 1984 org. W. B. Yeats 1936

Paris, 1938

Verão

ATRAVÉS DO TETO DE VIDRO, PUDE VER O AZUL-COBALTO DO céu e a inclinação das nuvens alvaiades. Só Michelangelo ou o próprio Leonardo poderiam fazê-las parecer mais tão leves. Observei enquanto uma aranha subia por uma teia invisível em direção ao céu, passando a curva do traseiro de um anjo no estuque do teto e perseverando até descer de novo, pausando precariamente alto, acima do chão. Nenhum dos visitantes percebeu a minúscula excursionista, balançando como um pendente acima de suas cabeças.

Muitos deles vieram me ver. Eu os encarava de volta. Agora eu era um marco nos guias de viagem e no tour expresso da Europa. Uma viagem a Paris não seria completa sem mim. Eu era a tia solteirona obrigatória com a qual se deve tomar chá quando se visita a cidade. Se eu aceitasse meu destino, ou me revoltasse contra ele, não faria diferença. Como Marianne ou Joana D'Arc, eu estava entre as primeiras mulheres da França. Eu não era mais uma pintura individual com sua própria história, mas uma cifra. Não pertenço a Leonardo, mas à horda. Eles não podem me ver e não me veem mais pelo que sou.

Minha trégua era Picasso. Pablo era agora um homem de cinquenta e sete anos. O cabelo preto como alcaçuz afinou, ficou branco e recuou, mas seus olhos mantinham a fúria. Ele era tão poderoso quanto sempre fora, girando nos calcanhares, vibrando de energia e resolução. Ele vinha me chamar na maior parte das semanas, acotovelando turistas para longe com irritação e desdém. Eu o procurei, já que ele disse que viria me visitar — aparentemente, tinha uma pintura que queria me mostrar, mas ele costumava vir só um pouco antes de o museu fechar e eu não conseguia vê-lo.

Só a multidão de sempre estava diante de mim, tagarelando. Tentei não ouvir. Eu já ouvira tudo milhares de vezes. *Ela é uma decepção. Pequena demais. Escura demais. Não, você está bastante errado. Ela é formidável. Uma esfinge melancólica. Não. É realmente uma desilusão.* Especulava se os turistas já imaginaram em algum momento que eles eram uma decepção para mim, quando, após olharem por menos de meio minuto, eles fugiam para comprar uma de minhas postais como evidência de sua visita. Eram, na maior parte do tempo, péssima companhia. Eu observava o homem idoso na parte de trás da aglomeração, apoiando-se em uma bengala. Ele me olhou por um tempo, perfeitamente de pé, olhando e olhando, sem pressa. Sorri de volta para ele. Ele tinha cabelo grisalho e uma barba aparada e pequenos óculos redondos. Os jovens pululavam ao seu redor, mas ele continuava parado, observando.

Finalmente, quando a próxima excursão turística saiu de lá, ele se aproximou. Ficamos sozinhos juntos. Ele estudou meu rosto de perto por mais outros minutos e, enfim, falou, não em francês, mas em alemão com um sotaque austríaco. Depois de tantos anos na galeria, ouvindo conversas, meu ouvido era excelente.

— Então, Mona Lisa. Eles a chamam de "a Primeira-Dama da França", mas você está exilada, de fato. — Ele deu de ombros, sem esperança. — Eu também estou no meu exílio. Saí de Viena esta manhã com minha esposa. Vamos para a Inglaterra amanhã, então, a partir deste dia, sou um estrangeiro.

Ele parecia desamparado e perdido, e quis oferecer a ele palavras de consolo. Havia algo em sua voz que me era familiar, mas não o reconheci. Ele abriu um sorriso pesaroso.

— Queria vir aqui. Olhá-la uma última vez. Sabe que solucionei o problema de Leonardo?

De imediato, minha simpatia se tornou impaciência. Eu não sabia que havia um problema de Leonardo.

Outro grupo de turistas começou a se agrupar ao meu redor. Uma das mulheres aparentava ter reconhecido meu admirador e cutucou seu acompanhante, e o cavalheiro mais velho levantou o chapéu.

— *Herr* Freud — ela disse, maravilhada. — Poderia nos honrar ao falar um pouco da psicanálise?

Sigmund Freud. Eu o contemplei mais uma vez, procurando em seu rosto alguém que conheci um dia. Bem que achei que a cadência de sua voz me era familiar. Ele passou um verão inteiro me visitando muitos anos atrás; mas, naquele então, ele era jovem. Ele se apoiou na bengala de ponta prateada e sorriu, benevolente, para os inquiridores.

— Madame, gostaria de saber um pouco a respeito de Leonardo da Vinci? Talvez deveríamos tomá-lo como paciente? — perguntou.

Ela corou, satisfeita.

— Seria um privilégio.

Engasguei, irritada.

Outros visitantes começaram a se aproximar e a se juntar à pequena reunião, ouvindo. Freud limpou a garganta.

— Em sua memória mais antiga ou possivelmente em um sonho, Leonardo lembra de ter visto um abutre visitando-o em seu berço e tocando em seus lábios com as penas da cauda — ele disse.

— Não era um abutre — reclamei. — Era um milhafre. Que tradução pavorosa é essa que leu dos trabalhos de Leonardo?

Freud gesticulou em direção ao final da Grande Galerie, dizendo:

— Ele até mesmo pintou o abutre em sua Virgem e Santa Ana. Pode ver o pássaro nos trajes da Virgem, se olhar de perto. Feito de forma inconsciente, acredito.

Eu ri.

— Não há pássaro. O drapeado do traje está desbotado. Somos senhoras idosas. Não somos mais o que éramos quando o mestre nos pintou pela primeira vez.

Freud e sua audiência me consideraram por um momento, em silêncio, e os mais crédulos saíram em busca da pobre Santa Ana e seu abutre imaginário.

Freud continuou:

— Não surpreende que ele tenha pintado o abutre de seu subconsciente. Depois do sonho que teve com a ave, ficou aterrorizado com a ideia de ser comido. É uma fobia comum.

— Ele não estava aterrorizado de ser comido! Ele queria voar. Leonardo sonhava com voar. Em ser livre.

Freud continuava falando. Para um analista, ele não era capaz de ouvir.

— Mas o abutre, na cultura egípcia, é também a deusa mãe. Leonardo foi tocado nos lábios pelas penas da cauda do pássaro. O que também representa o seio. A mãe fálica. Repele e atrai. É desejável, mas também ameaçadora. E, muito possivelmente, marca o início de sua homossexualidade.

Ouviram-se murmúrios de apreciação e maravilhamento da multidão ao redor dele. Era absolutamente exasperador.

Encarei o Salon Carré, desesperada. Além do grupo ao meu redor, os visitantes estavam partindo, e procurei por Pablo para me resgatar. Ele não estava em lugar nenhum, e Freud era imparável.

— Ele amava sua mãe, talvez um pouco excessivamente. E, então, foi tirado dela quando ainda era muito jovem. E podemos ver em seu trabalho que ele pinta para si mesmo uma mãe ideal, uma e outra vez. Essas Madonnas gloriosas. A Virgem com Santa Ana... Duas mães ao mesmo tempo. E esta Mona Lisa perfeita. A melhor de todas. Já que sua vida estava ligada ao problema dos lábios de sua mãe, ele era forçado a pintar todas as mulheres com o mesmo sorriso misterioso.

Ele se inclinou para trás, triunfante, apoiado na bengala de ponta prateada. Encarei-o com horror.

— Eu não sou a mãe dele — disse, horrorizada.

Para meu profundo alívio, Picasso chegou. Ele observou Freud e seu séquito, e então me olhou.

— Por que está tão irritada, Mona Lisa?

— Estou sendo forçada a ouvir como *Herr* Freud resolveu "o problema de Leonardo".

— Existe um problema com Leonardo?

— Não, mas existe o problema de Sigmund Freud.

Pablo riu, um resmungo baixo. Os olhos dos turistas foram do analista para a pintura, encantados; eles vieram ao Louvre como visita obrigatória e conseguiram um encontro muito mais divertido. Um sujeito jovem já estava ensaiando em sua mente o que diria aos amigos no jantar, mais tarde.

Pablo abaixou o pacote que levava e olhou para Freud.

— Já acabou? — Ele fez um gesto desdenhoso em direção aos visitantes.

— A não ser que eles tenham perguntas? — disse Freud educadamente.

— Eles não têm perguntas — disse Pablo. — Eles estão de saída. Fora.

Grunhindo, os turistas se foram, enxotados por Pablo, que pediu a ajuda de um guarda do Louvre. Depois de eles saírem, Pablo se virou para Freud.

— O que é esta ideia a respeito de Leonardo, então? — Pablo questionou.

Pacientemente, Freud recontou sua teoria. Tentei reclamar, mas Pablo ficava me silenciando.

— Fala com ela como se ela fosse real — disse Freud. — Interessante.

— E você não. É estúpido — irritou-se Pablo.

— Não seja rude. Não há necessidade — critiquei.

— Ela falou com você de novo? O que ela disse? — perguntou Freud.

Pablo hesitou.

— Ela disse para eu não ser rude.

— Que fascinante. Ela é seu melhor lado. Uma boa mãe repreensiva.

Pablo praguejou.

— Diga a ele que não gosto de sua teoria a respeito de Leonardo — disse.

— Ela acha que suas ideias a respeito de Leonardo são uma merda. *Merde*. Ela deve saber. Ela o conheceu.

Freud parecia despreocupado com a resposta. Ele estudou Pablo.

— E o que você acha, *Monsieur* Picasso? Já que não sente o mesmo que Mona Lisa, que é real.

Pablo deu de ombros.

— Não dou a mínima. De qualquer forma, sou um artista degenerado. Por que importaria o que diabos eu penso?

Havia raiva e ressentimento real na forma com a qual ele pronunciou degenerado; tanto eu quanto Freud ouvimos. Uma exposição ocorreu em Munique no ano anterior, denunciando seu trabalho, assim como o de outros amigos, e pinturas feitas por artistas judeus. Ele me contara tudo, irado, várias vezes. Não havia muito que eu pudesse dizer para confortá-lo.

— Os melhores artistas são degenerados — disse Freud. — É uma grande honra.

Decidi que Freud era um crítico de arte terrível, mas um homem bom, e decidi perdoá-lo. Ele se sentou em um dos bancos e, de novo, parecia exausto e perdido.

— Sinto muito que deva partir. O exílio não é tão ruim quanto pensa. Alguns de nós o escolheram — disse Pablo.

Freud suspirou e tentou sorrir.

— Ah, sim, mas você era um rapaz quando saiu da Espanha. Era uma aventura. Eu sou velho. Se algum dia eu voltar a Viena, eles me matarão. Nunca mais verei meu lar.

Pablo tirou duas cervejas do bolso, abriu uma delas e ofereceu a outra a Freud, que o olhou com surpresa e bebericou. Pablo bebeu da própria garrafa e então brincou com o barbante do grande pacote embalado em papel pardo encostado no banco ao lado dele.

— Isso é para mim? — perguntei.

Pablo assentiu. Ficou de pé e começou a desembalar as camadas. Freud observou por um momento e então o ajudou. A galeria estava quase vazia agora, com exceção dos guardas do Louvre, mas eles estavam acostumados com Picasso e sempre o deixavam ficar um pouco mais depois de fechar. Quando a pintura foi desembrulhada, ele a colocou para que a visse, ficando de lado.

— É minha querida Dora Maar e, como sempre, você, minha querida.

Encarei a pintura de uma mulher sentada em uma cadeira, vestindo uma saia xadrez; ela tinha cabelo preto e comprido, e estava meio virada para o espectador em uma posição de *contrapposto*. Os olhos dela eram enormes, e de expressão sensível; sua boca estava em um meio sorriso lutuoso. Ela se apoiava no braço da cadeira com um cotovelo, as mãos pintadas com esmalte escarlate e vibrante.

— É Mona Lisa com unhas vermelhas — declarou Freud, empolgado.

— Gosto muito delas — concordei.

Picasso grunhiu e começou a embalar a pintura de novo. Eu tinha visto tanto de mim e de suas mulheres com os anos, mas gostei particularmente desta Dora posando como eu, de unhas compridas e vermelhas.

—Tinha alguns dias em Paris e veio aqui? — perguntou Pablo, voltando a olhar para Freud.

— Uma única tarde e só vim aqui ver a Mona Lisa. — Ele tomou outro gole de cerveja. — Como é o exílio, Mona Lisa? Partiu da Itália muito tempo atrás.

— Viu! — disse Pablo com uma risada. — Você também fala com ela. É inevitável.

— Ela respondeu minha pergunta? — perguntou Freud.

— Não — disse Pablo, notando os guardas dizendo que era hora de sair. — Ela não respondeu. A galeria está fechando, vou levá-lo até a saída.

Eles não ouviram minha resposta, já que eu não a disse em voz alta. Eu vivi em exílio por séculos; não era exílio da Itália, mas de outra época. Eu era um fóssil de outra era, como um pedaço de osso de pliossauro encerrado em um túmulo de calcário, aberto e levado pelas ondas até a praia após uma tempestade. Os visitantes me contemplavam, fascinados e deslumbrados. Eu era tão estrangeira para eles quanto as relíquias romanas no corredor. Eu era um vestígio, um deslize da história, caindo pelos séculos como uma fenda no tempo, mas eu não era uma viajante no tempo, já que nunca poderia voltar. A viagem era só de ida. Durei mais que minha idade. Não disse a *Herr* Freud o quanto o exílio é solitário nem como é difícil suportá-lo.

Aveyron, 1939

Verão

O LOUVRE FECHOU ÀS CINCO DA TARDE COMO SE FOSSE UMA noite qualquer de agosto mas, no momento em que o último visitante partiu, um pequeno exército de funcionários do museu — curadores, faxineiros, guardas, as senhoras bem penteadas da cafeteria e da loja de presentes —, estudantes, artistas e voluntários se aglomeraram em cada salão e corredor da galeria. Jacques Jaujard, diretor do Louvre, convocou uma reunião com todos eles no Salon Carré. Juntos, eles se puseram a escutar. Jaujard estava imaculadamente bem-vestido, como sempre, mas parecia esquálido e cansado.

— A União Soviética e a Alemanha assinaram um acordo de não agressão. Começaremos esta noite.

Olhei para as mais de cem caixas vazias esperando para receberem pinturas e esculturas das coleções do Louvre desde o instante em que o diretor decretou que era hora de evacuar os tesouros de Paris e escondê-los em toda França. No entanto, desajeitados como eles eram, as próprias caixas não eram os itens mais incongruentes do Salon Carré naquela noite. Apoiado contra eles estavam duas dúzias de cópias minhas.

Algumas eram interpretações envelhecidas e delicadas da Renascença. Também havia imitações desajeitadas do século XVI, e engenhosas imitações do século XIX fingindo serem do século XVI, exceto que foram pintadas em tela e não em madeira. Algumas tinham uma semelhança sutil comigo — uma prima distante, talvez;

outras eram broncas e feiosas. Algumas eram grandes demais. Em várias, eu parecia jovem demais. Senti como se estivesse olhando para versões deturpadas de mim mesma em espelhos estranhos e distorcidos. Algumas Monas tinham sorrisos afetados, outras, sorrisos maliciosos. A maioria foi embelezada, até se tornarem sem graça. Eram vagas e burras. O Salon Carré se transformou em uma fábrica de Mona Lisas. O diretor do Louvre observava cada uma atentamente, inspecionando-as, aceitando algumas e dispensando outras. Dezenas de olhos de Mona Lisa pareciam segui-lo.

— Passável. Embrulhe-as e etiquete-as. *Non*. Envie essas de volta para o depósito — disse Jaujard, carrancudo e com um cigarro na mão. — Queremos que seja possível enganar as pessoas. Que o povo comece a fofocar.

Algumas cópias até eu mesma reconheci. Uma ou duas foram realizadas durante a vida do maestro. Outras tinham sido feitas enquanto eu sufocava no *appartement des bains* do rei Francisco ou na galeria do Fontainebleau, e a pintura dessas cópias havia escurecido horrivelmente por muito tempo em porões e sótãos. Lá, escondida na parte de trás, estava a grotesca Mona Vana de Salaì com seus peitos de madeira, olhando de soslaio para mim. Ela também foi colocada numa caixa rotulada como "Mona Lisa, Da Vinci". Um insulto para nós dois.

— Escreva em cada caixa-isca "Mona Lisa" em tinta vermelha — disse Jaujard.

— E na caixa com a Mona Lisa verdadeira? — uma de suas assistentes perguntou.

— Marque como MN em preto, sem outras letras ou números. Não coloque nem o número de catálogo do Louvre na caixa.

A assistente se aproximou e me removeu da parede, mas Jaujard colocou uma mão em seu ombro para pará-la.

— Não. Ainda não. Ligue para os correios. Peça a eles que desconectem os fios dos telefones e dos telégrafos para permitir que nossos caminhões passem por baixo.

Ela correu para fazer a ligação, deixando-me a sós com Jaujard e as inúmeras versões de mim mesma. Elas me olharam de volta, sorridentes e perturbadoras.

Sob ordens estritas de Jaujard, as legiões de ajudantes começaram a arrancar pinturas das paredes, libertando-as de suas molduras para empacotá-las e engradá-las. Os datilógrafos estavam a postos para registrar as listras dos números de catálogo de cada quadro e cada peça de escultura, e os corredores ressoavam com o chocalho desajeitado das chaves, um prelúdio assustador da guerra que estava por vir. As pinturas foram todas levadas para o Salon Carré para serem embaladas e verificadas por Jaujard, que marcava as caixas com um ponto amarelo nas caixas da maioria da coleção, um ponto verde em alguns itens significativos e um ponto vermelho nas pinturas mais impressionantes. Eu o vi ungir a caixa contendo a pintura de Rafael da Madonna nos Jardins e *Menino com Santa Ana*, de Leonardo, com dois pontos vermelhos. A tarefa de empacotar toda a coleção foi hercúlea. Havia milhares de pinturas para serem movidas e apenas algumas horas até o primeiro de nós precisar ir embora da cidade. Picasso e vários de seus amigos chegaram para ajudar. Ele acenou para mim, mas, em uma questão de minutos, já estava ocupado demais com uma equipe levantando a enorme *Balsa de Medusa* da parede. No momento em que foi posta com segurança no chão, ele estava de volta, subindo uma escada para pegar outra pintura, destemido e inesgotável. Jaujard movia-se entre todos eles, imaculado, imperturbável e determinado. Ele olhou para Pablo com cautela — talvez preocupado que ele poderia aproveitar a oportunidade para roubar outra relíquia inestimável.

A empreitada foi tamanha que os homens da comunidade parisiense de lojas de departamento foram convocados para ajudar. Eu assistia com interesse enquanto embalavam as pinturas com tato e delicadeza, dobrando os papéis com leveza e rapidez. Para minha diversão, notei que não só os assistentes das lojas estavam vestindo as mesmas batas compridas que os outros trabalhadores, mas também esplêndidos bonés listrados e collants cor de malva idênticos aos

ostentados pelos bufões da pintura medieval que estavam embru-
lhando no momento, como se os personagens da cena estivessem
empacotando a si mesmos.

Depois que as pinturas foram removidas das paredes, as molduras foram contornadas e os números e nomes dos itens foram
rabiscados no espaço vago com giz. Em poucas horas, as paredes
estavam desprovidas de arte e rabiscadas com giz — uma galeria
cheia de fantasmas. O exército de voluntários já estava trabalhando
havia algum tempo, e escurecia do lado de fora. Um dos guardas
tentou acender uma luz, mas Jaujard gritou para ele:

— *Non!* Eles poderão nos ver! Devemos tomar todos os cuidados caso haja uma batida. Luz a gás portátil, só!

A galeria tremeluziu com o brilho amarelo das lamparinas. Todos
trabalhavam com determinação ansiosa. Obras-primas eram encosta-
das em caixotes ou simplesmente deitadas no chão. Eu me estremeci
de medo que alguma alma bem-intencionada acidentalmente pisasse
em um Velázquez ou em um Ticiano. Uma jovem estava perto de
Jaujard, olhando para ele e depois para mim. Ela tinha pele luminosa
e um rosto em forma de coração, emoldurado por sobrancelhas feitas a
lápis, que poderiam ter sido desenhadas por Sandro Botticelli, e lábios
com formato de arco de cupido. Ela se aproximou e me examinou
com cuidado.

— Faremos de tudo para mantê-la fora de perigo, Mona
Lisa — disse ela. — Aconteça o que acontecer, a França precisa
saber que você está a salvo.

Algo em seu tom me fez ter certeza de que ela acreditava nas
próprias palavras, fossem elas verdade ou não.

Meu momento havia chegado. O próprio Jaujard me ergueu
da parede. Picasso, pingando de suor, veio ficar ao meu lado.

— Veja só, você viajará com estilo — disse ele, apontando para
um estojo feito sob medida que foi projetado para me caber, moldado
em madeira de álamo e forrado com veludo carmesim.

— Uma caixa ainda é uma caixa.

Tentei não pensar no baú onde passei anos sepultada. Nada do que estava acontecendo agora fora planejado como um sequestro, mas como uma tentativa de me manter livre. Jaujard me colocou com reverência e ternura no meu caixão feito a mão.

— Marque a caixa dela com três pontos vermelhos — ele ordenou.

Eu assisti enquanto me marcaram. Picasso se ajoelhou ao meu lado.

— Boa sorte, minha amiga. Quando tudo isso acabar, nos encontraremos de novo. Você e eu.

Ele me deu um beijo.

Jaujard fechou a caixa e tudo ficou escuro.

Eu não conseguia ver nada. Minha caixa de veludo foi selada na mais absoluta escuridão. Fui levantada e carregada, depois colocada em um veículo. Vozes falavam com urgência. *Mona Lisa vai no primeiro veículo. Ela lidera o comboio.* Um motor. Alto. O chocalho e as sacudidas do veículo. Eu não tinha noção das horas passando. Minha caixa abafava tanto a luz quanto o tempo.

Fui descarregada. Verificada quanto a danos e escondida novamente, mas não por muito tempo. Eu nunca estava segura o suficiente. O rádio zumbia de notícias ruins. *Guerra declarada, mas eles nunca tomarão Paris.* Colocaram-me de volta no meu estojo de veludo e me dirigiram para longe, noite adentro. Fui levantada da minha caixa em outro salão dourado e inspecionada em busca de cupins. Uma semana no *château* de Louvigny. O rádio tocava enquanto os curadores revestiam o forro de seda da minha caixa. *Paris caiu. Nenhum dos cidadãos olhará nos olhos dos invasores. Paris é agora "a cidade que nunca olha para você".*

Eu sentia alívio por não estar lá. Não só não queria ser sequestrada, eu jamais poderia desviar o olhar, não importava o horror.

Jaujard veio checar a mim e a meus companheiros pintados, e sentou-se em um canto do salão, fumando um cigarro após o outro, os dedos tamborilando de ansiedade.

— É nosso dever mantê-la segura. Os alemães não podem encontrá-la. — Ele franziu a testa, preocupado. — Mas nossos informantes avisaram que já tem oficiais nazistas em busca dela.

Então eu era procurada pelo Reich, um troféu de conquista para ser colocada na parede de um castelo como um veado morto em uma caçada. Tivemos que brincar de esconde-esconde por toda França.

Jaujard apagou o cigarro.

— Fui ordenado a voltar para Paris. Tenho que preparar o Louvre para a reabertura.

Imaginei o Louvre esvaziado de suas pinturas, Jaujard passeando por suas longas galerias com nada além de contornos de giz marcando onde suas riquezas costumavam ser expostas, zombando dos intrusos. Nenhuma *Vênus de Milo*, só um vazio onde *A Balsa de Medusa* e *O Homem com Luva*, de Ticiano, um dia conquistaram todos os admiradores. A alma da França, da liberdade, escondida. Senti pena de Jaujard. Ele foi compelido a cortejar monstros, obrigado a ficar ao lado do molde de gesso da *Vênus de Milo* e concordar com Goebbels como a arte mostra o melhor do homem e como sem ela não somos nada, sabendo o tempo todo que estes foram os homens que destruíram quaisquer pinturas que os desagradavam. A verdadeira coleção do Louvre teve que permanecer escondida na França rural como sementes sob o solo, prontas para florescer quando fosse seguro voltar, e as pessoas estivessem prontas para vê-las mais uma vez.

Todos os dias, o pisotear de coturnos se aproximava. Ouvíamos tiros e bombas. Tive de ser levada embora de novo. O norte da França já não era mais seguro para mim. Nós nos juntamos a caravanas esfarrapadas de fugitivos. Eu era apenas mais uma refugiada na estrada, tentando fugir da maré negra que engolia a Europa. Nós viajamos para o sul, para nos escondermos no Château de la Treyne, empoleirados precipitadamente às margens do rio Dordogne, trovejando ravina abaixo. Chegamos em uma tarde fria e ensolarada, e Jaujard explicou à castelã que todas as pinturas deveriam ser arejadas; se ficássemos seladas por muito tempo, nossa pintura começaria a escurecer. O *château* era bem escondido, a uma distância considerável da vila mais próxima, e Jaujard e os curadores, com ajuda da castelã, desempacotaram-nos de nossos caixotes e colocaram-nos no terraço com vista para o rio. Era um lugar magnífico para tomar sol, um momento de calmaria em meio ao caos da guerra. Fiquei lá, deitada no calor gentil, entre um Poussin e um Millet, olhando para um par de Rubens gorduchos na grama em frente, nus e aquecidos.

Jaujard fez uma pausa, suando com o esforço.

— Quando eu voltar para Paris, eles querem que a *Mona Lisa* venha também. Se eles puserem as mãos nela, jamais a veremos novamente.

— O que você vai fazer? — perguntou uma das curadoras.

— Vou tentar demorar o máximo que conseguir. Serei ineficiente, até que estejam ocupados com outra coisa. Devemos movê-la de novo em breve. Ela não pode ficar tempo demais em um único lugar. Não podemos deixar que seja pega.

— Não — concordei. — Não posso ser pega de jeito nenhum.

— E enviaremos uma das iscas — acrescentou Jaujard. — Ou, melhor ainda, vamos deixar que descubram uma delas.

Já manhã avançada, Jaujard voltou de Paris para verificar todos nós. Ele andava pelo terraço enquanto nós permanecíamos deitados no sol tranquilo. Uma jovem mulher chegou; eu a reconheci daquela última noite no Louvre — a moça que parecia saída de uma pintura de Botticelli. O rosto cinzento e exausto de Jaujard se iluminou de felicidade e ele a cumprimentou com um beijo apaixonado. Eu os observei com interesse.

— Jeanne. É verdade?

Jeanne olhou para mim e sorriu.

— Sim. Nossa Mona Lisa está a salvo por enquanto. Eles a pegaram mais ao norte. Está indo para uma mina de sal em Altaussee. Ou acreditam que ela está.

Ela deu um sorriso malicioso e Jaujard a beijou mais uma vez.

Eu queria que a pintura que os alemães encontraram fosse a Mona Vana. Ela merecia ser enterrada em uma mina de sal. Eu teria gostado de ser salva por Salaì, no fim, mas era demais desejar por isso. Eu sabia que era quase certamente uma das belas cópias minhas do século XVI ou XVII que enganou os nazistas, mas, ainda assim, eu sonhava. Se não fosse pelas outras pinturas roubadas, também escondidas lá, eu teria ansiado pelo colapso da mina, enterrando Mona Vana e o último pedaço da alma de Salaì.

Aveyron, 1944

Primavera

EU AINDA NÃO ESTAVA SEGURA. JAUJARD INSISTIA QUE EU FOSSE levada de lá para cá inúmeras vezes. Jeanne, como Agente Mozart, ouviu rumores de que os alemães não estavam convencidos de que tinham em mãos a verdadeira *Mona Lisa*. Eu não podia ficar em nenhum lugar por muito tempo. Meu próximo esconderijo era a antiga abadia de Loc-Dieu, aninhada no fundo de um vale pantanoso no meio de uma profunda floresta. Enquanto muitas das pinturas que viajavam comigo eram guardadas na capela gótica, à mercê da umidade, a castelã e seu marido me levaram para o quarto deles. Era considerado perigoso demais que eu ficasse sozinha, dia ou noite. Era um quarto confortável, com cama de dossel, uma lareira grande e janelas que davam para o verde ininterrupto da floresta. No entanto, os bosques não eram tão inóspitos quanto pareciam. Combatentes da Resistência assombravam as árvores.

A castelã cuidou de mim como se eu fosse sua própria filha adoecida. Meia dúzia de curadores do Loure viviam no *château*, e o próprio Jaujard nos visitava todos os meses. Ele trazia notícias de Paris e se irritava com a umidade do lugar. Assim que chegou, ele veio ao meu quarto e procurou meu rosto como um amante separado da amada, checando-me por qualquer tipo de dano, e então, quando terminou, sentou-se na mesa e bebericou de uma xícara de chá feito de folha de chicória amarga. Os curadores — uma jovem e um homem mais velho, calvo e com nariz de águia — sentaram-se e escutaram. Jaujard suspirou e passou os dedos pelo cabelo.

— A Gestapo destruiu várias pinturas esta semana. Armaram uma fogueira gigantesca nos jardins do Louvre, encharcaram com gasolina e atearam fogo. Quatrocentas, trezentas obras de arte. Miró. Klee. Ernst. Picasso.

Picasso?, pensei comigo mesma, agarrando-me ao nome do meu amigo.

— Todos considerados como artistas degenerados — continuou Jaujard, em desgosto. — A maior parte roubados de seus donos judeus. Alguns confiscados em nossos museus. — Ele gesticulou na minha direção. — Havia um Picasso de uma mulher sentada em uma poltrona que me lembrou muito a Mona Lisa aqui. Queimou também. A fumaça vinda dos Jardins das Tulherias encheu o céu de Paris por horas.

Pensei no quadro de Picasso em chamas, em uma vasta pira com todos os outros. Pensei nas outras versões de mim queimando, cinzas flutuando acima da cidade. Levou apenas algumas horas para queimar a alma de uma nação.

Jaujard virou-se para a castelã que entrara no quarto.

— E, *s'il vous plaît*, jamais acenda fogo aqui, madame — ele disse. — Só levando em consideração a fuligem, imagine então o risco de uma centelha.

A castelã corou de raiva.

— Tenho medo até de respirar para não criar agitação! Quem dirá acender fogo.

Jaujard se curvou, pedindo desculpas.

No entanto, o perigo para todos nós na abadia não era o fogo, mas a chuva. Uma enorme tempestade de verão atingiu o Sul-Pireneus. Lanças de relâmpago rasgaram os céus. Telhas do telhado da abadia foram levadas pelo vento, estilhaçando-se pelo chão. A chuva cuspia pelos buracos. Os curadores e alguns empregados idosos corriam pelos sótãos com baldes e trapos e esfregões, mas era inútil. Estávamos sob cerco do próprio céu. O teto começou a desmoronar pelo dilúvio. As pinturas guardadas nos quartos superiores foram movidas para os andares inferiores, mas isso só funcionava por alguns dias; pinturas e esculturas foram amontoadas juntas, e a parede de pedra fedia a umidade. Ficou claro que precisávamos de um novo refúgio.

Ouvi Jaujard, convocado com urgência, sentado no salão mais seco, discutir para onde eu deveria ser levada.

— Qual é o melhor lugar para escondê-la? — perguntou ele. — Tirando a umidade do pântano, a abadia era perfeita. Bem escondida na floresta.

Várias destinações foram sugeridas. A abadia de Saint-Guilhem-le-Désert. Montal. Jaujard não dizia nada. Jeanne estava entre as curadoras mais experientes. Usava um vestido leve de verão e sua boca era como um corte de batom vermelho.

— Não gosta de nenhum desses lugares? — ela indagou.

Jaujard balançou a cabeça que não.

— Jeanne, já fez contato com os britânicos?

Ela sorriu.

— *Oui*. Eles pediram para dizer "Van Dyck agradece Fragonard".

Jaujard fez uma careta.

— Fragonard sou eu? Teria preferido Delacroix ou Degas.

Jeanne estalou a língua.

— Nós os informamos quando movemos as pinturas para um novo local para que não os bombardeie.

— Como saberemos que eles entenderam a mensagem? — perguntou Jaujard.

— Aparentemente, ouvimos a BBC.

Jaujard recostou-se na cadeira, preocupado. Jeanne mexeu em algo no bolso. Jaujard estendeu a mão e ela lhe entregou um broche. Era um pássaro verde-esmeralda, fugindo das grades de uma gaiola dourada, suas asas abertas, livres.

— Cartier?

— *Oui, bien sûr.*

— Você não deveria ter isso, Jeanne. É perigoso. Se os alemães a capturarem, saberão que você é da Resistência.

Jeanne deu de ombro.

— Às vezes coisas bonitas valem o esforço.

Dei uma olhada no pássaro verde-esmeralda de asas abertas na mão de Jaujard. Um pássaro livre de sua prisão. Fez-me pensar na pintassilga de Leonardo. *Melhor a morte do que a perda da liberdade.*

— Então, para onde levamos a Mona Lisa? — perguntou Jaujard.

— A algum lugar que eles não pensarão em procurar.

Ela se inclinou e sussurrou algo a ele. Um sorriso se abriu no rosto de Jaujard.

— Sinalize a localização para os britânicos — ele disse.

Ouvimos a BBC por três dias, preocupados de que não tivessem ouvido a mensagem de Jeanne; então, no último dia, enquanto prestávamos atenção ao boletim de notícias, ouvimos: *Esperamos que, apesar de tudo o que está acontecendo na França, e onde quer que ela esteja, Mona Lisa continue sorrindo.*

Era hora de me mudar mais uma vez.

Fui empacotada na escuridão da minha caixa de álamo. Quente e sem ar. O tempo vacilou e flutuou. Estava encasulada, no vácuo. O clamor constante de motor a diesel. Então silêncio e quietude, o que tomei como um sinal da noite. Vozes e o barulho da estrada. Horas ou dias. Eu não poderia dizer. Então nós paramos. Minha caixa foi aberta. Fui erguida.

Tudo estava tão brilhante. Não conseguia ver nada a princípio. A luz. A luz azul acinzentada do Loire. Eu conhecia esse lugar. É claro que eu estaria a salvo aqui. Nossa última casa juntos. Clos Lucé. O próprio nome era como um feitiço para trazê-lo de volta para mim. Aqui estivemos juntos. Aqui fomos felizes naqueles últimos dias de outono. Lá estavam os olmos cujas sombras havíamos procurado, agora mais crescidos e robustos. Sob aquela lógia, havíamos esperado por noites de verão para o rei cavalgar pelos prados, entre o gado bufante. Se prestasse atenção, eu quase poderia ouvir a percussão dos cascos dos cavalos sobre o solo. Procurei por Leonardo. A presença dele estava impregnada em cada tijolo, cada pedra, em cada folha da grama. Este era o seu jardim de rosas. Lá em cima ficava o ateliê de onde Leda e eu olhávamos para o bosque além. As abelhas zumbiam entre as velas e as flores caíam das árvores como neve. O tempo girava para a frente e para trás; e seus nós, seus laços, foram desfeitos.

Ele está aqui. Ele está aqui. Fico repleta de uma alegria que nunca achei que sentiria de novo. Sou refeita. Eu o chamo. Achei que teria de esperar para sempre, sem esperança. Estava errada. Eu o chamo novamente.

Meu amor, meu Leonardo.

Amboise, 1519

Verão

CHEGOU A HORA. JÁ NÃO POSSO MAIS ESPERAR PARA PODER lhe contar. Talvez você nem se lembre mais da promessa que fiz? Mas vou mantê-la mesmo assim. E, agora que estamos aqui, há um certo alívio na dor, conforme revivo o fim para você.

— Leonardo!

Ele está ocupado demais para me responder. Flores de macieira e de ameixa foram colocadas em vasos por todos os cantos do quarto, mas ele não as desenha, só desenha visões de dilúvio. Folhas estão espalhadas pela cama como tempestades cataclísmicas destruindo a terra. Uma cidade jaz ao longe, impotente diante da coroa de escuridão prestes a engoli-la. Tudo é um turbilhão de caos. O tempo gira.

— Volte para mim — digo. — Onde você está?

Ele olha para cima por um instante, assustado, depois deixa o giz cair. Ele não o pegará novamente, mas nem ele nem eu sabemos disso ainda.

— Estou aqui — ele responde, aliviado. — Pensei que havia partido.

— Estou com você. Para sempre.

Ele se deita contra os travesseiros. Está emaciado e sua pele é da cor do mechim. A barba é branca e suave como nuvens.

— Está tudo bem — eu o conforto. — Estou aqui, meu amor.

— Quando pego no sono, sonho com um dilúvio. — A fala dele está arrastada como se tivesse bebido vinho demais. — Eles se afogam em espuma lamacenta e sangue, mas sou eu quem se afoga. Estou me afogando no tempo, muito ou muito pouco.

Ele coça a garganta.

— Você não vai se afogar. Pulo atrás de você e o arrasto para fora.

Ele ri de minha fala absurda.

— Mas essa é a pior parte de tudo isso; nos meus sonhos, você está sempre sozinha. Não quero que fique sozinha, Mona Lisa. Quem ouvirá sua voz?

— Jamais estarei sozinha. Tenho Leda, maestro. Você a fez para mim. Sempre teremos uma à outra.

Ele fecha os olhos.

— Sim, você tem sua Leda. Duas mulheres graciosas.

Acho que ele está dormindo de novo e, então, sussurra:

— Não me deixe, Mona Lisa. Nem por um momento, não até o fim.

Ele estende a mão para mim, esquecendo que não sou real.

Eu amaldiçoo minha falta de mãos. Minha falta de lábios.

Ele dorme durante a maior parte do tempo. Cecco e o médico do rei se revezam para tomar conta dele, mas eu nunca o deixo. Leda e eu somos colocadas em ambos os lados de sua cama, e Leda canta para ele canções de ninar. A voz dela é como o vento. Ele nunca está sozinho; ele tem a nós. As janelas estão bem abertas, ao som dos pássaros. À noite, ouço o noitibó e, ao amanhecer, a agitação das cotovias.

Estamos esperando sua morte. Ele não come nem bebe. Eu meço o tempo apenas na frágil ascensão e queda do peito dele. Seus dedos estão firmemente enrolados no lençol. Suas pálpebras tremem. Ele não está neste mundo, nem no outro. Ele espera às margens do rio Estige. A balsa não há de levá-lo ainda. As pausas entre cada respiração são como lacunas entre os dois mundos. Eu continuo esperando; ele se vai, e então suspira. Ele ainda está aqui. A vontade de viver é forte, mesmo no final.

Então, num espasmo, ele estende o braço, acaricia minha bochecha com a ponta dos dedos e, naquele momento, só por um segundo, consigo sentir o seu calor. O milagre de seus dedos. Uma pulsação. Nosso batimento cardíaco, e, naquele segundo, vivo com ele. Minha bochecha é quente e corada com a vida. A aspereza da pele dele contra a minha. Estremeço. Eu engulo uma única respiração. Eu sou, por único momento, real. Estou cheia de vida e de amor, e não posso suportar que ele me deixe e não posso suportar que ele sofra. E, então, ele se foi. Sua vida partiu e, com ela, volto a ser fria mais uma vez.

Paris, hoje

UM DIA, TAMBÉM SEREI PÓ. TAMBÉM ME JUNTAREI AO ÉTER. Posso ser a Mulher Universal, mas ainda sou uma mulher de cinabre, alvaiade e gesso sobre madeira de álamo. Devo perecer por fogo ou inundação ou vermes, no fim. Não sei qual visão de morte será verdadeira para mim; se minha alma ascenderá para se juntar à de Leonardo com São Pedro ou se meus átomos se juntarão ao carbono das estrelas. Ele me pintou um lugar de espera para que eu possa existir em sua presença. Fez todo o universo ao meu redor. Todo o firmamento e sua visão de mundo estão aqui comigo. A terra rochosa. Os rios azuis e o caminho sinuoso, o tufo e o céu aberto.

Há, no verniz de minha bochecha, uma marca das impressões digitais dele. Como Eva da costela de Adão, sou feita das partes dele. Eu olho para o mundo através dos olhos que ele pintou para mim, e suas ideias vivem em mim. Sou impregnada por sua existência.

Arte é a parte eterna de nós. Leonardo da Vinci está morto, mas eu olho para a paisagem dele, renderizada com requintada beleza ao meu redor. Sou o vislumbre de um pedaço de sua alma, de sua essência. Leonardo estará para sempre nesta terra enquanto eu viver. Levei muitos séculos para entender isso. Leda jamais estará perdida desde que eu me lembre dela. Ela vive no amor. Procure por ela em mim. Procure por ela nos desenhos que Leonardo fez das espirais do cabelo dela, nos rascunhos de seu sorriso triste. Como os ecos de uma estrela morta, você ainda pode encontrar vestígios dela.

Há muito tempo, Leonardo me deu voz, mas agora eu falo por ele, através dos tempos. Por minha causa, o nome dele viverá para sempre; juntos, nós nos fizemos imortais. Ainda assim, não estou sozinha na minha imortalidade. Eu o sinto comigo. Até que chegue minha hora, esperarei. Venha me ver. Olhe para mim, mas lembre-se: eu estarei observando.

AGRADECIMENTOS

ESTA HISTÓRIA É QUASE TODA VERDADEIRA. EMBORA ALGUMAS datas tenham sido alteradas aqui e ali, e alguns eventos, fundidos uns nos outros para propósitos narrativos, a história inteira é baseada em fatos. O belíssimo Salaì era o "diabinho" de Leonardo, e Francesco Melzi era o amargo rival de Salaì. Salaì morreu em 1524 em uma briga, vítima do tiro de um arcabuz disparado por um mercenário em circunstâncias obscuras e, logo depois, as pinturas conhecidas como *Mona Lisa*, *Leda* e *São João* foram vendidas para Francisco I, então rei da França. A pintura de Leda e Zeus sob o disfarce de um cisne tinha a fama de ser o mais magnífico Da Vinci já pintado e sumiu da coleção real francesa em Fontainebleau no século XVII, durante o reinado de Luís XIV, o Rei Sol, e sua rainha Maria Teresa. A cópia mais fiel que resta está em Wilton House, perto de Salisbury. Picasso foi, de fato, preso pelo roubo de Mona Lisa em 1911 e admitiu possuir duas antigas cabeças ibéricas anteriormente roubadas do Louvre. Freud escreveu um ensaio infame sobre Da Vinci onde traduziu, erroneamente, "milhafre" (*aqualone*) como "abutre". Enquanto isso, se não fosse pela bravura e engenhosidade de Jacques Jaujard, que a manteve segura e em fuga durante a Segunda Guerra Mundial, Mona Lisa poderia ter sido perdida em uma mina de sal da Alemanha, ao lado de muitos outros tesouros roubados pelos nazistas.

Este romance não teria sido possível sem o imenso trabalho de historiadores especializados em Leonardo da Vinci, mais notavelmente o erudito professor Martin Kemp da Universidade de Oxford, cujos livros e pesquisas foram inestimáveis. Com muita paciência, ele deu resposta para as perguntas mais absurdas, ajudou-me a reimaginar a Leda perdida e corrigiu muitos erros sobre Leonardo no manuscrito. Quaisquer erros que permaneceram são de minha autoria. Agradeço também a Donald Sassoon, Charles Nicholl, Martin Clayton, Maurizio Zecchini, Dianne R. Hales, Giuseppe Pallanti, Catherine Fletcher, e, claro, Giorgio Vasari. Sabine Schultz e o time de Neri Pozza também gentilmente me ajudaram com as traduções italianas. Obrigada também ao Stan.

É preciso um vilarejo inteiro para construir um livro, especialmente em tempos como estes, e Mona teve a sorte de ter um vilarejo de editores defendendo-a e ouvindo-a. Muito obrigada a Charlotte e Laurie, os primeiros fãs de *Mona*, Rose, e Ailah, que pegou o bastão. Agradeço também ao restante da equipe da Hutchinson Heinemann: Amelia, Najma, Linda e Lydia. Tenho muita sorte de trabalhar com vocês.

Muito obrigada a Sue Armstrong e Meredith Ford, que leram *Mona* primeiro e se tornaram suas mais barulhentas líderes de torcida. Não poderia ser mais grata, vocês são as melhores.

Escrevi este romance porque, como Mona, senti que havia perdido minha voz há algum um tempo. Então, obrigada a todos os meus amigos e familiares — vocês continuaram me ouvindo, mesmo quando era difícil. Obrigada em particular a Laura, Lea, Ros, Emilie, Sophie, Rach, Ali, Catty e Matt, minha irmã Jo e meus pais. Agradecimentos especiais ao meu marido, David, e aos meus filhos, Luke e Lara, que estão de saco cheio de Leonardo da Vinci, mas sabem responder a qualquer curiosidade a respeito do tema quando vem à tona. Eu não poderia fazer nada sem vocês.